紀實文學

# 北京逃生記

## 美國博士做牢頭的故事

文｜葉光　插圖｜李善

# 目錄

# 序

　　在美國攻下了醫學博士學位，又完成醫學博士後工作以後，我涉足商海。二○○○年，在老朋友楊義的一手操辦下，我在北京成立了公司，楊義任總經理。我們主要經營的產品需要從美國進口，但是尚未通過中國政府繁雜冗長的審批流程，在各大醫院「等著活命」的急切要求下，我只能自己攜帶入境。按照當時的法律，這種「闖關」的行為雖然也可以算「走私」，但是打上「科學實驗品」的名義攜帶，就名正言順了。何況在開拓市場的前期，談不上營利，也就更無可厚非了。一年多來，我頻繁穿梭於北京和紐約之間，把這些救命的試劑盒撒向了供不應求的中國市場。

　　二○○一年七月二十日，我又照例帶貨飛抵北京，順利入境。可是第三天，卻遭到了突如其來的抓捕。我沒有犯罪，在中共「整人為本」的思想下，好大喜功的預審卻利用模稜兩可的法律，將我們定為嚴重犯罪。楊義在囚禁中出於恐懼，把責任都推給了我。預審對我軟硬兼施，屢設圈套。在恐怖高壓下，面對步步威脅和重重欺騙，抱著先讓楊義解脫的幻想，我稀里糊塗地鑽進了一個又一個的圈套，鑄成了「走私十年起步」的大案。

　　在獄友親身教訓的解讀和借鑒下，在獄友的點撥下，我開始了艱難的抗爭——向中共整套整人體系抗爭……最後還是在美國政府的施壓下，我才洗脫了責任，得以地獄逃生。

　　看到我們開闢的市場將獲得的巨額利潤，中共「有關部門」竟然接管了我們的業務，接管了我的客戶。在藥品批文獲准之前，成了唯一合法「進口」的機構，冠冕堂皇地成了救死扶傷的

「及時雨」，壟斷了國內市場！

在大陸看守所的親身經歷和所見所聞，我真正看透了中共的黑暗。公平的官司極其少見：重罪輕判吃賄賂——原告的冤案；輕罪重判拿獎金——被告的冤案；沒罪也判聽指示——想不到的冤案。大案吃、小案吃，錢也吃、色也吃，原告被告我通吃，吃完家屬吃律師——人民血肉的盛宴在中共的司法體制下天天上演。

本書的記述，也許讀者看後覺得不可思議，會認為是如同現今大陸電視劇一樣在杜撰，但是，那無一不是活生生的事實，只不過為了難友們在中共高壓下的安全，作了一定的加工，這並不影響紀實文體。

一位位難友的面孔，活生生地展現在眼前。他們有的已經獲釋，有的還在服刑。雖然我已經逃離了大陸，可是他們，依然在牢獄中存活、在高壓下自保，要在艱難的謀生中掙扎，作為末等公民何時才有出頭之日？我在這裡祝他們一路平安……

# 第一章

## 審訊之妙，不打自招

　　二〇〇一年七月二十日，我帶了一大批「科研實驗樣品」，從紐約到了北京。入境像往常一樣，順利闖關。可是做夢也沒想到，一場厄運已然降臨……

# 誘捕逼供

　　沒風，真熱！氣溫得有攝氏三十九度。到了公司一下車，好像進了烤箱。

　　我快步走上臺階，忽聽後面叫道：「方明博士！」

　　兩個穿海關制服的向我走來。左邊是個中年人，很魁梧，夾著個包，面帶微笑，似曾相識；右邊的年輕人中等身材，文質彬彬。

　　「你們好！請問二位……」

　　「海關的，我姓劉，他姓王，有事兒想請您去核實一下。」中年人說著掏出證件在我面前一晃，就收了回去。

　　我猛然想起這位正是我前天回來帶貨闖關時，後來冒出來的那個安檢！一股不祥的預感浮上心頭。我故作鎮靜地說：「劉先生，先到公司坐坐？裡邊涼快。」

　　「不用了，我們公務纏身，您跟我們去一趟，核實清楚就完了。早去早回，您說呢？」

　　「公司有急事兒叫我過來，我先去打個招呼，你們進去等兩分鐘？」

　　「是楊經理叫您來吧？」

　　我吃了一驚。

　　姓劉的說：「就這事兒，他已經在我們那兒了，就等您去核實了。」

　　「啊？」我感覺不對勁兒了，「去哪兒啊？」

「不遠，就海關，」他指著一輛黑奧迪，「司機還等著呢，咱走吧。」

難道我闖關的事發了？有點兒心虛的我，不由自主地跟他們上了車，稀里糊塗地被他倆夾在了後座中間。

——抓人才這麼幹呢！我有點害怕了，裝作若無其事地問：「什麼事啊？」

「我不太清楚，你問領導吧。」姓劉的說。

我開始追憶這三天的經過，海關的問題出在哪兒？七月二十日，我從美國帶貨下飛機，闖關時，第一個安檢是個小夥子，反覆打量我半天，都把我看毛了。然後他拿⋯⋯我的舊名片去了後邊兒，然後就換了這個姓劉的⋯⋯開箱檢查，還給貨照相來著，難道是這次闖關⋯⋯

就算事發了能怎麼樣啊？我這也是按政策法規辦事，又沒犯罪。闖關的貨可是救人活命的「組織配型試劑」，有北京移植學會開來的證明，作為他們的科研實驗品，法定免稅。雖然嚴格摳起來，這東西還沒拿到批文，帶進來不登記繳稅也算闖關，也能劃進走私的法條裡，但這畢竟是科研實驗品的名義，打個擦邊兒球唄。以前海關可從來沒有攔過，這次⋯⋯為什麼他不當時扣貨呢？也許真是別的事⋯⋯

對了！楊義昨天失蹤一天，會不會跟這有關？說好週六到我公司對帳、安排工作，結果昨天他就聯繫不上了。今天星期日，我正請我和太太兩家親戚聚會吃海鮮呢，楊義打電話急著找我去公司，奇怪⋯⋯

想著想著，忽然發現路不對——這不是去海關！糟糕！我摸出了手機準備求援，姓劉的伸手蓋了過來：「現在你不能打電話了。」

「什麼意思？」

　　「辦案的規矩。」姓劉的橫了起來。

　　我也強硬道：「辦什麼案？你們要逮捕我？」

　　「哪到那步啦？就是問問情況。」

　　「你們無權限制我的自由！」我生氣了。

　　「這是辦案的規矩！」姓劉的雙目如燈。

　　我的目光一下被他照敗了，裝出厲聲道：「我是美國人！你們不許胡來！我要請律師！」

　　「別他媽給臉不要臉！」他罵了起來，伸手掏出了手銬，「甭管你丫[1]在美國怎麼樣？在中國就這麼辦！」

　　「算了。」小王終於開了口，扣住了我的手，姓劉的一把搶走了手機。

　　怎麼這麼嚴重？我定了定神，舉手聲明：「我要請律師。」

　　姓劉的輕蔑地哼了一聲。

　　車開進了一個掛著好幾個大牌子的大院兒，一塊牌子是「北京市公安局海澱分局看守所」。

　　我試探道：「你們要關押我？憑什麼？！」

§

　　「你丫給我老實點！」姓劉的跳下車，砰地一聲關上門。

　　沒見高牆電網，看來是辦公的地方，我稍微踏實了一點兒。司機小謝去廁所了，我趁機試探小王：「這……這怎麼回事？」

　　「我也是執行公務。」

　　「真要關押我？」

　　「得問大劉，他說了算。」

　　啊？！這姓劉的口口聲聲說：領導叫他們如何如何。都是騙我！這分明是誘捕！

---

[1] 丫：髒話「丫挺」的簡稱，丫頭（傭人）生的。

沉默中，小王他突然迸出一句：「這錶不錯啊？歐米茄？」

我馬上套近乎：「您好眼力呀，等我送您一個。」

「不敢不敢，哪敢戴呀？」

「可以收藏嘛。」

「不敢不敢，要受處分的。」

看來他很嫩，不好利用。

司機回來了，我們陷入了沉默。我不停地看錶，極力掩飾內心的煩躁和恐懼。過了半個多小時，姓劉的才出來，把我帶進了辦公樓。

審訊室！十多平米的小間，牆上赫然寫著：坦白從寬，抗拒從嚴！

審訊桌前是一個腰鼓形的圓墩子，一個把手都沒有，看來是給犯人預備的。旁邊一個落地大燈——就是電視裡演的照犯人的那種。難道真的輪上我了？

小謝出去了，我不請自坐。面對這個場面，生性膽小的我，腿都有點兒哆嗦。我囑咐自己：先委曲求全，出去了再擺平。

姓劉的點了根煙，悠然問道：「還記得我嗎？」

我故意裝糊塗。

「貴人多忘事！你前天入關的時候，誰最後給你放行的？」

「啊？……」我裝著努力想。看來他們是查出我帶的科研實驗品，實際是在銷售了！可這次還沒賣呢。移植學會的證明這次不管用了？以前拿著他們的證明暢行無阻啊！這回……移植學會的出事兒了？難說！要是我說出他們來，再把給他們的幾個紅包攬出來，不自找倒楣嗎？還是避開為好。

主意打定，我說：「海關那安檢，怎麼好像是您？」

「知道為什麼抓你嗎？」

「不知道啊。」

「甭裝蛋！」他一拍桌子，「坦白從寬，抗拒從嚴！死扛啊？」

「你們搞錯了吧？！我要請律師！」

「方明，玩太猛了！不知哪檔子翻車了吧？」

我試著來硬的：「我是美國人，我要請律師，你們可以跟律師談。」

「矇誰呀你！拿出證件來！！」姓劉的氣勢洶洶地衝了過來。小王在旁邊漫不經心地瞅著，看來他對這些早已司空見慣。

要打人嗎？我真有點兒怯了。我乖乖取出身份證和名片遞了過去。我沒帶護照，只帶著中國的身份證——這是我冒充老內、避免挨宰用的。名片也是舊的，我月初剛入的美國籍，新名片還沒印出來呢，這舊名片上的一堆名頭也能壓人。

他一把搶過，瞟了一眼就罵：「把我們當猴耍呀！就算你丫是老美，我也一樣辦你！在我這兒判的老外多了，老美犯事照樣在這兒服刑！懂嗎？！」他把名片和身份證往桌上一摔，「這兩天我正『點兒背』[2]哪！別惹我！」

這下把我鎮住了！一害怕，肚子疼上了。我請示道：「對不起，我想方便一下，剛吃海鮮……」

「拉褲子裡！」

「啊？」

「拉褲子裡！！」

## 懶驢上磨，一潰塗地

我簡直不敢相信自己的耳朵，我請求上廁所，預審叫我拉褲

---

[2] 點兒背：運氣不好，賭博擲色子的時候，點兒不好。

子裡！

姓劉的一屁股坐了回去，椅子唪嗞一聲。

好在還能憋。我忽然想起來了：好像以前美國有華人被中共判了重刑，但同時驅逐出境，難道政策變了？

好像姓劉的看出了我的狐疑，他說：「做夢吧？這不到半年，抓三個美國間諜了！現在都坐牢哪，都得判，知道嘛你！」

我想了想說：「不對吧？前陣兒是抓了幾個美國人，大陸不說那是台灣間諜嗎？」

他輕蔑地一笑，「什麼台灣間諜？共產黨不願意說是美國特務，這叫『講政治』！說是台灣間諜就好判刑──判實刑、判重刑，懂嘛你？」

「我記了啊。」小王照著我身份證和名片開始記錄。

忽地一下，姓劉的又站起來，繞過桌子走過來，兩眼瞪圓，我身子本能地後仰。

「兜裡東西都給我掏出來，不老實銬你丫挺[1]的！」

執法者這素質？！我慢吞吞掏出錢包、鑰匙……暗自叫苦：那頓海鮮用現金就好了，是楊義叫我去公司，我怕公司用現金應酬，才刷卡付的帳。這回，沒準兒他們得把我這二千多塊分了。

「拿過來！」姓劉的吼道。

我心裡一顫，無奈地遞了上去。

「錶也給我捋下來！」

土匪！人家說的大陸警匪一家，這回我可信了！

他抓錶在手，晃了晃，「怕你吞了自殘！」

要逃避拘留才這麼幹呢，我的事兒有這麼重？

他把繳獲的東西往桌上一拍，挑釁地看著我，「都給你寄存

---

[1] 丫挺：丫頭（傭人）生的。

上，連你的手機！錢有數嗎？」

「具體我也不清楚。」

§

姓劉的找了個檔案袋，把我的東西都裝了進去。我長出一口氣，慶幸沒被搶劫。這一放鬆，腹痛加重了，好像還有點腹急。

「住哪兒啊？」小王問。

「住我媽家。」

「裝傻呀！」姓劉的一拳捶在桌子上，水杯震得一蹦，我和小王都嚇一跳。

小王要具體住址。我忽然想到他們可能抄家！我家冰櫃裡還有幾盒樣品呢，可不能叫他們搜了去。於是報了岳母家地址。

我捂著肚子答完簡歷，姓劉的喝問：「再問一遍，知道為什麼抓你嗎？」

「真不知道。」

「你當炮兵是不是？！」

「我沒當過兵啊？」

「那你丫怎麼這麼會裝蛋（彈）哪！？」

我怒火中燒，但又不得不裝孫子，「我就是開公司，做生意……給人家帶樣品。」

「帶什麼樣品？」

「一種試劑盒，做白細胞配型的。」

「是走私嗎？」

「又不是違禁品，咋是走私啊？」

「真能裝啊你！？批了嗎？有進口許可證嗎？上稅了嗎？」

「還沒辦下來。」

「問你有沒有！？」

「沒有。」

「偷逃了多少稅？」

「這我也不知道。」

「告訴你，我們盯了你們半年多了，據我們掌握的，嘿嘿！偷逃稅已經超過一百萬了，數額特別巨大啦！」姓劉的幸災樂禍地笑了起來。

嗡——我腦袋差點兒炸了！

「沒有吧？」我試著嘴硬。

「不到一百萬我還不抓你呢！丫挺的！小案咱不辦！」

晴天霹靂，防線決堤！汗滋出了額頭。

姓劉的太歹毒了，直到變成大案了才算總帳？整死人好立功啊？！我盤算著：以前設想的對策不行了，事態竟如此嚴重！不行，我得重新建立防線。放鬆，別讓他們看出我緊張來。放鬆——這一放鬆，腹急難忍了。

「對不起，我肚子疼，得上個廁所，中午這海鮮……」我面帶難色，也想趁上廁所想想對策。

「拉褲子裡！」姓劉又叫。

「我真鬧肚子了，憋半天了。」

「不懂人話？！」

「太過分了！」

「你以為你誰呀！？人渣！」

「我上個廁所。」小王說著往外走。

「謝謝！」我彎腰起來想要跟他出去——

「啪！」姓劉的猛一拍桌子，「坐那兒！誰叫你出去了！」

小王偷偷一笑，出去了。我繼續央求。姓劉的掐了煙，雙腳搭在了桌上，又點上一根，悠然地看報紙了。

我艱難地等著小王回來求情，一秒一秒地熬。一陣強烈的腹痛痙攣，快憋不住了，我全力抵抗，全身肌肉都在向上收縮，

腳趾內收，小腿大腿向上提氣，臀部夾緊，腹部和橫膈膜都在上提，十指上翹，嘴巴緊閉，鼻子、眉毛上挑⋯⋯全身總動員，所有肌肉都在給腹部減壓，給肛門加勁兒⋯⋯

終於熬過了這次腹急，稍微喘口氣了。我知道還有下一次，像盼救星一樣，盼著小王早回還。

抬頭一看姓劉的——他正笑我呢。見我看他，他悠然地用報紙擋上臉。

一點人性都沒有！還取笑我！哎喲，又一陣強烈腹痛來了，比上回還急！我又重複著上一輪的動作⋯⋯緩緩向上提氣，這回臉上肌肉也幫忙了，眉毛像跳舞似的，扭個不停。

堅持⋯⋯堅持⋯⋯終於聽見了腳步聲，可腳步聲卻進了別的屋子。

繼續堅持⋯⋯我一秒一秒地數數，他要幫我這一次，我真感激涕零了⋯⋯終於憋過了第二輪痙攣，又可以稍微喘口氣了。

忽聽姓劉的吹起了口哨！像給小孩把尿。這傢伙損透了！幸虧我不是憋尿。

外邊終於響起了腳步聲，可我第三陣腹急來了，真是一浪高過一浪！這次腸子像抽風一樣，我全身肌肉都用上了也不頂事。小王終於進來了，我痛苦地看著他，他根本沒看我，逕直走向座位，把手裡的一卷衛生紙往桌角一擱。看來他是準備讓我方便了，可是我已經沒法動了，只要動一下，就炸了！全身肌肉團結一致，把關死守！心裡艱難地默念：「頂住、頂住⋯⋯」

姓劉的雙腳還搭在桌子上，沒好氣地說：「快點交待，記完了就讓你去廁所！我們還沒吃飯哪！」

小王搖了搖頭，他那一點點憐憫，使我有勇氣繼續憋下去。我已經不能再說話了，再動一下眼珠，可能就前功盡棄了！等憋過這次腸痙攣，就找他們求情⋯⋯

「問到哪兒了？」姓劉的拿過記錄，「剛他媽到這兒！」

「帶的什麼東西闖關？」

此時我已憋過了極點，稍微有一點點緩解。我緩緩抬頭，準備再次哀求。

「丫聾啦！砰！」

我一哆嗦，「噗」地一聲男低音，全線崩潰！

我幾乎要癱了，屁股好像泡在熱泥裡，熱湯開始順腿下流，惡臭迅速瀰漫。

小王迅速把他放在桌角的那整卷手紙扔給我，原來他早準備好了！

「瞧你這操性！」姓劉的摀著鼻子罵，他兩步竄到門外，「一拍桌子，嚇得你丫屁滾尿流帶竄稀！」

奇恥大辱！難受——屈辱——憤怒——臭！我內心惱怒之極，卻無法發作。

「我吃飯去了！」姓劉的迅速逃離，邊走邊罵：「懶驢上磨屎尿多！」

## 敗中不亂，廁所公關

「別動！襪子脫了，繫上褲腳兒再起來！」小王發出了陰陽怪氣的聲音，原來他用衛生紙堵住了鼻子。

真有經驗！看來他們慣於這樣整人啊。

他打開電風扇，開窗開門，扔給我一塊兒髒毛巾。我迅速擦了椅子，抓起垃圾，叉著腿出了門。

感謝襪子！把我這些「恭物」截在了小腿上。鑽進廁所隔間，小王讓我半敞著門，他在外邊監視。我脫了下衣，先蹲解乾淨，膩沾兩腿也顧不得了。

「小王，這……哪兒洗呀？」

「就地洗唄。」

我詫異地看了看他，他沒理我。這就是中國的監獄呀？

一咬牙，忍了！長這麼大沒受過這麼大羞辱！姓劉的，看我出去怎麼收拾你！

抽水馬桶，拉繩兒只剩兩尺長，咋整？我解下腰帶，接上拉繩，跪在便池邊，脖子夾著腰帶，引出涓涓細流開始擦洗，一會兒脖子就受不了了，頸椎增生。我活動活動，改用牙咬腰帶，這方法好，就是太像狗了！

邊洗邊尋思對策：算起來，這兩年多，全靠闖關。因為帶貨有限，一直供不應求，總算起來，按「科研試驗品」過關少交的稅何止一百萬！如果不是他們詐我，就認一百萬——儘量不認多；這是公司行為，不是我們的個人行為，私下擺平為好；先緩和關係，別惹急了他，罰多少先認下來，爭取晚上早點兒回去，明天一早先去移植學會看看，是不是誰出事了。餵飽了這兩位預審，再疏通關係。這次賠慘了，不過要是打通了這個管道，以後就好辦了。

主意打定了，我加快了洗褲子的速度。襪子、內褲扔進紙簍，剛穿上濕褲子，又來一次腹急。再要手紙時，監視我的人不知什麼時候換成了小謝。他說不能用紙了，怕堵了，讓我水洗！

原來他也是老手！這麼髒，忍了！不忍也不行啊。拉完了就地水洗。

我穿著濕褲子被押回去。這麼熱的天，倒也涼快，只是我這兩個膝關節受不了，下鄉落的關節炎，陰天下雨就疼。

進門沒人，臭味已經吹散了。小謝關了窗戶、電扇，開足了空調。我穿著濕褲子瑟瑟發抖。

「他們吃飯去了。」小謝泡了方便麵[1]，「不是我不給你吃

啊，是我不知道他們讓不讓你吃。」

還有不讓吃飯這招哪？我馬上討好：「小謝，您看今天啥時候能完事？我啥時候能回去？」

「回去？」

「大劉說核實清楚了就讓我回去。」

「都這樣了還能讓你回去？」

真是旁觀者清。小謝一語點破了我，我心裡的感激油然而生。我試探道：「今天這大劉脾氣不好？」

「他就這樣。」

「他說這兩天正『點兒背』呢！」我猜姓劉的可能賭輸了，想探探小謝的口風。

「可不是嘛！他前幾天輸了三、五本兒！我也背，輸了兩本。你可別惹他……唉？我他媽跟你說這個幹嘛？你問這幹嘛？」

果然被我猜中了！這三五本，可是三五萬哪！聽得出，小謝話裡有話，我順著說：「就是問問，沒事兒，這幾本我給你們填上就完了。」

「哎呀，你丫還挺仗義呀！可惜我不管你的案子。」

我公關道：「您放心，這次您幫幫我，我出去肯定忘不了您。」

小謝眼睛一亮：「真這麼仗義？」

「交個朋友不行嗎？」

小謝沉吟了一會兒，忽然喝道：「你丫少來這套！老實點兒！」

我心一沉到底。

---

[1] 方便麵：速食麵。

「又要拉呀？真他媽事多！」

我抬頭剛想辯解，見他給我使眼色，我立刻心領神會，被他押往廁所。

「這兒肯定沒監控[2]！讓我幫忙，你家裡得配合。」小謝對裝著蹲便的我說。

「沒問題，聽您的。」

「你們楊老闆已經進去了，你今天肯定走不了了，給我一個你親戚的電話，得靠得住，我告訴他怎麼辦。」

啊？！楊義進去了？

小謝掏出一個小本，讓我簡單寫了地址電話，以及讓家裡全力配合的話，他立刻收好，說：「很難再見到你了，我會給你找個好律師。」

「好、好！」我感激得眼淚差點下來。

「你要想出去，只有都推給楊老闆，懂嗎？」

「我是美國人，他們也能整我？」

「美國人？」

「剛入的美籍。」

「那可好辦了。」

腳步聲響起，小謝連忙後退，喝道：「快點！真他媽肉！」又聽他朝外說：「這孫子，又拉一回。」

「就這點兒出息！」是姓劉的聲音。

我推測著兩位預審進了屋，出來還想問小謝。他一擺手，「快他媽走！」

---

[2] 監控：指監視系統的攝像頭、竊聽器。

# 逼供妙招，兩肋插刀

初次審訊，精彩紛呈。我追記這段經歷的時候才發現：預審的每一組問話都是圈套！

「接著裝蛋是不是？」姓劉的開審了。

「我交待，我交待。」我學著電影裡的鏡頭說著，可是我到底交待什麼呀？在濕褲子的包裹下，兩腿不停地發抖。

「這還差不多。帶的什麼東西？」

「一種診斷試劑盒，這是腎移植配型用的，沒有這個，移植的腎一年就壞死，以前大陸就不用……」

「放明白點兒！幹什麼用的我不管，腎死不死我也不聽。只要是闖關逃稅，我就整你！」

「可那是救命的呀？」

「這兒不是慈善機構！專政工具懂嗎？！為什麼闖關？！」

「我們一直申報，還沒批呢，醫院又要得太急，只能……往裡帶。」

「往裡帶？往裡帶叫什麼？」

「就是……往裡帶。」我不敢表明我知道「闖關」的意思，那就明知故犯了。

「你不知道啥叫『闖關』？」

「不……不知道。」

姓劉的忽地站了起來：「少裝蛋！剛才我問的闖關，你回答的『往裡帶』！再裝蛋我抽你丫的！」他示意小王記錄，又問：「知道為什麼抓你嗎？」

「當時不知道。」

「廢話！我問你現在！」

「知道。」

「犯了什麼事啊？」

「闖關、走私……偷逃稅。」我按著他的意思來。

「這還差不多，為什麼闖關？」

「因為……批文還沒下來，醫院手術等著用，只能……這麼往裡帶。」

姓劉的咬牙切齒：「你丫真高尚啊？！沒好處你能幹？！到底為什麼？！」

這一下戳中我的要害，誰不想多省出點兒辛苦錢啊？

「你這麼闖關，繳稅嗎？」

「可以不……不用繳稅。」

「偷逃稅總額多少？」

我故意轉移話題：「我們公司還沒盈利哪，所得稅……」

「啪——」姓劉的一拍桌子，「關稅！少打岔！」

「我……也不太清楚。」

「又你丫裝蛋！」他從包裡抽出一疊列印紙，對著我晃了晃：「你丫不見棺材不落淚吧？這不光是這次的，你們以前的底子，賣給朝陽醫院、協和醫院、友誼醫院……聽著！偷逃關稅超過一百萬了！」

我癱到了椅子裡，欲哭無淚。

「偷逃關稅總額多少？說！」

「一百萬左右吧。」

「什麼左右？！」他忽地站起來。

「一……一百多萬吧。」

「誰的公司？」

「我的。」

「法定代表人是誰？」

「是我。」

姓劉的得意地笑了，問我：「你什麼時候是法人[1]的？」

「我也不知道。」我這傻話一出，他倆氣樂了。我趕緊解釋：「本來就該我是法人，都是我出的錢，可註冊的時候，楊義怕我常去美國不方便，就自己當了法人。我今年才知道，就讓他把法人變給我了，具體啥時候變的，我也不知道。」

「原來是楊義冒充你當法人，本應該你是法人，對嗎？」

「對，原來是楊義當法人。」我說[2]。

「楊義是誰？」

「我聘的總經理。」

問到闖關和公司的運作，我全扛了下來，並按原定計劃對移植學會隻字不提，把楊義洗脫了個乾淨。小謝說過，我這美國身份好辦。

「你們公司還做過什麼其他走私活動？」

「沒有！」

「別滑頭！抗拒從嚴！瞧瞧楊義，口供一大摞，現在還主動寫交待材料呢！」他說著，從包裡掏出一疊紙擺在桌面。

「別逗了，中午楊義還給我打電話呢！」我抓住機會開始試他們。

他倆笑了，姓劉的十分得意：「楊義沒用他的手機打吧？」

---

[1] 大陸的法人是指組織或公司，但口語中，常把法定代表人（一般是老闆）簡稱法人，本書所說的法人都沿用了這個習慣性口語。

[2] 直到我追憶這段問話時，我才想明白，我和姓劉的說的這兩個「原來」，不是一個意思。姓劉的說的「原來」是「所以」的意思；而我說「原來」，意思是「以前」。正是這一系列陰錯陽差，我才進了圈套。

「你怎麼知道？」

「他用我的手機釣魚呢！他已經在裡邊恭候你多時了！」姓劉的得意地笑了。

原來小謝說的都是真的！他們早抓了楊義，然後誘捕我！怪不得電話裡楊義吞吞吐吐呢！

「看看，這是他這兩天的口供！」他把其中一疊筆錄紙的最後一頁立起來，給我看簽字。我向板鴨一樣努力抻脖探身，看見果然是楊義的簽名，還有紅手印，真傻眼了！這一傻眼，小腹痛上了，還得拉一次？

「你知道闖關逃稅的性質嗎？」

「我們已經申報藥品進口了，國家藥監局批得太慢了，批下來，我們才能正常進口上稅。不是我們不想上稅……」

「放屁！好像你們願意上稅？！現在誰不逃稅？有嗎？」

「那為什麼就抓我呀？法不責眾啊？」我怯怯地問道。

「對！法不責眾，所以只抓少數分子！」姓劉的冷笑著說：「為什麼抓你？你好好想想吧！」

他竟然這麼理解「法不責眾」？難道，真是我黑道白道沒走？一時肚子疼得來勁兒了。

「根據初步掌握的情況，你已經觸犯了刑法第一百五十三條，明白嗎？」

「我，當時不知道啊！」我本能地申辯。

「現在明白嗎？！」

「明白了。」

「根據刑事訴訟法第六十一條，對你實行刑事拘留。你可以請律師，明白嗎？」

「啊？你們不說交待完了就讓我回去嗎？」

「少廢話！請不請律師？！」

「我認罰還不行？打了不罰，罰了不打，我認罰。」我一幅乞丐像，就差說：可憐可憐我吧！

「少裝蛋！你認罪嗎？！」

「我……」

「抗拒從嚴！」

「認罪認罪，爭取從寬。」

他笑了：「認罪了那還說啥？」

「你們也太不講理啦！」我以為他看我態度好，能網開一面，哪成我進了圈套！

「怎麼整你都有理，懂嗎？！這叫共產黨專政，不然我們吃啥？蓋監獄幹啥？！」

這一害怕，腹急加劇了。我併緊了屁股問：「什麼時候能見律師？」

「你請，還是你家人替你請？」

「通知我家人請吧。」

小王好容易開口了：「如果不存在轉移、銷毀證據的可能性，我們會在二十四小時內通知你家人。」

「謝謝。」

姓劉的問：「還有什麼想說的嗎？」

「我還想說……上廁所！」到這份上了，緩緩再想想對策吧。

「簽完字再說！」

小王拿來筆錄，我一看，上面常規的開頭，接著是姓名、年齡、住址、職業的問答，我沒回答他能編下來，顯然是照身份證和名片抄的。然後是簡歷，再往下，嚇了我一大跳！只見有幾行寫著：

問：知道為什麼抓你嗎？

答：知道。

問：犯了什麼事？

答：走私，偷逃關稅。

問：為什麼闖關？

答：可以不繳關稅。

問：逃稅總額有多少啊？

答：一百多萬吧。

問：公司法人是誰？

答：應該是我。

……

問：闖關逃稅是你策劃的嗎？

答：都是我。

問：還誰參與了？

答：沒了，就都是我的責任。

……

問：你認罪嗎？

答：認罪。

這成了明知故犯了！我忙問：「怎麼把我中間的解釋都給省了？這不是故意犯的呀？」

姓劉的眼一翻：「誰有空給你記那麼多呀？！這是不是都你說的？！簽字！！」

「我……」肚子更疼了，那也得使勁憋著，再看後邊，都省略了中間的解釋，整個是蓄意犯罪！這姓劉的太壞了，不僅僅是誘供，這是斷章取義、歪曲編造！

「先讓我方便一下好不好？」

「簽完字再說！給丫臉了吧？！」

加急的腹痛，讓我無暇多想了，我實在是受不了再一次拉

褲子，再一次便池洗褲子的罪和屈辱了。又一次全身肌肉總動員的時候，我心底裡活動了，可是人心就是很怪，還得給自己找到一個說服自己的理由。

也許大陸的口供都這麼記？這藉口顯然騙不了自己。還是為朋友兩肋插刀吧，這個理由太美妙了。你不是希望楊義早點出去嗎？天塌下來我自己扛吧。

我抓起沉重的筆，小王說：「在每頁下簽名……在最後寫：以上看過全對，簽名。」我在改動處、在每頁的簽名上按了手印。然後，又在一張填好的刑事拘留證上簽字畫押。然後才得以緩緩挪向廁所。

§

「拉完啦？吃點兒吧？」

我方便回來，姓劉的竟然這麼損我！？

小王圓場道：「這兒有方便麵。」

我有氣無力地搖搖頭：「吃了方便麵，還得去方便。」

# 第二章

# 初識地獄

　　現實中的牢獄，和美化共產黨的影視作品裡的完全不是一回事兒，那真是不折不扣的人間地獄。警察利用、控制著牢頭獄霸，在看守所建立了一套高壓恐怖、敲骨吸髓的整人體系。

# 陰陽界

　　審訊之後，他們把我押上了車。車在院兒裡繞了半圈兒就停下來，我下了車，這才看見高牆電網。

　　順著電網往兩邊看，好長的一道高牆啊！夜裡看不到頭。牆頂上還有武警提著槍巡邏。我的媽呀！以前只在電影裡看到過監獄，這回要身臨其境了！

　　門房裡，一個警察敁著懷值班，一個小電扇嗡嗡地吹個不停。警察後邊是一個鐵柵欄門，兩個表情呆滯的武警扶槍把守著，裡邊就是看守所[1]關人的地方，那這兒就是鬼門關了。

　　姓劉的上前登記，值班的把我們帶到了裡屋，把檔案袋的東西倒了一桌子，下令道：「衣服脫了。」

　　我脫褲子時，才發現除了腰帶處還濕，在便池裡剛洗的褲子全乾了！我赤身裸體任他擺佈。

　　「有什麼病嗎？」值班的問。

　　「頸椎⋯⋯」

　　「這不算，性病、傳染病！」

　　「沒有。」

　　「轉過去⋯⋯行了，穿上吧⋯⋯你丫有多少錢？」

　　「具體我也不知道。」我邊穿衣服邊說。

　　「一百多塊，兩張卡⋯⋯」

---

[1] 海關沒有自己的看守所，他們都是把抓的人送到各看守所「羈押」。

我腦子嗡一下子——我錢包裡起碼兩千多塊哪！只是具體數不知道，怎麼變成一百多塊啦？交給姓劉的時候錢包還鼓鼓的哪！我一看姓劉的，他眼睛正向我挑釁呢。

這個小人！賊！肯定是我在廁所裡洗褲子的時候，把扣押我的錢偷了！無恥！……唉！又能怎麼樣呢？生性膽怯的我，本能地低下了頭。

「腰帶、眼鏡交上來。」

我摘下眼鏡，取下皮帶，交了上去。眼前就有點兒模糊了，沒了褲腰帶，一手還得提著褲子。

「你丫也就夠買被褥的，一套一百六十啊！……聽著對不對：信用卡兩張、手機、手錶，還他媽是名錶……還有別的嗎？」

「沒了。」

他把檔案袋貼上封條。轉身抻出來塑膠袋包著的被褥，甩在地下。我知趣地用右臂把被褥摟在身前，左手一邊托著，一邊還得按著褲子。這狼狽樣，太慘了。

過了鬼門關，是個小院，然後就是平房的監區了。唯一的大門，黑咕隆咚像個洞口，「洞裡」彌漫著陰黴味兒。奔著亮光走去，前邊的通道口被鐵柵欄封死了，中間是嵌著一間不銹鋼框的透明值班室，兩邊各有一個鐵柵欄門。

左門有犯人抱頭出來，右門前犯人蹲著排隊，我也知趣地蹲了過去，姓劉的上前登記。

輪到我了，警察從窗戶遞過一張單子，往監牢深處一指：「十筒！」

我接過來不知所云。門開了，我硬著頭皮邁了進去。哐噹一聲，鐵門關了，關閉了我的希望。

# 牢籠

望著幽深昏暗的監區，真有點兒像影視片裡的地獄。我摟著被褥剛走幾步，突然從旁門閃出來一個「小鬼兒」——光頭赤臂、馬甲鮮紅、敞懷腆肚、雙眼圓瞪、大嘴微張、虎牙刺棱——嚇得我一屁股砸在了地上。

「進來！瞧你這孫子像兒！」

看來他不是鬼，是個犯人。我爬起來，摟著被褥進了屋。

這小屋只有二平方米，裡邊也有一個穿紅馬甲的犯人，地上放著一堆皮鞋。

「脫！」

我又一次赤身裸體。押我的犯人抓著皮鞋就樂了：「名牌！該給我了。」

「現金、金屬的東西不准往裡拿，藏了什麼東西了嗎？」另一個犯人說著用鉗子拽掉了我的褲鉤。

「沒有。」

他又把我衣服縫翻摸了一遍，才讓我穿上。我摟起被褥，左手按著褲子，光腳彎腰地出了門，儼然一個丐幫弟子。

「往前走，數到第四個筒道，看牆上寫著十，蹲那兒報告，懂嗎？」

監區整體是個「王」字形。中間一條大通道，有一百多米深，左右兩邊是深邃的走廊，監室就在裡邊，不斷有犯人抱著頭，出出進進。通道裡還有點兒過堂風，好像習習的陰風，讓人不寒而慄。

到了那個走廊口兒，我蹲在四、五個犯人的後邊，等著交單子。一個警察仰坐著看報紙，雙腳搭在桌子上，根本不理我們。一個穿便衣的人，手裡拿著一大板兒鑰匙，在這個筒道裡接送犯

人。我學著前邊犯人的樣子，使勁低著頭。

輪到我交單子了，我這才抬頭。「便衣」梳著分頭，和警察的板寸不一樣，上身短袖襯衣，下身長褲子，腳上皮涼鞋，很精神。他對警察點頭哈腰地說：「杜哥，這新來的放哪兒啊？」

「你看著辦吧。」

「便衣」看著單子自語道：「走私？……大老闆啊？上我那兒吧。走！」他一揮鑰匙，嘩啦一聲。

原來他也是犯人！這身行頭，這麼自由，大牢頭！

他押我進了走廊。左邊是小院，黑咕隆咚，右側是囚室，我的媽呀！鐵柵欄門裡的囚室烏壓壓的滿是人！眼暈！

「蹲那兒！」

我蹲到了一個門口兒，膝關節又疼上了。門裡的犯人對牢頭滿臉堆笑，把我接了進去。

二十來平方米的囚室裡竟然關了二十多犯人！一米寬的過道上，頭腳顛倒地躺著兩組八個人，把過道嵌得滿滿的。床板上擠著十來個，前邊卻空著十來層單人褥子鋪成的床，顯然是給牢頭留的。四個人站在人縫裡，歪戴著黃帽子，搧著破紙板，朝著我呲牙。這幅景象，差點兒讓我暈過去！

旁邊的「黃帽兒」奪走了我的被褥，甩手後扔，砸著了後排睡覺的人，激起一陣笑罵聲。他又踹了我一腳：「過去！」

我艱難地站起來，小心翼翼地從通鋪邊沿的頭腳縫隙走過去，搖搖晃晃，踩著了一個犯人的頭髮。他一下醒了，瞪著我，想起起不來，太擠了。他右臂回鉤，搧了我的小腿，罵道：「沒長眼哪？！」

我連忙道歉，身子一歪，撐到了側牆上。

兩個犯人醒了，前後拱著像蠕動的蟲子，終於擠出了一點兒縫隙，掙扎著側身坐起來。我趕緊插足走了過去。

　　過道的盡頭是個水池，池邊還蜷臥著一位。我跨過小腿高的隔台兒，上了茅台兒，便池就在這兒，L形的隔台兒把這兒和床板分隔著。便池後邊是一米高的被垛，上面靠著一個十七八的小孩兒。

　　「蹲這兒！」那小孩兒一躍而起。

　　我慢慢蹲下，啪啪就挨了他兩個嘴巴。

　　「衣服不錯呀？脫了！我給你找身新的。」

　　要勒索我的衣服？正好！沾過屎的褲子正不想要呢。我換上他給我找的外衣，褲子短點兒。

　　「晚上值班兒，不許睡覺！背監規！」他把自己的黃帽子扣在我頭上，指了指過道兒牆上的木框監規，我傻愣愣地點點頭。原來他們不睡覺戴著黃帽子是在值班。

　　「你北京的？」

　　「啊。」

　　「管家裡要生活費，明白嗎？」

　　我使勁兒點點頭。得儘快讓家人知道我的處境，萬一姓劉的遲遲不給通知，萬一小謝不給暗中使勁兒，還得靠自己。

　　「你能要多少錢哪？」

　　「一千吧。」

　　他眼睛一亮，讓前門值班的傳過一張明信片。他訓話似地說：「這明信片可貴啊，不許寫錯了，不許多寫，不然發不出去！就寫『我在海澱分局看守所刑拘，要一千元生活費。下邊落款寫十筒七號兒，簽名。』」

　　明信片兒寫完又傳到了前邊，前邊的「黃帽兒」一揮手，「黃帽兒」們馬上起立，那小孩兒也把我提溜了起來。

# 小龍

嘩啦嘩啦的鑰匙響，門開了，送進來一個二十來歲的小夥子。中等個兒，穿著白背心，大褲衩，顯得很精神。他進來就開脫，一手抓衣服一手抓鞋，從人縫裡靈巧地搖曳過來。

「小龍，又跟『管兒』[1]弘法啦？」調教我的那個小孩說。

「別說，管兒悟性真不錯！比你們不差。」那個小龍過來穿上布鞋，把衣服往牆角被垛上一扔，說：「老六，你睡吧，我替你值一班。」。

「謝啦龍哥，這小子還沒教規矩，沒做筆錄呢。」那老六說著上了被垛。

小龍看了看我：「新來的？來，坐這兒。」他抽了一個紙板兒，放在了便池的水泥台上。

我客氣兩句，他拉我過去坐下，我心裡一熱：這兒還遇上好人了。

我捂著右膝蓋直咧嘴，他看著問：「怎麼著？關節炎哪？我給你抹點辣椒醬，管事兒。」

他讓我捲起了褲腿兒，他從水池上邊的木架子上取下一袋兒辣椒醬，擠了一把糊到我膝蓋上，迅速抹了起來。膝蓋火辣辣得真舒服。

「怎麼樣？辣子去寒。」

「謝謝！你叫小龍？」

「我叫龍志平，叫我小龍吧。猜我怎麼進來的？」他神祕地一笑。

我搖搖頭。

---

[1] 管兒：管教。

「我法輪功，叫他們拘三回了！」

我吃了一驚：「對法輪功這麼重？」

「我們清華練法輪功的幾乎都進來過，不止一次！爲法輪功申訴，就說你犯罪。」

我套近乎道：「我們孩子她二姨也是法輪功，軍科院的。我對你們不瞭解，可是看到她，就知道你們好，電視上的東西我不信。」

「造謠的長不了！我剛來的時候，管教班長還『挽救』我呢，跟我一聊，現在都叫我挽救了，誰也不說法輪功不好了，隔三岔五就提我出去聊去。」

小龍說完向前邊一擺手，一個叫「居士」的犯人來給我做筆錄，這是替管教代勞。當他們知道我是美國人時，「啊」地一下，眼都圓了，我一下變成了稀有動物。

小龍說：「老外也不關這兒啊……除非跟前筒那個『加拿大』似的，硬不承認你是老美！」

這一下點醒了我！「有可能唉！我剛入的美國籍，身份證還是原來的，名片也沒換。抓我的時候我沒帶護照，我一說我是美國人，他們就罵我，沒準兒以爲我矇他們呢！」

「你待不長了，我給你想想轍兒，早點出去。」

「太謝謝了！」我好不容易笑了一下。

「請律師了嗎？」

「預審通知我家裡請。」

「得趕緊寫明信片。」

「我剛寫了，就是讓我要錢。」

「起！」前門值班的犯人又一揮手。

值班的都站起來，小龍摘了我的帽子自己戴上，示意我別動。腳步聲由遠及近，警察過來往牢裡瞥了一眼，指著我：「怎

麼回事兒？」

「新來的，教規矩哪。」小龍說。

「小龍，走他一板兒[2]！」警察笑著往裡走了。值班的犯人都笑了，弄得我莫名其妙。一會兒警察返回來時，沒看號兒裡就過去了。

值班的又坐下來。小龍說這叫警察「走趟」，筒道盡頭有一個燈，十五分鐘亮一次，值班警察每十五分鐘走到那兒把燈按滅了，順便看看監號兒。犯人數著警察走趟的次數記時，這叫「數趟」。

我請他幫我分析案子，正嘀咕著，警察把那個押我進來的「便衣」送進來了。

他果然是個牢頭。一進屋，值班兒的就湊過去，伺候著他脫衣服。小龍也過去告訴他我是美國人，牢頭吃了一驚。

「剛入的美國籍，抓的時候不知道，我估計他待不長。」小龍小聲說。

牢頭哼了一聲：「前筒的那個加拿大的，關這兒快三年了！」他脫下三角褲衩扔給值班的，值班的馬上把乾淨的內褲兒雙手捧上。

「他寫明信片了，還讓他值班嗎？」

牢頭抽出來明信片看了看，說：「行，你安排他睡吧。」

「蘭哥，他要請律師，想往明信片上加一句。」

「加吧。」

這裡規矩這麼大！事事都得請示老大。

門外又響起腳步聲，值班的馬上站好。警察剛走過去。前邊兒數趟的值班人摘了帽子一揮手，「換班！」

---

[2] 走板兒：打一頓。

　　黃帽子扣到了另一撥人頭上，老六也下了被垛回去睡了。

　　被垛是小龍睡覺的專位。他翻出來一個枕頭，枕頭皮兒裡都是衣服，取出一套背心、大褲衩，說：「明兒你穿這身兒，就沒人敢欺負你了。」

　　「太謝謝你啦。」

　　小龍說新來的一般值三天夜班不讓睡覺，把你整垮好審訊。他把我請上他的被垛，我推脫不過，蹬著隔台壓了上去，壓出一股黴臭、汗酸味兒。這被垛比通鋪高出一米，寬有七十來公分，長只有一米四左右，伸不開腿。

　　小龍又摘了一個犯人的黃帽子，那人打著哈欠謝著上了鋪板，可是已經沒地方睡了。

　　他想把兩個犯人掰開，那倆前胸貼後背，完美地嵌合著，根本分不開。他側身把屁股壓那倆的骻骨上，腳擱在那倆肩膀中間，單手撐著在他倆腳中間，扭著屁股往下陷，把那倆晃醒了。他前後蠕動了半天也沒擠出空來，看樣子都不敢往老大那兒擠。

　　上邊的犯人說：「我可長痱毒了！」

　　「啊？！」兩個人異口同聲，馬上往兩邊一拱——「咚——哎喲！」

　　那倆犯人讓地兒太快了，上邊那位屁股砸到了床板上。值班看熱鬧的拚命捂著嘴樂，都不敢笑出聲來，看樣子都怕吵醒了牢頭。

　　「哪兒有痱毒啊？」犯人小聲問。

　　「廢話！我不這麼說，你倆能讓地兒啊？」

　　又蠕動了一陣，那人的腳才擠進了那倆的胸、背之間，拼圖總算完成了。

　　我問小龍：「你老替他們值班兒，你值班了咋辦？」

　　小龍說：「我屬於『特管』，我不值班，我就替他們，好練功，他們給我站崗。」

我問：「你來幾天了？」

「這兒待了一個月，『郵』七處半年又『郵』回來，十個月了。」

「七處？」我問。

「就是北京市看守所——市局第七處，大案要案，十五年以上的在那兒審。老江新搞的國保大隊也在那兒，專門整法輪功的。」小龍解釋道。

「小龍，你看我的案子……」

「你先睡，養足了精神，好打官司。我替你好好想想，明兒再聊。」

有這麼個可以信賴的人能替我想想案子，我也能安心了。折騰了這一天，一放鬆，簡直散架子了。

等我再睜眼時，見小龍靠牆盤坐，雙臂像鳥翅膀一樣側伸著，還挺好看。我心裡不由地感歎——信仰的力量！美國信基督的朋友沒少給我講基督徒受難的故事，當時只是聽聽而已。現在設身處地一看，信仰好像真是挺偉大。

## 規矩

迷迷糊糊中，嘩啦嘩啦的聲響把我吵醒。睜眼的瞬間，還以為在家呢。夢境和現實的巨大反差，那瞬間的失落，讓我潸然淚下。

天剛亮，一個犯人的背影出了牢。

很冷，頭沉，發燒了，禍不單行。四處搜尋不見小龍，我翻出身下一床棉被蓋上，被子的黴味兒、汗酸味兒刺鼻。當年下鄉也沒吃這麼大的苦啊。繼續睡吧，在這裡，睡覺做夢還是一大寄託。

一陣持續的鈴聲把我驚醒，睜眼那一瞬又是極其失落！

出了一身汗，感到好些了。我坐著不知所措，見小龍從地上

側身拔了起來，他睡到地上去了，我真過意不去。

小龍笑著拍了拍我的肩膀，小聲說：「怎麼樣？『夢裡不知身是客，一晌貪歡』？」

看不出他還有這雅興，吟頌南唐後主李煜的《浪淘沙》。那是李煜亡國後在軟禁中寫的——夢裡還當皇帝，醒來是囚徒。我勉強笑了笑：「人家李煜住啥條件？」

「噓——」小龍指了一下頭板兒的老大。

我一看，老大還躺著呢。

他見我發燒了，又找出一身長褲長衫。褲子前邊的兩個褲襻上各有一巴掌長的短繩，繫在一起就是腰帶。看守所裡不能有超過一尺的繩子，怕自殺，所以都是這樣的腰帶。

小龍對我這麼好，我對他卻只有感謝——沒有感激，對審我的小王、押送我的司機小謝，卻充滿了感激——沒有切身體會，是很難理解這種「斯德哥爾摩綜合症」[1]的。

天太熱，大清早都不涼快。除了我發燒穿長衣長褲，大家還是只穿一點式。

老大過來上廁所，老六把衛生紙扯開，折成三折，整齊放在隔台兒上。

臭氣沖天，水管一直沖著也不行，這比豬圈能強多少啊？我本能地捂住了鼻子，我胳膊被拽了一下，回頭一看，是昨兒給我做筆錄的「居士」。他指了指老大，我會意地放下手，學著大家自然地聞臭味兒，以免冒犯了老大。

---

[1] 斯德哥爾摩綜合症：人被匪徒劫持後，在絕望和恐懼中對匪徒給予的小恩小惠，會產生感激、依賴乃至認同的心理，因在瑞典斯德哥爾摩銀行劫持案中顯著表現出來而得名。這是人在恐懼和絕望中的一種變態情緒。其實中國大陸很多人都有這種心理：長期在中共高壓統治下，被中共揪鬥整治，對中共給予的平反會深存感激，誤認為是給了他第二次生命。

「蘭哥，那個新來的老美發燒了，讓他坐我那兒行嗎？」小龍向牢頭請示。

老大沉吟了一會兒，說：「讓他靠被垛吧，你照顧著點兒。」

「謝大哥！」小龍向我一招手。

我趕緊學：「謝大哥！」簡直入黑道了。

擠好牙膏，漱口水倒好，捧著毛巾端著香皂，老六侍候著牢頭洗漱，簡直是帝王的派頭。

老大洗漱完畢，對著本裡的一張錫紙梳頭，煙盒裡的錫紙成了鏡子。看來鏡子也是違禁品，玻璃也能用來自殺。老大梳完頭，老六遞上皮涼鞋——這違禁品是筒道長的儀仗。

老大走到鐵門前，對筒道大嚷：「杜哥，開門！」

「各號兒開電視！各號兒開電視！」後牆的大喇叭突然響了。

「操！差一步！」老大罵著回了茅台。

有人開了電視，大家面向電視站成了三列，開始了看守所的「愛國主義教育」活動——電視播放升旗儀式，犯人跟著唱國歌——亂七八糟，走調的不說，竟有人編詞兒搞笑，簡直是起鬨。

一曲奏罷關了電視，我回身想解手，老大把煙頭扔到了便池眼兒裡，「嗞」地一聲。我剛想跨過隔台，一個犯人迅速躥了過去，迅速掏出了煙頭，然後裝作沒事兒一樣，拿了塊髒布擦地。

我一腳剛跨過隔台兒，胳膊就被抓住了。「居士」小聲說：「等老大走了，按順序來！」

牢頭一走，號兒裡氣氛馬上緩和了。一個瘦高個兒溜溜達達去解手，看來他是二哥。

「嘿！『河馬』，別攦了，你真長痱毒了！」一個犯人大聲說。

　　馬上有人笑起來，看來笑的人，是看到昨晚「砸板」那一幕的。

　　「自己咒自己，活該！」

　　解手的二哥問：「誰這麼大頭？自我詛咒？」

　　馬上有人把昨天那一幕繪聲繪色地講了一遍，哄堂大笑。

　　小龍講，這號兒的「學習號兒」[2]是韓哥，別的監號兒的學習號兒是老大，韓哥是二哥，因為這號兒的老大蘭哥是「筒道長」，管著全通道十四個牢房的牢頭。監牢都是靠流氓管號兒，牢頭都是管教指定的，一般都是家裡給管教塞了錢的大流氓。蘭哥是一個黑社會的頭，他在號兒裡，大家都不怎麼敢說話。別的號兒也都那麼恐怖，沒事就走板兒解悶。韓哥管的很鬆，當然不守規矩也照樣走板兒！

　　一股臭味傳來，我習慣性地捂鼻子，手馬上又撤回來。

　　「不那麼臭了吧？」小龍問。

　　這臭味兒確實比剛才淡多了。

　　小龍說：老大吃的最好，經常在外邊混著吃「班長飯」[3]，所以他拉的屎最臭。韓哥在號兒裡吃的最好的，那也比蘭哥差很多，所以臭味兒小。沒錢的犯人，整天吃饅頭菜湯，拉屎真沒什麼味兒，特別是時間長的。

　　真是大開眼界，從拉屎的氣味兒竟能判斷這個犯人的地位！

　　韓哥大解完，從後排開始，依次「放茅」。看守所稱解手為放茅。大茅兩天一次，嚴格控制的，只有二板兒[4]韓哥例外。小茅也是定時的。

　　小龍向韓哥給我要牙刷毛巾，理由是我已經寫明信片了。韓哥從前邊的牆凹進去的暖氣處找出了新毛巾和牙刷，我趕忙叫道：「謝韓哥！」

　　海澱看守所東區的筒道分五類，第一類是女筒，即一筒、二

筒，關押女犯；後面是第二類拘留筒，關押小拘留十五天的；往後第三類刑拘筒，刑事拘留的關押地；再往後是第四類逮捕筒，是刑拘後進入檢察院逮捕程序的；最後邊兒就是第五類：大刑筒，十三筒、十四筒，判刑的都在那兒等著下圈兒[5]。一般犯人要隨著案情從前往後調，但是前邊關不下了，也有直接塞後邊的，像我就直接進了逮捕筒。

逮捕筒的人，預審階段都過了，直接跟檢察院、法院打交道，經驗很多。犯人們前途未卜的時候，一般從別人的判決結果上找自己，這樣比看法律條文還準，因為中國的法律伸縮性太大、政策老變，從法條上只能判斷個大範圍而已。小龍建議我多聽多看，大家的經驗教訓，都是很好的借鑒。

韓哥享用完豆奶粉加餅乾的早餐——號兒裡只有他有這個資格，在地上溜溜達達。忽然問我：「老美，發燒了？」

「啊，還行。」

「剛來就受不了了？老六，給他教教規矩。」

老六操著山東味兒，像說快書一樣：

> 饅頭一點兒，菜湯小碗兒。
>
> 睡覺立板兒，水洗屁眼兒。
>
> 抽煙搓撚兒，鞋底洗臉兒。
>
> 要想翻板兒，打斷腰眼兒！[6]

大家都笑了。我基本能聽懂，核心意思就是——整你沒商量！

---

[2] 學習號兒：字面意思是監號兒裡領著犯人學習改造的犯人，實際就是牢頭獄霸。

[3] 班長飯：看守所、戒毒所給警察吃的飯。

[4] 二板兒：監室裡的副牢頭，睡覺排在頭板兒牢頭的旁邊，故稱二板兒。

[5] 下圈兒：去勞教所或監獄服刑。圈兒，音：勸兒，牲口圍欄。

[6] 立板兒：側身擠著睡；搓撚兒：搓火，用棉花做的撚子搓著了火點煙；翻板兒：不服牢頭管。

# 獄友斷案

監牢裡把監視用的攝像頭稱爲監控，監控藏在喇叭裡，位於後牆正中，外面是個楔形的鐵罩。監控下面一個狹小的楔形空間是盲區，在監控室的電視裡看不到，盲區下部的前沿在茅台的隔台兒。放茅、洗澡和祕密活動都在盲區進行。還有一個安全區就是被垛和牆的夾角兒，老六就貓到這兒捲「小炮兒」——用香煙和煙頭搓出煙絲捲成小煙捲。

「小武子，搓火！」韓哥一聲令下，一個叫「小武子」的年輕犯人躥上了茅台兒。他從被垛底下抽出一隻布鞋，從爛棉套裡揪出一片棉花，灑上點兒洗衣粉，搓成手指粗細的一段，就用鞋底在後牆上猛搓。搓了一分來鐘，扯斷棉條，對著搓糊的部分一吹，糊煙升起、火星飛落，韓哥叼著煙一對，著了。這就是北京監牢裡的基本功——搓火。棉條扔進了便池，小武子輪著紙板猛搧，刺鼻的糊味兒迅速散去。

韓哥和頭板兒幾個柳兒爺[1]抽整煙，其他煙民嘗小炮兒。煙民們謝聲在先，輪流到盲區享受，看來這是他們最大的樂趣了。

放完煙茅，韓哥下令：「坐板兒！」

犯人整齊地坐成三排，只穿「一點式」。坐板兒的順序就是犯人的地位。由前往後，自左至右，地位一個比一個高。前兩排的小臂交疊搭在膝蓋上，屁股尖正好硌在床板兒上，怪不得他們屁股上都兩塊褐色硬皮呢。我們第三排靠牆就自由多了，腰、屁股尖還緩點兒勁兒，前兩排坐板兒可太難熬了。

小龍請韓哥幫我出主意，把我的案子公開講了一下。韓哥

---

[1] 柳兒爺：地位高的犯人。

說：「走私的案子我可不太懂。不過，『打關係』的學問倒是可以教你點兒。『打關係』懂嗎？」

「搞關係？」我問。

「不懂了吧？中國『打官司』，實際是『打關係』。跟公檢法沒法兒講理！就是靠關係。關鍵時候，你的關係得『打得過』對手的關係。交學費啊！咱可是貨真價實的『打關係』的教授！」

「韓哥，您教我幾招！等我來錢了，你們前板兒隨便用！」

韓哥一聽就笑了：「開個玩笑你還當真？我傳你點兒真經！上堂打官司的時候，祕訣是一對聯兒：

上聯：據理力爭，沒罪也重

下聯：花錢疏通，重罪也輕

橫批：可重可輕。

審訊的時候，可得反過來，留口供的祕訣是：

坦白從嚴，牢底坐穿。

抗拒從寬，回家過年。」

大家都樂了。我笑著說：「韓哥，真是真經啊！」

「這真經，可都是咱的老前輩們，用大刑換來的！」

聽著這實打實的幽默，我心裡真不是滋味兒。

小龍說：「韓哥，昨兒預審給他下套兒，他鑽進去不好辦了。」

韓哥溜達著問：「哪款兒啊？」

小龍從前邊兒找來一本爛書，翻著說：「《刑法》一百五十三條『走私普通貨物、物品罪』……偷逃應繳稅額在五十萬元以上的，處十年以上有期徒刑或者無期徒刑。」

十年以上？天啊！判我十年？還是楊義十年？還是我倆都十年？

三板兒陳哥問：「他們這一百萬的大案得上七處了吧？」

韓哥說：「五十萬是十年起；一百萬，可能是內部細則的一個坎兒，十五年起，可不？要那樣，十五年以上的案子，得『郵』七處去嘍。辦個大案，多得獎金啊！」

「啊？！」這預審也太陰毒了！

韓哥停到我前邊，問：「想出去嗎？」

「當然了！」

韓哥神祕地說：「告訴你：你唯一的出路是——」他咽了一口唾沫，喘了一口大氣，逗著說：「花錢改口供！」

「經典！」兩個犯人挑著大拇指。

韓哥繼續說：「硬改口供，你受不了那罪。花錢改，晚了就改不了了。」

「爲啥非改呀？」

「你要不改，花多少錢，最多給你優惠到十年！破不了款兒，懂嗎？」

「改成什麼？」

「改成你無知犯法，改成都是你同案[2]的責任！」

「啊？！」這太損了！

「花個20萬，把預審和領導都擺平，預審徹底改了口供，撤案，這得有特別鐵的關係才行，上上下下敢給你冒這個險。」

我搖搖頭：「這海關的預審、領導，我一個也不認識啊。」

陳哥說：「認識一個頂事兒的，你也進不來呀！」

韓哥道：「黑白兩道你沒走，現在傻了吧？你倆總得分案頭、案屁[3]，怎麼也得放出一『屁』去！

　　　　　　先下手爲強，

　　　　　　後下手遭殃，

　　　　　　不下手就扛。」

「我要改口供，我那經理可慘了。」

「如果他全推你身上呢？」

「也可能他已經……推我身上了，不過……我還希望他這麼做，畢竟我美國身份，容易擺脫。我們倆可是過命的交情，我可不希望因爲我，連累了他。」

「你剛入美國籍，你同案知道嗎？」

我猛然想起了：他不知道啊！他這麼把責任都推給我，可太不夠意思了！我聊以自慰地解釋說：「可能他認爲我有綠卡，好辦吧？」

陳哥笑道：「這不傻×嘛！你還想兩肋插刀呢你！你同案得叉死你！」

韓哥點著我說：

重賞之下，必有勇夫；

重刑之下，必有叛徒。

「記住：除了法輪這麼義氣──對他們老師這麼義氣，現在沒有這麼義氣的！生意場上都沒有哥兒們，法庭上更沒有！你丫可得記住嘍！」

我點點頭，問：「沒別的招兒了？」

韓哥搖搖頭。

小龍說：「你要爲難，可以問問律師，讓律師幫你出主意。你最好要求見美國大使。前筒那個加拿大的老尙，我剛來的時候，就在他的號兒。警察不知道他是加拿大人才抓的。後來知道了，誰也不擔責任，一直扯皮，都快三年了。他一直鬧著見大

─────────────────────

[2] 同案：同一個案子中當事人（被告），互相稱對方爲同案。
[3] 案尾：一個案子中罪行最輕、列爲最後一名被告的人。
案頭：案子中的主犯、第一被告。

使，都不給見。後來他絕食，第五天『白所兒』——這兒的正所長，給他下保證了，後來他吃飯恢復了幾天，就見大使了。」

心裡一亮，原來壓抑發堵的勁兒，消下去不少。

小龍說：「那口供對你太不利了，不管怎麼樣，你都得翻供。預審對你的誘供、逼供，就是你翻供的理由！」

韓哥把我叫到盲區，貼著我耳邊說：「蘭哥要是不改口供，早『郵』七處去了，他十五年起步的罪，現在改成了拘役六個月，下月起飛[4]。老陳也五、六年的罪，改了口供，才拘役五個月，下禮拜起飛！」

「太謝謝了，韓哥，等出去咱倆好好處處！」

他拍著我的肩膀說，「打牌的時候，叫上我就行了，我贏的錢，咱哥倆對半兒分。」

陳哥說：「別逗了韓哥，他跟官爺兒打牌，都是送錢，哪敢贏啊？」

「你看，我說他們豪賭的時候！我跟那幫檢察院、法院的耍牌，少嘍贏個幾萬，最多一晚上，贏了四十萬！檢察院那孫子回家取了一回現金，他那宿輸了六十萬，他說啥你猜？『操，下禮拜這錢就回來了。』你說這幫來錢多容易！」

陳哥對我說：「你丫這次要是『乾起』[5]了，請韓哥做助理，到美國賭城去，這次你填的錢，都能給你贏回來！」

韓哥笑道：「你可別抬舉我，贏這幫檢察院、法院的我在行，他們不懂手藝，我想怎麼贏他們就怎麼贏。澳門賭場我都不去，高人多，不過……共產黨的傻×大官兒也多。」

我好奇地問：「韓哥，你不怕輸錢的報復你呀？」

「咳，我贏他們那點錢算啥呀！他們錢有的是！我也不總去。」

陳哥說：「關鍵是——韓哥不贏公安的錢。」

「長學問吧？局子裡沒幾個『磁器』[6]，道上別想混！」

「開會哪！？就他媽這號兒聲兒大！！！」牢門外一聲大罵。

# 中暑記

韓哥滿臉搭笑，顛顛地跑過去，把奶粉和餅乾遞出牢門。

蘭哥指著我們罵：「我上監控看著啊，誰給我找事我揍他丫的！」

蘭哥這麼大的派頭，怪不得黑社會老大哪！表面是罵我們，一點兒都不給韓哥面子。

韓哥悻悻地溜達回茅台兒，說：「老美，因為你，我挨了一錘！」

我馬上說：「韓哥，咱出去處得還長著呢！」

韓哥說：「嗨，你當我真在乎他？我也快走了，誰能把我怎麼樣啊？！咱樂咱的。」

小龍捅捅我，小聲說：「管教來了，一會兒管兒可能提你。」

「你咋知道？」

「蘭哥給管教孝敬早點去了。」

我真意外，這管教還吃犯人的東西？！

突然，坐三排的一個犯人乾噦了一下，馬上搖晃著趴到隔台兒上，對著便池就吐，一股酸臭洋溢開來。馬上有一個犯人過去收拾茅台。

韓哥問：「『候鳥兒』，咋啦？」

---

[4] 起飛：出牢。
[5] 乾起：拘留後獲釋，一般指刑事拘留後取保候審，乾：音甘。
[6] 磁器：交情深厚的朋友。

小龍跨過隔台兒，去給那病犯捶背，「昨兒他就不舒服，估計中暑了。」

我顧不了自己低燒了，請示了韓哥，過去給候鳥看病。

候鳥面色蒼白，渾身冒汗，心律很快，我摸了摸他的腦門兒，說：「韓哥，這是輕度中暑，得看醫生了。」

韓哥一咧嘴：「咱這兒人還算少的，這麼熱的天，這麼擠，哪個號沒有中暑的？都去醫務室，還不擠爆了？這地兒，不發高燒都扛著，重了再說吧。」

「那……」我說，「給他喝點兒鹽水吧，讓他平躺在地上，用涼水擦擦身上降降溫。」

「哪兒有鹽哪？」韓哥抱怨著，小龍開始用濕毛巾給候鳥降溫。

§

「方明，出來！」蘭哥在門外叫。

小龍捅了我一下，我才喊出一聲：「到！」趿拉上一雙布鞋，出了門。

蘭哥押著我往外走，一個個牢頭在各號兒裡點頭哈腰地接受蘭哥「檢閱」。

「蘭哥，我們這個中暑的……」一個老大向蘭哥請示。

「死得了嗎？！」

蘭哥這話嚇我一跳，回頭一瞧，蘭哥正翻他那三角眼呢。

「啊……還……還死不了。」

「歇×！大夫來再說！」

進了中央通道，我們匯入了一股人流，流進了後邊的一個大屋子。裡邊蹲了很多犯人，等著照相。蘭哥押著我插進隊伍。我學著前邊的犯人，找出寫著自己名字的大白紙卡擺在胸前的扣子中間，背對尺規，照了一張標準的「罪犯照」。然後加塞到另一隊按手印兒，這裡叫「滾大板」。

「啪！」「便衣」甩手抽了前邊的犯人一記耳光，罵道：「你丫成心是不是！告訴你手不使勁兒，不會呀！把手擦了！」

犯人看著沾滿黑油墨的雙手，怯生生地問：「大哥，往哪兒擦呀？」

「衣服上擦！」便衣惡狠狠地抻出一張新表。

犯人遲疑了一下，黑黑的雙手在褲子上抹了半天，便衣重新給他按完了手印兒，罵道：「滾！」

太可憐了！明明有廢紙，就是不讓使。輪到我了，我吸取了教訓，像布偶一樣，任他擺佈。按了十個指紋，兩個掌紋，一次成功。

蘭哥押我到一個小號兒洗了手，就進了管教室。

一個中年警察坐在破舊的辦公桌後邊，寸頭，方臉兒，笑眯眯眼兒，叼著個煙捲兒。桌兒上一個台扇對著他，邊吹邊搖頭，好像在說：這人不怎麼樣。

「這是丁管兒。」蘭哥說著自己點上了煙。

「您好，丁管教。」

「坐，抽煙嗎？」管教說著彈出一支煙。

我連忙推謝，坐到他對面腰鼓形的木墩子上。按規定管教要找每個犯人談話、做筆錄，可是這丁管兒架子大，他讓號兒裡替他做筆錄，他就不用見犯人了，就是他提見的犯人也是蹲著給他回話，給我如此禮遇，我真有點受寵若驚了。

「聽說你是美國人？」

「啊。」

管教簡單問了問情況，說：「踏實待著。看守所就是看包袱的，不管你的案子，只要包袱不出事兒就行。我看你待不長，有啥想不開的找老大，再不成就找我。」

「我想見美國大使。」

「這⋯⋯我得跟所長請示去,你請律師了嗎?」

「我剛寫明信片,讓我家人請。」

「拿來我瞧瞧。」

蘭哥競走一樣快步出屋,沒兩分鐘,門嫋嫋而開,推門的輕勁兒,跟女人似──竟然是蘭哥,這看守所真能「改造人」!這黑社會的老大在管教面前都變成了淑女!

管教接過明信片一看,笑了,按說是看到上面的「油水」了,「行,今兒我就給你發嘍。」

「謝謝管教。」

管教問蘭哥:「他睡幾板啊?」

蘭哥討好地說:「您看呢?不行睡我那兒吧。」

「嗯⋯⋯你們二板叫什麼來著?」

「韓軍兒,楊所兒[1]的『托兒』[2]。」

「哦,對,那⋯⋯讓他睡三板兒吧。」

「謝謝管教。」

管教和藹地問:「還有什麼事兒嗎?」

「我有點兒發燒,能看看醫生嗎?」

「一會兒等大夫吧──不!老蘭,直接送醫務室!」

蘭哥請示:「那幾個號兒中暑的是不是也抬去?」

管教一皺眉:「死得了嗎?」

「死⋯⋯死不了。」

「等著,大夫來再說!」 管教沒好氣地說:

敢情蘭哥對牢頭那套都是跟管教學的!這管教也太「酷」了:對老外倍加呵護,對老內原形畢露,跟共產黨咋這麼像啊!

---

[1] 所兒:所長。
[2] 托兒:被托的人,私下疏通案子,或者照顧生活。

蘭哥押著我順著中央筒道往外走，拐進了醫務室。

地上男左女右坐著幾個病犯，邊上有犯人陪護著，看病的犯人坐凳子上，兩個女獄醫帶答不理地接診，好像一肚子怨氣——看守所裡，她們這兒油水是最少的。

一個女獄醫對女犯說：「中暑啦！別讓她坐板了，躺地上，喝鹽水，吃人丹，用涼水擦。」

「哎呀姐呀，一直擦著呢，還這麼燒。」一個陪護的女犯誠懇地說。

「躺風圈兒[3]去，頭墊高，昏過去立刻報告！」

「姐呀，這風圈夠熱的……」

「不會潑（水）呀！把風圈牆都潑嘍！讓她躺陰涼。人可不能潑啊！中暑了只能擦，記住沒？」大夫扔過一盒藥，把女犯打發走了，這兒治療的招兒竟是讓女犯當「潑」婦。

「王大夫，他發燒了。」蘭哥把我拽著插隊塞到了前邊兒。

「中暑了吧？」大夫問。

我怎麼說？大夏天給凍著了？鬧肚子預審讓拉褲子——穿水褲子吹空調？這發病原因是隱私啊！我隨口說：「水土不服。」

「你口音不北京的嗎？」

「他美國人。」蘭哥說。

「喲？怎麼美國人也抓這兒來了？」王大夫驚訝得變了個人，馬上變和藹了。

我量體溫的功夫，王大夫又打發了一個中暑的。

「三十七度五，不燒啊。」她邊甩表邊說，「還是給你打一針吧，美國人嬌氣，換他們都得扛著！」

---

[3] 風圈兒：看守所監號兒的後院，供犯人定時放風的地方。風，放風；圈兒：牲口圍欄。

「謝謝！您這兒比外邊強，還給打針，外邊淨給輸液了。」

王大夫說：「輸液多貴，這兒可是輸不起。」

「現在大城市醫院，很少打針了，動不動就輸液，把身體都輸壞了。」我一邊挨針一邊跟她開扯，希望她手法慢點，哪知道她幾乎是把藥滋進去的，獸醫的手藝！

「中國現在都這樣，怎麼掙錢怎麼來，身體輸壞了再給醫院交錢唄。」

「您這話真經典！」蘭哥不失時機地給王大夫拍馬屁。

「在美國不這樣吧？」王大夫說著拔出了針頭。

我說：「美國是儘量不輸液，儘量不打針，一般都吃藥。」

「我也給你開點藥吧，照顧外賓了。」

看來我這美國身份成了護身符了，人人另眼看待。

§

看病回來，見候鳥兒還在水池邊躺著。一摸候鳥兒，高燒了，再碰碰，昏迷了——糟糕！重度中暑！弄不好，要死人的！

韓哥急了：「一會兒大夫巡查來了，你說重點兒！不然大夫不管！」

我猛力掐他人中，還不錯，掐醒了。

一個年輕的男大夫出現在門口兒，韓哥趕忙上去匯報。

大夫說：「掐人中，能醒嗎？」

「掐半天了，一直昏迷！」

大夫也急了，「趕緊抬醫務室！」韓哥馬上拍板兒[4]，號兒裡忙著給候鳥兒穿衣服，大家趁機起來——利用一切機會活動屁股，緩解坐板的壓力。老六背著候鳥兒，由韓哥押著出了牢門兒。

半天功夫，韓哥和老六才回來，說候鳥兒砸上腳鐐去醫院了。

候鳥兒去年春天就進海澱了，拘役半年才出去，今年春天又回來了——秋去春回，故名「候鳥兒」。這回不知道啥時候再飛回來。

# 看守所，有三寶

剛才韓哥口傳的「眞經」我並不太認可，我天眞地以爲冤案離我很遙遠。但是韓哥的見識可是很難得。打了一針輕鬆多了，坐板靠著被垛，主動跟韓哥聊上了。

「老美，看守所有三大寶，你能猜出來嗎？」韓哥溜達著說。

「我試試吧。」

「你們都不許告訴他啊！從現在猜到晚上吃飯前，老美，保證你猜不出來！」

「那我要猜出來呢？」我知道我這點閱歷肯定猜不出，故意跟韓哥套近乎。

「你要猜出兩條來，就算你贏！我輸你一包榨菜！」

韓哥那神態讓我感到：榨菜在這裡就是「山珍海味」！我大方地跟進：「我要猜錯了，我來錢了，你們頭板兒隨便使！」

韓哥一聽就樂了，「一言爲定！」

慘了！我一句巴結的客套話，他還拍板釘釘了。我賭注一千塊——他就一包榨菜！

「打水！」筒道口一聲吆喝，給號兒裡送開水了。號兒裡接了一大盆，拿刷牙杯分給大家喝。打水每天兩次，其他時間就喝自來水。

不一會兒，筒道裡又傳來隆隆的車軲轆聲。

「飯車來了，下板兒！」韓哥一聲令下，大家呼啦一下子，亂了營一樣，亂得我發蒙。我跟在後邊去洗手，連用肥皂也限制。

通道裡的車軲轆聲走走停停，各號可憐兮兮地哀告：「阿

---

[4] 拍板兒：按監室門口對講器的電鈕叫值班的警察。

姨，多給點兒吧，我們號兒人多⋯⋯阿姨⋯⋯」此起彼伏的「阿姨」聲，匯成了淒涼的樂章。

「小四川」把塑膠盆從前邊鐵門下邊的長方口伸出去，飯車還沒來，他就說唱起來：「阿姨阿姨好阿姨，我們號兒人多⋯⋯」

推拉飯車的婦女看來不是犯人，應該是臨時工。前邊的「阿姨」問：「多少人？」

「二十六個！」

那個女人往盆裡扔完了饅頭，小四川又哀告：「阿姨多給點兒吧，吃不飽⋯⋯」

吃飯是要分地位的：床板上十來個人分兩組，前邊一組以韓哥為首，後邊一組自圍一圈；其他光腳站地上的應該是窮人。我自覺地赤足站到了最末一位──已經蹲到了茅台台兒。

韓哥招我到前板兒吃，我趕緊客套，小龍一句「韓哥說一不二」，我也就「謝韓哥」了。前板兒吃飯的只有韓哥、陳哥、小龍和我，分享的美食，也就是兩根火腿腸，兩碗方便麵，一包榨菜而已。

「老六」在前邊分菜，塑膠碗擺了一床板，每碗一個塑膠勺，因為筷子可以作兇器，所以號兒裡沒有。小四川分完饅頭回來，饅頭盆就歸韓哥把持了。

海澱看守所只有饅頭，有的看守所只有窩頭。這個方饅頭也就我手掌那麼大，喧騰蓬鬆，一攥就成小雞蛋了。一人一天四個饅頭，犯人大多是幹體力活的，哪吃得飽啊？

前板吃完了，韓哥問後邊：「誰還不夠？」

「韓哥、韓哥⋯⋯」犯人們轉眼成了乞丐。得到饅頭的狼吞虎嚥，更多的悻悻然。

收拾的犯人順手把韓哥扒掉的饅頭皮一股腦地塞進了嘴裡。

這就是這裡能幹活兒的好處，有機會多吃一點兒，所以幹活的都是平民裡有頭有臉的，幹活的地位依次是：洗頭兒、飯頭兒、地保、台長[1]。

「韓哥，我猜這看守所三寶的第一寶是饅頭！」

韓哥很是詫異，「行啊！老美！接著猜！」

韓哥從前邊取來一卷衛生紙，只發給了我們幾個「柳兒爺」，看來其餘的放大茅都得水洗，連刷碗的都不例外。想到昨天被預審逼得水洗便溺的情景，我說：「韓哥，我猜第二寶是衛生紙！」

韓哥驚得瞪圓了眼睛：「你還有這眼光？我看你第三個猜得著不？」

蘭哥在門口冒了出來，韓哥躥過去接了大板兒鑰匙，藏在背後去開風圈兒門，顯然是避開監控，回去的時候把鑰匙板兒貼在懷裡，嘩啷啷的像掛了狗鈴鐺。

風圈兒是個不到六平米的小院兒，四周水泥牆有三米，頂上封著拇指粗的鐵欄杆，靠近監室的部分是水泥的「馬道」，正好對著號兒裡的大窗戶，那是巡邏的通道。望著頭頂一方晴空，真是「坐井觀天」。

午休前統一關了風圈兒，風圈兒裡是不許留人的，以前曾有人在風圈自殺。韓哥排我中午值班兒，可是蘭哥回來親封我為三板兒，連值班也免了。

午休時為了能睡下，後板兒臥倒極其迅速，我到了前板已經沒地方了。韓哥又從板兒上抽了胖子值班兒，他這一起，後邊的犯人都跟起來，顛倒了一下頭腳的位置，這樣才能頭腳相對、緊密拼插，可地方還差一半兒。

「老六，推土機！」韓哥不耐煩地說。

老六坐了起來上，雙腳蹬在一個犯人的後背，老陳頂著

他，二人使勁往後蹬——這就是「推土機」。

後板兒的貪圖涼快，沒墊褥子，犯人就穿一小短褲躺光板兒上，被「推土機」擠壓搓蹭得齜牙咧嘴，直到給我推出了「半壁江山」。我這三板兒的地盤兒是後邊三個立板兒的寬度，平躺著彼此都挨不著。

§

「垃圾！」下午坐板的時候，筒道裡一聲大喝。不一會兒，一個勞動號兒[2]拖著一條裝著垃圾的棉被到了門口。

「地保」過去倒了垃圾，再把又破又髒的塑膠袋拾回來在便池裡洗。他興奮地告訴老六：「那兒有個煙屁！」

老六歡天喜地的躥了過去，馬上回來把板兒布和地布接起來，一頭甩到門外去劃拉——不夠長，他索性動員我們解褲繩，在盲區把巴掌長的褲繩接起來。

看這架勢，我說：「韓哥，我猜這兒的第三寶是香煙！」

韓哥驚訝了，「還改嗎？」

「定了！我猜這三寶就是饅頭、手紙、香煙。」

韓哥得意地笑了，「老六，告訴他標準答案！」

「等會兒，韓哥。」老六正在牢門用他那長傢伙摳煙屁呢。

地保在那兒站在門口擋監控。他穿著一條肥褲子，高挽褲腿，雙手提著褲子——褲繩被老六收走接繩子去了。

老六一聲捷報收了傢伙，伸手剛要摳，一個警察像賊一樣冒了出來！

---

[1] 洗頭兒：洗碗、洗衣服的；飯頭兒：打飯、分飯的；地保：擦地的；台長：擦茅台便池的。
[2] 勞動號兒：在看守所服刑、勞動的已經判決的犯人。

# 融入社會 （上）

「幹嘛哪？！」警察吼道。

老六拍螞蚱[1]的手僵在了牢門外。太突然了！地保在門口提著褲子傻了眼。

「高哥！」韓哥跑了過去。

「喲，磁器！」

班長這話一出，大家揪著的心才落了回去。結果韓哥竟然向那警察要了小半盒煙。警察一走，韓哥蹲下拍住了煙屁，回身領受大家的馬屁。

我問韓哥：「我猜的那三寶眞不對嗎？」

韓哥一擺手，老六道出了絕對經典的答案：

> 看守所，有三寶：
>
> 睡覺、小炮兒、放大茅！

原來，這裡每人兩個饅頭是不會扣的，沒多餘的饅頭也餓不死，沒錢、沒手紙也能湊合過，可是一直不讓你睡覺得把人折磨死——晚上連著值班兒，白天去提審，三天就整垮了，這比刑訊逼供還厲害！五天下去不見傷能把人整死！何況睡覺做夢還是監牢裡最大的樂趣，所以第一寶是睡覺。第二寶：管教靠倒煙掙錢，用煙的發放來管理犯人，管住了煙，就能讓犯人聽話，所以小炮兒是第二寶。第三寶：一般號兒的老大讓兩天大茅一次，有的號兒三天一次，還有的四天放一次！讓你乾瞅著號兒裡的便池，憋著脹肚子！把人整得一點兒脾氣也沒有。拿這個管人，你不服也得服，所以第三寶是「放大茅」。

韓哥解釋得我心悅誠服。常言道：「管天管地，管不著拉屎

---

[1] 拍螞蚱：揀煙頭。

放屁」。共產黨的監牢，連這都管，拉屎竟然成了寶貴的人權！

§

晚飯後，大夥兒在監室裡自由活動。韓哥在前板兒打牌——兩副牌的「雙升級」，後板兒在下兩台象棋。小龍在給小四川講道，地保旁聽。我湊著聽了聽，小龍講的都是做人之道。

晚上六點三十分，開電視了。大家面向電視坐成三列，前邊有個「性病」坐地下。我坐後邊挨著小龍，身後的柳兒爺繼續打牌。

新聞沒看完，就聽見大喇叭吼道：「牌給我扔出去！」

「劉所兒的班兒！」韓哥說話都嚇岔音兒了。

「聽見沒有！？」大喇叭又一嚷，後邊都嚇呆了。

小龍轉身，把撲克牌斂巴斂巴，光腳下了板兒，往門外扔了一地。回來剛要上板兒——

「站那兒！」大喇叭一吼，號兒裡的空氣都凝固了。

「誒？這不小龍嗎？又來啦！？」大喇叭緩和了。

小龍笑笑沒說話。

「小龍，肥了，查完班兒，咱倆還聊聊啊！」大喇叭啪達一聲關了。

大家盛讚小龍的仗義，小龍說他上回來絕食的時候，劉所兒跟他聊了好幾次，談得很投機。小龍混得真不賴，我可得學學，得努力溶入這個小社會。

韓哥他們也不看電視，閒扯解悶。我一時找不到話題，他們墊牌的報紙吸引了我的注意——整版報導石家莊爆炸案。這恐怖大案震驚世界的時候，我正在香港，看過《南華早報》的深度報導，現在再看看這國內的報導——簡直是誤導！我知道大家一定感興趣，就問：「韓哥，這石家莊大爆炸[2]你知道嗎？」

「何止知道？這兒還有『烈士』家屬哪！」

原來地保家就在石家莊棉三社區十六樓！他在北京打工，第

二天趕回家，看現場就傻了，整個樓全平！他父母住他姥姥家倖免了，而爺爺、奶奶，兩個租住的女房客都死了。

我說：「中國官方報導前後矛盾：五起爆炸案，一個樓是定向爆破，但是最後報導，成了四起爆炸，死了一百零八個……」[3]

「屁！我們樓整個平了！」地保做了個下壓的手勢，「報紙上說我們樓才死九十三個，誰信！那是職工宿舍樓，閒房都租出去了……」

韓哥看著報紙說：「抓他三十多天就帽兒了[4]，這急著滅口啊！」

我說：「賣炸藥的、做炸藥的都槍斃，賣雷管兒的死緩……」

韓哥說：「這同案活不了。」

我說：「你不知道！那是一年前賣給他的！賣了三十三塊錢，那是個採石廠工人，說好炸土用才賣的。他犯啥罪？結果一審死刑，二審死緩！」

大家被我吸引住了，我侃侃大談：「最慘的是那賣炸藥的，她男人癱了十年，她還贍養倆老人，撫養倆女兒，背一身債。後來她才想做炸藥糊口——她們那兒都做土炸藥，開山採石頭，沒人兒管。她剛學會，就遇上姓靳的了，說好了採石頭用，賣了九百多塊——死刑！還有那個提供硝酸銨化肥做炸藥的農民，也死刑！你說一個人拿菜刀殺人了，連賣菜刀的、打鐵的都死刑？

更有意思的是那幫警察，爆炸之後，把那幾個村的人都抓了，他們知道那兒是炸藥基地，以前咋不管呢？」

韓哥說：「敢情你怎麼說，就那姓靳的該死啊？」

地保說：「案子沒全破，就殺人滅口！三處都是定向爆破，我不信一個文盲幹得了！」

一個唐山口音說：「沒準兒真不是定向爆破，豆腐渣工程遍

地，一炸一震，弄不好樓眞得酥嘍！」

地保反擊道：「四十五分鐘能炸五個地方？半夜開車跑一遍四十五分鐘都下不來！姓靳的還是打車呢。」

我說：「這案子要發生在美國，你們猜咋判？」

大家來了精神，我說：「美國很多州沒有死刑，要是判姓靳的就終身監禁了。要在有死刑的州，我記得有個州五十年才判了一個死刑，他搞恐怖炸死一百五十來人，要在那個州判，姓靳的也得死刑，可是他的同案——那幾個死刑的、死緩的農民無罪！但是，還有四方得被起訴。

「第一，監控犯人的警察有罪，失職；第二，雲南警方有罪，姓靳的殺了人，不通緝、不追查；第三，管社區治安的警察有罪，姓靳的搬了一晚上炸藥，沒人管；第四，市場監管的有罪，制賣土炸藥沒人管。陪審團八成得判他們有罪。花納稅人的錢，不給公民辦事，人民不饒他！如果眞是豆腐渣工程，那蓋樓的、招標的也得坐牢！像中國這個，拿無辜百姓墊罪，國際笑話！」

「中國特色！黨是看這一百零八條命說不過去，多斃幾個平民憤！」韓哥說。

我進一步問：「你們猜，在美國還要追究誰嗎？」

韓哥說：「市長、公安局長辭職唄。」

我說：「肯定！另外，還要譴責媒體，批評報紙、電視！因爲媒體沒有把姓靳的殺人的消息登出來！這是對人民不負責！」

我看大家沒太明白，繼續解釋：「不用什麼通緝令，姓靳的殺了人，立刻，嫌犯的照片上報紙，上電視——這不就起到通緝令的作用了嗎？全國都知道了，他回老家就得抓起來，也就爆不了炸了！他還敢在自家社區沒完沒了搬炸藥？！爲什麼經常西方老報導刑事案？是媒體要對人民負責，出了兇殺，第一時間就得

提醒所有人注意安全，喚醒防範意識。中國哪報導，都是案子破了，才選擇性地報導，還得上邊批准。」

「美國犯罪率比中國低得多！中國坐牢的名目五花八門，什麼拘留、拘役、勞教、收容……這些坐牢在中國都不算犯罪，都不統計。黑社會的大案子，法院判決的，一天至少一件，兇殺、死人的案更多了……」

一個犯人插話：「那也沒法登啊，那人們不都嚇壞了？社會就亂了。」

我說：「登新聞了天下大亂？報紙擴充幾個版面就得了。那樣老百姓反而愛看報紙，報紙說實話，老百姓相信政府，社會能亂？報紙說實話，腐敗能這麼猖獗？社會反而會安定。」

「可是呢？姓靳的在爆炸前一周殺人，連通緝令都不發！官員怕影響他『大好形勢』。我看這張舊報紙上吹：第一聲爆炸後，五分鐘消防、搶險隊就開過去了，一看就是定向爆破——恐怖襲擊呀！傻子都知道不是煤氣爆炸！可是他不全市戒嚴！當時戒嚴很正常——路口查兇手，社區戒嚴不讓兇手躲藏，那樣後邊就炸不起來啦！所以，就一次又一次地爆炸，老百姓一批又一批喪命！這些爆炸本來都是可以避免的！」

韓哥說：「穩定壓倒一切！戒嚴了動靜太大，影響穩定。」

地保憤憤地說：「你這一說我可明白了，我原來還佩服警察破案神速呢！」

我說：「你看這報紙，宣傳如何動用全國警力破案——宣傳他為人民負責，讓人民感激他；宣傳他關心災情——讓『烈屬』對他感恩戴德！還不斷開慶功會，還攬功呢！把自己的罪行都掩蓋啦——這要在美國，這麼玩人民，人民不答應！」

韓哥說，「中國這老百姓叫人民嗎？都他媽奴才！」

「不對！」小龍說：「中國的老百姓叫『國家主人』！」

「老美，你還挺反華的啊？」韓哥的語氣並無惡意。

我說：「反共不是反華，指責腐敗也不等於反共。」

韓哥說：「真愛國，我看就得反共！」

「械具！」筒道裡突然一聲大喝。

---

[2] 石家莊爆炸案，後來我查到了大陸官方報導，摘錄時間進程如下：

（1）2001年3月9日，靳如超在雲南馬關縣韋志花家中將韋殺死潛逃，韋的父母報案，當地公安竟未通緝兇手。靳如超在昆明、天津等地的旅店、航班上都留下了真名，警方未追查。

（2）3月16日4點16分至5點01分，5起特大爆炸相繼發生。

（3）3月18日，造（採石廠用）炸藥的王玉順抓獲。

（4）3月20日，賣（採石廠用）炸藥的郝鳳琴（賣得950元）抓獲。

（5）3月23日，靳如超在廣西北海被抓。

（6）3月31日，檢察院正式逮捕靳如超——正常程序逮捕要在被抓37天後，然後再經公安偵查6個月再提交檢察院。

（7）4月18日，中院一審判決靳如超、王玉順、郝鳳琴、胡曉洪（1年前以33元賣給靳如超雷管崩土用的採石廠民工）死刑——正常判刑要經檢察院調查3至9個月，法院一審再2個月。

（8）4月29日，高法二審維持靳、王、郝的死刑，胡改為死緩——正常二審要2個月。

（9）4月29日，二審後立即槍決——《刑訴法》規定的「死刑復核程序」沒有具體期限，因為復核批准日就是行刑日，而大陸的死刑犯一般要被活摘器官的，所以需要等待移植器官手術的安排，需要等幾個月甚至一年不等。

[3] 官方媒體：法庭認定了4起爆炸為靳如超所為，只報導死亡108人。但中新網01年4月19日報導〈長篇：石家莊特大爆炸案的前前後後〉的「相關新聞」有：〈炸死168人，我不後悔〉，該新聞已經被刪除，但題目尚在。

[4] 帽兒了：槍斃了。

# 融入社會（下）

帶腳鐐的犯人慌忙下地，坐在地上雙腳伸出了牢門。三個警察過來抖了抖腳鐐就走了。

韓哥聽上癮了，還讓我講，我又講了一個「限期破案」的例子。這是我進來前幾天，剛在《北京周刊》上看的：昆明一個戒毒所民警，叫杜培武，他老婆也是警察，他老婆和一個縣的公安局長在一輛警車裡被槍殺了。市裡限期一百天，必須破案！專案組沒線索，就懷疑杜培武情殺。因為杜培武夫婦和那個被殺的局長都是同學，所以他老婆有可能跟那局長私通——這麼一猜，就把杜培武抓了。不承認就打，什麼刑具都使。姓杜的挺了兩個月，實在挺不過去了。作為警察他明白，不打出來不算完，打死也能弄他個畏罪自殺，也算破了案了！他就按專案組的意思編。招供了就轉到看守所，看守所不收，傷太重怕死了，後來市裡發話才收監。看守所按正常手續給傷處拍照，怕自己擔責任。杜培武留了個心眼兒，把他血衣藏起來了。

他們聽入迷了。不少人低著頭，好像怕看電視一走神兒，少聽到一個細節。這個案子可是每一個犯人的借鑒啊！

我繼續講：「破案了，市局、派出所開慶功會，姓杜的在裡邊是手銬腳鐐過日子。頭仨月根本不讓請律師！案子到了檢察院，翻供沒人理！開庭是冬天，他偷偷把血衣藏在腰裡，要不然不讓他帶！在法庭上，他抽出來血衣，說刑訊逼供，屈打成招。還說：看守所有他受傷的照片。檢察院可上火了，調檔案吧。結果看守所說：『好像有這麼回事兒，但是照片找不著了！』」

「真你媽不是玩藝兒！」唐山人咬牙切齒地罵道。

我繼續說：「法院審判的時候，雙方對質那相當經典：

「第一條：公訴人說杜培武有犯罪動機，是情殺。他老婆和

那局長通姦，證據是：杜培武家的電話，有不少是他老婆往那局長那個縣打的，足以認定。」

「杜培武說：『我們家的電話是分機，查不出來往哪兒打電話呀？不能把總機往那縣打的電話都記成我老婆打的！我還打過哪！』。

「法院認定，杜培武狡辯，公訴人的有效。」

大家都給氣樂了。

我又說：「第二條：公訴人說杜培武袖子上有開槍後的火藥殘留，這是殺人證據。」

「律師拿出十多份證據，證明杜培武有十幾次射擊訓練，當然袖口有火藥殘留，警服近期也沒洗。法院說證據很好補造，不予採信。」

「第三條：公訴人說殺人的車裡的剎車上的泥，和杜培武襪子的氣味一樣。大家一看鑒定結果：兩條警犬鑒定過，只有一條警犬鑒定氣味兒一樣，好，有一樣的就行！」

「律師說：案發後兩個月警犬才鑒定，怎麼還能聞出來呢？還有一條狗沒聞出來呢！」

「法院說：那狗連味兒都聞不出來，能是好狗嗎？」

大家又給逗樂了。

「律師說：刑訊逼供的血衣，傷都在，刑訊逼供無效。法院說：看守所誰不挨打？沒有照片，你不能冤枉專案組！」

「律師說：杜培武案發的時候不在現場，有戒毒所的人看見過他，拿出證詞來，法官一看，說：這吸毒的人也能做證？無效！」

「律師說：戒毒所有個警察也能證明杜培武不在現場。法院問檢察院的：那是他同案哪？抓了嗎？嚇得律師不敢提了。」

「律師說：口供上說在車上槍殺，車上都沒血，怎麼能在車

上槍殺？槍也沒有，子彈也對不上，怎麼能定殺人？法官說：他就不說槍在哪兒，他就說在車上殺的，你賴誰啊？誰讓他簽字畫押啦？」

「律師說：杜培武兩口子感情很好，出不少證據來。法院說：感情好，他老婆還給那個局長打那麼多電話？！」

大家笑罵起來。

「結果怎麼判？律師的辯護不予採信！死刑！」

一下炸了，犯人紛紛開罵。

「都給我歇×，聽老美講！」

韓哥平息了騷亂，我接著講道：「這傢伙不服，上訴。二審的時候，上邊一看，這口供一看就是編的，幾乎沒有一樣對得上的。有證詞沒證物──血衣也丟了！那個法官還算有點兒良心，改判死緩。」

韓哥問：「那麼大的案子，在警車上槍殺兩警察，還死緩？！」

我點點頭，「二〇〇〇年夏天，昆明一個做案四年的殺人劫車團夥告破，團夥老大也是個警察！審訊的時候，『案屁』把杜培武頂罪的案子撂了！那把找不著的槍就在那個團夥老大的保險櫃裡，做案時間、地點、開槍的部位、角度都對上了。一上報──為這個案子平反都扯皮了一個月，都擇清了責任，總結完教訓才放人！春風化雨呀，黨給你平反了！」

大家一片唏噓。

我繼續講：「杜培武坐了二十六個月的牢，打得他走路都不利索了，出獄先住院。公檢法說給你官復原職，補償十萬塊錢私了。他不幹，上告，可是那些辦冤案的，從公安局到檢察院到法院，一個沒動，連個處分都沒有。他就上訪啊，告啊。開始還有人接待他，後來都沒人理他了。後來他找記者，發的這篇稿子。

稿子在雲南報紙剛登一天，馬上，雲南的媒體就查禁了，可是外省開始轉載。現在他還上訪呢！」[1]

唐山人道：「老美呀！這杜培武萬幸啊，他還沒給整死。我哥都死在這裡兒咧，我都知不道上哪兒告去呀！」

「『唐山』，停停停！」韓哥馬上打斷，「你的事兒管兒可囑咐了，不讓在這裡兒說。來來來，你放煙茅來吧，小武子，搓火兒！」

剛搓完火，沒抽一口，筒道鑰匙響了。他們迅速坐了回去。

一胖一瘦兩個警察停到了門口兒，胖子像狗一樣聞了幾下，瘦子厲聲道：「搓火兒哪？！」

小龍馬上過去：「劉所兒，你好！」

胖子說：「小龍！眞肥了！」

---

[1] 我01年7月下旬坐牢，不知道杜培武案後面的事。後來查到大陸官方報導：

1. 98年4月20日，昆明市公安局民警王曉湘（杜培武妻）及石林縣公安局副局長王俊波被槍殺，屍體在警車上。

2. 98年4月22日，杜培武被扣押。

3. 98年7月2日，杜被屈打成招，開始刑事拘留。

4. 99年2月5日，昆明市中法一審判杜死刑。

5. 99年10月20日，雲南省高法二審改判死緩。

6. 00年6月，「民警楊天勇特大殺人劫車團夥案」告破，該團夥4年作案23起，殺19人，團夥供認了殺死王曉湘、王俊波的經過。

7. 00年7月11日，雲南省高法改判杜培武無罪。

8. 01年8月3日，昆明法院判處刑訊逼供者原政委秦伯聯有期徒刑1年緩刑1年、隊長寧興華1年零6個月緩刑2年——判緩刑不坐牢，等於沒判，而檢察院錯訴、法院錯判無任何責任！

9. 01年10月，雲南省高法判定杜培武獲賠償9.11萬元，精神賠償被駁回。

令人憤憤的是，我在查證這些案子時，竟然發現了一堆類似的冤案，有的被冤獄14年，還有幾個被屈打成招的人，在真兇現身前已經被槍斃。

小龍笑著說：「我這做好準備。」

「我操！可別！咱好好聊聊去！」說著把小龍帶走了。看來他是怕小龍絕食。

又一次歷險，我膽子都快練出來了。韓哥問我：「美國有冤案嗎？」

我說：「我就知道一個，一個黑人被冤了三年牢，出來陪了他三百多萬美元。把他樂壞了，他說『我在外邊，一輩子也掙不來這麼多』！」

老陳問：「韓哥，你說那個姓杜的能給他賠多少？」

韓哥說：「就算官司贏了，絕對賠不到十萬。」

「為什麼？」

韓哥說：「黨得告訴社會：還是私了好！」

「經典！」我一挑大指。

韓哥問：「你們知道那個處女嫖娼案賠了多少？」

這太新鮮了！

韓哥說：「麻旦旦，警察逼她承認賣淫，屈打成招。後來一鑒定她是處女，結果賠了她——七十四塊六毛六！不信你出去查，就今年的事兒，上報紙了！那個小丫頭聽見這個判決，當場暈菜！」

老陳說話了：「這警察就夠人道的啦，還他媽給他驗個處女，你還沒見過更黑的警察哪……」

簡直讓我不寒而慄！真是地獄啊！不對，地獄還講個理呀……

「鈴——」鈴聲響起。

「各號兒關電視！」大喇叭又發話了。

大家睡下，韓哥還想讓我講，看來我已經融入社會了。我還得提防夜審呢，就用身體沒太恢復推脫了。

　　閉上眼睛陷入沉思，今天聊雖然都是別人的冤案，可我身邊的「唐山」已經被冤案砸著了，一點兒也不遙遠。我抽空得探探底兒。千萬不能讓冤案也扣我頭上。

　　過了老半天，小龍回來了。他樣子很高興。

　　他湊我耳兒邊說：「還沒睡？記住了，晚上提你，可千萬不能鑽圈套兒。他們不會打你，你有美國身份，又不是大案！就要見大使、見律師，不讓見就不留口供，見了律師再商量。」

　　這對我真是莫大的安慰。

# 第三章

# 不祥之兆

與世隔絕，運程未卜的時候，獄友們靠相互參謀和對照別人的判決來推測自己的命運。

監禁的第三天，目睹了一個重案，一個冤案，讓我感覺似乎是一種預兆。我心底裡那一絲「體驗新鮮，出去侃侃」的想法，蕩然無存了。

## 「假證」

稀里嘩啦的鑰匙響吵醒了我，睜眼那一刻，失落！夢裡還和女兒玩呢！

原來是開門帶走兩個犯人，到法院開庭去了。

天剛亮，看來我的夜審是倖免了。繼續睡吧，在睡夢中享受自由。

起床後一切照舊，沒新鮮感了，身體也基本恢復了。

中飯後，開庭的進了筒道。韓哥高興地說：「猜猜這倆孫子都幾年，快想好了，打賭！」一提到賭，他就來精神兒。

兩個犯人進來，前邊的居士眉飛色舞，從裡到外那麼高興，後面的面無血色，絕望得嚇人！

「別說，我們打賭哪！」韓哥高聲地說，「走，風圈兒去！」

居士這麼高興是因為法院沒能判他，大家只好拿「假證兒」打賭。柳兒爺賭整煙，窮人賭小炮兒。

「預備——出！」

大家同時出手。

韓哥清點：「我猜七年，老陳猜六年起……」

老六說：「嘿，這哥兒幾個串通好了！都五年！白賭了。」

「假證兒，幾年啊？」韓哥問。

假證兒有氣無力地帶著河南味兒說：「十一年！」

「啊？！」大家嘴都僵住了。

假證兒慢慢從褲兜裡掏出折疊的判決書，韓哥一把抓過展開，大家都湊了過去。

「真他媽十一年！一個假證打了三項罪！」

我說：「韓哥，你猜得最近，你贏了！」

韓哥說：「差出三年不算贏，都栽給共產黨啦！」

大家都受了打擊，連我都像挨了當頭一棒。兔死狐悲，物傷其類。

我要過判決看了個遍，上面最後寫著：

「犯偽造國家機關證件、印章罪，判處有期徒刑八年；犯偽造事業單位證件、印章罪，判處有期徒刑三年；犯偽造居民身份證罪，判處有期徒刑二年，決定執行有期徒刑十一年。」

韓哥忽然大悟，問假證兒：「你哥沒給他們塞錢吧？」

老陳一拍老六大腿：「對！就這麼回事兒，放你哥一馬，你哥啥表示也沒有，還不狠整你！」

韓哥說：「他要花個三萬，能給他抹成一項罪，最多判五年。」

「啊？還能抹？」我詫異了。

「當然了，要不警察咋掙錢？給你搜羅幾條罪證、輕還是重，都他們說了算。放了他哥，等他哥上供，他哥不送，那還不重？」

老六想起件大事，喝道：「你們倆，螞蚱！」

居士交上了三個煙屁，假證兒依舊蹲在地上，緩緩從襯衣兜裡掏出一個小煙頭。

老六罵道：「就他媽一個！這麼短！」

居士解圍說：「假證去的時候他還揀了一個，回來好幾個大螞蚱在他眼前都看不拍，受刺激啦！」

「眞你媽傻Ｘ！要不判你丫十一年！」老六罵著就一個飛腳，蹲著的假證兒腦袋「咚」一聲磕到了牆上。

嗷地一聲，假證兒像醒來的餓狼一樣一躍而起，雙眼噴火一下撲倒了老六。

「乒、乓、啪、啪、嘶啦——」

「好！」……

圍觀的大聲叫好，我趕忙往屋裡逃，小龍正往外衝，差點把我撞了。

「別打了，給我停！」小龍一喊，廝打聲驟停。

「再打，死人啦！眞沒出息，把恨共產黨的勁兒，都撒這兒來啦！」

還是小龍的聲音，我出去一瞅，老六已經把假證兒壓在了身下，二位已然傷痕累累。

小龍上前把老六拉開，假證兒坐起來，鼻子、襯衣都破了，居士拉他去洗臉。

「這傻Ｘ今兒個還要翻板兒？！等蘭哥來了看怎麼收拾他！」老六狠狠地說。

「算了！假證兒今兒是讓黨整傻了，平時借他個膽兒他也不敢啊！難兄難弟，爲了個煙屁，不值當的（音：地）！」小龍這一說，把幾個人都逗樂了。

§

居士和假證兒坐在床板上，飯菜就放在隔台兒上，假證兒看著飯菜不動，居士大口地吃著，犯人們對眼前的便池都麻木了，絲毫不覺得有什麼噁心。旁邊有幾個犯人，不時瞅瞅假證兒那兩個饅頭，看得出，他們不是來勸假證兒的，是準備搶他饅頭來的。

　　聽居士介紹，這幾年做假證——假文憑、假證件、假身份證的生意特別火，滿京城都是。假證兒他哥開始來北京，給人家拉假證生意，後來就把他叫來了，兄弟倆合伙，弟弟管電腦製作，哥哥拉客。後來一個檢察院的來做假證，這哥倆知道人家的身份，還傻乎乎地收人家成本！人家取了證，刪了電腦裡的存底兒，回去就叫公安把他們端了。假證兒他嫂子要生孩子了，哥倆在派出所就商量好了，他攬下來，他哥先出去買他。結果他大包大攬，他哥沒事兒了，他弄了個十一年！

　　小龍捅了捅假證兒，「見你哥了嗎？」

　　「見了。」

　　「他咋說？」

　　「不讓說話，俺哥怕再抓他，自己抱孩子來了，在外邊等著。他讓俺抱了一下孩子，趁機跟俺說：花了兩萬，警察給俺抹了一條三年的罪。」

　　「還一條罪哪？」

　　假證兒哭喪著臉說：「俺們做過『士兵證』、『軍官證』，電腦裡有底兒，按『偽造部隊證件罪』，又是三年！」

　　我忍不住問：「你哥咋不多花點兒？」

　　「窮啊！還債了，蓋房了，哪有錢？俺哥也不懂。以為最多判三年呢！」

　　居士說：「一般是一萬買一年。現在假證氾濫，這幾天電視都說要整治，他們『踩地雷』[1] 了。假證兒，你吃點，別餓壞了，吃點兒吃點兒……」

　　假證兒拿起兩個連體饅頭，乾啃了起來。旁邊盯他饅頭的那倆，悻悻離開。

---

[1] 踩地雷：趕上嚴打（某類犯罪）的風頭，被判重刑。

「能吃飽不？」我問。

假證兒邊嚼邊說：「俺們打小幹農活，這兩饃頂多半飽。」

「這假證兒的生意能有這麼好？」我問。

居士說：「基本都是辦假文憑，冒充大學生兒，好找工作唄。現在有的文憑上網了，沒上網前，辦假文憑比現在火！還有就是民工辦假身份證——北京動不動就查外地人的『三證兒』——身份證兒、暫住證兒、務工證兒，暫住證兒很難辦，有的根本就不給辦，『三證兒』缺一個就抓，就送收容所。假北京身份證一百塊錢一個，有這就不用三證了。不過誰要是倒楣，給查出假身份證來，拘役半年。」

我對居士說：「你也挺懂啊！」

居士笑笑，「你看，他們做的假證，有一半是進京農民用來防衛『土匪』的，還有一半是窮人謀生找工作的，窮人需要他們啊！我出去也得找人做假證兒去！」

我又詫異了。

居士道：「我一個釋放犯，派出所哪給我辦『暫住證』？」

韓哥點點頭：「咋著？要放你啦？！」

「我估計就是個拘役，下個月起飛了。韓哥，」他轉而對進來的韓哥說，「我那律師真棒！駁得那檢察院的沒話說了，一條一條駁，那倆檢察官，狼狽透了！真解氣！那法官想幫他們都幫不上嘴，只好休庭！」

「什麼？！」韓哥面露鄙夷地問。

老陳嘲笑道：「這傻×沒準兒下午接票[2]了！」

「行了。」韓哥馬上打斷，「我非好好賭你一把！你案頭？還是你姐案頭？」

---

[2] 票：這裡指判決書。

居士說：「我們沒案頭，都往自己身上攬。」

老陳說：「她攬你也攬，到頭乾瞪眼。」

韓哥一擺手，轉而問我：「老美，稀罕吧？」

我點點頭。

「假證兒跟他哥的結果，沒準兒就是你跟你同案的結果！」

「啊？」

韓哥解釋道：「一個出去，一個在裡邊兒，出去的那個不好好『打關係』，裡邊兒的那個肯定重判！這叫給臉不要臉！」

老陳笑著說：「老美你要弄不好，居士姐倆的結果，就是你跟你同案的結果！」

「啊？」

「不信咱走著瞧！」


# 居士悲歌


居士的兩點引起了我的興趣：一是他與韓哥的判斷截然相背，二是他請的好律師。

他是中關村攢電腦的，接了老鄉一個電腦攤位，他和姐姐以及上學的妹妹一塊兒經營。生意開始不行，後來他家都信了佛教。他們給信佛的朋友和廟裡的小店刻佛教光碟，就收個成本價。因為便宜，賣了不少。後來買主攢電腦就找他，生意越來越火。工商局一個祕書的什麼親戚，看中他那個攤位的風水，讓他們換到角上去，他們就不換，後來那人威脅要找他親戚辦他們，他們還沒理會。那人真把警察哥們兒帶去找碴兒，看到他們刻盤，以查盜版的名義，把攤位、家都抄了，還抓了他們仨。他妹

挺聰明，說什麼也不知道，就放了。這姐弟倆都往自己身上攬，讓對方解脫，結果一塊刑拘。

　　政府明著打擊盜版，實際是放縱。盜版碟滿中關村都是，抓的都是不給官道上供的散兵。

　　現在居士被控「侵犯著作權罪」，但嚴格按照法律，他並不構成犯罪。法律明文規定：構成犯罪的條件是以營利為目的，而且還得違法收入大，或者有別的嚴重情節的，判三年以下徒刑。他這個案子就兩萬多張碟，掙的錢多說也不到三千塊，哪款也搆不上。所以律師能駁得檢察官無話可說。

　　「見著你媽了吧？」我問。

　　「見著了，老媽一見我倆就哭了，」這小夥兒眼圈紅了，使勁眨了幾下眼睛，咽回了眼淚說：「老多了，我姐也見白頭髮了……」

　　我問他為什麼沒罪還估計自己拘役半年，居士冷冷地說：「他不可能判無罪啊！那我們坐牢快五個月了，無罪算冤案，給我們賠錢？法院能打公檢的臉？懷疑你有罪，先抓來坐牢再說——刑期已經開始算了！真沒罪你得花錢擺平。走取保候審的道，你得背一年嫌疑犯的罪名出去，雖然不算科兒[1]，可是刑拘永遠記入檔案！要不就判短刑，出去也是勞改釋放犯，一輩子叫人瞧不起。」

　　這法律不是在根兒上是與人民為敵嗎？懷疑就是證據！

　　我問他出去怎麼生活，他說：「還攢電腦唄。惹不起，躲得起……你知道我們怎麼來的北京嗎？我爸原來在海澱六郎莊那兒看大門，一個月三百塊錢，他寫信跟我們說：他在菜市場掃大街，每月多掙六十，天天揀菜葉子吃，不用買菜了。我姐比我

[1] 科兒：前科，以前的犯罪紀錄。

大兩歲，供我和妹妹上學，早早就出去幹活了，後來到北京當保姆，天天半夜起來幫著我爸掃市場，揀菜葉。我大專畢業找不著工作，來老鄉的電腦攤上打工，天天半夜起來替我爸，然後去上班。大冬天，小屋裡沒暖氣，沒火，弄個小電爐煮菜葉子……後來老鄉回家，把攤位兌給我們了，幹了三年，掙了點兒錢，供我妹在這兒上大專，剛把我媽接來，就出這事了。」

姐弟倆艱辛的創業史讓我肅然起敬。這就是底層的窮人奮鬥，多不容易！剛起來，就被巧取豪奪了，還披上一件美麗的外衣——打擊盜版！不進來，真不知道啥叫官匪一家。

他問：「你看我冤嗎？」

「冤！」

「小龍哥不冤啊？小武子不冤啊？……這裡沒有不冤的！」他貼著我耳朵說，「你看蘭哥的案子不冤啊？老陳的案子不冤啊？」

「他們冤什麼呀？」

「他們不冤，受害的冤啊！」

恍然大悟！居士真有見地！

下午坐板兒不久，蘭哥提居士去接票[2]，居士高興得一蹦，抓起布鞋跑了出去。

---

[2] 接票：對於不能當庭判決的案子，法院經常私下判決了，由法官把判決書送到看守所，讓犯人領受簽字，稱為接票。在律師辯護駁倒檢察院的公訴時，法庭無法當眾宣判，經常採用這種不宣而判的形式，以維護檢察院的尊嚴。

接票這種司法腐敗形式極其流行，以至法律界都司空見慣了。2002年在大陸熱播的電視連續劇《黑洞》裡，就有一個接票的情節：刑警隊長抓走私，被副市長誣陷入獄，法庭上律師駁倒檢察官，副市長指使法院祕密判決，讓刑警隊長在看守所接票，無罪判刑十年。

韓哥關上門就樂了，說：「這傻Ｘ接票啦，都誰賭？」

大家熱烈響應。競猜的結果，韓哥竟然猜這姐兒倆都五年，老陳猜這倆都三年，其他人猜得都很輕。

§

沒過多久，居士被吆喝著推了回來。他面色慘白，呆呆站著，手裡把判決書鬆鬆地握成一卷兒。

「看你這哭喪相，不仔細瞅我還以爲假證又回來了哪！」老陳搞得幾個笑出了聲。

韓哥搶過大票，「蓋啦！都五年！」臉樂得跟爆米花似的。

沒罪判這姐弟倆五年！！！號兒裡一下炸鍋了。

「炸板兒了是不是！給丫臉了是不是！」蘭哥衝到門口，大聲喝斥。

韓哥滿臉堆笑迎上去，蘭哥劈頭蓋臉：「你丫管得了管不了？丁管兒可在監控室哪！」

韓哥趕緊說好話，「才剛居士接票，我們都嚇著了！」

「幾年哪這麼激動？」

「姐兒倆都五年！」韓哥極其眞誠。

蘭哥也大出意料，他提走了小龍，囑咐居士踏實待著。

韓哥晃到了盲區，「都給我歇Ｘ吧。」

居士還在那兒傻站著，老六罵他也不動。

老六忽地起身，看要動手。我趕忙搶過去，幫他脫鞋上了板兒，他傻了一樣，被我硬推了回去，坐那兒悶頭發呆。

我問韓哥：「你能掐會算啊？怎麼他一出門，你就知道幾年啦？」

老六說：「韓哥是『打關係』的教授！」

韓哥氣憤地說：「你以爲我那眞經是笑話？『打關係的眞經』可是『據理力爭，沒罪也重』，栽這兒了吧？！都壞你那好

律師身上了！你給律師一萬五，不，你們姐兒倆人，最少得給兩萬！讓律師給辦了倆五年！這他媽什麼律師！大傻×！」

老陳接話說：「誰駁誰倒楣，準重判！這都破款兒！」

韓哥罵道：「你他媽敢駁檢爺？他們跟法院一家子，腦袋進水啦？！」

我問：「那律師不辯護幹啥？」

「打關係呀！好律師都給檢爺、法爺塞錢！就居士你這點兒事，你丫早給派出所拍一本[3]，你們根本就進不來！」

「那律師剛出道兒的吧？」老陳問。

一個犯人接話兒：「對，剛畢業的小姑娘，他說還挺漂亮哪！」

老陳說：「律師跟雞[4]一樣：雞接客不到一年，不會練；這律師惹禍不滿一年，玩兒不轉！」

韓哥點著居士說：「要沒這律師，你要低頭認罪，你倆最多判三年打住了！這傻律師不給人家面子，你就『情節特別嚴重』了，五年了！」

我聽得聚精會神，「教授」真是血淚真經啊！

韓哥習慣性地用指甲拔掉根鬍子，「早就跟你說——花錢打托兒，你就不信，傻了吧？最可氣的就你媽！你媽給你寫的明信片你拿出來！拿出來給大夥兒瞧瞧！你媽寫什麼——『要相信黨，相信政府』！」

大夥兒一片噓聲，韓哥越說越氣：「當時氣得我差點給你丫把明信片撕嘍！你媽信黨——都把兒女信到這兒來了，還信哪！」

「去，叫你媽入黨去！」老六嘲笑著說。

「你以為黨能饒了你？給你判輕嘍，他到哪兒拿獎金去？」韓哥驟然放低了聲音說，「蘭哥這樣的他敢重判哪？法爺

筆頭子一轉就十幾萬！他巴不得輕判好掙錢呢！重判的案子哪兒來啊？不從你們窮傻瓜身上出，從哪兒出？！」

「這叫政績，懂嗎你！」老陳在後邊踹了「居士」一腳，居士一晃，還沒反應。

韓哥又訓道：「這就叫『鐵面無私』？都拿窮人墊出來的！眞該重判的那個，後台不動，沒人敢碰！」

老陳擺擺手說，「別跟他嘔氣了，他活該！他姐、他媽活該！相信黨，就這下場！」

一個犯人說：「你們又信佛教，又信共產黨，到底你他媽的信誰呀？」

老六說：「『不二法門』懂嗎？『腳踩兩隻船』可不行啊，『走火入魔』了吧？」

一下把大家逗樂了。

老陳道：「韓哥，你聽說過七筒蘇哥的案子了嗎？」

「你給學學。」

老陳道：「蘇哥跟海澱（公安）分局局長的外甥開公司，蘇哥占大股，掙錢了。『外甥』要接管公司，蘇哥不幹，『外甥』就給他弄進來了——詐騙！服不服？開庭前都放出話來了，認罪就判緩兒[5]，不服就判實（刑）；結果他不但不服，還反起訴，告那『外甥』詐騙，結果怎麼樣？判蘇哥詐騙，七年！」

聽到這裡，我才初步領悟了韓哥傳的「眞經」之妙。我說：「老陳，你要早跟居士念叨念叨，他不就不至於了？」

---

[3] 一本：一萬元人民幣。
[4] 雞：妓女。
[5] 判緩兒：判緩刑。

老陳鄙夷地說：「他傻呀？非得知道這案子啊？法輪兒的案子連著就沒斷過！每個號兒都有！認罪就放人，不認罪就勞教、判刑，他不知道哇？！今兒整法輪兒，明兒就整你！」

號兒裡驟然安靜下來。我斜眼兒一看，呀！蘭哥又冒出來了！

## 靈丹妙藥？

大家當即閉了嘴。韓哥硬著頭皮到牢門兒去接旨。

「馬上叫他們洗澡！全都打硫磺皂！」蘭哥的命令把我們弄矇了。

韓哥轉身說：「聽見了嗎？蘭哥讓你們都徹底洗澡！」

「謝蘭哥！」老陳率先大聲喊。

韓哥打著拍子：「一、二！」

「謝蘭哥！」齊聲吶喊，蔚為壯觀！

蘭哥樂了，「都你丫給我小點兒聲啊。」轉身又消失了。

「這摳門兒爛老大，你們用點兒硫磺皂他都翻白眼兒，今兒中暑迷糊了吧？」

韓哥逗得大家一陣哄笑。

坐板依舊，輪番進風圈兒洗澡。韓哥和我先來，水頭一盆一盆給我們端水。這種硫磺皂是黃色的，很硬，是看守所必備的，有防治疥瘡的作用，韓哥說去頭屑也特靈。我洗完了渾身發癢，對硫磺皂還有點兒過敏。

小龍回來了，拎了一袋子牙膏，說要給大家做藥，治痱毒。韓哥告訴他居士姐兒倆都五年，受刺激了。

小龍很吃驚，叫居士去洗澡，居士依然呆若木雞。小龍給他扒了外衣，他後背滿是痱毒，別人都不願意碰。我倆前拽後推把

他弄了出去。居士一步一停，不知中了什麼邪。小龍親手給他洗了澡。

　　前邊風圈兒傳來打罵聲，老六側耳靜聽，樂道：「韓哥，又打起來了啦！」

　　韓哥跑進來一聽，對著風圈頂上大唱：「加油幹哪嗎呼嘿！哈哈哈哈……」

　　「韓哥！你們上午不也走板兒了嗎？」風圈兒隔音效果很好，傳來的聲音很小，但能聽出來那人在嚷。

　　「東子！上午剛開演，『輪兒』就給斷啦！」

　　「我們現在就收拾『輪子』哪！」

　　小龍正搓得滿頭皂沫兒，他停下來仰天叫道：「哥們兒！給個面兒，在風圈兒練就別管了！」

　　「誰呀韓哥？」前邊喊。

　　「輪兒！」韓哥對空大嚷。

　　「韓哥，讓他遊我這兒來，立馬搞定！」

　　小龍玩笑道：「東哥，我一會兒找丁管兒聊聊去，要把你擺平了咋辦？」

　　「龍哥，是你吧？」另一個聲音在嚷。

　　「是我。」

　　韓哥叫：「東子，丫別瞎管啦！管兒都服他了！」

　　「韓哥，你真不管？」東子問。

　　韓哥裝成一本正經地叫：「我這兒還跟著練哪！」

　　東子服軟了：「小龍，我可早就聽說過你，跟管兒說說到我們這兒來吧，我讓你當二板兒！」

　　「謝了東哥！」小龍嚷道。

　　韓哥對小龍說：「我幫你一回，你可不能走！」

　　「嘩——」

「哇！」小龍正點頭答應呢，小四川就扣下一盆涼水。

洗衣粉可是寶貝，韓哥嚴格控制。小龍要來了半手心洗衣粉——這只是給他的，別人沒這面子。小四川先把一大堆髒褲頭用清水淘淨，再共用小龍那點兒洗衣粉，用剩的水再給性病用。另一邊兒，老六給蘭哥、韓哥單洗衣服就隨便了，用剩的洗衣粉水，老六洗他切[1]我的那身「倒楣」的衣褲。

晾衣服也挺有趣。老六蹲下起托兒，小四川蹬著他肩膀，援牆抓住了頂欄，抓欄「遊走」，單手搭晾大件。小龍把一盆褲衩挨個上揚，褲頭們爭先飛出了頂欄，落下來自然搭好，有的飛撞到欄杆上打轉，轉了半圈也掛上了。

§

吃完飯，小龍開始做藥治痱毒。盆裡倒了點兒熱水，黃米粒兒大小的人丹灑入水中，銀色包衣破落，一股清涼的中藥味兒飄逸開來。泡軟捏碎了，再往裡整管地擠牙膏。用塑膠勺猛攪。

韓哥問：「牙膏管兒給的？」

小龍攪和著說：「蘭哥從各號兒借的，等買了還他們！」

韓哥鄙夷道：「呸！蘭哥借東西從來不還，要你東西都是給你面兒！」

小龍說：「韓哥，我今天做藥給弟兄們治痱子、痱毒，管兒說好了拿咱號兒做實驗，有件事你可得依我，不然這藥可不好使啊？」

「說吧。」

小龍說：「韓哥，這痱子、痱毒，按中醫講是內毒排不出去，才發到體外的。像他們這樣，兩天才讓放一次大茅，毒素排不出去，身體受不了的，弄不好就落下病根兒。皮膚長毒生瘡是

---

[1] 切：看守所裡強佔他人的東西。

個表相，根兒在內臟。兩天一大茅，憋毒窩火，這藥再排毒也沒用！你就讓他們每天放一大茅，這藥才能管事兒，這幫弟兄將來沒這病根兒，這輩子都得念你的好，是不是韓哥？」

我們聽著都笑了。韓哥笑著說：「念我的好？眞能給我戴高帽兒。那是念你的好！出去這幫人兒認識我是誰啊？他們肯定都念頌你，念頌法輪兒，對不對？」

「都念頌！」老陳插話道：「我趟了多少看守所？像韓哥管得這麼鬆的，頭一回！」

韓哥說：「行了，你不就是想讓他們天天能放大茅嗎？蘭哥要是瞪眼了，你可得擔著！」

小龍說：「我肯定擔著，還不趕緊謝過韓哥？」

「謝韓哥！」……謝聲響成一片。

大家都太高興了，跟過節一樣。有的人說有的號兒三天一大茅，還有四天一大茅的，求大茅就揍，拉褲子，更是往死裡揍，憋得那幫犯人都不敢吃饅頭，拉了乾屎蛋兒藏兜兒裡，晚上往便池裡丟！

老陳說：「小龍你眞行！又給辦了個大好事，我正憋著難受哪！來這兒都把我憋胖了！」

韓哥宣布：「現在放大茅！今天你們『解放』了。」

老陳領了手紙樂道：「這才眞叫解『放』了哪！這就『解放』去！」

§

看電視的時候，小龍又讓大家乾沖了一遍澡，然後在茅台給大家抹藥。除了柳兒爺，犯人們的後背沒有乾淨的，背上疙疙瘩瘩的痱子、痱毒著實噁心。還有長疥瘡的，我眞怕被傳染。小龍挨個給抹藥，還不厭其煩地洗手，保證不交叉感染。

惟獨小四川不上藥。他自從跟小龍練了法輪功，如今身上的

疗瘡都好了，說這點毛病根本著不上他。小龍還誇他悟性好。

大家上完藥後十分清爽，真不知效果如何。

# 放血試瘋

電視快完的時候，蘭哥回來了，大家馬上安靜下來。

蘭哥被伺候著脫了行頭，換上拖鞋，坐到了盲區的隔台。韓哥上前通報居士的情況，蘭哥吐了口煙，「弄過來！」

居士被拽過去，蹲在後門口兒，兩眼直勾勾地看著茅台兒。蘭哥大喝一聲，他還是沒動靜。老六上去用左手抓住他頭髮，使勁兒往後一拉，他依舊還是面無表情。

「居士，我給你出一主意：你出去以後把那個傻嫩律師辦嘍！你一邊辦她一邊說：『叫你丫給我惹禍，你丫賠我青春……」韓哥搞得哄堂大笑，連整天吊著臉的蘭哥也樂了起來。再看居士還是傻傻的。

韓哥歎了口氣，「完了。」

大家都不笑了，一股沉重的抑鬱壓了下來。

蘭哥冷冷地說：「丫要裝瘋——想撞出去[1]，你可掂量著點兒！你這樣的，我見多啦！」

老六揚起手，掄圓了狠狠抽了居士脖子一掌——啪！

居士晃了一下，一切照舊。

「打沒用，褲子拿來。」蘭哥轉到居士身後，從褲兜兒掏出一個曲別針，掰直了一段兒給了老六，做了個鑽的動作，又回了「寶座」。

老六站在居士身後，用曲別針的鈍尖對他右膀子一扎一撚，居士右臂抽搐了一下，眼神兒沒有絲毫的改變。

「完了，魂兒飛了！」韓哥道。

難道這就是「魂飛魄散」?

「算了,等明兒調小號兒去。」蘭哥要回來曲別針兒,別在自己褲衩前邊的商標上,這違禁品是不能留在號兒裡的。

大、小貓[2]開始盤道。韓哥說:「蘭哥,我真見過往外撞的。」

蘭哥說:「這我見多了,八筒小號兒有個小崽兒[3]瘋了。怎麼揍,怎麼扎都沒反應……」

韓哥說:「我見過倆裝的:一回在天堂河[4]當老大的時候,有個小子被我們收拾得太狠了,他丫裝瘋,跟真的似的,把我們都嚇壞了。他吃大便,還跟我說呢:大腸!噁心死了。電他丫也不怕,眼一點兒神都沒有。後來就放了。臨走他跟我笑了一下,我一看丫那眼神又回來兒,這才知道他丫裝的,真像!」

老六問:「韓哥,那你沒『點』[5]了他?」

韓哥說:「幹那缺德事幹啥?那不是誰都能裝的!你裝裝試試?怎麼打都傻樂!」

見蘭哥感興趣,韓哥繼續說:「還有一個,是我在七八九[6]的時候。七八九走板兒最狠,小哥們兒,天不怕地不怕,把一個窮鬼打得——最後他裝瘋,天天大鬧,吃紙喝尿,半夜怪笑……後來鑑定說瘋了,最後都要簽字走了,所長親自來鑑定,漏餡了。王所兒問他8+2=?,他說了十幾個數,就是不說十,一腳叫王所兒給踹那兒了。」

---

[1] 撞出去:用自殘、裝瘋等的方式逃避牢獄監禁。

[2] 貓:撲克裡的王牌;大貓:監號兒裡的牢頭;小貓:二牢頭。

[3] 小崽兒:未成年犯人。

[4] 天堂河:北京天堂河勞教所。

[5] 點:舉報。

[6] 789:北京少管所,因為它以前的通信地址是北京789信箱。

蘭哥問：「要說十就放啦？」

韓哥說：「王所說了，他要說一個十，就給他簽字走人！」

陳哥說：「前邊的聽見沒有？將來考你們的時候可不能不說十啊！」

韓哥問前邊：「假證兒，你怎麼樣？」

假證兒頭也不回，說：「俺沒事兒，不就十一年嗎？十萬塊錢拍出去了。」

§

鈴聲長鳴，大喇叭命令各號兒關電視，大家起來準備鋪板兒[7]，蘭哥從牙縫裡蹦出幾個字：「誰叫你們動啦？！」

韓哥馬上喝道：「都坐那兒！」

蘭哥冷冷地說：「帶班兒的都給我過來！」

幾個班頭繞過來，紛紛叫著：

「蘭哥。」

「蘭哥。」

……

跟電影裡黑社會的架勢真像！

蘭哥露出了一絲得意，「舵主也過來！」

三位舵主分別是：地被被垛垛主（舵主），板兒被被垛垛主（舵主），總被被垛垛主（舵主）！

蘭哥說：「你們今兒晚上可給我把居士盯好了！絕對不許出事兒！居士要起來你們必須陪著！誰的班兒要是出了事兒，我扒他三層皮！」

幾位高聲答道：「是！大哥！」

「鋪板兒！」蘭哥令下，大家才得以休息。

---

[7] 鋪板兒：看守所裡犯人睡覺的時候，往通鋪的床板上鋪褥子鋪被。

　　小龍湊過來囑咐：「昨兒沒夜提，今兒沒跑兒了！記住：不讓見律師，不讓見大使，不能給他們簽字！以靜制動，以不變應萬變。」

　　躺在床上，思緒重重。坐牢第二天，親見了兩樁冤案，大長見識。居士的案子，太震撼了！這無辜的居士姐弟倆，老實巴交，辛辛苦苦掙了點兒家業，轉眼就被一個官兒的親戚奪了，無罪判重刑，被公檢法樹了政績。這麼個二十出頭的大學生，這麼本分的佛教徒，上午還好好的，下午就傻了，他姐不會也受刺激吧？他媽就是現在不瘋，見兒子這樣了也夠嗆了。

　　居士的案子，像一面鏡子照著我。兔死狐悲，同病相憐。他們是姐弟倆，我和楊義是兄弟倆。他倆互相攬事兒，想讓對方解脫，可是雙雙重刑加身——本來可以解脫一個的。我和楊義現在要是也雙雙判刑怎麼辦？必須先走一個。如果我先走了，那可是十年起，十五年算公檢法立功的案子啊！楊義自己扛他不會瘋了？！這本來就是楊義受我連累啊！他不瘋，他老婆洪霞不瘋了？

　　想起洪霞，頓生惻隱。方明啊方明，那可是你當年最心愛的女友的妹妹啊！洪雲你已經是夠對不起的了，再傷害了洪霞，怎麼對得起洪雲的在天之靈啊？

　　讓楊義先出去，我自己扛，然後利用美國身份把我保出去，這是最好的結果。可是韓哥的意思是讓我先出去，把罪推給楊義，再出去買他——不仁不義？還是折衷吧，先按小龍說的，不再留口供，以靜制動，見了律師再說。

　　又想起韓哥講的那兩個裝瘋往外撞的犯人，彷彿戰國時候孫臏裝瘋的重現！如此高壓殘酷的環境裡，為了捍衛自己的人權——不，按中共的叫法是——「發展權」，不惜裝瘋賣傻、吃屎喝尿、挨電受凍——居然能面不改色，真比孫臏裝瘋還難。

別想了。還得養精蓄銳，準備夜戰呢……

# 夜審

睡夢中被搖醒，耳邊叫道：「提審！」

一句話嚇醒了我全身所有的細胞！我忽地坐起來，匆忙穿上襯衣長褲，夠了雙布鞋就出了門。

蹬上鞋剛走了兩步，「噹——嘩啦——」，我本能地一捂右腦勺，這警察掄起大板鑰匙旋了我的頭！

我本能地又走兩步，「噹——嘩啦——」我伸手捂住了左腦勺，停了下來，怎麼又旋我？

「沒兩包你丫不會抱頭吧！」班長喝道。

我這才明白——忘了規矩！我雙手捂頭，左右掌心「安慰」著頭上那兩個包，正好是標準的雙手抱頭勢！這傢伙真準啊！砸出兩包好讓人抱頭，獨門絕技！

「砰！」地一腳踹來，我一個前衝，膝蓋沒使上勁，「啪」一下撲倒在地。

「沒一腳你丫不會走啊？」警察說著邁步過來。

我怕他再揍我，立刻咬牙爬起來，抱頭前進。右胳膊肘擦破了，血染襯衣也顧不得了。

這時才想起小龍的話，我要是穿大褲衩、大背心，可能就不會挨這打了。這身小龍的長衣長褲也瘦，一看就是借衣服穿的窮人。

在筒道口蹲下來，我背誦道：「報告班長，十筒七號兒方明請求提審。」

「滾！」

我抱頭起身，溜著牆邊兒順著中央通道向外走。提審、回號

兒的犯人抱頭穿梭、絡繹不絕，看來晚上「人氣」很旺。我在幾個犯人後邊蹲了下來，前面是大閘，左右是一筒、二筒的口兒，二筒道口還蹲著一個女犯，不與男犯爲伍。

「你好，小王。」出了鐵閘，我習慣性的招呼一出口，頓覺尷尬——人家是主我是奴，還這麼招呼？

小王還眞跟我寒暄了一句，就押我向前。昏暗的走廊，幾盞昏燈如同鬼火，又拐進一個幽暗的長廊，左邊窗外是漆黑的院子，右邊像是辦公室，我們進了一間雙開門的大房間。

這是個會議室，有原來四個審訊室那麼大，審訊桌在右側，左側是一圈兒紅木沙發椅，姓劉的躺在上面抽煙。我在中間的圓墩子上坐下來——墩子還熱乎呢，肯定他們剛審過楊義。

「方明，」姓劉的在後邊說，「我累了，躺著跟你隨便聊聊，不介意吧？」

我轉了過去，背朝小王，繃緊的神經也放鬆下來。

姓劉噴開了：「楊義也眞夠倒楣的，攤上你這麼個老闆，操！咋辦哪？」

我說：「其實有他啥事兒啊？他就是執行計畫，他沒責任哪。」

「那……這麼說，都是你的責任？也不對吧？」

不是正式審訊，我也就無所謂了：「這件事兒，你要死摳，還眞沒楊義的事兒，不過你想啊，國內那麼多家醫院都點名要我的試劑盒，你要是我，能不帶？闖關走私也情有可原哪。」

「法律不健全，合理的不合法，合法的又沒情理，就這樣，咋辦？」姓劉的表現的很無奈。

「能不能先把楊義放了？他上有老，下有小的。再說這事兒也跟他沒關係。」

「嘿，你丫眞仗義啊！放了他，你扛啊？」

「我……要是就罰罰款，我扛也沒啥大不了的。」

「該誰的事誰扛，至於怎麼處理，那是上邊領導的事兒，我們儘量給你爭取，對吧？」

姓劉的怎麼今兒像換了個人？這麼通情達理？我連連感謝。

「楊義跟我說了：他就一『車豁子』，打打工，混輛車開。你讓他幹啥他就幹啥，是這樣嗎？還是這小子要花活？」

我想了想說：「差……差不多吧，總經理，第一打工仔，就這樣。」

「楊義說他比竇娥還冤！人家就是經營你帶來的東西，進口這塊跟他沒關係啊！對吧？他該給開發票就開發票，經營相關的稅照上不誤，偷漏的關稅跟他沒關係啊？你帶來東西，他賣，照說人家楊義沒錯啊。」

「就是，他沒錯，一沒走私，二沒逃稅，你們放了他不就完了！」

「你以為我想抓你們啊，這大半夜的放著好覺不睡，跟你們這兒逗悶子？」姓劉的說。

我猜可能是家裡給錢了，要不這傢伙怎麼能一下變文明了呢！於是說：「不放的話，他沒罪，關著幹啥？」

「這海關要是你家開的就好嘍！立了案了，領導都批了，撤就不容易嘍！」姓劉的把煙屁甩到我腳前，差點燙了我。

我一下踩在腳下，這螞蚱可大，咋拍——我這幹嘛呀？咱什麼身份？耳濡目染這麼幾天就「變態」了？我連忙拉回了思緒。

小王給我端了杯水，氣氛更緩和了。聊了半個小時，姓劉的總結道：「只要你態度好，我就好向領導交待。」

我也開誠布公了：「行，只要能出去，讓我怎麼配合都行。」

「好，」他打了個哈欠，「都他媽兩點了。小王，咱也早點

睡吧。」

小王把筆錄給我遞了過來，嚇我一大跳！剛才我倆開扯也做筆錄？！

字跡很草，飛筆寫的。雖然記的是剛才聊天的內容，但都做了調整，成了筆錄的形式。斷章取義，又弄成了我故意犯罪，而且供認不諱！其中有：

「問：楊義說：那闖關逃稅都是你的事兒？

答：是。

問：楊義說：他就在你這兒打工混車開，你讓他幹啥他就幹啥，是嗎？

答：是。

問：楊義說：他就是經營你帶來的東西，進口這塊跟他沒關係？

答：是。

問：楊義說：你帶來東西，他賣，他沒有過錯，是這樣嗎？

答：對。他沒錯，一沒走私，二沒逃稅。

⋯⋯

問：處罰你，你認嗎？

答：我認。

⋯⋯」

這不還是讓我全扛罪了嗎？這不又是圈套嗎？！

我問道：「這跟您聊聊天，也做筆錄？」

他也平靜地看著我，「都得記錄啊，要不我們今兒晚上幹啥啦，總得跟上邊有個交待呀。」

「你這⋯⋯還不是把責任都栽我身上啦？」我覺得很難再相信這個小人了。

「這不是你剛說的話？拿來我看看。」他要筆錄看了一下，

「這不都你跟我說的嗎？」

「這……」我有口難辯——那確實都是我說的，可是誰知道背後在做記錄啊？我反問：「那你們專揀我擔責任的話記啊？」

他一笑：「你不是想讓楊義先出去嗎？總得有人擔責任啊。」

「這……」

「你不是想罰罰款了事嗎？」

「對呀。」

「罰款不都你出嗎？」

「對。」

「要罰款你就擔責任，要定罪你就不擔責任，哪有這麼算賬的呀？」

「我……」

「你態度好點兒，我們給你到領導那兒爭取，爭取個最好的結果，你態度要不好，讓我們咋辦哪？」

「能爭取成啥結果？」

「我是領導啊？我要是領導，能大半夜這兒跟你這兒逗悶子啊？」

我實在沒詞兒了。看他這麼緩和，也許並無惡意，興許是我姐給錢了。我求助地看著小王，他沒有任何表情。

姓劉的又打了個哈欠，「都按你說的意思寫的，這有啥？就是個談話記錄，真費勁。」

我猶豫了，想起小龍說的：請律師、找美國大使之前不能給劉任何筆錄。這……哎呀！真難死我了。

「你簽不簽哪？」

這發冷的話打得我心格登一下，我避開鋒芒問道：「我什麼時候見律師啊？」

「律師找我們申請，我批准了，就可以見了。」

「啊？還得你批准？」

「當然了！」

「那我什麼時候能見美國大使？」

「你寫申請我們上報，批下來就見。」他說的很輕鬆。

「我現在能寫嗎？」

「都幾點了？給你紙筆回去寫，寫完交給我。」他繼續打哈欠。

小王已經把紙筆拿來了，看他們沒惡意，也是為了不再惹怒他們，好見律師和大使，更想求他們跟領導說好話……滿腹狐疑的我，無奈地簽了口供簽了字，拿了紙筆回監號兒。

邊走邊想：我這回去可咋跟小龍交待啊？他囑咐我的，我一樣也沒做到，萬一這又中了圈套，豈止是臉難看啊！那就走向深淵了……　噹一聲，大閘關上了。我猛然想起——再看看小王的眼神，他沒防備，沒準能解讀出真東西。回頭一瞅，小王早走了——我還以為他還能目送我走過黃線呢，這可不是送朋友！

「瞧什麼瞧！找挨抽哇！」大閘裡的警察罵上了。

我趕忙抱頭貓步，窩脖翻眼往回溜。

# 第四章

# 三路反擊

　　在北京這個最文明、最寬鬆的看守所裡，我見識了暴力和壓榨的血腥。萍萍深入虎穴，催我抗爭，律師和預審開始全面交鋒。兩個小女子的大智大勇，映出了我生性的怯懦，我終於鼓足了勇氣，開始反擊。

# 走板兒

　　小龍的藥還眞見效，一宿功夫，犯人們的痱子、痱毒就結痂了。人丹水拌牙膏外用，虧他發明得出來。管教很高興，讓小龍推廣。

　　居士就調小號兒去了，這個忠厚老實、思路敏銳的大學生，就這麼瘋了。

　　見大使的申請，一份交給了管教，一份自留。韓哥問我夜提的情況，我說預審態度還不錯，他們去跟領導請示，爭取罰款了事。

　　「你家使錢了吧？」老陳問。

　　「我猜也是。」

　　韓哥問：「你倆誰案頭？」

　　「我是法人，當然我是頭。」

　　「你案頭……還能放了你？撤案啦？」

　　「昨兒那意思，是我攬過來，好讓我們經理先出去……爭取罰款……」我都底氣不足了。

　　「你都攬過來啦？」

　　「啊。」

　　「你留口供啦？」小龍問。

　　「留……了。」

　　老陳說：「這一百萬的案子，撤案得花多少錢啊？你又沒熟人。」

韓哥說：「要是給你撤了案，還錄什麼口供啊？！得主動給你改口供！又上套兒啦！」

「啊？！」

不一會兒，筒道裡高聲斷喝：「念名兒的，收拾東西！……」

假證兒抱著鋪蓋出去，結束了「逮捕筒」的生活，調到「大刑筒」[1]，等著下圈兒去了。

判刑的剛走，筒道裡又趕進來一隊犯人。蘭哥往號兒裡塞了個他的磁器。

來人叫虎子，三十來歲，一雙虎眼，瘦高枯乾。他把厚厚的行李往板兒上一摞，主動拉開編織袋兒，洗衣粉、硫磺皂、方便麵應有盡有，一看就是牢頭級的柳兒爺。貴重物品盡獻前板兒，虎子由此成了五板兒。

飯車一來，宣告下板兒。小四川開庭去了，小武子自告奮勇去打飯。這個前武警學著小四川，探出盆去哀告著：「阿姨，多給點兒吧，我們號兒人多……」

大家都被逗樂了，小武子二十五六歲了，叫阿姨太不合適了。

「阿姨沒來哪，你丫叫什麼叫！」老六和小武子宿有嫌怨，互相不服。

小武子沒理會，叫著叫著就變了調：「阿姨來點兒吧……來點兒阿姨吧，來點兒阿姨吧……」邊叫邊回頭做鬼臉兒，號兒裡一陣爆笑。

「叫什麼哪你！」一個三十多歲的「阿姨」嚷了起來。

「我沒……」

大家不敢出聲了，紛紛捂著臉偷看，暗自笑得直哆嗦。

---

[1] 大刑：看守所習慣把有期徒刑，不管刑期長短，都叫大刑，以區別於勞教和拘役。

「怎麼啦？！」蘭哥冒了出來，韓哥、老六、虎子馬上到牢門去「聽旨」。

「我沒說啥。」小武子辯嘴道。

「放屁！剛說的我都聽見啦！」那個年輕的「阿姨」一吼，後邊推車的「阿姨」也過來助陣。

「你丫說啥啦？」蘭哥喝道。

「他丫說『來點阿姨吧』！」老六趁機告發。

「拿我開心是不是？」那個年輕「阿姨」氣壞了，「打今兒起，一個饅頭也不多給！」

「混熟了吧你！讓他起飛！」

蘭哥令下如山倒，老六和虎子拖拖拉拉把小武子拽進了風圈兒。

年輕「阿姨」問：「你們多少人啊？」。

「二十四人。」韓哥說。

「都出來了，過數！」

韓哥馬上讓風圈兒的人亮相，號裡的都坐下，接受清查。

「阿姨」氣呼呼地數著人頭，斥道：「才十六頭！差這麼多呀！」

「該多少就多少，甭給我多報！」蘭哥說。

韓哥馬上說，「小龍不在，小四川、黃盤開庭，性病檢提，加蘭哥你，這就五個了，加這十六個，一共二十一個。」

「十筒七號兒，記住了啊，二十一頭！一個也不多給！」這「阿姨」憤憤地去拿饅頭。

「你丫飛好了！」老六在風圈兒嚷上了。

韓哥、老陳快步進了風圈兒。大家在外邊等著，飯沒人敢動。

「丫膽兒夠肥的啊！敢往這裡兒要阿姨！」風圈兒傳來了韓哥的聲音。

「啪——啪。」兩記耳光。

「給你臉了吧！你丫把饅頭給我們斷了！」是老六的聲音。

「啪——啪。」

「中午饅頭給丫扣嘍！」虎子也罵上了。

「你以爲你誰呀你？你丫武警——在這兒『萬人恨』！知道嗎」老陳也發威了。

「啊？他丫武警啊？」虎子說。

「我們號兒倆武警哪！」老六說。

「那個哪？一塊兒揍，砰——噗通！」虎子好像來拳擊了，「我恨死這幫武警了！差點把我打殘嘍！」

老陳從號兒裡把搓火兒的布鞋抽了出去，小武子慘叫連連，這就是「鞋底洗臉」！

虎子探頭道：「地布！」

地保迅速地把擦地的髒毛巾扔了進去，「嗚嗚」的聲音傳出，顯然是用地布堵上嘴了。

我仗著三板兒的地位，乍著膽子到風圈兒一看，小武子叼著地布，鼻青臉腫滿臉血，雙臂被老六反剪，老陳手持布鞋，虎子拳腳並用，韓哥在一邊兒抱著雙臂說：「我們不走你一板，蘭哥來了更狠！」

「韓哥，好戲呀！」後面風圈兒傳來叫好聲。

「韓哥，誰這麼可恨哪？」前面風圈兒叫道

「傻×武警！」韓哥喊道。

「楔死他丫的！這幫狗腿子，就欺負老百姓！」前面風圈兒叫道。

「讓他『遊號兒』吧，到我們這兒接著揍！」後邊風圈兒說。

「聽見了嗎？你丫『萬人恨』！啪——」老陳輪開了布鞋。

「嗚哇，」小武子一口吐掉了塞在嘴裡的地布，大叫：「救

命啊！」

虎子上去就掐住了小武子的脖子：「丫敢『炸板兒』！」

「來人啦！」不知誰在前邊喊了一聲。韓哥一驚，馬上回號兒了。

只有虎子滿不在乎，在風圈兒叫道：「丫給我飛著！」

# 龍虎鬥

原來是小龍回來了，虛驚一場。

「不飛是不是？！」風圈兒裡虎嘯再起，接著就是拳腳和乾嚎。小龍躥進去，大聲叫停卻沒叫住。

地保探過頭去看熱鬧，大叫：「他打小龍啦！」

我們立刻跑了進去制止，小龍已經被虎子踩在了腳下。

「韓哥，我豁出去趟鏈兒[1]也得收拾這幫武警！」他把小龍當「武警」了。

韓哥趕緊拽開了虎子。小龍嘴角破了，別無大礙。小武子可慘透了，身上多處青紫，臉也腫了。虎子過來給小龍道歉，小龍拍拍他肩膀，笑著化解了干戈。

韓哥下令：「打今兒起，斷小武子煙茅！今兒中午扣他饅頭！」

吃飯的時候，小龍端碗去風圈兒了。韓哥問：「你們猜小龍幹啥去了？」

「還用說，給小武子分飯去了唄！」老陳說。

「好像誰都跟他親弟弟似的。這法輪兒，真沒的說！」韓哥感慨道。

---

[1] 鏈兒：腳鐐。

§

下午坐板兒，虎子挨著小龍聊得還挺來勁。虎子對法輪功很敵視，小龍就讓虎子看他身上的幾處槍傷和刀口，吊起了我們的胃口之後，小龍講起了自己的故事。

「九四年我到清華的一個公司實習，我一鄰居也在那兒上班兒。有一天我找老闆，聽辦公室裡動靜不對——綁票！我一下就把門撞開了。撞進去一抬頭，哇！一把槍對著我，我立刻投降，老闆在椅子上都嚇傻了。」小龍做了個投降勢。

「嗨！是我那鄰居！他說：『沒你事兒，你趕緊走。』我勸他，他不聽，我嘻嘻哈哈上去想給攔下來。他一緊張走火了，噹——這兒中了一顆鋼珠。」他一指左膀的小疤。

「那是火藥鋼珠槍，每個子彈裡六粒鋼珠，鋼珠打出來外散，勁兒不大，當時也不疼。我急了，上去一奪，他槍口一指，我一閃，噹——鋼珠順著我臉就過去了，火藥噴我半臉，這兒鑲了顆鋼珠。」他一指腮上的小疤。

「我真急了，伸手一抓，攥住他手腕兒。這時候就有人來了，他害怕了。我一拉，他順勢槍往我肚子這兒一頂，噹——全打進去了，我身子一震，沒倒，我一下子把他胳膊從上邊搣過來，這時候我有點使不上勁了，他一靠一肘把我砸地上了，撒丫子就跑，沒人敢攔。」

虎子問：「那會兒你練功了嗎？」

「沒哪。我坐地上，老闆在桌子底下，跟我正對臉兒……到醫院，我這半臉黑火藥，大夫都盯著上邊，我說：『上邊沒事兒，這兒。』」小龍指著肚子的刀口，顫巍巍地說，把大家又逗樂了。

「透視一看，腸子漏了，腹腔出血，裡邊還有鋼珠。趕緊手術。後來大夫說：『你小子命真大！我把你腸子都抻出來了，一

點點兒透視——捋，總共找出來仨鋼珠，小腸打漏了，截了這麼長。」小龍兩手一比。

「這麼長？」虎子瞪圓了虎眼。

「小腸五六米哪！截一尺沒事兒。他把我腹腔用生理鹽水洗嘍，再把腸子擺回去。」

「有一粒找不著了。另兩粒鑲進了腰錐神經兩邊，一邊兒神經皮都蹭破了，再往裡偏一點兒，我就癱了。這兩個鋼珠沒法兒取，一取我就得殘廢。就是不取，哪天扭了腰都可能再也起不來了。鋼的東西化不了，周圍組織會把他包上，越包越厚，擠壓神經早晚還是殘廢。」

虎子問：「你上電視了吧？」

「上啥上？人家要問——那小子跟老闆有什麼仇？老闆咋說？他把人家女朋友撬了。那小子自首去了，十五年。」

「原來我好運動，這回不敢多活動了。比老頭還老頭，走路都慢鏡頭！腰總疼。我這個恨哪！這輩子都毀了！我發誓要掙大錢，然後把那小子打殘廢了，再養著他，天天折磨他！」

老陳說：「你也夠陰啊！」

小龍一笑：「那會兒咱沒修大法呢。出國也沒戲了，這身體只能在國內養著。可打那以後，就交好運了——三喜臨門！」

「畢業找工作，那老闆不能不管我，但他又不想要我，誰願意養個半殘廢？他跟清華的熟，就做了個人情，把我推回清華保送研究生了，這算第一喜。」

「上研究生，我的老闆[2]沒錢，我就不忙。我想掙大錢，就自己到外邊攬活，半年掙了五萬。可把我累壞了。隔三差五就腰疼，腰一疼，我就害怕，就得歇半天，越來身體越完蛋！九四年

[2] 老闆：研究生稱導師為老闆。

底放假回家，我都快起不來了。

「爸媽心疼壞了！他們練上氣功了，叫我也試試。我媽還給我表演了一下，我一看就說：『媽，你知道我腰有毛病，還讓我抻腰？這蹭著神經咋辦？』我知道練功得重德，我整天想著報仇，練不了。」

「可是那天晚上奇怪了：累，腰痛，就是不睏！躺床上烙餅，翻來覆去睡不著！電腦壞了沒修呢，起來看書吧，我那些武俠小說、雜誌、漫畫一本都找不著了，我媽清理蟑螂都堆她屋陽台去了，我也不好進去翻。廳裡有本《轉法輪》，隨便翻翻吧。這一看——我這輩子冥思苦想、上下求索的所有問題，這本書都給我講透了，我一口氣看完了！」

「學功可發愁了。第一套功，八個動作都『抻腰』！第四套功還彎腰，不敢練。我就先練不動腰的。後來才慢慢敢抻了！不抻早晚也得殘廢。抻了還真沒事兒。越來越好，腰都不疼了！原來我真是活的有今兒沒明兒的，連女朋友都不敢找，說不定哪天就坐輪椅呀！可現在我沒事兒了！能像正常人一樣活著了！這是第二喜！」

「工作累，身體全靠練功撐著。九五年底體檢，透視沒見鋼珠！我當時就找給我動手術的大夫去了，他帶我去X光室給一看——真沒了！調出我病例檔案一看，片子上就是有倆鋼珠，非常明顯。我當時樂得都蹦起來啦！練法輪功把鋼珠練沒了！第三喜！」

虎子張嘴瞪眼，「真的？」他又把小龍的三處傷疤看了個遍，「要是聽別人說，打死我也不信！」

我也是深有同感。

「現在你信嗎？」小龍問。

「我……」虎子說，「小龍，那大夫信嗎？」

「大夫後來一家子都跟我練功了。」

虎子說，「那我信了！小龍，我一直捏把汗呢！給你那一頓暴揍，這你要癱了，我得加刑！現在可放心了！看來法輪功還真是真的！」

小龍說：「學真善忍了，無怨恨就解了。後來我去監獄看那鄰居，還給他留了本《轉法輪》。」

「我不報仇了，還是想掙大錢——掙大錢我要報恩！後來我哥們兒找我，說他聽說到首都機場高速要上一個『不停車收費系統』——開著車劃卡，就把錢交了，那是從美國引進的。他爸的公司要自己做一套，搶攤中國市場，這弄好了能掙大錢。我學無線通訊的，這我本行，我就說服我老闆，讓我改做這個課題，算清華和我哥們兒的公司合作。我老闆挺高興。我負責這個項目的一小塊，從九五年幹到九七年底幹完。九六年機場高速天竺站引進的那個系統我們看了，我們改進以後比老美的那個更實用！九八年底清華拿我們的專案評了個國家科技進步三等獎——這獎可不好拿，這不像社會上的獎花點錢就買來了，這個獎多少研究所幾十年都掙不來一個！這個獎，技術上可有我突出的貢獻。」

「我九四年上研究生，九七年底課題就趕完了，九八年六月做完論文了，按規矩是最晚九九年六月畢業，我老闆出國了，他八月才回來，讓我八月答辯，我都準備好了，七月鎮壓法輪功了。」

「學校要脅我，不放棄就不讓我答辯，不給學位。領導軟硬兼施，我說咱做事得對得起良心，要沒有法輪功我身體什麼樣你們也知道，現在法輪功落難了，讓我反咬一口甭想！哥們兒還講個義氣哪！」

「好！佩服！」虎子挑起大拇指。

小龍說：「清華讓我無限期休學，前前後後，拘了我三回

了！第一回我們三個功友一塊吃飯，警察扣帽子說『聚眾』──
三人為眾，拘三十天；第二回，上天安門請願，想勞教我，我絕
食，三十天放了……」

「這回什麼價？」虎子問。

「《大紀元》，可能你們沒聽說過，方哥，你知道吧？」

我問：「是美國那個《大紀元時報》吧？」

「對，還有『大紀元新聞網』。」

我說：「知道，挺不錯的！」

「那是我們國內外協調運作起來的，我們出了不少力哪！」

「啊？你們在國內怎麼可能哪？」

小龍自豪地說：「初期的網頁設計、記者編輯，國內部分都
是我們！」

我讚歎道：「真了不得！」

虎子最後感歎道：「龍哥，我真服了！你們老師能教出你這
樣的學生來，真了不起！不過說實話，有些事兒我還是不明白，
法輪功咋『自焚』啊？」

小龍說：「這事我們號兒裡討論過多少回了。新聞聯播、焦
點訪談的鏡頭你肯定看得不細，你注意那個自稱法輪功的人自焚
以後，他懷裡一個塑膠雪碧瓶，裡邊裝了一大半汽油，不但沒爆
炸，塑膠都沒變形……後來在聯合國會議上，國際教育發展組織
把自焚的破綻全抖露出來了，一大堆，當場說：自焚是中共政府
一手導演的，真正殘害生命的恰恰是政府！當時啊，在場的中國
代表團啞口無言。這你不知道吧？[3]」

我原來只是從醫學角度看出了破綻：自焚者氣管切開了，還

---

[3] 對2001年天安門自焚事件的央視版本，影片《偽火》（False Fire）
做了詳盡的分析，央視的造假被徹底揭露。2003年11月8日，該影片獲第
51屆哥倫布國際電影電視節榮譽獎。

能說話唱歌，跟著央視煽情。現在小龍從那些角度點醒，就更清楚了。

講到後來虎子服了，「打今兒起，我跟你學功！」

老陳直搖頭。虎子說：「陳哥你不信？我要是早學法輪功，還能進來？江賊民太黑了，把咱騙得一愣一愣的，盡給法輪兒造謠了！」

韓哥說：「你不知道啊！共產黨那是陝北住『窯洞』發的家！造窯（造謠）——那是看家的本事！」

## 地獄鬼子票，宰人不用刀

入獄第四天，程式化的生活再也不新鮮了。下午剛坐板兒，筒道裡傳來叫名的聲音，韓哥說：「鬼子票兒[1]來了！」

號兒裡有幾個答到的，在門口排隊。不一會兒，一個穿黃馬甲的勞動號兒過來發錢票和衣服。

鬼子票一般是全交給韓哥，小龍交了一半，自留二百，也有給韓哥交一小半兒作公費的，剩下自己留著的，韓哥很煩他們，都讓他們睡地鋪，統稱「地瓜」。性病最後一個交錢時說：「韓哥，我這第一次來錢，就二百，都交了吧。」

韓哥樂了：「行！懂事兒！有啥要求？」

性病說：「韓哥，我這坐板，這屁股已經磨爛了！你看……」

韓哥說：「那沒轍兒，你丫有性病，就得坐前板兒，睡水台兒。」

我趕忙說：「韓哥，這性病要是流血、流膿，可傳染啊！」

---

[1] 鬼子票：看守所內部供犯人使用的錢票。

「啊？轉過來我看看！可不是！咋辦啊？」韓哥嚇著了。

小龍說：「得了，韓哥，不能再讓他坐板兒了！以後坐板兒，就讓他坐風圈兒門口，開了風圈兒就讓他出去，韓哥你放心，誰問我扛著！」

韓哥說：「行，你扛著就成。」

小龍又說：「韓哥，給他幾塊專用的硫磺皂吧，他不洗不行啊。」

韓哥問：「有毛巾是吧？」

性病說：「早爛了，還是小龍哥給我那塊哪。」

韓哥說：「等會兒給你買。」

性病樂壞了，連連道謝。

我指著性病坐過的地方說，「韓哥，這兒得刷了。」

韓哥四下看了看，那幾個幹活兒的都往後縮，誰也不願意去擦性病的血污，還是小龍給刷了。

虎子家裡不但送了錢，還送了衣服。他在後門口，拿著衣服，對著外邊亮處透視，看看裡邊夾東西沒有──宛若《三國演義》國舅董成研究「玉帶詔」。這個社會最底層，為了生存，使盡了渾身解數。最後他在一件破夾克裡，摸到了「寶貝」。拆開裡子，抽出一塊白布，上面有字。

虎子看罷，和韓哥嘀咕了一會兒，「我老婆能幹吧？」說著把布扯成了條。

韓哥挑起大指，「有本事！這回你貴[2]不了嘍！」

我拿過小龍的錢票見識見識，問他：「為啥叫『鬼子票』？」

「這哪兒是人待的地方？地獄！花的錢是鬼錢，當然叫『鬼

---

[2] 貴：判刑重。

子票兒』了。」

　　現在這兒的犯人能把鬼子票拿到自己手，聽說還是那些抓進來的「法輪功」給爭取來的。以前這兒和北京其他看守所也是一樣，鬼子票無條件交老大，老大拿一部分鬼子票兒孝敬筒道長，筒道長再孝敬管教。管教暗中賣煙，外邊最次的煙，到這裡得六百至一千元。管教和看守所裡賣貨的勾結，因爲賣貨的能定期把鬼子票換成現金。小龍被抓到朝陽看守所的時候，那個吸毒筒的筒道長，臨走說漏了，說他坐了一年牢，掙了二十萬——這還是賣貨的、管教扒皮後剩的，那傢伙說他在外邊幾年都掙不來！

　　除了這些，各號兒還得給管教、班長孝敬礦泉水、飲料、內衣、秋衣、襪子、保暖內衣，一個警察得兩身兒！有的管教，平時還得孝敬他早點。

　　「牙膏十塊，毛巾十五……」筒道裡傳來一個女人的聲音。

　　「錢票到手，立馬摳走！」韓哥剛一抱怨，蘭哥來了。一問有二千塊，直接要走了六百。

　　一個「大姐大」到了門前，兩個勞動號兒推拉著貨車。我湊過去看，蘭哥又來了，獅子大開口，買了二箱礦泉水、二箱飲料、一箱餅乾……顯然他都是給管教、值班兒警察買的，全讓韓哥買單。我聽著報價——奇貴！他們說至少比外邊貴一至五倍！五根黃瓜一袋兒十塊，六個西紅柿一袋兒十塊！「大姐大」拿著計算器不斷算錢報賬，謹防我們透支。

　　蘭哥買完了，韓哥一口氣把鬼子票花完，看來他是怕蘭哥再勒索。

　　韓哥買完了，小龍上前，幾個「地瓜」縮到了小龍身後。

　　小龍說：「蘭哥，我剛給韓哥交了二百，我自己買點兒東西。」

　　蘭哥笑了，「買吧，咱哥倆兒還說啥呀？」

小龍把我叫到了門口，他先買了十筒大牙膏，然後就是給我買了內衣、布鞋和洗滌用品。

蘭哥像狼一樣，盯著「地瓜」們罵上了：「不給號兒裡買點兒牙膏、肥皂啊？你們他媽的沒長痱子啊？！」

「地瓜」們剎時變了臉色，不知如何是好。

韓哥喝道：「你們幾個『地瓜』，一人給號兒裡買五塊兒硫黃皂！不然別給我洗澡！」

§

在這社會的最底層，管教、班長壓榨犯人，每級牢頭巧取豪奪，賣貨的高價盤剝，直到榨盡犯人最後一滴血。

社會上，表面的「文明」和虛假的宣傳掩蓋了種種血腥，在這無需遮掩的地獄裡，赤裸裸地展現了出來。

「方明！」

「到！」牢門外一喊，我神經質地大叫。

「穿衣服！」

糟糕！又提審？這回我可是一點兒準備都沒有啊！我趕忙找大褲衩、大背心——這回可得穿這身柳兒爺的衣服了——省得叫人看不起挨揍。

「韓軍兒，你也過來！小龍，還有你，穿衣裳！」

蘭哥這三道令好奇怪！提審我叫這倆幹什麼？

## 喬裝探監

我穿好背心大褲衩過去報到。鐵門外的蘭哥破天荒地笑著說：「老美，你『托兒』來了，來頭不小啊！」

忐忑不安的心掉進了肚裡，我喜上了眉梢。韓哥、小龍湊了過來，蘭哥說：「這老美的托兒是個女的，你倆把後邊的小褲衩

們都擋住，聽見嗎？」

韓哥眉飛色舞，「太好了蘭哥，見了幾個月『阿姨』了，這回可開葷了！」

「少貧嘴，人牆啊！」

老陳在板兒上起哄：「蘭哥，人牆倆人兒不夠！算我一號吧！」

「丫給我歇×！」蘭哥笑罵著下了第四道令：「聽著，往這兒斜眼可以，不許歪頭！老六，誰歪頭楔誰！」

一陣哄笑。我插空說：「蘭哥，等我換換衣服……」

「這身多柳兒啊！他們不也這樣嗎？甭換了！」蘭哥又發下第五道令：「不許放茅！」

「是，大哥！」號兒裡齊聲吶喊。

「托兒」是誰請的？問她點啥？咋翻供？咋「打關係」？價碼多少？……一時間，我心亂如麻，不知從何問起。

筒道口傳來清脆的高跟鞋聲由遠及近，敲得我的心臟砰砰猛跳。一位身著制服的女「檢察官」出現在牢門口——「啊？！萍萍」！？

萍萍一頭烏亮的披肩髮，淡淡的紅唇彩，沒戴首飾。上身淺藍色短袖襯衣，胸脯雙峰高聳，左胸佩戴檢察徽章，藏藍色制式筒裙，肉色長絲襪，高跟皮涼鞋。天生麗質的她在這身制服的襯托下，更顯得亭亭玉立，英姿颯爽。

竟然喬裝改扮，混入虎穴！

也難怪如此，大陸的制度，犯人不判刑不讓見家屬。

萍萍雙眸晶瑩，淚花溢落，那嬌楚動人的樣子實在不像檢察官。一定是我這身大褲衩、大背心、亂鬍子的慘像讓她傷心了。我趕忙傻傻地說：「萍萍，我現在，挺好！」

萍萍擦了一下眼淚，問道：「挺好？」

「我三板兒哪！」話一出口，頓覺太傻，萍萍哪能懂這黑話？

萍萍叫圍觀的撤下。蘭哥倒退著走，好像生怕少看看萍萍一眼。韓哥張口結舌，小龍給我使了個眼色，意思是人牆不能撤。

「這都是我鐵哥們兒，沒事了，他們幫我出了不少好主意。咱就在這兒說吧，他們擋著監視器！」我說著貼近鐵門兒。

萍萍湊過來小聲說：「我二姐在外邊哪，給你送衣服存錢了。」

「王茜茜也來啦？！」

「嗯，剛才她給你存了一千，這是收據，夠嗎？」她說著掏出一張給我存款一千元的白條。

「足夠！有這我能吃香的、喝辣的！」這一千換點兒榨菜嚕嚕，可不就是「吃香的、喝辣的」嗎？

「衣服是我二姐夫的，你湊合著穿吧。沒去你那兒拿，怕你媽知道。律師是我的老同學杜紅，政法大學的的十佳律師，去年碩士畢業，你放心吧。」

我諾諾連聲，心裡卻想：這初出茅廬的律師會打關係？

「審你的空檔，你還買通個警察？」

「那當然！」

萍萍苦笑了一下，「你還挺能！他禮拜一晚上，把你大姐約出去的。最先給了消息，把底都透給我們了。」

「我大姐給錢了嗎？」

「那姓謝的說他找的律師關係硬，你姐沒敢用。給他三千，算辛苦費唄！」

「萍萍，我這事兒可先別讓你大姐知道啊，她脾氣大，肝火旺，身體也不行，別急壞了。」

「嗯，我前天一早就接到你二姐的電話了，就開始托人。

小謝說先抓的楊義，楊義太滑，自己洗脫了個乾淨，全推你身上了！好像你還想大包大攬？」

「這事兒你說怪楊義嗎？他受我連累。」

「別傻了你！」萍萍生氣地戳了一下我的腦門。

自打萍萍長大，我還沒跟她這麼近距離，但是隔一道鐵柵欄門，她姐這個醋罈子知道了也說不出來啥。這一指頭，弄得我還真不好意思。

她真生氣了，「楊義這麼坑你，還替他說話？小謝說你倆得跑一個，別都坐牢。」

「我是美國人了，也能讓我坐牢？我記得一個美國人讓中共判了十五年，不是同時給驅逐出境，等於沒判嗎？」

「那是政治犯！驅逐出境，就不能再回來了！」

「推給楊義，那他不得瘋了？十年起步哪！他老婆不得瘋了？」

「你還想著他老婆哪？我告我大姐去！」

「別別別，萍萍，我⋯⋯你咋進來的？」

萍萍詭譎地一笑，一笑百媚生，跟她姐當年可真像，不過要漂亮得多。嗨，現在還瞎想！為了不走神兒，乾脆低下頭。

萍萍湊到我耳邊，「我用的『假證兒』。」

啊？！「假證兒」可被判了十一年——萍萍卻用假證件騙過層層看守，堂而皇之地鑽到地獄深處來！

「檢察院的朋友給辦的，別人的身份，我的相片兒。」

她有內線保駕，我才寬心了，「跟我姐說，預審那兒得給錢。」

「給了，主審的五千，副手三千。托的人說那預審特黑，有時候收錢不辦事兒！」

「怎麼給這麼點兒啊？」

「成了再給。你二姐問他們為什麼不通知家屬，他們說怕家裡銷毀證據。」

「呀！我還有試劑盒放我媽家冰櫃冷凍箱裡，你能不能……」

「我拿我同學家去吧，不過……那老太太就知道了。」

「顧不了那麼多了，我想見美國大使，你看能不能幫我聯繫一下？」

「好主意！不過……那我大姐就知道了，大使會通知家屬的。」

「你想得真周全，讓你姐放心吧，我這兒挺好。」

萍萍問我下一步咋辦，我隨口說：「翻供唄！這回再不上他們當了！」

「好！咱們三路反擊：我們一路，給你托關係；律師一路，打官司；你自己一路，該拚就得拚啊！不能叫人家就捏你一個！」

我一拍胸脯，展現出英雄氣概，「沒問題！」

「受得了嗎？」

「我當年插隊差不多就這樣，放心吧。」

「姐夫，既來之，則安之。你也想開點兒，就算是體驗生活來了，或者替我體驗生活來了。你知道我一直想寫作，這兒的素材可難得。現在這種背景的影視文學，都是歌頌警察監獄的，太假。你也多聊聊，開開心，也算幫我搜集點素材，也不荒廢，不白來一回。」

萍萍這巧妙的安慰，給我這個「關不住」的人找了安心的理由。不過這也挺好，萍萍是個純粹理想主義者，我這麼幫她一點兒，說不定真能幫她圓了作家夢呢。我要在這裡長了見識出去，更是「資深」人士了，可以當最全面的「大陸問題專家」了，也

更有跟朋友們侃的了，我欣然應允。

「他們打你了嗎？」

「我是老美，預審哪敢啊！」我豪氣十足，心裡竊想：她要知道我被預審整的滿褲子拉稀的慘像，我的光輝形象就完了，這純屬個人隱私——有本事就叫它爛在肚子裡！

萍萍一笑：「小謝都跟你姐說了，我們多帶了條褲子。」

啊？無地自容！

這個小謝！竟然曝光我的「超級隱私」，還傳到了萍萍這兒！我故作鎮定地狡辯：「那天我鬧肚子了……」

「還說呢！那天我們都吃壞了，怎麼賠？」

「我……咋賠都行。」

萍萍歎了口氣，「犯人欺負你嗎？」

「沒有！我這兒排老三！」我伸起三指做手勢。

「這兒怎麼啦？」萍萍指著我的右胳膊肘。

糟糕！那是昨晚上夜審出號兒時，值班警察踹倒我留下的傷——竟在我抬手做秀的時候，自揭老底！

片刻我就編道：「我關節炎犯了，跌了。」

「有藥嗎？」萍萍似乎信了，可挽回了一次面子。

「沒事兒！我們這兒有個法輪功，可好了。他給我弄辣椒醬治關節炎，現在好了。」我看她不信，繼續說：「這法輪兒真有兩下子！會做藥，藥到病除……」

筒道口傳來鑰匙響，我聽了一下步伐的節奏，「我們老大來了。」

蘭哥對萍萍嬉皮笑臉之後，對號兒裡叫：「小龍！出來！」

人牆要撤！我趕緊全方位擋住了萍萍的視線。

蘭哥跟我們客氣地說：「管兒又找小龍做藥去。」

我讓萍萍轉到牆後邊讓開門，實際上是怕她看到號兒裡那些

身著一點式的囚犯。小龍出了牢門兒，我指著小龍說：「這就是我們的法輪兒。」

萍萍問他：「你是法輪功啊？」

「啊！」

「什麼事兒進來的？」萍萍問。

「我是《大紀元》在國內的義務記者兼編輯，《大紀元》你知道嗎？美國的華人媒體。」

「了不起呀！我上網繞過封鎖，第一就看你們《大紀元》，很棒啊！」萍萍說著雙眼放光。

「歡迎投稿！」

「你是哪兒的，怎麼稱呼？」萍萍落落大方地問著，還是她記者的習慣，忘了自己現在是「檢察官」了。蘭哥在一邊恭候，也不敢催。

「我清華的博士生，龍志平。」

萍萍點點頭，「了不起呀！清華博士！將來我給你們樹碑立傳！」

「嘩——」，監號兒裡一片掌聲！

小龍眼睛裡閃爍出淚花光芒，他雙手當胸合十道：「謝謝！」

在那一瞬間，萍萍那幾句女高音和犯人們的掌聲，剎那間震撼了我的靈魂，想不到，在這地獄之中竟然能升起如此的莊嚴。這小丫頭不簡單啊！這個小時候就愛跟我這個大姐夫鬧著玩兒的黃毛丫頭，這個平時愛說愛笑的大記者，竟然有如此的膽識和正氣，真讓我刮目相看。

「嘿！」監控的喇叭裡傳來警察的吼聲，「門口兒幹什麼哪？！」

我嚇得一哆嗦，號兒裡的掌聲頓消，空氣凝固了一般。

「快走，小龍！」蘭哥低聲道，「外邊來人了！」

「沒事兒，蘭哥。」小龍鎮定自若，蘭哥拽都沒拽動。

「嘿！門口那幾個！」監控的吼聲高了八度。

緊跟著跑動的皮鞋聲壓了過來。

糟了！假證兒要漏餡了，可要判刑的！

## 律師宣戰

萍萍這個「檢察官」在牢門口跟我串案，監控發現了，值班的趕了過來，我已經嚇得僵住了。

萍萍面不改色，鎮定地說：「你們閃開，沒事兒。」

我無奈地轉身到一邊兒，韓哥也撤了。

萍萍臉紅了——大姑娘見號兒裡這幫個個只穿「一點式」，能不臉紅嗎？叫她到「地獄」裡受這個差辱，我心裡真不是滋味兒。

萍萍說：「告訴他，我問案子哪！」

一個班長、一個男檢察官先後到了門口兒。萍萍甩頭望去，飛舞的長髮宛若招展的長裙，飄飄灑灑。

男檢察官對班長說：「沒事，發起訴，問問案子。」

班長又看看號兒裡，對著監控擺了擺手，監控啪的一聲關了喇叭。我上前擋住萍萍的視線。蘭哥拽著了小龍，跟著班長走了。

那個男檢察官中等身材，細眉小眼，眉宇間透著一股狡詐。他對萍萍滿臉堆笑，「萍萍，這是你姐夫吧？」說著掏出摺扇對著萍萍猛搧。見萍萍沒正眼瞅他，他笑容可掬地對我說：「姐夫，你好！我是萍萍的……」

「一個朋友。」萍萍接了話。

就你也配追萍萍？不過萍萍利用他辦「假證兒」混進來的，可不是一般的人情，我擺出老闆的架子，「你好！貴姓？」

「免貴，姓寶，我比較『逗』。」他說著從褲子、上衣兜裡一盒一盒地掏煙，四盒「三五煙」——堆放在我肚子前。

「我不抽煙。」

「走面兒用得著，這幾盒你三千都買不來！」

看來他對這兒瞭若指掌，外邊三塊錢一盒的煙，在這裡要六十至一百！他這可是一品的三五！我不好推脫，揣兜兒了。這個人情我得自己還，絕不能壓給萍萍。

小寶兒拿出幾份文件，「姐夫，我發起訴了，您稍讓讓。」然後他輕柔地念道：「常向黨。」

「到！」小武子迅速穿衣服。

「吐爾遜・買買提。」

「到！」

小武子領了起訴退下，「新疆」一直在門口和小寶兒廢話，把我們都弄煩了。萍萍轉身到了左邊，新疆也隨著身子往右抻，追著萍萍看。

「啪！」小寶手裡那摞起訴書拍在鐵門上，新疆嚇了一跳。

「你丫活該！滾！」

新疆一轉身，我見他在偷著樂。

萍萍轉了過來，說：「原形畢露啊！」

小寶慌忙說：「這小子賊眉鼠眼的……嗨，我送起訴去了。」

又聊了幾句，小寶兒回來，萍萍不能久留了。

「萍萍，保重！」我把「保重」二字加重了語氣。

萍萍眨眨眼，那洋娃娃一樣的長睫毛輕盈舞動，她明白我的意思。

　　小寶兒問號兒裡：「誰是老大？」

　　韓哥應聲躥了過來。

　　小寶兒說：「這我姐夫，照顧照顧！」

　　韓哥滿口應承，「這兒除了我，就是他！」

　　直到聽不到萍萍的腳步聲了，我才鬆開牢門的鐵條，回身上板兒。

　　「真過癮！你這小蜜夠得上世界小姐！氣死名模！」韓哥說。

　　老陳惋惜道：「弄不好歸那小子啦！」

　　虎子說：「檢察院你還弄個『傍肩兒』[1]，那還不乾起啦？」

　　新疆說：「嘿！我看的最清楚！你們不知道！太美了！我見過那麼多姑娘，從來沒這麼漂亮的！電影明星都比不了！我故意在那兒泡蘑菇，把那妞兒都看毛了，我抻脖子一追，讓那小子看出來了，哈哈哈哈……」

　　大家哄笑之後，老陳問：「新疆，那男的是訴你的嗎？」

　　「是！」

　　虎子樂了，「你丫色膽包天！那麼看人家，不怕那男的狠辦你呀？！」

　　新疆一愣，「會嗎？」

　　「廢話！那麼看你老婆你樂意啊！」

　　新疆撓著頭，「哎呀，壞了！」把大家笑得都跟唐老鴨似的。

　　犯人們繼續盛讚萍萍的美貌，說著就不正經了，我越聽越生氣！怎麼堵他們嘴呀？有了！我進了盲區，像賊一樣掏出兩盒「三五」。

　　「操！三五兒！」韓哥眼都離不開了。

---

[1] 傍肩兒：情人。

我問：「我給蘭哥留兩盒行嗎？」

韓哥滿口答應，我趕忙拜託，「韓哥，讓他們閉嘴行嗎？」

韓哥轉身喝道：「都給我歇×！老美請咱抽『三五』！打今兒起，誰也不許議論老美的小……小朋友！聽見沒？！誰再說斷丫煙茅！要嘴賤管不住，嚼那幫『阿姨』去！別叫撞上就行！」

大家笑罷，韓哥扣手遞給老六兩支『三五』做小炮，煙絲量比平時大了一倍。

我剛想脫行頭，蘭哥又來了，「方明！見律師！」

我興奮地躥了過去，才想起來得換正裝，蘭哥不耐煩地說：「來不及了，一會下班你就說不成了！」我只好穿著背心大褲衩出了門。

我避過號兒裡的監視器，把兩盒『三五』遞給蘭哥，他迅速抓扣在手裡，「後邊有監控！」

我這才注意到筒道兩頭各有一個攝像頭！

監區大閘外，預審小王來接我。我見律師，他們來幹什麼？

小王押我到了那間夜審我的大審訊室，姓劉的預審坐對面的沙發上抽煙，一個小姑娘在這邊兒看案卷，一見我，她起來向我打招呼。

她一米六的個子，梳著兩個散辮子，一副黑框近視鏡，真個俊俏端莊，熠熠生光，聰靈剔透，落落大方。我這兒背心大褲衩，鬍子滿臉爬，慘透了！

姓劉的沒動窩兒，冷冷地說：「方明，見律師我們必須在場！就半小時！關於案情的不能講，律師要幫你串供可不行！」

我和律師並排而坐，律師說：「我叫杜紅，政法大學的碩士，這是律師證，這是律師事務所證明，是你家人找的我，如果你同意，請在辯護委託書上簽字。」

我看著這堆東西，想到萍萍說她剛畢業，心有點兒涼。她會

「打關係」嗎？獄友居士的重刑，可都是這種嫩律師惹的禍……

律師問：「怎麼？有疑問？」

「啊，不是，我……我想多瞭解瞭解您。」

「你不簽字咱沒法兒開始。」

我沒有退路，拿起筆就簽了字。

「我剛才又看了看你的案卷，你目前的案子可是十年起步啊？你供認不諱？」

「啊？」我愣了，大瞪著眼睛看著她，只見姓劉的也大瞪著眼睛照著我。

「我看了你的口供，你故意犯罪，明知故犯，板上定釘了。」杜紅眼睛詢問似的看著我。

我剛張口，姓劉的搶著說：「不是嗎？！方明！」

「啊？我……」

「我跟當事人談話請不要干涉！」杜紅上來就回了他一句。

「什麼，你丫跟誰說話哪！」姓劉的吼上了。

律師頭也沒回，嘴皮子爆豆似的，「楊義都推給你了，但是單方指控無效，你要是認了，誰也保不了你！你為什麼說公司是你的？」

「不許聊案情！」姓劉的大吼。

律師對姓劉的點點頭，也不知道她是認可，還是在跟他叫板。她又說：「你是美國人你向他們出示證件了嗎？」

「我當時就帶的中國身份證。」

「你跟他們說你是美國人了嗎？」

「我說了，他們不信！」

「好，這都是證據。那些都是你說的嗎？」

「這……」雖然是我說的，可他們斷章取義拼湊的。

「他們逼供沒有？」

姓劉的忽地一下放下了二郎腿，身子向前壓過來。

「他們……」我真不好說，他們確實沒打我，可是他們整我的慘像我也說不出口啊，這比打人還陰險啊！

杜紅側身對著我，使了個眼色，右手輕輕拖了拖她臀部的裙子。我一下明白了，我那「隱私」她也知道了！我臉一下燒了起來，鼓足勇氣說：「逼供了！」

「啪——」姓劉的一拍桌子，說道：「方明，丫可不能亂咬啊！你鬧肚子拉一褲子，也賴我們逼你？！」

杜紅沒理會，「這叫變相刑訊逼供，口供無效！他們對你誘供沒有？！」

「跟案子無關的不許說！」姓劉的急得站了起來。

「誘供了！」我咬著牙說。

律師一側頭，「你不叫我們談案情，又不讓我們談跟案情無關的東西，那我們還能談什麼？」

姓劉的張口結舌。

抓住這個空檔，律師馬上切入：「你現在如果不翻供，就是十年起步！你翻供都不夠，你得控告他們！」

「給你丫臉了吧！叫你丫今天兒來就夠給你面兒的啦！你趕快給我滾！」說著姓劉的站了起來。

「你要幹什麼？你要干涉我正常會見當事人？」

「你丫想不想幹了？牛×什麼呀你！我吊銷了你的律師證你信不信？」姓劉的流氓相畢露，小王卻在旁邊靜觀，依舊沒表情。

「誰給你這麼大權力？你要過分了我可告你！」

「呀呵！你他媽真不知道你是誰了吧？告我？你們律師所不想過年審了吧？！營業執照看看，下禮拜還有嗎？！叫你們頭兒磕頭求我來，知道嗎你？」

姓劉的逼了過來，杜紅冷冷一笑道：「你權力好大呀，我惹

不起你。」她轉臉對我，「剛才跟你說的你都記住了嗎？」

「記住了！」

「下一步你怎麼做？」

「完全聽您的！」既然杜紅這樣，我也得硬氣起來，再軟下去，我這臉往哪兒攔？說不定萍萍就在外邊等著哪。

她開始飛筆做記錄。姓劉的站旁邊不住咬牙。杜紅寫完遞給我，都是我們剛才說的話，我熟練地簽了字。

「拿來我看看！」姓劉的惡狼一樣。

杜紅冷冷地說：「這是我和當事人之間的事，請迴避。」

姓劉的一把搶過筆錄，看也不看就撕了個粉碎。

「你撕毀我們的談話記錄！」杜紅豁地一下站起來，怒目而視！

「撕你丫的怎麼了，你丫洩露案情、教他翻供！給我滾！」

杜紅臉轉向我，使了個得意的眼色。我一下就明白了——她是明知道姓劉的要撕，故意逗他，她一定在錄音取證，看來她出去真要控告姓劉的刑訊逼供了——好厲害的小丫頭！思路清晰，伶牙俐齒，一針見血，心眼多多！可惜，生在了今天的中國！

「方明，你也看到了，咱再聊也不可能了，該說的我都說了，希望你能配合我，打好這個官司！」她說著用身體擋著手，翻了個個。

我會意地點點頭，「謝謝您，我一定配合！」

這一決心翻供了，心裡豁然開朗。

## 大勇若怯

小王請走了律師。我一回頭，姓劉的對我虎視眈眈。

「你丫跟著起哄是不是？！」

姓劉的兇相畢露，我又怕了，我這自幼的怯懦，根深蒂固啊。馬上我就想說軟話——可轉念又明白過來——方明，再膽小也不能這麼軟骨頭！都什麼時候了？還不如萍萍和律師那倆女流！你看人家小龍？那個無畏都讓萍萍感動！

我正合計著怎麼反擊，姓劉的咬著牙說：「本來我們都跟上邊打好報告了，說你認罪態度誠懇，說了你多少好話，請示從輕處置，哼哼！律師這一攪和，看你怎麼收場吧！」他重重地一屁股砸在了沙發上，身體忽悠了一個來回。

我第一反應是：居士律師惹的禍在我這兒重演了！但看他這身肥肉一忽悠，我又回過味兒來：他忽悠我！他已經給我做了兩次圈套了，再從輕，也是十年起步裡的從輕！

「小騷貨，活膩了！」

聽他這句自言自語，我有了主意，我故意拱火：「劉預審，我不想把事鬧大，可她讓我聽她的，我也沒辦法，這律師可是政法大學的碩士，一看就是有本事⋯⋯」

忽地一下，姓劉的站了起來，在屋裡亂步，「就她？剛上道沒規矩！我得整得她求著跟我上床！不然別在北京混！」

這小小的預審竟然這麼狂妄無恥！一手遮天啊！要是那個律師因為我讓姓劉的給毀了前程，我還怎麼做人哪？這個惡棍！我不出手則已，出手就斷你前程！也讓萍萍和我老婆看看，我方明不是誰都能捏的軟蛋！

「哎呀，沒煙了！」他把煙盒一扔，翻抽屜找煙，真是個狂躁症。

小王一回來，他就說：「我出去買煙去，你給他先做筆錄。」說著給小王擠了一下眼，叫我看個正著！

鬧了半天他倆擠眉弄眼傳暗號兒，合伙算計我！一個黑臉，一個白臉，一個奸詐窮橫，一個裝傻充愣，配合默契！

　　小王也不理我，低頭在那兒狂編筆錄。半天才問：「這兩天怎麼樣？還適應嗎？」

　　少來這套！又拿軟圈套？我反問：「我什麼時候能見美國大使啊？」

　　「那……你得問大劉兒，這我管不了。」

　　「借我用下筆吧，我寫個申請。」我換了衣服，寫好的申請沒帶著。

　　「做完筆錄再寫吧，一會兒就完了。」

　　他把上回給我紙筆讓我回號兒寫申請的事兒全忘了！上回姓劉的真是在矇我！哄我在口供上簽字！我簡直咬牙切齒。

　　小王這孩子比較老實，起碼不會打我，拿他當突破口，練練膽兒。我一字一頓地說：「我拒絕回答你們的問題，我要見大使！」

　　小王愣了，我重複道：「在見大使之前，我拒絕回答你們的任何問題！」

　　僵持了一會兒，小王遞過了紙筆。

§

　　姓劉的進來要口供，看到的卻是我見大使的申請。他青著臉說：「我回來給你交上去，先做筆錄吧。」

　　進可生，退則死！我鼓足了平生的勇氣，「我要先見大使，你們無權阻撓！」我心砰砰地跳著，如同擂響了反擊的戰鼓。

　　「方明，你要跟律師穿一條腿褲子是不是？！」

　　他面目猙獰著真嚇人，我不再看他，沉默應對。

　　「好！給臉不要臉，別怪我不客氣！小王，給他記，就說他對抗審訊！」

　　再不能怯陣了，我依舊沉默地抗爭。

　　姓劉的在狠命地抽煙，小王飛快地胡編。我忽然發現雙腿在

瑟瑟發抖，於是強行腳跟著地，這下好多了。

小王遞過一頁筆錄，除了例行格式，只有兩句：

「問：我們今天要繼續訊問，希望你配合我們的工作。

答：我拒絕你們的訊問。我要求見美國大使。」

我痛快地簽字畫押。看來托人給姓劉的五千塊白搭了，給小王那三千見了效益。

姓劉的看著筆錄，「你丫要跟我們磕了是不是？站牆根兒去！」

「大熱天的，咱早點兒回去吧！咱還得提防那律師哪！」小王解圍道。

「操！可不是嘛！」

小王一擺手，我起身就走。小王也要跟姓劉的一塊兒整那個律師？那我連你一塊兒收拾！

一拐彎兒，小王拍了我一下，「你早就該這樣！」

我心裡驟然感動——原來我冤枉小王了，這警察[1]還是有好的，甭管是不是有那三千塊錢在說話，衝他這麼鼓勵我，就難得。

我放慢了腳步，「小王，那律師真能告你們嗎？」

「她沒退路。」

「那你們會整她嗎？」

「大劉兒就是整人的機器！弄不好，律師爲你得拚了！」

§

回到號兒裡，正趕上打飯。打回民莱的「阿姨」問：「幾個回民哪？」

「仨！」號兒裡回答。

---

[1] 海關辦案人員一旦把「犯罪嫌疑人」羈押在看守所，他們和警察在權力上就一模一樣了，所以，牢裡都習慣於把他們也叫「警察」，這裡用的是習慣用法。

「哪這麼多呀！」她說著給舀了一勺子，看來她還沒忘小武子那齣「戲」呢。

今兒比較「豐盛」。海澱看守所每周四的改善，還碰上了大採買。兩小碗醋拌黃瓜，兩小碗糖拌番茄，只能是柳兒爺和來錢的能享用。

韓哥給「新疆」盛了半碗菜湯、兩小塊骨頭，大部分回民菜都被柳兒爺獨吞了，一塊最好的羊肉兒給了我，我心裡可有點兒過意不去，因爲這是切「新疆」的。

飯車又來了，打進了一盆深褐色的洋白菜燉肉，香氣撲鼻。見換了阿姨，小四川又不失時機地多討了幾個饅頭。

韓哥和虎子在一邊兒挑肉，老陳用鮮肉湯泡方便麵，還加上了兩根號兒裡自栽的青蒜苗，尤爲誘人——後板兒吃的對此都不敢奢望。

蘭哥冒了出來，韓哥斜趴到門上問：「蘭哥，回來吃嗎？肉都給你留了！」

「我那兒肉都吃不完，別留了！」蘭哥要走了四瓶在水池裡鎮好的飲料——那別人可不敢享用。

栗子大小的肉塊挑出了三小碗兒，老六開始發湯菜。在外邊兒不吃肥肉的我，現在也知道了肥肉香。韓哥起身，去給大家挨個兒發肉，一人兩塊兒，每人都在重複著「謝大哥！」發剩的肉又端回來，柳兒爺才放開了吃，也就一人吃上四、五塊。

後板兒的都拿著饅頭擦碗、擦菜盆，眞是盆乾碗淨。

飯後，我說了剛才見律師的經過。

韓哥皺著眉頭，「你那檢察院的小朋友一句話，那預審就得屁顚兒屁顚兒的，還用這樣？」

我不能說破萍萍是冒牌兒的，就說：「看來是沒說上話，不然律師也不會那麼磕。」

老陳問：「那個小姑娘因爲你，跟預審玩兒命？你這麼大魅力啊？」

「沒那事兒，她就是『路見不平』吧。」

老陳一瞥嘴：「路見不平，拔刀自殘！」

「啊？！」

「太嫩啦！」韓哥跟吃了搖頭丸似的，把我的信心都搖沒了。

老陳問：「你是不是也跟著起鬨來著？」

「我沒退路，不然我怎麼翻供啊？不能讓那小姑娘一人跟那個預審拚命啊！對了，那個副預審偷偷跟我說，我早該這樣了。」

虎子詫異地問：「他拿你錢了吧？」

「嗯。」

韓哥說「硬翻供」還眞得這樣。如果「軟翻供」，按一年一萬的行情給預審，預審自己就給編口供了，這樣穩當。現在已經死磕了，沒退路了。如果律師也有後台，她能換了新預審再打關係就太好了；如果她就知道死磕，那眞是拔刀自殘了。

韓哥又說：「你這算不算走私，伸縮性很大。說不定那預審想訛倆兒錢，訛不著就靠辦你們掙錢。你們要早趟好白道了，他都得保著你！」

小龍問：「你怎麼翻案，律師說了嗎？」

「律師哪得功夫跟我說啥呀？她跟預審都快打起來了。這什麼世道，見律師還得他們批准，說話還受限制——在國外見律師，警察不允許在場啊，連竊聽都犯法！」

韓哥問：「你想不想磕他？想磕就借美國使館磕他，準把他磕死。」

「對！我也這麼想。」

小龍問：「啥時候見大使啊？」

「快了，我這邊的關係、美國我夫人那邊，都啓動了！」

小龍說：「這回可以放鬆啦，就等著見大使了。見了大使你用英文隨便兒說，他們也聽不懂。」

我終於吃到了一顆舒心丸。

## 再練小武子

韓哥領人在風圈兒放煙茅，小武子在號兒裡靠著隔台兒，太失意了。他昨天「調戲阿姨」之後，就災星高照——挨了揍、扣了饅頭，降了級、斷了煙屁。今兒富餘那麼多饅頭，也沒給他一個，徹底關機了。下午他又接起訴了，禍不單行。

我湊過去，「明兒開庭啊？」

「啊。」

「貴嗎？」

「我沒罪！」

「那咋進來的？」

小武子一下來了精神兒，跟我滔滔不絕。他講的東一榔頭、西一棒槌，我連聽帶問，半天才明白原委。

他是從武警退役下來的，在海澱馬連窪派出所當保安隊副隊長，他的戰友在清河派出所當保安正隊長。派出所的保安就是警察的跟班兒，經常跟警察出去查「三證兒」——暫住證、務工證、身份證，這外地人在北京滯留的憑證。警察專查民工和農民打扮的人：三證兒缺一個，另兩個證件當場撕掉——抓送收容所，做個把月苦力，再遣返老家；當然，要是私下給警察塞兩、三百，警察不但放了你，還會教你避開別的搜查組。警察靠查三證兒，錢掙海了！

三證中唯一難辦的就是暫住證，這歸派出所管。如果派出所

都給辦，警察就掙不到錢了，所以經常停辦，以至大家都去辦假證兒，反正警察也看不出來。

農民工最怕就是查三證兒。有時候在路上查——攔路搶劫，有時候到村裡查——入室搶劫。警車到村裡查三證兒像「鬼子進村兒」似的，民工見警車一到，打著呼哨，望風而逃。按小武子的話說，就是：「可威風哪！」

查三證兒都是保安開路，警察掙錢，最多請保安喝頓酒。這保安心裡哪平衡啊？一來二去，耳濡目染，他那個戰友就動了心眼，周末換休的時候，他領著其他保安冒充警察查三證。不敢用自己派出所的警具，每次都找這小武子借，說訓練不夠用。小武愛面子，也不知情，有求必應。他戰友領著保安四處敲詐農民工，都是到遠處查去，打一槍換一個地方。後來出事了，小武子還不知道，還去索要警具，結果自投羅網。

我說：「這麼說，你真沒罪呀？」

「韓哥說過，我要是有人兒，我這事兒也就是個處分。」

「你律師給你也辯無罪嗎？」

「哪請得起律師啊！」

「不過你可得當心啊，公檢法對窮人更不講理！你沒看居士？」

「判重也沒壞處，社會治安還能更好點兒。」

小武子這話嚇我一跳。旁邊的性病也說：「重判有重判的道理。」

這兩個「武警」怎麼這麼沒同情心啊？我知道現在武警是對內維護秩序——鎮壓民怨的工具，難道專門培養這麼沒有同情心的人來對付老百姓？

我善意提醒他：「你當心點兒，中國的刑，世界最重。」

小武子一臉不屑，「得了吧老美！美國的刑才世界最重

呢！」

「啊？」

「我們在部隊都討論過，中國服刑，最多坐牢二十年，死緩的正常減刑也最多坐牢二十年！美國動不動就給人判刑一百多年，還有終身監禁的，你說哪個重？」

我都氣樂了。這麼沒常識？討論來討論去都這結果！旁邊兒那個武警的眼神兒，也和小武子一樣，嘲弄地看著我。

我不得不給他們講明白了：「你知道美國有多少人判死刑嗎？我們那個州，五十年就判了一個！中國死刑一年至少三千個，這還是從新聞報導中統計的，真正有多少，那是國家的絕密，比機密還機密，你知道嗎？就這三千個，占世界死刑的90%，你說誰的刑重？」

「中國人這麼多，不判死刑行嗎？！我說的是徒刑，美國就是比中國重！」

他們真是太閉塞了，隨便就能被黨的新聞矇住，就像我出國前一樣。我解釋說：「徒刑？在美國判個一兩年刑就很重了！判個短刑懲罰一下，給你個改過的機會。哪像這兒啊，動不動就五年十年！你看美國判終身監禁的，判一百多年的，極少！按你們說那都是罪大惡極的，在中國就得槍斃。中國專門報這些，讓你們覺得好像美國都這麼重。你們知道嗎？美國還有總統和州長的特赦呢！中國歷朝歷代都有大赦天下，咱黨就知道鎮壓！」

性病半天迸出一句，「從大局上想想，不這麼抓也不行，要都放在外邊，那社會不亂了？」

「你哪頭兒的？咋把自己當總書記呀？多抓人造冤案有理呀？維護穩定是不是？」

小武子抬槓道：「美國有什麼好的？就是向著有錢人，犯了罪花錢就可以保出來！窮人就得坐牢！」

看著這倆武警，我由衷的悲哀。都叫部隊給教成啥了，滿腦子歪理邪說！腦子越簡單越好被灌輸，越好被當槍使。我真不想理他們，可轉念一想，這可能還真是萍萍需要的好素材！我就給他們解釋透了，看他們還能冒出啥話來。

我說：「自由社會，窮人犯了事兒照樣能保出來！在沒判你刑前，誰讓你坐牢誰犯法！哪像中國呀，現在定你們罪了嗎？」

「沒有啊！」這倆異口同聲。

「那你們咋坐牢了？」

「他懷疑我呀！」

「如果判你刑，刑期從哪天算？」

「從抓我那天啊！」

「沒定罪，懷疑你，你就得坐牢是不是？先坐牢，然後再給你找罪名是不是？這不笑話嗎？在美國，除非罪行證據非常確鑿肯定能判你刑，才可以關你呢，一般的抓了，馬上你的律師就來給你辦保釋了。」

「那……那法院不也得判嗎？」小武子還狡辯上了。

「中西方法律最大的不同就在這兒！在西方，判誰有罪沒罪，不是法院說了算。」

「啊？！」兩個武警瞪著眼睛，驚訝非常。

「判誰有罪沒罪，中國是當官兒的說了算，誰官大聽誰的；在西方，有罪沒罪是老百姓說了算──準確地說，是陪審團說了算。陪審團是老百姓輪流來當，隨機抽選，當事人要是認為誰進陪審團不合適，當時就得換人。這邊檢察院訴你有罪，說證據；那邊你律師辯你無罪，列證據，陪審團那幫老百姓聽完了做表決，他們認為沒罪，當庭釋放；要是陪審團認為有罪，法院才有權給他具體判刑呢。哪像這兒啊，就居士的案子，把檢察官駁了個張口結舌，結果偷著就給他姐兒倆各判五年，破了條款的報復！」

性病問：「陪審團都是老百姓啊！我還以為都是貴族呢！」

我笑了，「我還差點兒進陪審團哪。」

「啊？」

我說：「那是美國公民的法律服務。抽籤，抽著誰誰就得進陪審團，無故不去就是『蔑視法庭罪』了。我入美國籍沒幾天就被抽著了，通知我的時候我說我英語不太好，聽不太懂，還真給推掉了。」

「那你咋沒去啊？」

「耽誤我生意，耽誤一小時耽誤我多少錢呢！」

性病似有所悟，「這麼說，美國不是資產階級社會啊？」

「那裡大多數人都富裕，就是你們說的資產階級——他們叫『中產階級』，都有車有房，那房按大陸的話要叫『別墅』了！但是呢，歐美的法律是公平的，是講理的，而且是照顧『弱勢群體』老百姓的，所有人都認可。」

小武子強辯道：「都說美國好，我看未必！貧富差別那麼大！」

「啊？美國貧富差距大，還是中國貧富差距大呀？」

性病說：「當然是美國了！我們團長都跟我們說了——美國貧富差距世界第一！你看比爾・蓋茨，多有錢！窮人耶誕節還要飯！」

我真是哭笑不得，這麼天真無邪的士兵，都讓共產黨教邪了！我忍不住問：「你們倆是一個部隊的嗎？」

小武子說：「我在北京，他在天津。」

看來武警系統的指導思想都一樣，愚化士兵。我解釋道：「看貧富差距可不是拿個別的比啊？美國是中產階級社會，大部分人都富裕，特別有錢、特別沒錢的都是極少數；中國是1％的富人，佔有全國個人財產總量的90％！窮人是大多數，農民普遍

窮。貧富差距要看社會整體，國際上用基尼係數，中國的貧富差距已經超過國際警戒線了。」

這倆沒詞兒了，我繼續說：「你看那些農民工了沒有？多窮多苦，你看中國的縣官了沒有，比世界首富排場都大！中國的城鄉差距世界第一。」

「中國還有啥第一？」韓哥不知什麼時候從風圈出來了。

我說：「中國有十三項世界第一！現在我只記得幾個：死刑罪名，世界第一，好像是七十來條死罪；死刑人數，世界第一；空氣污染，世界第一；行政成本，就是黨務、政務的開支，世界第一；中國的稅務負擔比例，世界第一；文盲、半文盲，世界第一；大學收費——相對收入的比例，世界第一；妓女人數，世界第一；還有……自殺人數世界第一！」

韓哥問：「自殺的都是農民和下崗的吧？」

我說：「主要是他們這些弱勢群體，每年二百多萬人自殺，自殺成功二十五萬。」

小武子嘟囔著：「就知道說共產黨的壞話！」

小四川說：「那二百萬自殺的都是黨教育出來的！小武子你不是說嗎——咱都是黨教育出來的！」

韓哥說：「這小武子，跟居士一樣，黨把丫賣了還幫著點票子呢！」

老陳進來說：「點票子不夠！小武子還得叫好呢！把他爹整死嘍，他都得喊——『整的好！他丫反革命』！」

小四川說：「沒準兒跟居士似的，越信黨判的越貴！」

小武子不幹了，「我那同案的親戚，是武警的師級幹部！家裡有的是錢！關係硬得很！我又沒罪，我貴什麼貴？！」

「你不貴！你賤！蘭哥大茅扔茅坑裡的煙屁，沖不下去你也揀！真賤！」

小武子的「隱私」被老陳揭開了，紅著臉嘟囔著：「反正我不貴！」

# 毒梟演義

看守所晚上放的電視劇，都是潛移默化的黨的頌歌，十分沒勁。

韓哥在後邊神侃，問虎子總共折[1]了幾回。虎子語驚四座：「十回。」一時間，柳兒爺們都「自愧不如」了。在韓哥的邀請下，虎子開始細數家珍：

「小時候打架，拘了三回。十八歲跟粉兒[2]幹上了，一次折海澱（區看守所），遮[3]安康（戒毒所）；後來折順義（區看守所），遮順康（戒毒所）；後來又折朝陽（區看守所），遮太陽宮（戒毒所）；還一次點兒特『正』——遇上我刑警隊的磁器，也在這兒，沒進來兩個鐘頭，撤案起飛！再就跟哥們兒折西城（區看守所），遮天堂河（勞教所），這就八次了；出來沒半年，上魏公村倒粉兒，又折海澱，六年大刑啊！出來沒一年，這不這回，叫下家兒給我點了！你看，折看守所整十回——整個一『十全大補（捕）』！」

我們聽著都樂了。我問他：「這回啥事兒啊？」

虎子說：「那小子為了立功減刑，瞎咬！把我家給抄了，進來的時候打我個販毒，現在改了個『非法持有』（毒品罪），用錢砸了砸，最多三年。」

「多少克『粉兒』？」老陳問。

「四十九克。」

「啊？！」

韓哥說：「四十九克要是打你一販毒，可十年往上啦？」

虎子滿不在乎，「咱這不是『非法持有』嘛？零至三（年）！」

這四十九克八成有水分！我好奇地問：「要是上五十克……」

韓哥說：「五十克粉兒最低十五年，一律上『七處』，嚴一點兒就無期、死緩，趕上嚴打就『帽兒』了！」

一定是有後台，才給改成了四十九克。這虎子，越看他越像毒梟。

虎子說：「那幫魏公村兒販毒的，誰不幾百克呀？只不過折的時候，手上就幾克。」

「你去了那麼多次戒毒所，愣沒戒了？」

虎子罵了起來，「戒個屁！就那些戒毒所？就他媽知道要錢，戒毒所保安有的就往裡邊『倒粉兒』！我們出戒毒所的第一件事兒，就是回家吸個飄！」

我問：「他們不給治療嗎？」

虎子又激動了「治個屁！你信那個報紙啊？你知道『點癮』[4]了怎麼治嗎？大多天，一寸粗的黑膠皮管子，接上水龍頭，對著眼珠子開足了滋，直到把你的煙癮沖沒了！我叫他們沖的，渾身衣服都快凍上了！」

我心裡直打冷顫，「那能治煙癮？」

虎子點點頭說：「能啊！共產黨這招兒靈著哪！能管半天事兒哪！」

---

[1] 折：音舌，被抓進看守所。
[2] 粉兒：海洛因。
[3] 遮：翻斗車卸貨，這裡指犯人從看守所被押送到服刑地或勞役地，即進入收容所、少管所、戒毒所、勞教所、監獄等地。
[4] 點癮：犯煙癮。

「沖死了呢？」

「那就算『點癮』死的，白死。」

「啊？那沒人管？」

「共產黨默許的！戒毒所死人太正常了！我每次去都聽說有『烈士』，正常！不管沖死還是打死的，都說『點癮』死的。有死亡指標，這兒也有！都是超標了再申請唄。反正吸毒幫的命也賤，家裡也不打官司。」

「還有打死的？」

「走板兒這個詞是從戒毒所發明的，戒毒所走板兒最狠，那兒太壓抑了！在這兒拘留以後，強制送戒毒所，一個療程收我們五千塊，不交錢到期不放人，一直關著你──你說那不是坐牢？啥藥也沒有，誰在裡邊不氣啊？沒處發洩，就定了傳統，新來的一律走板兒。」

「鬧半天，這走板兒也算是共產黨逼的？」

「它默許呀！不然能走板兒成風？監牢都是利用犯人管犯人，不靠走板兒靠啥呀？我第一回遮戒毒所真是想戒，結果挨了不少揍。第二回我跟我媳婦兒遮……」

「喲？你們兩口子志同道合呀？！」韓哥打趣道。

虎子點點頭說：「第二次我使錢了。當筒道長，那派頭，所有鬼子票都在我手兒，好幾萬！天天打兩份兒班長飯，有我媳婦一份兒。有一個『青皮』，剛來就跟我叫板，說我『野貓沒名兒，草鞋沒號兒』！」

「我掏出鑰匙開銬子──他一看我有鑰匙，才知道碰上『大貓兒』[5]了。我的打手把他拖走楔了二百方[6]，嘴都不堵，滿樓

---

[5] 大貓兒：撲克牌的大王，牢頭。
[6] 方：凳子的方腿。

都聽他嚎！後來沒聲了，我回去一看，大夫（也是警察）來了。那大夫是我磁器，他見是我，扭頭就走，根本不管！那『青皮』一下把大夫腳抱住了，大夫都沒回頭，把他拖出去的。後來把那『青皮』屁股上的爛肉都片下去，才縫的傷口。倆月沒下地。」

「還一個小子，打手跳起來一肘——」虎子說著那右肘從外到內畫了個圓，做下砸狀，「砸腰眼兒上，當時就尿血了，一個腎砸壞了，沒兩天就放了。吸毒的女犯兒走板兒更狠！拿牙刷刷×！」

「真不給你們戒毒啊？」

「在裡邊認識的人多，粉兒的路子更寬，保安還往裡倒粉兒，咋戒？真給你戒了毒，戒毒所拿什麼掙錢啊？警察拿什麼發獎金？沒回頭客啦！不用你回頭，警察強制往裡送！真戒了就斷了共產黨的財路了！」

我倒吸一口冷氣！

「虎子，你咋吸上的？」小龍插話了。

「都一樣，吸毒的哥們兒沒錢了，騙我吸，好養著他唄。」

我問：「虎子，你不想戒呀？」

「誰不想戒呀？這麼多年，我都燒進去三百多萬了！因為粉兒這都折七回了，每回在拘留所都想戒，加我自己戒的那回，都『八戒』了。」

我問：「那你現在好像沒癮了？」

「剛來的時候，點癮了點得滿地打滾兒！躺地上一個禮拜才起來，差點兒『點癮』點死！現在別看身上癮沒了，『心癮』更大了，出去還得抽！」

小龍說：「虎子，你要跟我練功，戒毒可不難。」

老陳輕蔑地說：「他這樣能練法輪功？」

「啊？我咋不能呢？」

小龍說：「虎子，我可見過一個小子，練法輪功徹底戒毒

了，他比你還瘦呢！」

「眞這麼靈？」

小龍說：「你好好練好好學，別再像以前那樣胡來，你自然就不想抽了。」

§

這一聊可眞長見識。我明白了爲什麼中國戒毒的複吸率世界第一。就不說戒毒所怎麼打著戒毒的旗號壓榨吸毒者，也不說戒毒所的警察、保安怎麼暗中倒粉兒掙黑錢，就這麼「酷」的戒毒方式，逼人產生的逆反心理，就不可能戒毒。

眞不敢想像：越戒不了毒，專政機構、相關的戒毒所越能掙到錢！

第一步，每拘留一個人，看守所向政府要一份補貼；

第二步，公檢法壓榨看守所的犯人；

第三步，吸毒的犯人從看守所到戒毒所，戒毒所壓榨吸毒犯；

第四步，戒毒所暗中販毒掙錢；個別戒毒所把吸毒女賣給妓院掙錢[7]；

第五步，戒毒所把榨完油的吸毒犯推向社會，他們涉毒時再拘留，回歸第一步。

黨的溫暖，大力宣傳！

往復循環，滾滾財源！

好個神機妙算！

---

[7] 戒毒所、收容所販賣女子賣淫的事，那次坐牢時就聽說過，當時不敢相信，直到後來媒體曝光了才信：2002年3月16日，記者喬裝暗訪，媒體才捅穿了這層黑幕。
長洲戒毒所販賣戒毒女子賣淫的罪行，最遲從2001年9月開始。管教成了替罪羊，但僅被判無期徒刑而已：被舉報的罪魁禍首——所長羅賢文開始並沒被法辦，還弄得舉報人不敢回家，後來在群眾強烈的抗議下，他只被判了2年；副院長劉國華被判刑9個月，緩刑1年（等於沒判）；該戒毒所被取締，銷證滅跡，具體販賣了多少女子為娼，無從可查了。

# 第五章

# 三個貴客

看守所裡，判的刑期重稱爲「貴」，判的輕，稱爲「賤」。隨後的幾天，我又目睹了三位難友晉升「貴客」，都是十年以上的冤案。

# 色眼的代價

坐牢到了周末，估計見不到大使了，就算萍萍、律師從昨天下午一出看守所就開始運作，見大使最快也得下周一了。

勞動號給我送來一包衣服，簽收鬼子票——五百元？！昨兒萍萍給我看的收據明明寫的是一千元！法輪功絕食抗議給犯人換來的權利——自己拿錢的權利，竟被這樣無形地打了折扣。要不是我昨兒看了警察的白條，被這「黑社會」扒了皮，還得讚美文明管理！

知足吧，拿了總比不拿強啊。我可明白看守所環境爲什麼這麼「酷」了——想舒服點兒嗎？交錢吧！

我把二百鬼子票兒給了韓哥，剩下的三百塞給了小龍，他推脫了半天，直到我說這是幫他以後給人治痔毒的，這他才收下。

裝衣服的塑膠袋兒已經破了。小龍從坐墊兒裡抽出個新「枕窯兒」給了我。這個半截子襯衣縫的枕頭皮兒，真不錯。

§

韓哥讓大家準備好了打賭——「新疆」和小武子開庭。老六查了《刑法》後宣布：「新疆」的販毒不到三克，三至七年；小武子是團伙搶劫，十年起步，不過他是案屁。

中飯後二位回來了。新疆滿臉哭相，蔫頭耷腦；小武子不可一世，搖頭晃腦地問：「怎麼著？打賭不？我倆可都貴客！不打我們吃飯了啊！」

這神氣勁兒把大家都搞矇了，小武子這麼趾高氣揚，也自稱

貴客？

韓哥說：「武子，這兒盛不下你啦！風圈兒去！」

一到風圈兒，新疆一屁股坐到地上，往牆上一靠，閉目不動了，仔細一看，新疆眼圈兒發黑，看來是偷偷哭過了；小武子活動筋骨，好像要練趟拳腳似的。

老六說：「都誰打？」

呼啦一下，十幾個都舉起了手。

韓哥說：「行行行，都跟著起鬨！是不是都猜新疆滿貫哪？」

大家紛紛點頭，韓哥說：「那甭賭了，這臉哭相指定滿貫！賭小武子。」

大家看著小武子犯難了。

韓哥問：「武子，想跟誰『單挑兒』啊？」

「沒沒沒，沒那意思。」

韓哥說：「看你這勁兒，我都沒底了。預備──」

「等等韓哥，我沒開庭呢！」小武子話剛出口──「滾你丫的！」老六一腳就把他貼到了牆上。

韓哥強壓怒火：「丫耍我們啊？」

小武子沒在乎，從兜裡掏出了一大把煙屁。自誇道：「桌兒上的煙盤，叫咱給劫了！」

老六心花怒放，「小武子，有尿[1]！」韓哥也怒氣全消，賞了他半根整煙。

小武子已經斷了兩天煙茅了，大口吸著，一點兒煙都不吐，全吞。享受完了，說道：「韓哥，我快出去了，出去給弟兄們捎

---

[1] 有尿：有種，有本事。

家信兒，我這還不是貴客？」

大家馬上對他刮目相看了。

小武子又神祕地說：「韓哥，我們開庭臨時往後拖了。我同案『二告兒』[2]說，他親戚剛托上人，打好了關係再開庭。」

韓哥問：「說放你了嗎？」

「沒明說，我猜差不多給我弄個拘役。」

「你猜呀？！」虎子說。

小武子振振有詞，「我們七個同案哪，就算案頭滿貫『十四年半』[3]，我身為案屁，也差不多拘役！」

「你都他媽『快生了』[4]，還拘個屁役呀！」老六說。

小武子真不含糊，「拘役最長可以一年！」

韓哥罵道：「你懂個屁！雙拘役才能一年呢！丫給我歇！」

小武子沒在乎，哼著小調，橫著膀子進了號兒。

韓哥要過新疆的大票一翻，「我的媽呀！十年半！」

「不是三到七（年）嗎？」老六問。

我湊過去一看：新疆這三個維族同案，案頭攜海洛因九點五克，二告兒攜四點五克，他是三告兒，攜二點五克，打成了共同犯罪，不分主犯、從犯，三人合計攜帶毒品十六點五克……每個人都是十年半。

「還有這麼判的？真新鮮！」老陳說。

---

[2] 二告兒：第二被告。

[3] 北京判刑上15年的案子都要交給北京中級人民法院，犯人也要押到「七處」，各區的法院審理15年以下的案子，所以海澱刑期的最高許可權是14年半。

[4] 快生了：（坐牢）快10個月了，像十月懷胎一樣，臨產了。大陸公檢法的訴訟程序漫長，常規的案件要坐牢9至10個月以上，刑拘、起訴、判決都要拖到適用於特大案件的最後期限，因為拖延的時間就是公檢法向「犯人」及其家屬展現權力、討價還價的砝碼。

韓哥疑惑地說：「頭回見！共同犯罪也得分主犯、從犯哪！哪有案屁、案頭一般兒沉的？單位犯罪才能不分主犯、從犯哪。」

虎子說：「當年我們販毒也打的共同犯罪，案頭十年，我六年，案屁三年！新疆咋這麼倒楣呀？」

新疆這才睜開眼睛，用洋式普通話大吼：「我要上訴！」

「你丫訴個屁！」虎子說，「這麼多年，我就沒見誰訴下來過！」

新疆說：「那你四十九克粉兒能判幾年？」

虎子說：「我這是『非法持有』，跟你那不一樣，我這情節不惡劣，最多三年！」

地保恍然大悟似的說：「是不是老『新疆』那天，色瞇瞇地看那美人兒，把那檢察官惹火啦？」

茅塞頓開！老六當即跑到號兒裡去，不一會兒就眉飛色舞地跑了回來，興奮地說：「就是那個『檢爺』訴的他！他沒見那美人！」

幾個柳兒爺都樂了。韓哥說：「『新疆』這色眼夠貴的啊，瞅了幾眼，加了七年半！」

新疆衝進來問：「韓哥，你說我這麼貴，是因為看那個靚妹？」

「法院湊刑期，貴了是業績！」韓哥說著遞給新疆一根煙。

新疆終於得到了「安慰」，跟大家噴了起來。

偶一抬頭，我的天！一個警察正在頭頂的馬道上虎視眈眈！我碰了碰韓哥，他扯得正起勁兒呢。我指了指頭上，大家霎時傻了眼！

大家馬上撚滅了煙，韓哥這個老油條開始耍花招了：「李科兒！」

高高在上的李科長哼了一聲，「煙掏出來。」

韓哥馬上掏出煙，繼續賠笑。

「三五？！」李科兒雙眼如鷹，瞧得倍兒清，「丫面兒大呀？」李科的語調有所緩和。眞是「打狗看主人」，這煙價就是犯人的身價，那「托兒」當然也不一般了。

大家賤賤的等著發落。李科食指往上勾了勾，韓哥會意地把煙平著旋向頂欄，啪地一下被彈了回來。頂欄鋼筋之間只有十公分寬、五十公分長的間隙，這麼扔煙分明是不想扔出去。

「丫岔[5]我哪？！火兒呢？！」李科兒發怒了。

韓哥弄巧成拙，只好掏出了一次性打火機，這還是虎子帶來的新傢伙呢。

「摔炮兒！」

我還沒明白什麼意思，韓哥把打火機掄圓了一摔，「啪——」一聲爆響——

「啊！」老陳一聲大叫，捂住了眼。

那一瞬間，有人往我褲頭後邊別了一把東西——煙！

## 雙絞線，麻花針

柳兒爺在風圈兒抽煙被在馬道上巡查的李科長逮個正著，韓哥不得不把打火機當摔炮兒，「意外」地「炸」著了老陳的眼，韓哥趁機往我褲衩後邊夾了一把煙，我一下不敢動了。

「活他媽該！手拿開我看看！」李科兒罵道。

這大陸警察的同情心，和電視裡謳歌的完全兩樣。老陳放下

---

[5] 岔：打岔，開玩笑。

手，韓哥過去裝模作樣，「沒破，沒事兒，夠懸的！」

「便宜了你小子！你，把兜翻了！」李科又叫上了。

我們都穿著一點式，唯獨韓哥穿的大褲衩。他把三個兜翻過來，確保沒藏煙，再把打火機和香煙豎著旋出了頂欄，扔到了李科兒手中。

「下回別再叫我抓住！」李科兒說完邁著貓步，繼續去「狩獵」。

我一摸後腰，鬆緊帶兒上和褲衩裡有一把煙！我掏出來一挑大指：「韓哥、老陳，真有你們的！」

老陳很得意，韓哥無奈地說：「扔了兩顆，還丟一火兒，走，茅台兒搓火去。」

§

下午，黃盤和新疆光腳去了大刑筒。小四川請示後去風圈兒補衣服，我也找了個綴扣的藉口跟了進去，除了大柳兒爺，別人沒有這樣休閒的特權，都得一直坐板兒。當然，性病是在風圈「修養」了。

小四川用的是嫡傳「麻花針」，這「針」是圓珠筆彈簧做的：彈簧儘量拉直，兩頭對折，對折處咬成一個鈍頭；雙尾擰花，形似麻花兒，所以叫「麻花針」。因為針是監號兒的違禁品，雖然偶爾能「求針」，但是很費勁，號兒裡這麼多人，也用不過來。

綴我的扣子要用白線，小四川從鬆緊帶上拆出了一組盤卷的細絲，咬住中間，雙股同時搓了幾下，末端打上結兒，一鬆手，一根漂亮勻實的細線就搓好了。

然後用褲鉤兒磨邊兒磨成的「刀」，從我襯衣袖口割下了多餘的扣子，再把線穿進「麻花針」鈍頭的眼兒裡去，用鈍頭把布頂開，這麼穿針引線。沒一會兒，扣子就綴好了。

虎子也混進來了，拿了件舊襯衣要縫窯兒。小四川將襯衣齊胸扯斷，下半部分，縫兩道邊兒就是現成的枕窯兒。

我們誇了他幾句，他說都是跟「大師兄」學的。他一邊縫，一邊跟我們講他大師兄。

大師兄是林業科學院的博士生，因為在「明慧網」上呼籲停止鎮壓法輪功，被抓到前筒，再「郵」到七處仨月，再「郵」回這兒來的了。

那時候蘭哥還沒晉升筒道長，管號兒非常黑。犯人的鬼子票都不敢不交。每一百元的鬼子票，可以上板兒吃一周榨菜，用點兒牙膏，做一周的板兒爺。除此特權，交過一百的，能得把牙刷；交二百，平時能用肥皂；交三百，能混條毛巾；交四百，放茅可以用手紙；交五百，能得雙布鞋；五百以上，坐板兒調到第三排。

「大師兄」來的時候剛入冬。逮捕筒的犯人一般都坐了二到十個月牢了，衣服又髒又破，不少人只有一雙破絲襪。坐板兒不准穿鞋，柳兒爺穿厚襪子還凍呢。「大師兄」發明了這種「麻花針」，練著給大家補衣服、補襪子、縫枕窯兒。枕窯兒可是看守所的寶貝，裝衣服、當枕頭很方便。號兒裡一般只有老大才有，他給每人都縫了一個。手藝練出來了，他又給大家做襪子，從被垛底下找了爛棉衣，縫了二十三雙棉氈襪，大家坐板兒腳就也不冷了。

小四川翻出了他珍藏的棉襪。像個高袎靴子，襪口兒還有一圈鎖邊兒的布套，裡邊兒穿著繫帶。襪袎上還用藍線笨拙地繡著字母——這樣洗了就穿不混了——眞是太絕了！

小四川說：「我大師兄人太好了，大家都有棉襪了，他還光著腳，等給自己縫好了，『河馬』進來了，他二話沒說又把襪子給了『河馬』。」

「大師兄主動刷碗、洗衣服，大冬天都光腳下地，不光腳弄濕了鞋襪就沒得的穿了。洗衣粉管得最嚴，洗衣服特別難。蘭哥隔天就換洗，「柳兒爺」、「板兒爺」一周洗一次，其餘人半個月清水涮一次。大家跑馬[1]褲衩臭的不行，個個發炎。他就用給老大洗完用剩的洗衣粉水，給我們洗褲衩、洗衣服，隔天一次。那點兒洗衣粉水哪夠？他就先用涼水把衣服搓乾淨，換七、八次水，然後洗衣粉水裡搓，洗完了水都是黑的，再用清水淘七、八盆，就乾淨了。大冬天挽著褲腿光腳站地上，有時候在風圈兒洗，零下七、八度哪，涼水一盆一盆走馬燈兒似的，一洗就是兩三個鐘頭，手腳凍得都跟胡蘿蔔似的……」他說著開始抹眼淚了。

我問：「冬天不多給點熱水？」

「每天就那麼點熱水。我大師兄還發明了『熱水窯兒』——就是把熱水灌可樂瓶裡，直接塞大被垛裡，這樣冬天早上也能喝上溫水。大家還得洗頭呢，每天打了熱水，他兌成溫水，給我們用肥皂澆著洗，兩小瓶能洗一人，這樣我們一周能用溫水洗次頭呢！」

性病說：「這在別的號兒，可是『柳兒爺』的待遇呀！」

小四川說得高興了，「我們窮人洗了就沒得換。大師兄洗完衣服就塞到前邊兒暖氣縫裡去，晚上他練完功了，再把衣服抽出來，翻個面兒，再塞進去。有時候老大醒了，看是他也不管。這樣第二天起來，我們就能穿上乾淨衣服，還是熱乎乎的……

「大師兄剛來的時候，因為練功，總挨打，後來把蘭哥都感化了。蘭哥看他窮，一分錢也沒有，就給他衣服、襪子、毛巾，他都要，然後總是送更窮的弟兄，弄得自己最後連毛巾都沒有，

---

[1] 跑馬：遺精。

用做枕窯剩的破褲腿兒當毛巾，中間破了還自己縫了個補丁……他不跟共產黨服軟，判了五年啊。走的時候，窯都是瘸的，我們好幾個都哭了。」

虎子問：「他要是服軟了，能判多少？」

「那就放了，學校來保過他，說低低頭就出去了。可他就不，結果學籍、黨籍、戶口，三開，打回農村，博士也丟了。」

見他還在抹淚，我說：「你二師兄也不錯呀！」

「嗯！你看我二師兄發明的藥，治痔毒多好！夏天也好過了。」

性病說：「還讓咱天天能放大茅哪！你把解『放』忘了！」

我問小四川：「你要早練了，就進不來了吧？」

「當然了！我要練了，還能幹那事兒？」

問他犯的啥事，他說：「我偷了我的工資！現在這社會，就知道欺負窮人。我和老鄉給一個老闆賣手機，底薪五百，仨月不給我們發工資。後來我倆拿店裡的手機賣了，準備回家不幹了。結果老闆報案了。後來我們傻乎乎地都承認了，誰想要判刑？」

我問：「你沒賠錢啊判你？」

「誰說沒賠？全價賠償，一分錢不少！照樣判！我算看透了，共產黨這法律，就是整窮人的！」

## 地獄之祭

周六了，犯人們盼來了暫時的寬鬆，雙休日不坐板兒了。看電視、打牌、下棋，努力投入娛樂，好忘卻這地獄的處境。

象棋一副棋子是圓紙片，一副棋子是兩色的可樂瓶蓋——翻過來塞上紙片寫上字。我十幾年沒下棋了，開始手還生，等進入了狀態了，他們都不是對手了。一下棋，不但時間過得快了，精

神暫時也有了寄託。

吃飯時，「唐山」坐在床板兒的那頭兒盯著隔台兒發呆，隔台兒上擱著他的菜碗，上面架著饅頭，半天不見他動窩兒，旁邊犯人都自顧自地吃飯，好像他不存在一樣。

我碰了碰韓哥，韓哥說：「又想他哥了！」

唐山和他哥到北京玩兒，跟一個小子鏘鏘起來了，他哥把那人小手指頭掰腫了。那傢伙叫來幾個保安，把這哥倆兒抓了，到派出所才知道——那小子是個便衣！其實這連打架都算不上，可是愣把他倆刑拘了，說那小子「小指頓挫傷」，打了個「妨害公務」。一拘留哥倆就分開了。後來性病調進來，說他們號兒走板兒打死個人，一問名兒，是唐山他哥！

海澱看守所內部有個「內部規矩」：號兒裡死人了，立刻把這號兒的犯人拆散了，銷毀證據，但這樣也把消息也傳開了。

唐山找了幾次管教，管教都推了，最後讓他出去再想辦法告，還禁止他在號兒裡宣揚。

飯後煙茅時，韓哥特別安慰了唐山一整根煙。唐山說：「韓哥，今兒七月二十八，唐山地震二十五周年哪。」

韓哥道：「哦，你剛才是祭祭先人？」

唐山點點頭，韓哥又說：「當時我也在唐山！揀條命啊！那年夏天北京忒熱，我上唐山我姨家去了。差一點兒就把我埋牆裡去了！頭幾天我熱得都睡地下，挨著牆根兒涼快。那天晚上，我就不想睡那兒！非上外屋睡去，結果倖免了！」

唐山說：「唐山的房還有沒倒的？」

韓哥說：「唐山東礦，我們住的是當年英國人的鐵瓦洋房，三排，就我們中間那排沒倒。你們那兒死的多嗎？」

「我們青龍預報了，一個沒死！唐山的親戚，幾乎都砸死了！」

「啊？」韓哥學著唐山話問，「青龍預報咧？」把大夥都逗笑了。

唐山很詫異，「你知不道？」

韓哥又學唐山話，「我知不道哦！」

唐山又問：「老美，唐山大地震預測出來不讓報[1]，你知道唄？」

我搖搖頭。唐山苦笑一下，「唐山地震鬥[2]我們縣預報了，青龍震塌了一晚八千間房，七千間四牆落地，縣裡一個傷的都沒死！縣長冉廣岐，恩人哪！當時上邊鬥壓著不讓報，怎麼都不中！冉縣長說鬥是『蹲法院』[3]，也得報！我爸是縣政府的，知道這事兒。地震前兩個禮拜，唐山市裡開的『地震群防群測經驗會』，有專家預報的是七月二十二號到八月五號，唐山一帶要地震，可是鬥不讓傳達！鬥我們縣傳達咧！」

「當時縣裡通知我們都急了眼了，說：『要有大地震，誰也不行進屋睡覺！』風風火火地連夜串對傳達。我們學校上課都上當院兒，大喇叭整天講防震。鬥是冉縣啊。別的縣呢，唐山市呢？唐山八大礦呢？我在唐山的親戚，就剩我老舅了，二十來口都沒咧！」

我說：「我看過《唐山大地震》這本書，說震死了二十四萬多。」

---

[1] 關於唐山大地震瞞報，我後來查到了更詳細的印證：
2005年7月，鳳凰衛視獨家節目「社會能見度——唐山大地震29年祭」，詳細揭示了唐山大地震的漏報真相。
2006年1月，張慶洲的紀實報告《唐山大地震漏報真相》，輾轉5年後終於出版，更名為《唐山警世錄》，該書售出1萬冊即被查封，為書作序的國家地震局局長宋瑞祥被撤職。
[2] 鬥：就，唐山人發音為「鬥」，故這裡用「鬥」。
[3] 蹲法院：坐牢。

唐山忿忿然：「真有多少，我看是不敢報。那叫四百顆廣島原子彈的一塊兒爆炸！」

我說：「唐山地震七點八級……」

「啥七點八級呀！打我上班以後，報紙上鬥說八級咧。現在又改回來咧，為啥報七點八？到了八級，國際紅十字會就進來了，毛主席怕特務進來！」

隱情如此！我定了定神兒說：「當時中央不要外援。國際的評價是『中國太驕傲了！』鬧了半天，這麼回事兒啊！」

「不要外援，死多少人哪？傷患哪救得過來？多少人瞪著眼等救、等藥等死的！」

木然，木然。大家無話可插，連韓哥這個「老淡」也不扯了。

頓了幾秒，我接著說：「那書上說：地震局有一個叫耿慶國的，他預報出來了，也是奔走呼號兒啊，但是因為他以前錯報過，再說也就他一個人嚷，所以中央沒讓報。」

「放屁！《唐山大地震》那本書，替共產黨放狗屁！！！啥沒預報出來？都預報出來了！開灤二中預報的最準！我老舅是二中的老師，他們學校地震組預報的是：七月下旬到八月五號之間，七點三到七點七級強烈地震！我老舅跟我說過多少回了。唐山地區幾乎所有的地震檢測台都預報出來了，共產黨就他媽不讓報！就你媽玩藝兒！」

在憤怒中緩了緩，我說：「我記著那書上寫：七五年遼寧海城地震預報出來了，七點三級，預報的是七級以上，零傷亡。」

唐山歎息道：「我算看透了，海城地震讓你預報，你得感謝共產黨，那是黨救了你！像唐山地震，不讓你報，你還得感謝黨，感謝它領導救災，重建家園。不死人，感謝它，一天死了二十四萬人，還得感謝它！」

韓哥問道：「那個縣長後來呢？」

「後來我們搬回唐山去了，冉縣長沒下落咧！」

老陳說：「跟黨對著幹還有好？！」

「當官誰為民做主，就得回家賣紅薯。」

韓哥這句搞笑，大家也沒樂起來，在酷暑難耐的盛夏，在狹小的擁擠的監牢，我們都被黨的溫暖凍僵了。

## 嫖娼教授

「唐山」講了七六年唐山地震的隱情，看得出，難友們聽的很認真，無奈的氣憤，在無奈中解脫。而我，有點被這黑幕壓得喘不過氣來，因為我忽然想到：這樣一個不顧人民死活，殘害人民也要給自己歌功頌德的政府，能對我們這些社會的最底層人、對我手軟？

韓哥打破了沉默，問道：「明兒號兒裡可有大喜事兒，你們誰能猜出來？」顯然，這是轉移話題，調節情緒。

我說：「大喜？老陳起飛唄！不後天嗎？」

老陳說：「明兒晚上一過十二點，我磁器就接我來。」

號兒裡今天就開始為老陳出牢籌備了。主要是「玉帶詔」——就是把信或者口信兒寫在一塊小布上，縫進衣服夾層裡，出去給大家郵寄，或者代為打電話捎口信兒。因為看守所是一片紙也不讓帶出去的。

知道小龍快走了，我也請小四川給我做一條「玉帶詔」。我沒有帶夾層的衣服，小四川拆開了我的褲腳，我扯了一小布條，留了韓哥和小龍的地址，塞了進去，他再扦邊兒——真沒想到，「麻花針」還能扦邊，扦的從前邊還基本看不出來。

§

送行的晚宴，就是花生榨菜方便麵，韓哥偷著開了三瓶冰紅

茶，以茶代酒，給老陳餞行。

這麼多天，我也沒怎麼跟老陳聊過。老陳被韓哥尊稱為「嫖娼教授」，我跟他沒什麼可說的。可是如今的黃色產業，已經是中國的風景線了，怎麼著也得給萍萍搜集點兒這方面的真實素材，就硬著頭皮開了口：「老陳，你在外邊做啥呀？」

「我賣黃盤的！」老陳感慨地說著，「前幾年，真掙錢，一天就掙四千！就雇那幫傻×給我們賣去。」老陳用手往後一指，就收了回來，他才想起來，那個「黃盤」已經調走了。

那個「黃盤」是個赤貧者，極其「點兒背」！幾天前趕上公宣[1]了，在大鐘寺宣了個五年——案由才三十八張黃盤，老陳說正常判最多三年，趕上公宣就升級破款，從重從嚴。

老陳自豪地說：「有一回，兩個新來的警察跟我犯青皮[2]，把我抄了。我拎著兩個大編織袋，押進派出所我就樂了，我磁器在那兒呢，磁器跟那倆『青皮』說了兩句，就讓我走後門兒了，兩滿袋子黃盤一張不少！往常他們掃黃前，都給我個信兒。那回是我磁器把手機丟了，不知道我電話，沒通知我，他特意在派出所等的我，就知道我得被逮。現在掃黃，就是抓幾個賣盤的窮鬼，回去交差就完事兒了！」

我問：「這回你磁器沒幫上忙？」

「我這回不是因為賣盤。我出手的黃盤都上百萬了，從來沒事兒！這回是我把人家砍了！本來我都進不來，我那磁器知道我小名兒，不知道我大名兒。拘留以後我老婆打托兒去，磁器才知道是我。早知道在派出所就打招呼不立這個案了！」

「啊？那咋辦啊？」

---

[1] 公宣：公審大會宣判。
[2] 青皮：不懂規矩窮橫。

「用錢砸砸就完了，重傷害，改成『尋釁滋事』；從三到七年，改拘役五個月！」

韓哥笑了，「長見識吧，方明？」

我真是感慨，「太長見識了！」

這幫公安，抓住黃盤小嘍囉就猛判，既宣傳了公安掃黃的力度和決心，又展現檢察院、法院的執法如山，中共的法律好不威嚴！

韓哥說：「方明，想做大買賣，得學著點兒，那叫：兩腳黑白道，白道更重要。」

「知道蘭哥的事兒嗎？大鐘寺那一帶收保護費的！大鐘寺批發市場做小生意的人，犯事兒進來了，都把蘭哥認出來了。蘭哥領一幫打手挨著攤位收保護費，一家二百，大攤兒要的更多！不敢不給。不給兩天之內肯定攤子被砸，給了能保一個月平安。前腳收完保護費，後腳就進大鐘寺派出所拍錢去，給派出所那幫『大哥大』得分一半兒，然後進那兒的市場辦、工商所『小意思』去。報案根本沒人管，誰告誰準倒楣！蘭哥這是砸攤兒，手下的把人家打成重傷，叫刑警隊給抓的。一路關係打上去，這黑社會的重案，改尋釁滋事，拘役六個月……怎麼樣？公檢法稅賽土匪，白道更比黑道黑！」

我點點頭。看來生意要做大，這公檢法的渾水不得不淌。「韓哥，我要出去了，聘請你做公關部副經理，怎麼樣？我那可是外企！」

韓哥說：「保證勝任，公安這一路，咱平淌！」

老陳指點道：「你領他嫖一次，立馬搞定。現在這警察，多少都是：穿上制服掃黃，脫了制服嫖娼！」

韓哥問：「老陳，你整天請那幫警察嫖去吧？」

「隔三岔五地就得去，不請他們去，我這『黃盤老大』，一

天都待不住！」

老六插言問：「陳哥，今年過年的時候，看守所給號兒裡放的黃盤是你賣的嗎？」

老陳驚喜道，「這兒還放上黃盤啦？」

老六心花怒放地說，「陳哥你還沒來吧？過年的時候，這筒道裡起鬨叫好──跟打雷似的！聽說是值班的自己看的黃盤，沒拿出來，第二天給號兒裡放大片兒[3]給放出來了，後來號兒裡三個月沒放大片兒！」

我努力想起了一點能跟老陳聊的話題：「我去東北打市場的時候，見那幫當官兒的，真有錢。他們說：這兒的老百姓是窮得沒辦法，那麼多人下崗？女的不當小姐，咋活呀？還得養家糊口哪！社會趨勢都是逼良從娼。」

老陳說：「小姐多了，當官的多方便啊！」

韓哥撇著嘴說：「不光窮地方這樣，大地方就不這樣了？大城市就沒有窮人啦？那叫：祖國處處都一樣，沒有小姐不興旺！」

老陳說：「對賣淫嫖娼，黨的政策是：『明著打擊，暗著保護，偷著發展』。北京大小妓院的後台，除了公安局的頭頭腦腦，就是大官！你看電視劇：誘導性解放。這當官兒的需要，社會就得往那兒變，老百姓就得提供。當官兒的『四項基本原則』，你知道嗎？」

我說：「這白道的事兒我哪知道？」

老陳掰著手指頭說：「共產黨當官兒的『四項基本原則』是：工資基本不動，煙酒基本靠送，消費基本靠請，老婆基本不用！」

---

[3] 大片兒：影碟裡的電影。

「經典！眞經典！」我感歎道。

老陳摸著落腮鬍子，「以前我還敢吹：『北京的這些大小妓院，窯子檔次太低不算，後台靠山是誰，我門兒清！』現在可不行了，妓院多得眼暈！什麼——

賓館旅社大酒店，歌廳舞廳樂休閒，

桑拿洗浴足療館，酒吧髮廊美容院……」

我說：「現在中國的黃色產業世界第一，社會風尙都變了，現在嫖娼都成了身份、地位的象徵了！」

韓哥說：「沒錯！三個代表！一個當官的消費一晚上，最少要帶三個婊子！」

我也被逗樂了，說：「你看黨這幫官，互相之間比情人，情人越多越有本事，這在西方都是醜聞，見不得人！可中國現在，總領一代風騷。」

老陳說：「老美，現在我們中國的口號是——

男的不嫖娼，對不起共產黨；

女的不賣淫，對不起江澤民。」

§

鋪板睡覺了，他們還在扯，我不知不覺睡著了。半夜的鑰匙聲又把我吵醒了，見老陳穿著那件藏著數道「玉帶詔」的舊夾克，光著腳，頭也沒回地出了牢——這是看守所的傳統——出獄不回頭[4]！

---

[4] 如果刑滿釋放時，穿監號兒裡的布鞋走，到監區門口就不能換皮鞋了，所以都光腳出牢。

# 一路平安

小龍去開庭了，早起時虎子主動去收拾被垛。

蘭哥問虎子：「練法輪功了吧你？」

虎子很詫異，「神了你蘭哥！這也能看出來？」

蘭哥說：「你原來啥臉色兒？印堂發黑，十幾年的大煙兒。現在臉色兒變了，又勤快了，準是練法輪功了。」

虎子一笑，「蘭哥，昨兒我小煙都戒了，一抽就嘴苦、噁心。」

蘭哥說：「好好練，等著戒大煙！」

虎子說：「蘭哥，以前說起『粉兒』來，我心裡就癮的不行！現在戒沒戒我不知道，反正誰再說『粉兒』我沒反應了。」

§

吃完飯，我沒下棋，虎子一直在號兒裡，我們都在等待「壯士歸來」。

上周五小龍接了起訴，回來就跟我們慷慨陳詞。他說律師給他透露了，他們《大紀元》的大陸記者站「全軍覆沒」。《大紀元》的案子是法輪功第一大案，估計平均刑期五至七年。我們一頓苦勸，也沒勸住他。

筒道終於響起了腳步聲，號兒裡的所有目光都聚到了牢門。

小龍進來努力地一笑——那一瞬間，我眼淚差點兒下來。

大家默然進了風圈兒，小四川繼續埋頭刷碗，眼淚啪達啪達掉到盆裡。

「韓哥，打賭嗎？」小龍淡淡地問。

韓哥搖搖頭。問那倆，原來唐山拘役半年，小武子開庭沒接票。

韓哥向小龍要判決書，小龍說：「不知道，律師沒敢給

我。」

「啊？！」

小龍說：「我在法庭上跟公訴人辯，辯得他們啞口無言。指控我一條，我駁一條。後來我跟他說：我做的那個專案得了國家科技進步三等獎，那裡有我突出的貢獻！我練法輪功才有了個正常人的身體，要不然我半殘廢啊！江澤民不讓練，想置多少人於死地啊？！真正有罪的是他們！你們給他們當槍使。四人幫黨羽什麼下場？當年四人幫殺張志新的時候，割張志新喉嚨那個警察，現在還在瀋陽二監當臨時工呢！那可是一輩子跟黨走的人，替罪羊！那檢爺氣得嚷：『我們都是依法辦事！』我說：『你們濫用法律、歪曲解釋，這麼做本身就是犯罪！』當場我就把起訴撕了！」

「啊？當庭撕起訴？！」韓哥驚叫起來。

「他們也沒見過這個，瘋了一樣，說我蔑視法庭，要追訴一條擾亂法庭秩序罪。」

「後來哪？」

「後來休庭。我那律師也不替我辯護——他說上邊對律師有政策：

第一、律師不允許私自給法輪功辯護；

第二、律師只能擺樣子，和黨保持一致；

第三、如果誰給法輪功辯護，所屬的律師事務所別想通過年審！

審判我都祕密的，不敢通知我家裡，見不得人！過一會兒又開庭，背著我商量好了，叫我來就宣判了！

他們讓我起立，我沒動。那個法官又喊：『起立！』看來還挺維護法庭莊嚴！你們濫用法律，造了多少冤案？幹了多少缺德事兒？還莊嚴呢？法警過來把我拎起來的。法官念判決，我單手

立掌，那法官念著念著就結巴了，大紅臉！公訴人大叫：『不許練功！』法警給我上了背銬兒。法官勉強念完，十年！」

「十年？！」

……

小龍繼續說：「法警把我帶下去，他說：『有種！我就佩服你們這樣的！』他正想給我開銬，律師過來攔住了，他說：『剛才我說了半天好話，法官看也實在扣不上那條擾亂法庭秩序罪，才沒給你加罪。你又來個當庭練功！我又求了半天，人家才把判決給我，不然他們要改判決、再加罪！你可千萬別把判決撕了，再撕了，至少給你加三年！』他替我在法庭記錄上簽字畫押，說把判決親自送看守所來。」

「值嗎？小龍，非演這一齣，滿貫才七年，判你十年？！」虎子說。

韓哥說：「不，虎子，他不撕起訴，我也猜他十年。他這《大紀元》的案子，法輪功第一案啊！」

虎子又說：「你說你何苦呢！」

小龍說：「我們要不抵制它，這個惡棍就跟當年文化大革命似的，肆無忌憚、無法無天了！」

小武子問：「龍哥，那你家裡不罵你？」

「冤有頭、債有主啊！小武子你這冤案，要是給你判了，你家裡不罵公檢法罵你？！我爸媽都是法輪功，我爸他們哥三個都是法輪功，我也沒女朋友，親戚都理解我，自古忠孝難兩全。」

虎子說：「你這也不是岳飛的『精忠報國』啊？你對抗國家啊？」

小龍一笑，「虎子，你忠共產黨啊？它能代表中國？老百姓才代表中國呢！哪個老百姓不給它當奴才，被它吸血呀？咱爭取來自由，受益的還不是全中國人？這還不是『精忠報國』？！我

師父對我恩重如山，忘恩負義的事兒我不幹！」

虎子說，「義氣！這法輪功，我跟你練定了！」

小龍又說：「今天開庭三份兒法輪功，有一個中科院微生物所的碩士生，我認識他，他也十年！他在『地保』他們家那兒發傳單被抓的。我一看他判決書——這不是咱上回嘮的石家莊爆炸案的地兒嗎？時間正是爆炸案前二個月。他們半夜一點多在那兒挨家挨戶發傳單，沒一會兒，警車把社區圍了，地毯式搜索。後來警察跟他們說：接到報案，沒三分鐘，五輛警車出動，社區堵門兒，大街戒嚴。你們說：警察把抓法輪功的勁兒用在正事兒上，石家莊爆炸案能發生得了？！對付法輪功，什麼意識都有，反應快得很；對那個靳如超，該監控的不監控，殺人逃跑不通緝，在社區搬了半宿炸藥沒人管，第一次爆炸了也不戒嚴……」

地保聽著直咬牙。韓哥說：「別提了！我那幫警察『磁器』，從九九年下半年，整天就合計怎麼整你們了，有心思幹別的，上邊也不讓啊？我『磁器』說：安全局所有的人，連出納、祕書都上陣了對付你們去了！」

小龍激動地說：「這兩年為鎮壓法輪功投了多少錢！抓一個獎一千塊，抓我這樣的獎三萬，監控所有法輪功的電話，還有衛星定位系統，安全局不夠用，江澤民又搞了國保系統，專門對付法輪功。花上百億買通國外報紙、電台、電視台、網路，讓他們對中共的鎮壓袖手旁觀，那都是老百姓的血汗啊！」

「你這博士，你這家，不都讓法輪功給毀啦！」小武子說。

虎子接話道：「小武子你真不明白呀？這不是共產黨毀的嗎？」

小龍說：「武子，比如我天天揍你，打個半死，還把你判個十年，這誰的責任？是賴你惹我啊？還是賴我不講理啊？」

小武子說：「是，都是共產黨的責任！可是你不會不惹

它？」

「武子！你沒惹共產黨不也判你了嗎？！」虎子說。

小武子眼睛一翻，「共產黨哪判我啦？最多弄我個拘役！我可沒惹它，它就不判我！誰讓你們惹它了？」

「你丫『廁所裡扔炸彈——激起民憤（糞）』是不是？」

韓哥一罵，小武子馬上歇了。

我說：「小龍，這十年你幹點啥不好？你在裡邊白廢！曼得拉坐牢二十六年，出來當總統！你以為你『曼得拉』？」

韓哥說：「共產黨的天下，你出來也『土了喀』[1]！」

小龍說：「我不信他能關我十年！」

「別傻了！政治犯不減刑！」

小龍說：「誰求減刑啊？我還絕食，看我什麼時候闖出去！」

「哎呀媽呀！」韓哥差點兒跳起來。

午睡的時候，蘭哥回來了，他在管教那兒看了小龍的判決書，很惋惜。韓哥悄悄跟蘭哥咬耳朵，我躺在旁邊，就聽見蘭哥說了句：「啊？絕食？」

§

下午醒來，小龍把自己的東西分給窮弟兄，誰缺什麼他非常清楚，大家很是感動。

「小龍，收拾東西！」蘭哥一句話，大家都失了主心骨似的。

小龍的枕窯已經很薄了，他笑笑對大家說：「兄弟們兒，等你們有機會了，別忘了看看咱《大紀元》，那可是敢為中國老百姓說真話的《大紀元》！我們這幫學生這一百五十多年的刑也沒

---

[1] 土了喀：土塊兒。

白扛[2]！」說完雙手當胸合十，給大家行了個佛禮。

我們送到門口，今兒全筒道就調小龍一個，一定是蘭哥和管教怕他絕食才調的。蘭哥說：「小龍，我給你找了個好號兒。」

鐵門把小龍和我們隔開了，小龍回頭說：「韓哥，沒什麼留給你的，你那本《岳飛傳》我看完了，題了首詩，留個紀念吧。」

「等你將來成名了，那可值老了錢了！」韓哥的樣子還真不是開玩笑。

小龍一笑，又囑咐了虎子兩句，就此道別。虎子趴在門上喊著：「小龍，一路平安啊！」後邊的話，都是哭腔了。直到聽不見腳步聲，虎子才抹了把眼淚轉身上板兒。

悵然若失的感覺縈繞在號兒裡，足足有十分鐘，大家都跟丟了魂兒似的，沒人說話，好幾個人偷偷抹眼淚。

剛毅堅韌的小龍，憑著自己的一身正氣和一顆善心感化了每一個犯人。跟他朝夕相處有八天了，在我最困難的時候，最大限度地幫助了我的方方面面。以前只是在美國見到法輪功遊行，聽孩子她二姨講過，只知道鎮壓法輪功是文革再現，和小龍一處，才知道這是當年羅馬鎮壓基督徒的重演，共產黨真要重蹈羅馬帝國的覆轍了……

---

[2] 我出來後，在大紀元網上，看到了一位刑滿釋放的《大紀元》記者的系列報導——《紅色煉獄》，其中記述：「這（大紀元）在當時是中共開始鎮壓法輪功以來……定為級別最高的一個『大案』。因公安部2000年12月16日立案，案件代號兒『12.16』。一共90多人涉案，30多人被抓，牽扯了北京、上海、珠海等多省市……我們被抓都或多或少與《大紀元》一事相關……卻將我們分開判刑甚至以不同的理由判刑。」
顯然，中共分開判刑是為了淡化影響，遮遮掩掩，避開國際的目光。
[3] 此詩我曾反覆看了好幾遍，當時已經能背了，現在個別字可能記不準了。

忽然想起了小龍留下的詩，我翻開《說岳全傳》，見目錄的
後面有一首七律：

讀《岳飛傳》

世人莫把虧心為，古往今來放過誰？

趙高禍亂碎屍死，隋煬暴虐惡報圍。

陰霾遮天怎長久？風暴過後彩虹垂。

風波亭上忠魂淚，萬古流芳說岳飛。[3]

## 傻蛋 vs. 倒楣蛋

小龍走沒一會兒，小四川也調看守所西區勞改去了。

筒道裡又趕進來一隊犯人。蘭哥放進來一個二十多歲的帥
哥。韓哥跟來人還是磁器，熱得不行。

這位也帶了一大堆行李，也是牢頭級的。

故友重逢，韓哥非常高興，帥哥坐到了原來小龍的位置。

帥哥問：「韓哥，你杵幾下[1]？」

韓哥說：「拘役六個月，後天我當勞動號兒去！」[2]

帥哥驚歎道：「我們以為你怎麼也得杵五、六下呢！」

韓哥問：「你咋折的？」

「我老人家不倒煤嗎？倒煤倒煤真倒楣！」

「倒煤倒折的？」

「對！就那幫『河南』！我老人家原來在山西倒煤，怎麼倒
煤都沒事。後來一幫『河南』，讓我從他們那兒倒煤，一倒煤就

---

[1] 杵幾下：判幾年。
[2] 海澱看守所的犯人還有一個月的餘刑時，到東區做勞動號兒。

倒楣這兒來了！」

韓哥笑著問我們：「明白了嗎？」

我們都搖頭了。韓哥說：「這『倒楣蛋兒』，是倒賣煤炭的。」

帥哥說：「就倒了他媽五十噸，打我一『銷贓』，誰知道煤是偷的？！真他媽不講理，我老人家也算一路好漢，給這幫『河南』當『案屁』！丟人！你說，我又不是他們一夥兒，花錢買東西，幹嘛打我銷贓？國家丟了那麼多錢，叫那幫貪官揮霍了，給二奶了，怎麼不從二奶身上追？說句揮霍了就完了！從我這兒窮追不捨，我賠了錢還得判我！？」

帥哥說的還挺深刻。

韓哥問：「那你『押幾判幾』吧？」

「銷贓的案屁不都『押幾判幾』嗎？他們這盜竊集團，案子太大，取保難啊！現在剛逮捕我，這得熬啥時候去？」

我捅捅他，「帥哥，什麼叫『押幾判幾』呀？」

他一聽叫他帥哥，特高興，說：「你剛出道吧？」

「啊！」

帥哥說：「押幾判幾，就是判刑的時候，押你幾個月，就判你幾個月。是凡『押幾判幾』的都沒罪，就是因為已經坐牢了，不能無罪釋放你，那樣就辦了錯案了，得賠償，黨才不賠呢！他就給你安個罪名，『押幾判幾』，反正沒幾天你就該放了。這樣黨就永遠沒錯案了，可你這『勞改釋放犯』的帽子戴一輩子！」

「這兒『押幾判幾』的多嗎？」

韓哥說：「太多了！大案的案屁，經常『押幾判幾』，這樣的每個號兒都有二、三個，像我們這些拘役的，像「唐山」，實際上也是『押幾判幾』，不過拘役比他們輕，不算『科兒』，一般『押幾判幾』都十個月以上，因為審案子拖到最長期限是九個

月！像我們砸了錢，他才給提前到半年以裡哪！一般押幾判幾都判十個月，這就叫十月懷胎——「快生了」！最後一個月讓你當勞動號兒去，給看守所當一個月的奴隸，幹一個月的苦工。也算沒白來看守所一場！」

我又是一聲歎息，這中國一年得多少冤案哪？這『押幾判幾』這麼普遍，但絕對不會算作冤案的。因為判的不重，被冤的當事人也就不追究了，追也白追。

「韓哥，那我也差不多是『押幾判幾』吧？」小武子問。

「你不『當庭釋放』嗎？咋『押幾判幾』啦？這多掉架兒啊！？」韓哥拿小武子自詡過的「當庭釋放」來損他，大家都樂了。

「這小丫的怎麼回事兒？」帥哥問。

小武子滿不在乎，傲慢地回頭又跟帥哥自詡了一番。帥哥要過他起訴看了起來。

這帥哥兒真是個活寶！自打他進來之後，他嘴就沒停過，也不在乎監控。剛安靜一會兒，看完起訴他又說開了：「嘿！是你們哪！知道誰抓的你們嗎？」

小武子說：「不知道啊？」

「是我一磁器！他還跟我聊過你的案子呢！告訴你吧，我磁器在『後八家』抓的他們！」

小武子說：「起訴是這麼寫的。」

帥哥樂了，「韓哥，我給你學學啊。這幾年查暫住證兒都查瘋了！這幫警察，只要你三證兒不全，抓住就訛錢，沒錢就收容遣返！可把外地農民嚇慘了！他那幫同案，都是派出所的保安，偷著查三證兒撈錢，專門到那些村兒裡去找外地人。查暫住證的警察，賊尖溜滑；這幫保安，農民出身，學警察哪學的像啊？還沒有警車，他們每次查都有報案的！可是報案的人就是打電話，

不敢去派出所立案做證人——三證不全，怕給收容嘍！」

　　「那次是我磁器領著一幫保安去後八家查『三證兒』，撈外快去。到了他們的轄區一看，怎麼這幫農民都不跑啊？原來他們一見來查暫住證的，撒丫子就跑，跟耗子見了貓似的！這次不但不跑，都不正眼看他們！」

　　「我磁器心裡這個氣，讓保安截人，開查！民工還挺橫：『你們不剛查了嗎？怎麼又查一遍？交兩份錢哪？』他一想不對呀！問誰查的，說一個警察，領著一幫保安，已經查過去了。他這個氣！他以為他們派出所，有人先來『搶食兒』來了，找丫算帳去！往裡沒走多遠，碰見那幫『李鬼』[3]了。一看，不認識，他以為別的派出所的辦案來了。警察有時候打著『查三證兒』的幌子抓犯人。他還以為是『李逵』呢！主動招呼：『哥們兒！辦案哪？』」

　　「那幫『李鬼』一愣，轉身就跑。『李鬼』！這麼嫩？追！我磁器追出去沒三十米，就坐地下了，他說他心臟都快跳出來，看東西都發綠了！他的保安倒是追下去了。他掏出手機，勉強跟他搭檔打電話，他搭檔從村子那頭往這邊查，他讓他們在那邊截著。這麼著，對面把『李鬼』們堵住了！」

　　我問：「帥哥，警察體質這樣？」

　　帥哥說：「嗨！我那磁器跟我『吃喝嫖賭抽，肚子滴溜溜』，一米七不到，一百八十斤，能跑三十米不錯了！」

　　「我磁器說，把這幫假警察抓警車上去，先把他們的錢分了，然後到派出所兒，一頓飛腳一頓扇，一頓涼水一頓電！全

---

[3] 李逵vs.李鬼：故事出自《水滸傳》，李逵回家接老母，路遇一臉上搽墨，手持板斧，冒充李逵打劫的強盜，假李逵真名李鬼，開始被李逵放了，後來再害李逵時被殺。如今，李鬼成了假冒的代名詞。

招！真沒骨氣！原來是清河派出所的保安！給清河派出所打個招呼，刑拘！誰想到禮拜一，有個傻蛋給清河派出所打電話，說：你們那個誰誰誰在嗎？我想找他。』『什麼事啊？』『他借了我好幾套警具走。』——那玩藝兒能隨便借嗎？那邊說：『你來取吧。他執行任務去了』。那傻蛋就去了，進門兒就給按了！」

大家哄堂大笑，小武子脖子都脹紅了。

我問：「武子，你為啥要找上門去呀？」

小武子說：「誰知道他們幹那事兒啊？他們說訓練用，借我好多回了！」

帥哥問：「武子，你以為你走得了啊？」

小武子說：「我沒犯罪啊！」

帥哥說：「你這是上『七處』的大案！我磁器說了，搶劫罪有六款兒十年起步，你們占三款兒：入戶搶劫、冒充軍警搶劫、多次搶劫數額巨大，案頭要判無期以上！知道嘛你？」

「那我們咋沒『郵』去？」

帥哥說：「你同案打托了唄！！」

小武子說：「那我就跟著沾光啦！」

正說的熱鬧，蘭哥來叫了，小武子顛顛地跑了出去。

§

沒一刻鐘，小武子回來了，臉跟吃了八個苦瓜似的，嘴咧得跟黏魚似的，下嘴唇顫抖，好像隨時準備著嚎啕。

大家看著小武子的樣子，不住地樂。我真怕他成為第二個「居士」，趕緊上前把他扶回了座位。

韓哥說：「這小武子還挺重感情啊！要無罪釋放了，還準備哭一鼻子嘿！」

老六說：「準備好了嗎？」

韓哥進了盲區，讓我去念結果。「預備——出！」

我一掃，大家猜得都在三年以上，韓哥猜七年是最高的。

我拿起小武子的判決書，找到後邊念道：「案頭是……十四年，常向黨……哇！」目瞪口呆！

## 中共先鋒隊

我看著小武子的判決書傻了眼。

賭徒們催開了，我這才念道：「十一年六個月！」

「啊？！案屁十一年半？！」韓哥一把把判決書抓過去，說：「真他媽『瘸子的屁股——邪門』啦！」

「嗚——」小武子抱頭痛哭。

韓哥翻著判決說：「操！他哪是案屁呀？！他『二告』，提供警具！」

「啊？他起訴上是案屁呀！」帥哥也十分意外。

虎子說：「武子，你這叫『反托兒』，懂嗎？」

韓哥說：「明白了！那個案頭的『托兒』，把去『七處』的大案給『托』下來了；二告兒的托兒，把原來的『二告』托下去，變三告兒了，才他媽七年！七個同案，案屁一年！這個一年，本應該是小武子的！」

和小武子死不對眼的老六非常高興，「你這優秀黨員沒白當啊！『提幹』還越級啦！」

帥哥說：「人家使錢往下抹，給武子『提拔』往上戳！」

老六學著小武子上午的樣子，「哼！我沒罪！我又沒惹共產黨！」然後又換回了自己角色：「傻蛋了吧！你沒惹它就不判你啦？！」

小武子哭著說：「我給黨幹了五年了，白幹了，嗚——嗚——」

韓哥說：「留著點兒眼淚兒，小武子，等將來給你平反嘍，你再激動吧，還得要求恢復黨籍哩！」

老六說：「我宣布，為了純淨黨的隊伍，開除常向黨的黨籍！」

小武子哽咽道：「我入黨還是……還是花了八百……在部隊買的哪……」

韓哥說：「沒事兒！出去找『假證兒』去，做個黨票兒照樣混！」

虎子說：「你還得緊跟共產黨，共產黨還得給你減刑哪！等給你減刑的時候，你丫就唱——『共產黨的恩情，比那東海深！』」

又是一頓爆笑。

大家對小武子的悲慘遭遇，盡情地嘲笑著，沒有一點兒同情。

我笑不出來，一陣陣悲涼。在此之前，小武子得意洋洋的時候，對這幫犯人的冤案沒有一點兒憐憫；現在，這幫犯人也同樣對待小武子。這和文革時對待「階級敵人」是一樣。

黨教育出來的，這種對「異類」沒有同情心的民族心理，正是黨最需要的，當它需要鎮壓一個人群的時候，只要把他們打成「異類」就可以了——八九年鎮壓西藏，把藏民打成「叛國暴亂」；鎮壓「六四學潮」，打成「反革命暴亂」；九九年鎮壓法輪功，打成「邪教徒」。把公檢法、軍武特培養成對異類要「像秋風掃落葉一樣無情」，關鍵的時候才能下狠手！多少人像這個小武子一樣？總以為跟著黨，自己就不是「異類」，可是說不定什麼時候自己就變成了「異類」——然後說自己「點兒背」！

嗨！想這些幹嘛？方明啊方明，你要不是在美國待那麼多年，你也跟他們一樣！

§

嘲弄完了小武子，帥哥又侃上了，「這保安，就是警察的槍！警察破案抓人，都是讓保安往前衝，危險都是保安的，立功都是警察的！韓哥，我給你學學我去年夏天那次要錢啊！」

「我們打麻將，有人敲門，聲音特別溫柔！我老人家從貓眼兒一瞧，沒人，還以為叫的小姐來了呢！我剛一開鎖，咣噹一下就把我擠門後兒去了。」他說著做了一個貼牆的動作。

「我門後一看，前邊衝進來仨保安，緊跟著又跟蹌進來一個保安，一趵摔那兒了——他是給踹進來的，屁股後腰上還有個濕鞋印兒！他們在前邊一圍，一人拿一個警棍：『別動！別動！』」

「我從門縫兒往外一看，外邊兒一個警察拿著電棍，聽裡邊兒動靜呢！甭問，他不敢進來，先把保安踹進來了！」

他學著當時警察「謹慎」的動作，「那警察探頭探腦，看沒打起來，大吼一聲跳進來：『都蹲下！』然後又冒出一個警察，一看，我磁器！他橫著膀子晃進來就喊：『抱頭！』我在後邊兒一拍他肩膀，丫嚇的「哇」一聲，抱著腦袋就躥前邊兒去了。」

他講得自己都笑了，「他一看是我老人家，長出一口氣。那警察嚇一跳，拿著電棒指著我：『蹲下！』我磁器上去就攔住了，『這班兒我說了算，別害怕。』他把保安都轟出去了，一引見，我們老大上來就給這倆一人一本，立馬擺平！」

韓哥說：「點兒正怎麼著都沒事兒！我那回跟檢察院的要牌，也是保安先撞進去了，檢爺連動都沒動，問他們：『後邊兒誰呀？請進。』那倆雷子[1]當時就有點兒矇。進來以後，檢爺問：『你倆哪兒的？』那派頭兒！早把雷子震住了！趕緊自報家

---

[1] 雷子：警察。

門兒。檢爺問：『你們所長誰誰誰吧？』那倆說：『啊，對對對！』成了檢爺審警察了！一個電話搞定，一分錢沒花。警察還直巴結我們：『以後有事兒就找哥們兒，別客氣！』」

我問韓哥：「檢察院的這麼牛？」

韓哥說：「方明，你猜公檢法，誰權力大？」

「法院唄。」

「老外了吧？學著點兒吧，檢察院的權力最大！」

「為什麼？」

「公安局所有的案子，小拘留兒不算，所有案子都得過檢察院，檢察院批個逮捕，那就得逮捕，檢察院不批，公安局乖乖放人，當然也有勞教的；案子到了檢察院，你錢砸到位了，他可以直接給你丫放嘍，他想辦你，整好了你的材料報法院，他在法庭上訴你，法院能不給檢爺的面兒？肯定判你！法院判輕了，檢察院還抗訴！公安局放了人，檢察院可以查底兒！檢察院還能直接抓人辦案！他還監督法院，你說他權力大不大？」

我挑起大指，「韓哥，真教授啊你！跟著你真長學問！怪不得你專跟檢察院打牌哪！」

韓哥說：「方明，你丫檢察院關係這麼硬，弄好了能乾起！」

聽到這個我高興不起來，韓哥哪裡知道：萍萍那檢察官是假冒的，檢察院的小寶兒也是一面之交，我還真不願意托他呢。

帥哥問：「老美，你們美國警察不這麼熊吧？」

我說：「當然，在美國，警察花的都是納稅人的錢，得給納稅人辦事！官兒對不起納稅人，媒體都不饒他！選票沒有，當什麼官？什麼叫民主制度，逼得當官兒的就得做人民的公僕！哪像大陸啊，人民沒有選舉權，就是奴隸！別說人權了，生存權都懸——誰都可能死看守所裡，被打死、犯病扛著耽誤死……死

了就說自己點兒背。還說什麼『點兒背，不能怨社會』？不怨社會，怨誰？這麼不平等，老百姓被殘酷壓榨、十官九貪，連基本人權都沒有，還不怨社會哪？窮人逼得沒活路，去賣淫養家，當官的家產上千萬上億？還不怨社會哪？」

韓哥道：「說的好，應該叫——『點兒背點兒背，都怨這個社會』！」

帥哥說：「現在社會都什麼樣了？你們聽過那個《顛倒信天遊》嗎？

商家講課像教授，
醫生操刀像殺手。
殺手麻利像醫生，
妓女標價像明星。
明星賣身像妓女，
警察禍害像地痞。
地痞管事像警察，
教授賺錢像商家。」

「你們聽，這信天遊還是循環念的！」

大家拍手叫絕，真是中國特色！

帥哥說：「我老人家這麼本分的人，也給抓進來充案屁！老百姓更沒活路了！」

老六說：「農民更沒活路！要不我能劫道去？！小四川能去偷回來自己的工資？！」

帥哥說：「農民就是不值錢！抓人警察為啥不敢打頭陣？我磁器說：他們怕裡邊兒開槍，都讓保安打衝鋒，大無畏的農民，『勇於自我犧牲』！」

韓哥說：「沒錯兒！派出所那政委跟我講過：『這可是黨的傳統——解放前：罷課、遊行是學生衝鋒，罷市是商人衝鋒，罷

工是工人衝鋒，打仗就是農民衝鋒！我們辦案，當然是保安衝鋒了，不然養這幫農民幹啥？』！」

帥哥說：「共產黨的官兒爺也衝鋒，不過都是這時候——

大吃大喝大剪綵，嫖娼淫亂包二奶，

行賄受賄搞腐敗，貪汙洗錢逃海外……

這時候共產黨就是先鋒隊！」

韓哥說：「方明，這可是我們的國情啊！現在這幫當官兒的，沒一個好東西，那些當官兒的開會的時候，你就——

開開房門往裡看，個個都是貪汙犯。

挨著個就往裡辦，沒有一個是冤案！

你現對中國投資都助長腐敗！」

§

熱聊被蘭哥的吆喝聲打斷，一個犯人被踹了過來，蘭哥囑咐：「這是重點啊！看好了，不能讓他吃飽嘍，一頓就一個饅頭！」

## 冤案之家

看我們有疑惑，蘭哥又說：「他一周沒大茅，再多吃就憋死了！」

「放心吧蘭哥。」韓哥答道，轉臉對老六說：「老六，風圈兒伺候！」

老六像趕驢一樣吆喝著。來人誠惶誠恐、畏畏縮縮地說了聲：「謝大哥！」抱起被子，貓腰低頭，迅速紮向風圈。「咚」一聲，撞倒在風圈門前，引起一陣爆笑——原來地保捉弄他，見他頭低得太厲害，故意把門風圈兒門又關上了。

我又是一聲歎息，這位怕挨打都怕成這樣了！

風圈兒傳來老六的聲音：「犯什麼事啊？……大聲兒點！」

「搶劫！」

「喲，跟我『同行』啊！」又是老六的聲音：「『螞蚱』哪？……啪——啪——」

「謝大哥！」

老六搧兩巴掌，那人高聲道謝一次。

§

小龍一走，走板兒沒拘束了。吃完飯，老六招呼著地保給新來的洗澡——澆三十盆涼水。

虎子說，新來的，走板兒和洗涼水澡是流行的規矩。北京的看守所年年洗涼水澡澆死人——大冬天在風圈兒，二十盆涼水從頭往下澆，身體差點兒的真能澆死。海澱今年年初就澆死一個，後來又悶死一個——捂到被垛裡悶死個老頭。我心想：你不知道唐山他哥還被打死了呢！

新來的連續沖了八盆涼水就下跪求饒了。虎子上前攔住了老六，還給這個窮人找了條褲衩換上了——看來虎子變化確實不小。

來人如此窩囊，我問老六：「這他媽是搶劫的嗎？怎麼這麼傻？」話一出口，我發現自己混的跟他們差不多啦！

「案屁！放哨的！」

來人說：「報告大哥，我發冷、肚子疼，求醫行嗎？」

我蹲下說：「我就是大夫，你怎麼不好？」

那人嚇壞了，半天才說：「謝大哥！我腸子堵了，沒大茅七天了。」

我問：「腸梗阻？不一定吧？興許是便祕吧？這兒吃荣太少。」

「是……是腸梗阻。」

我笑了，說：「你也不是大夫，怎麼知道腸梗阻？便祕灌灌腸子就好了⋯⋯啊⋯⋯這兒誰給你灌腸啊？獄醫肯定嫌髒！這麼著吧，一會兒，我給你肛門裡夾一小片兒肥皂，過一會兒保證你能放大茅！」

那人緩緩地說：「不是便祕，是腸——梗——阻，」說著眼淚下來了，然後趴在胳膊上嗚咽起來。

韓哥說：「小子！跟我說實話，是不是叫人家給你『走後門兒』給你捅破『來例假』了？」

那人一聽，哭得更傷心了：「班長不讓我說⋯⋯嗚——」

真有雞姦啊？！太恐怖了！

韓哥說：「方明，這在這裡太常見了，在勞教所更多，監獄最多。」

我說：「那不得加刑啊？」

韓哥笑了：「加刑？中國就沒這條法，不給雞姦定罪，雞姦就沒罪！沒人管。最多把學習號兒撤。有這事兒班長也失職，一般都不聲張，調個號兒完事兒了。」

我蹲下勸了他半天。這個人姓曲，退伍兵。他有兩個好朋友，跟他是一個部隊的戰友，退役一年，那兩個戰友找不著工作，就搶劫。還弄了兩把手槍。周末休息的時候，把他誆去助陣，他嚇得躲在一邊兒，不敢上。後來那倆威脅他，他報案就滅他全家，還給他點兒錢封嘴。他就去了那一次。後來那倆折了，把他咬出來了，說他分了贓。小曲被逮捕以後，調到八筒，上周『學習號兒』在風圈兒把他當眾雞姦，然後就便血、肚子疼。求醫的時候他跟班長說了，班長不叫他聲張，說再講就給他調到一個專門雞姦的號兒去！隨後管教就給他踹到十筒後邊兒，他一直肚子疼，解不出大便。他老求醫，號兒裡煩，總揍他。蘭哥怕打出事兒來，扔這號兒來了。

我說：「韓哥，他有點發燒，這得住院了。」

韓哥不情願地說：「那你求吧，你面兒大！」

我馬上到前邊拍板兒，地保大叫：「報告班長，七號兒求醫。」

班長親自來了，沒等我說話，指著小曲就罵上了：「又是你呀！有完沒完！大夫不理你，來勁是吧！又找楔呢吧！」

我趕忙解釋：「他腸梗阻，一禮拜沒大便了！」

「吃飽了撐的！」

我想笑沒敢笑，「他發燒。」

班長翻著三角眼，「幾盆涼水呀？！」

這警察對這裡邊兒的勾當真清楚啊！怪不得說：警察控制牢頭管號兒呢！我趕緊說：「發燒了，沒敢澆涼水，隨便洗了洗。」

班長叱問：「是高燒嗎！？」

我摸著小曲的頭說：「可能不高。」

「扛著！高了再說！」班長點著小曲：「丫別煩我！再找事兒，看不把你那點兒醜事兒抖了出來！滾！」

班長罵罵咧咧地走了。虎子對著他的背影小聲罵道：「滾！」

§

吃完下午飯，聽地保跟性病聊案子。沒想到：地保拘役六個月的小案子，也是冤案！他是工程隊的保安，工程隊給一個學校蓋樓，他和另一個保安抓了個小賊，打了一頓，問他們頭兒送不送派出所。頭兒過來一問，原來是那學校校長的兒子！闖禍了——校長惹了，後期工程款拖欠就糟了。趕緊找車，頭兒和總經理親自送小賊回家。也不敢說那「兒子」偷東西，校長不幹了，報案就把抓賊的「地保」抓了。頭兒求著他們——不能說那

「兒子」偷東西！怕得罪校長。都以為沒事兒，誰料想，校長使
「反托兒」，把他倆拘了──打架沒傷人，最多拘十五天，可是
有「反托兒」，刑拘──逮捕──判刑，有始有終，拘役半年！

我問地保：「那刑拘的時候，你沒說你們打的是賊？」

地保說：「說了，沒用！那預審說：『你抓賊，贓物
呢？！』跟著就電我一頓，我想：反正也沒啥，就是六個月拘
役，也不算前科，忍了吧。」

「那你們坐牢，你們頭兒給你發工資嗎？」

「一個月送二百，送了三次就不沒了，誰知道出去咋樣
啊？」

「那你這出去得找你們頭兒，讓他給你坐牢補貼啊？」

地保說：「他們送那『兒子』回家，經理就給帶了一萬塊錢
過去，這損失還沒找我們賠呢！出去能收留我們就不錯了！以往
抓一個賊，打個半死都沒事兒，這回可好……」

我笑著說：「地保，你這案子在中國肯定是太冤，要在美
國，判你半年一點兒也不冤！」

「啊？！」

我說：「因為美國打犯人、罵犯人都犯法！有個犯人逃跑，
幾個警察把他打了，也沒打傷，老百姓知道不幹了，這幾個警察
都判刑了，判一年。」

「還這樣！」

我說：「這就叫人權！西方的人權就這樣。中國人號稱翻
身做主人，連基本的人權都沒有，我看電視上共產黨把人權叫成
『生存權』，那意思你能活著就不錯了，要什麼人權？！」

「能活著？我哥死在號兒裡，咋兒說？」

韓哥溜達進來，唐山欲言又止。我說：「韓哥，咱這號兒這
麼多冤案，連地保的拘役都是冤案，簡直冤案之家了！

　　韓哥說：「嗨？！都一樣！別的號兒的冤案一點兒也不比這兒的少！」

　　我眞是慶幸——要不是這次來大陸前入了美國籍，後果眞不可思議。

　　「方明！」

　　「到！」牢門外一聲，我神經質地高聲答到。

　　「收拾東西！」蘭哥說完扭頭就走。

　　我忐忑地問韓哥：「調號兒還是……」

　　韓哥說：「方明，你剛來調什麼號兒啊？起飛啦！」

　　一聽這話我差點兒蹦起來，一把抓住韓哥的手：「謝謝，謝謝！」

　　然後回頭跟大家道別，大家的眼裡滿是羨慕。我趕緊穿好了正式的衣服，其他的東西，都不要了。我的衣服都留給虎子了，我知道他會處理的很好。

　　我光腳站在門口，雙手緊握著牢門的鐵欄杆，準備起飛。那個心情，別提多輕鬆了。誰會來接我哪？萍萍？大姐？二姐？……

　　韓哥一拍我肩膀：「你檢察院關係那麼硬，還不乾起？」

　　「啊？……啊！」

　　韓哥說：「出去可別忘了咱哥們兒！」

　　「哪能呢！韓哥，我在你這兒學了多少東西呀！他們都說，就你這號兒管的鬆！多自在呀！」

　　韓哥一笑說：「咱這『逮捕筒』是最能學本事的地方！什麼小摸小偷、打架鬥毆，爛七八糟的小案子在前筒就辦了，直接勞教走了，咱這兒都是流水的大案子。還是咱哥倆兒有緣！」

　　我說：「韓哥，我來海澱看守所整八天。這他媽地獄，又苦又『酷』，剛來的時候可把我愁壞了。現在好了，苦盡甘來，想

想這段，還蠻有意思的嘛！」

韓哥說：「你看你，抓著牢門兒這勁兒，跟航太飛機抓著發射架似的，倒數計時嘍！」

韓哥這比喻真形象，我這心情，可不是別的犯人「起飛」的心情可比，真象即將升空，到自由的天宇去翱翔！

筒道裡嘩啦啦的鑰匙聲，格外悅耳，宛如環佩叮噹，我終於盼到了自由的時刻！

蘭哥到了門口，我剛想說謝謝，見他一皺眉，不但把我的話都「皺」回去了，把我的笑容也「皺」回去了。

蘭哥問：「東西呢？都不要啦？」

「不要了，家裡哪能要……？」

蘭哥說：「我讓你收拾東西，沒說放你呀，『郵』七處去啦！」

「啊？！」

我像挨了當頭一棒，腦袋「嗡」一下，大了三圈兒，腿一軟，眼一黑，差點跌倒。幸虧手抓著牢門鐵杆，就勢蹲了下來。

韓哥彎腰拍拍我，說：「方明，嗨……有共產黨在，『航太飛機』[1]，造不出來。」

真太慘了！我這架蓄勢待發的「航太飛機」，還沒點著火，先跌架了。

---

[1] 我當時曾跟他們聊過：2000年中共貪官外逃捲走了480億美元，相當於16架奮進號航太飛機的造價，所以韓哥這裡會這麼說。

# 第六章

# 出虎穴，入龍潭

在海澱看守所第八天，晚飯後蘭哥通知我「收拾東西」，大家都以爲我乾起了。我一時間欣喜若狂。可是還沒有三分鐘，告訴我是要去七處——升級到北京市看守所[1]，我一下傻了，那可是辦十五年以上大案的地方⋯⋯

## 七處下馬威

「得了，認命吧。後邊的，把方明的東西都還他！」韓哥好像對這種大起大落並不陌生。

虎子幫我收拾了行李，再幫我穿上新布鞋——我失魂落魄的樣子，一定很像受刺激的居士，不然虎子不會來給我穿鞋。抱上行李，韓哥又塞給我點兒洗漱用品，我徑直出了門兒，入獄隨俗——出去不回頭。

監區的大閘外，姓劉的預審皮笑肉不笑地看著我，副手小王腳前蹲著個人，肯定是楊義。過道兒很暗，走近了一看，楊義頭上還罩著一個黑頭罩。

黑口袋迎面套來，忽地一下，眼前一片漆黑，一股濃烈的汗餿味兒籠罩了我。這雙層的黑布頭罩，只能從嘴周圍看見點兒亮，沒一會兒就滿頭大汗了。汗流到眼角殺得眼睛生疼，我不停地隔著頭罩在行李上蹭臉。

車終於停了下來，我悶熱得都快休克了。跌跌撞撞地撞進一個樓的門廳，才讓蹲下來。我想撩起頭罩喘口氣，又挨了一腳。報了名，往裡押，臨時又換了警察。眞囉嗦！我都快悶到極限

---

[1] 七處：北京市公安局第七處（預審處）看守所，即北京市第一看守所，原來在宣武區右安門半步橋44號，現在遷到了昌平。

了！警察終於在後邊吆喝了，剛才走慢了還挨踹，這回我端起行李開路，大膽地往前走！摔了也無所謂，反正前邊是棉被……

頭罩終於被揪掉了，可緩口氣！發現走在一個筒道裡，左邊號兒裡的犯人比海澱那兒還多！

警察把我踢進了一個監號兒。天啊！三溜子犯人齊刷刷地坐板兒，得有三十來人，直勾勾地盯著我。大部分是光頭，最外一溜清一色的腳鐐！前邊四、五個還戴著手銬！中間還有腳鐐！

「搜！」身後的老大一聲令下，兩個光頭一躍下板兒。一個搜行李，一個登記。當知道我是美國人時，老大馬上叫停下來，報告了警察。

「你是老美啊？！」獄警問。

「啊。」

「你那同案是老內？」

「啊。」

「操！等著！」獄警說完跑著回去了。

老大告訴我，外籍犯要關到六區，這是把我和楊義關岔了。原來外籍犯無論案情輕重，都到這兒關押，我這才鬆口氣，問道：「大哥，您這兒這麼多人啊？」

「這是三區，幾乎所有的死刑犯都打這兒走！我們號兒，十一條鏈兒！最多的時候十四條！」

「這鏈兒……？」

「都沾人命！這小子一條人命、那個二條命、那五條……」

看著那些兇悍的面龐，絕望的目光，我都快魂飛魄散啦！我趕忙轉向老大，「大哥，那你能睡得著？」

「剛來也瘆得慌，現在慣了。這兒就是家啦，跟共產黨打官司，持久戰！」

「跟共產黨打官司」這句話，是看守所裡的習語。我剛到海

澱看守所的時候還不明白，現在經歷了這麼多冤案，自然而然就知道它的內涵了——權錢為本的公檢法如此欺壓弱勢群體，無止無休地炮製百姓的冤案，大家最終都成了「跟共產黨打官司」。

「這兒冤案多嗎？」

「除了這溜殺人的，基本都冤，不是冤案也是冤！殺人的裡邊兒，也有冤的。」老大挨個盤點，「那個『城管』，別的『城管』打死個賣菜的老頭，他待在車裡沒插手，在場就算殺人的案屁；這個保安是妓院看門的，案屁；你看這個黑社會的案屁，這幾個貪汙的、詐騙的、挪用的、侵佔的⋯⋯他們倒不冤，花點兒錢就輕得很。我這個，公司周轉不開了，借了三百萬，一時還不上本，還了利息還告我一詐騙！現在本錢都還了，還得判我⋯⋯」

我可明白了：海澱的案子跟這兒比，小兒科。

隊長來了，我謝了老大，「義無反顧」地出了筒道。

樓梯口，楊義正好被押下樓，我看著他的眼睛，他目光立刻移走了。那一瞬間，我明白：楊義愧對了我們的友情，愧對了我對他的信任。

我被塞進了二樓的一個監號兒裡，這號兒人少多了，只有一條鏈兒。

老大叫靳哥，一米八的大個，陰著臉，瞇著眼，盯著我像要審訊似的。登記時，我要了明信片，又向大姐要了一千元。這是最快的通知家人的方式，有了錢也好儘快從這裡混起來。

我被幸運地排到了倒數第二排的中間，一個很「柳兒」的位置。剛坐下，隊長在門口叫：「方明！」

「到！」

「出來！」

# 蠢蛋！一再被騙！

踏著夜色出了監區大樓，蹲在院門口兒的白線前，武警看了單子一聲吆喝，我自己出了監區。

「啪——」武警一掌搧在了我後腦勺上，「抱頭！」

我一個趔趄，眼前一片金星，抱著頭，找不著北了。這武警掌上功夫了得，八成是打人練出來的。

小王拉我到了一邊兒蹲了一會兒，我緩過勁兒來，問他：「我想見律師，你看……」實際我想試探一下律師跟他們的戰況。

小王苦笑了一下，「問大劉吧。」

小審訊室，犯人的坐椅很特別，小王掀起扶手邊兒上的橫板上了鎖，把我鎖在了椅子裡。

「今兒才查清楚，你還真是美國人！以前以為你是綠卡哪！雖然我們工作有失誤，但是，這跟你拿著中國的證件有直接的關係。所以呀，還得給你做套手續。」姓劉的把失察的責任推到我頭上。

「我什麼時候見大使啊？」

「做完了手續，明兒差不多了。」

姓劉的簡單地問了我幾個問題，主要是我何時加入了美國籍、為什麼還繼續使用中國的證件，然後他們宣布對我繼續刑事拘留。

「我抗議！」我當即舉手，「我拒絕簽字！」

姓劉的一笑，「別急，我們知道你身份了，待遇不一樣了。你的家屬也求了我們半天，我們同時在考慮對你採取另外的措施。小王，給他辦監視居住。」

「啊？太好了！謝謝！」我脫口而出。監視居住就是回家被看著，那就基本自由了。

「具體什麼結果，領導說了算，我們只能是說說好話⋯⋯你得配合我們，跟那天那個律師似的，可不行啊！」

「當然當然，全靠您美言了。」我奉承著，說不定是家裡又給他錢了。

姓劉的嘆了口氣，「你媽那兒我們也去了，老太太不容易呀！」

我聽得眼淚差點掉下來，心理上一下和他們拉近了距離。

小王遞過來兩份兒口供，一張「刑事拘留證」，一張「監視居住決定書」，我愣了。

姓劉的說：「兩份兒都填，都給領導拿上去，看領導批哪個？批哪個就是哪個。」

我試探道：「能不能先簽這個『監視居住決定書』？領導要是不批再⋯⋯」

「你讓領導看出來我包庇你呀？讓我們擔責任挨罵呀？」姓劉的不高興了。

不能叫他們為難，不能再得罪他們了！口供也沒發現原則性問題，無非就是把遲遲查出我是美國人的原因歸罪於我。又看了看「監視居住決定書」上「犯罪嫌疑人」的限制條款，覺得也就這樣了。於是在口供、「監視居住決定書」和「刑事拘留證」上簽字畫押。

姓劉的滿意地笑了，真難得！

§

回到號兒裡，正在鋪板兒要睡覺。這兒比海澱的監號可寬鬆多了。一米寬的地鋪分兩槽，頭腳顛倒著各睡三個，板兒也比海澱的長，睡九個。

老大讓我值頭班兒。值班兒的只有兩個人，帶班兒的犯人叫「鴇母」，他叫我在門口數趟。這兒的牢房很高，前面的窗戶外

是筒道的第二層，叫馬道，隊長走趟過來的時候走門口的筒道，回去的時候是走上面的馬道，透過窗戶俯視號兒裡。

廁所在門口那兒，沒有門，只有一個門洞，裡邊是一間不到二平米的小窄條，水池也在裡邊。外牆上還有一個觀察窗，觀察窗上邊兒還有個監視器，只有水池那兒是監控的盲區，這兒連放茅都得被監視。毛巾都用不到一尺的吊繩單個吊掛，吊繩的上端用包子大小的紅藥皂糊在牆上，一粘一大排。號裡也有不少吊繩掛東西，這是七處特有的景觀。

三板兒起來上廁所，他問我：「老美？到哪步了？」

我趕忙湊過去，小聲把填兩份手續的事兒跟他講了。三板兒連連搖頭，「你太嫩了！看把你要的！給你填監視居住票，你還能進這兒來啊？！」

「啊？」

「你不信，問問靳哥，他可是當預審的！」

「預審？」在這兒當老大了？太好了！正好問問。

屋裡光線很暗，老大對著牆在看小說，二板兒在看一大本厚厚的英語詞典。我乍著擔子跟老大一說，老大問：「是不是先給你開刑拘票，你丫不簽字啊？」

「我抗議來著。」

老大冷笑了一下，「人家早算好了，要是你不簽字，就拿個監視居住票糊弄你簽字。」

「啊？！」

老大說：「中美有個『領事協定』，拘留老美，必須在二十四到四十八小時內通知大使館，他們沒通知吧？現在騙你再簽個今兒的拘留證兒，明天好給大使館看！」

「啊？」我眼前一暈，趕緊扶著牆，閉上眼睛，緩緩蹲下。

「起來！值班不許坐！」後邊兒的「鴇母」低聲斷喝。

我只好緩緩升了起來。

## 以棋混柳，敗勢難收

七處的第一個早晨，鈴響了我都沒聽見，被旁邊的白人推醒。昨天一班兒值到兩點，不讓坐著，打盹兒了要背揣[1]，至少七天，規矩太大了！說是加強安全，簡直是變相整人！整得我又睏又累。

七處只給外籍犯送早點，別的號兒都是兩頓飯。但是早點的麵包、果醬、牛奶，基本被前板兒柳兒爺享用了，老外基本分不到。

這兒沒有筒道長，獄警親自提人。值班警察叫隊長，因為這兒是監獄編制，隊長是監獄體系的叫法。坐板兒是面朝外門盤著腿，不像海澱似的立腿坐專硌屁股尖兒，也不能只穿「一點式」。號兒裡一共十六位，有一個白人，兩個黑人，黃種人裡可能還有朝鮮人和東南亞人。

早上一上班兒，領導就開始查鏈兒，從二區查到七區，腳鐐聲此起彼伏。三區、四區鏈兒最多，每區十幾個號兒，每號兒十來條鏈兒，一直延續到吃中飯，嘩嘩啦啦地構成一部「鐐銬交響曲」。

七處看守所的監區樓是二層，形狀像字母K，所以也叫K字樓。樓下是二、三、四區，樓上是五、六、七區；一區住勞動號兒，二區關特犯，三區普通犯，四區死刑犯，五區女犯，六區外籍號，七區是檢察院直接辦的案子。

---

[1] 揣：看守所手銬的左右手環中間沒有鏈兒，是鉚在一起的，叫「揣」；背揣：用「揣」把雙手銬在背後。

　　中飯的時候，我孤伶伶地蹲在風圈兒門口兒啃饅頭。這兒主食一般是一頓饅頭，一頓窩頭，而外籍號全給饅頭。只有節日才改善，吃很肥的肉，平時就是肉末燉菜，給回民的是牛羊肉末燉菜。肉末應該是拿「三最肉」──最次、最爛、最髒的肉絞的。

　　悠悠地乾啃饅頭，嚼出甜味很愜意，忽聽前板兒喊：「停了，收了收了！」

　　「放碗兒，別吃了。」旁邊的跟我說。

　　我納著悶兒擱了碗。

　　「老大一擱碗，誰也不許再吃了！」旁邊的解釋。

　　自由活動，一台圍棋，兩台象棋。圍棋竟然是用窩頭做的，一色金黃，一色棕黑──用細線把窩頭割成六棱形小塊兒做棋子，一半用大醬染色，風乾即得，硬硬的。據說這是七處僅有的一副窩頭圍棋，已經不知是出自哪位匠人之手了。

　　前板兒那副象棋是正式的。據說別的號兒經常有下棋吵架，被隊長勒令把棋扔到筒道的，但這號兒沒有，因為老大棋藝高超。我想儘快混起來，也過去投老大所好。外邊講以棋會友，牢裡咱來個「以棋混柳兒」。

　　前邊的眾人合攻老大一個，還是敗了。老大得意洋洋地問：「老美，來試試？」

　　「行，跟大哥學幾招。」我抓住這個巴結的機會，一開局就吃了大虧了。老大這個「快槍手」，上來「三步虎」、「橫直車」，壓得我喘不過氣來。這要出手就敗下來，他以後未必跟我玩了。我拿出看家的本領，兵力不足拼子求和，拼得他單車對我士相全，和棋。

　　「再來！大意失荊州啊！」老大發了牢騷。

　　第二盤我適應了他的快槍，到中盤就優勢了。要哄老大高興，就得輸得沒破綻，我故意棋勝不顧家：留下五步十手棋的絕

殺，果然老大反敗爲勝。

　　「靳哥！你這連環招使的，眞棒！」我趁機奉承，別人也紛紛恭維。

　　老大很高興，「老美，看來也就你能跟我會會。『金庸』，你跟他來來，我洗澡了。」

　　「假金庸」不到四十歲，臉色慘白，一看就是老囚。他要和我賭棋。

　　「賭什麼？」我問。

　　「我贏了，你替我值半個月的班兒。」

　　就你也想趁機欺負我？我剛才是讓著老大呢！你連老大都下不過，還跟我叫板？我笑道：「彼此彼此，」我怕我萬一大意輸給他，就補充道：「三局兩勝。」

　　「假金庸」下文棋，後發制人。我像和一個太極大家推手一樣，使不上勁！最深的算路，都被他看破了，反而將計就計，將我算計。「小過門」一打，他爭了先手，一連串轉換下來，我多丟一炮。我可明白了——老大根本就不是他對手！敢情這位鋒芒不露，專哄老大高興！還拿老大當誘餌釣我！

　　我拚命招架，終於找到了機會，又拼成了士相全對他單車。觀戰的以爲和棋，三板兒卻說：「老美輸嘍。」

　　「假金庸」兩步破了我的雙相。

　　「呀？單車能勝士相全？」

　　「假金庸」說：「有八種情況，『單車巧破士相全』，別看你士相連環著，陣勢不對和不了。」

　　「嘿！佩服！佩服！」我連連向二位拱手。這三板兒也不是「省油燈」！看來打官司上，我眞得跟他們學學。

　　第二局我不求有功，但求無過。結果他太大意了，棄子進攻未果，叫我撿了「錢包」。

第三局他一認眞，我可招架不住了，很快落入敗勢。走成了圖中的陣勢，「假金庸」得意道：「砲我都不用吃了，又不用值班兒嘍！」

**黑 先**

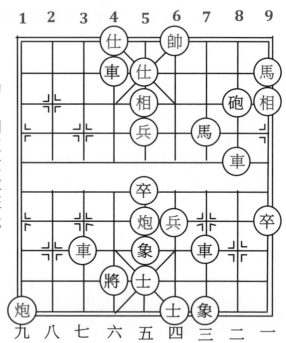

這第三局的殘局，並非抄自棋譜，而是我們當年監牢裏眞正的實戰。雖然這8步16手的反敗爲勝對高手是班門弄斧，但對我來說很珍貴了。

這要賭輸了，我值兩份班兒，不得三天兩頭熬夜啊！那還打什麼官司？！我淸醒著還上預審的圈套兒呢！這哪裡是賭棋，簡直是在賭命啊！

我死死盯著棋盤……如果砲在後邊一路我就贏了 ── 廢話……

午休鈴給了我喘息的機會，「假金庸」大度地允許我「打掛」，下午飯後接著下。我只有盼著「天上掉餡餅」了。

下午號兒裡發冰了，大塊兒的冰扔進號兒裡，頓覺涼爽。

輪流洗澡，我和「鴇母」一組。硫磺皀雖然讓我有點兒過

敏，用完了渾身癢，但它去頭屑很靈，我這頭皮屑用遍了去屑洗髮液都去不淨，用硫磺皂治好了。我儘量延長皂沫在頭上的時間，全身抹完剛要沖水，門外叫我。

「到！洗澡呢！」我趕緊瞇開眼睛，去搶「鴇母」的水盆。

「搶什麼搶？！」

「嘩——」一盆髒水劈頭蓋臉潑了我一身！

我一個激靈，「鴇母」罵了一句，「管兒叫你呢！」

「快點兒！這麼不懂事兒啊！」

老大在廁所外一喊，我再不敢拖延，擰乾髒毛巾擦了全身。閉著眼睛，硫磺皂刺激得淚水嘩嘩直流，「大哥，給點兒水吧。」

鴇母給我舀了盆水。我匆忙摩挲了臉，穿了衣服就躥了出去，太狼狽了。

管教早等得不耐煩了。把我押到辦公室，遞給我一個電動剃刀，「快點兒，大使等你呢。」

太好了！可是興奮掩蓋不住渾身的奇癢，都不知道撓哪兒！恨不得像貓一樣在地上打滾蹭個遍！

## 領事撐腰，初戰告捷

管教把我押進了律師樓的接待室，一進門，兩位預審和一個白人老外都站了起來。

領事用洋式漢語說：「你好！方博士！我是駐北京的美國使館的領事，比爾・華盛頓。」

這就是我夢寐以求的救星啊！上午見到拘留票，下午就來了，這才是人民的父母官啊！我用英語說：「謝謝！我盼您很久了！」

我和領事坐在一張長椅子上，三個警察坐對面監視。

我們用英語交談。領事說：「方博士，我上周五就接到了你夫人的電話，說你五天前無故被捕了，可是我今天上午才接到他們送來的拘留證，上面日期是昨天，怎麼回事？」

果然又上了姓劉的當！他真是用「監視居住證」做幌子，騙我在刑拘票上簽了字！我簡直義憤填膺！我瞪了姓劉的一眼。他們的表情告訴我：預審一點兒也聽不懂，管教好像能聽懂一點兒。

我再也無法忍耐了，滔滔不絕地說：「華盛頓先生，我是七月二十二日被他們劫持的，當天就對我進行了非常不人道的誘供和刑訊逼供，剝奪了我的一切人權，並且不讓我上廁所，強迫我把大便解在褲子裡！然後到廁所大便池裡去搓洗，然後讓我穿上濕褲子吹空調，以至我發了高燒。他們對我的供詞斷章取義，極力歪曲，逼迫我承認我在故意犯罪！不但拒不承認我是美國人，還剝奪了我見律師的權利，剝奪了我見大使的權力。用不准上廁所的方式強迫我在拘留證上簽字之後，把我關進了海澱區看守所。那裡情況極其惡劣，吃喝拉撒睡都在一間狹小的屋裡，我只有這麼窄的睡覺空間！」我說著比了一下「立板兒」的距離，「我不得不和長疥瘡的犯人擠在一起！連衛生紙都沒有，便後用便池的水洗，然後再打飯、刷碗；昨天晚上，他們像綁架一樣把我押到這裡，才承認我是美國公民，又一次誘騙我在新的拘留證上簽字。」

他聽得眼都直了，「恐怖！太恐怖了！」轉而用生硬的漢語對警察說：「我抗議！你們為什麼這麼侵犯我們美國公民的人權！我要向中國政府發照會！」

這三警察面面相覷，知道捅了摟子了。姓劉的，你也有今天！我一放鬆，渾身的奇癢再次湧起——這硫磺皂抹的滿身滿頭，我又有點兒過敏，只好咬牙攢拳地扛著，讓領事看起來像是

強壓怒火。

姓劉的大言不慚，「領事先生，我們依法辦案，根本就沒打他！」

我趁管教翻譯的機會，趕緊撓了幾下脖頸子，越抓越癢，只好改用手背蹭。

管教的外語太次了！我馬上用英語反駁：「還有比不讓解手這麼卑鄙的體罰嗎？他們還連夜提審不讓我睡覺呢！」

「我明白了，方博士，你是否觸犯了中共的法律？」

「沒有！我只是應北京移植學會的邀請，帶了幾批醫用試劑盒，那不是違禁品，過海關的時候，他親自查驗通過的。如果我走私他為什麼要放行呢？」我一指姓劉的，「回頭他就說我闖關走私，偷逃稅款，要判我十年以上的徒刑！太無理了！」

領事臉轉向警察，「你們確信方博士犯罪了嗎？」

姓劉的說：「他是涉嫌犯罪，具體是否犯罪要由法院判決。」

管教一翻譯，我就趁機撓撓，這奇癢此起彼伏，撓不勝撓！

領事問：「沒有確實的證據，為什麼讓他坐牢？」

姓劉的說：「中國的法律就是這樣，犯罪嫌疑人必須關押，證據我們正在核實。」

我替管教翻譯完，領事憤怒地用英語罵道：「土匪的法律！懷疑就要坐牢！」

姓劉的又說：「方明確實犯了罪，他已經供認不諱了。」

我不等翻譯就用英語說：「華盛頓先生，他們的口供都是斷章取義拼湊的，用各種手段逼迫、欺騙我簽字！」

領事瞪著幾個警察，「我不瞭解中共的法律，但是任何法律都必須有人性！難道你們的法律連基本的人性和道理都沒有嗎？逼迫、誘供的證詞無效，這人類公認的準則都不遵守嗎？」

管教沒有翻譯，好像沒聽懂。

領事跟我說：「七月二十八日，國務卿鮑威爾先生首次訪華，為期一天。在這之前，在我們的努力下，七月十四日，美國公民李少民被中共關押了近五個月後被中共判處間諜罪，並驅逐出境。另兩位持有綠卡的美國的永久居民，高瞻女士和覃光廣先生，分別在坐牢五個多月、八個多月後，七月二十四日被中共以間諜罪判處十年徒刑，但是第二天，他們就被保外就醫，獲得了自由，現在已經回美國了！這些人沒有給台灣工作，但是中共都判處他們是台灣間諜，他們現在還在向中國政府抗議，我相信他們是無辜的。美國政府的強烈抗議，迫使中共在鮑威爾先生訪華前，給了他們自由。我真沒有想到，在鮑威爾先生走的第二天，就收到了你被拘留的通知，如果再早一點，在你被捕的四十八小時內接到通知，那麼鮑威爾先生訪問時一定會為你向中共抗議，說不定你就自由了，真遺憾！」

我憤怒地瞪了一眼姓劉的，他正對我怒目而視呢。跟我叫板沒用！看下一步領事怎麼磕你吧！

領事又問：「方博士，你是否要控告他們？」

管教立刻用英語說：「我不是預審！我是管教。」

壞了！我趁機搔癢蹭眼角，把皂末蹭眼裡去了！眼淚嘩就下來了。這醜相可大了，單眼流淚，這叫什麼事兒啊？我趕緊做戲！用手背使勁蹭右眼，終於，兩行熱淚競相湧出。

領事安慰我，「方博士，不要難過！我們會動用一切力量營救你！我們會採取一切有效的方式營救你！」

我能不難過嗎？眼睛太嬌貴了，怕酸更怕鹹，這鹼性皂液不沖淨了，眼睛根本受不了！再不敢抹眼睛了，只是用手背在鼻翼接眼淚，跟京戲旦角的哭腔動作一樣，我真想笑！可千萬不能笑出來！

我「抽泣」著說：「謝謝您！您也許不太瞭解中國的政治，中國政府是死要面子的，如果大肆呼籲的話，說不定他們不但不會放我，還會給我炮製其他罪名。華盛頓先生，我只求平安出獄，能妥善和解最好。您看呢？」

領事說：「哦，我會尊重你的意見！請記住！無論美國公民走到天涯海角，美利堅永遠與她的人民同在！」

由衷的震撼！

「我不知道下一步，他們還會對我做什麼！我在這裡沒有保護。」說完我繼續接眼淚。

「方博士，我會發照會抗議的。你的生活環境太糟了，氣味兒都不對！」

他的鼻子還挺靈，聞著我身上的硫磺皂味兒了。

領事給我留下一疊子報紙和兩本雜誌，「方博士，我會告訴你夫人我們今天會面的情況。你的姐妹們就在外面等候，有什麼要轉達的嗎？」

啊？大姐二姐？不，英文裡姐妹不分，說不定還有我小姨子！這要叫她們知道我在這兒淚如雨下，我的英雄形象就蕩然無存啦！我趕緊說：「請千萬不要對我的親人說我在這兒遭受的迫害！他們會擔驚受怕的，我還有七十八歲的老母親，她會受不了的！我在這裡只是哭訴給您，連這痛哭，都請不要告訴她們。」說完我抬手又想接眼淚，眼淚已經停了。我真誠地、淚汪汪地看著領事，再不敢擦眼了。

「我答應你，你還有什麼話，要轉達她們的？」

我可鬆了口氣，「請轉告她們，不要為我擔心，別把事鬧大，能私了最好。請她們給我送點兒生活費就行了。」

領事邊聽邊記錄。我偷眼看了一下預審：姓劉的臉都綠了，平時不動聲色的小王也緊皺眉頭。

領事又用漢語跟他們交涉：「警察先生們，我非常不願意再聽到我們的公民，再次向我哭訴！我將馬上向美國政府彙報，向中國發照會。」

領事起身向我道別，「方博士，我的任期到了，下次，將由一位新領事來看望你，我會把你的情況全部移交的，請放心，領事會一個月來看你一次。」

我連連道謝，心裡卻有點涼：還有下回啊？一個月我都出不去啊？

領事沒等那仁警察反應過來，跟我道了別，逕自出門。

# 回馬三槍

小王去追送領事，姓劉的大罵：「行啊方明！真能演戲啊！」

我仗著領事的餘威，和他以眼還眼。該輪到這個卑鄙小人害怕了！

管教解圍說：「不用我翻譯了，這架勢你肯定都明白了，回去想輒去吧。」

姓劉的呼地站起來，「方明，你給臉不要！叫你見大使[1]，丫給我來這套！看不給你辦成鐵案，你等著瞧！」

姓劉的摔門而出，管教向我點點頭，「走吧。」

我趕緊拿著領事留下的英文報刊，匆匆出門，一心想著快點兒回去沖澡。

「慢點兒，急啥？」管教這一說，我只好放慢了腳步。

---

[1] 警察、看守所習慣把見大使館的領事等人員都叫做見大使。

出了律師樓，管教問我：「能跟家裡要多少生活費？」

「我剛寫明信片要了一千，這回還能再送一千吧。」

「還用寫明信片？」管教說，「你要能要三千，我叫你馬上當二板兒！」

「行啊！」我不答應也不行啊！

「那你把家裡的電話告訴我吧，我給你捎話兒，你錢放我這兒，保證比你在裡邊實惠！」

進了監區大樓，在樓梯口就聽見女人的罵聲和尖叫聲，越上樓時喊叫聲越大。路過五區女號的筒道口，只見一個女警歇斯底里地吼著：「叫你丫練！看你『法輪兒』厲害還是我電棍厲害！」

一個年輕女囚躺在地上，被那女警用電棍杵得不由自主地撞地，咚咚作響！我嚇得一哆嗦。太恐怖了！

「走哇，看這幹啥！」管教都司空見慣了。把我押進辦公室，我可緊張了。這麼熱的天，後背都濕了，要讓汗把硫磺皂沫流眼角去，我不又得「痛哭」一場？趕緊脫身吧！我請管教記了大姐的電話，就說：「管教，我想回去喝點兒水。」

「喝點兒熱水出點兒汗好！」管教說著就給我倒。

啊？還讓我出汗啊！

「管教，我憋半天啦，我想趕緊回去放大茅。」

「那你先回去，等我先給你家打個電話。」

「太謝謝您了。」要是能跟家裡溝通上，花多少銀子都值啊！

管教把領事給我帶的報紙雜誌扣下了，說要詳細檢查，然後他親自送我回去，在門口當著老大欽點我為三板兒。

管教一走，我請示了老大，一頭紮進了廁所，又沖又擦，反反覆覆半個鐘頭，身上、頭上，才好受了點兒。這硫磺皂，幫我演了一場哭戲，賺得了領事的深切同情，功不可沒！

洗完出來，「假金庸」正在登記。調進來倆人：中年人，姓林，一看就是個柳兒爺；還一個二十多歲的小夥兒，姓文，文質彬彬的，有點兒胖，人很精神。

老大對新來的小文說：「你丫混得夠鼠眉[2]嗒，牙刷都沒有，水台兒有倆沒人用，你挑吧。」

啊？！那兩個牙刷都是刷大便池的！毛都刷翻了，竟然要施捨給這小孩兒刷牙？

「謝謝大哥。」這小文說話笑咪咪的，挺招人喜歡。

「丫連被褥都沒有……」

我怕老大又給他爛被套，就接荏說：「大哥，把我那被子給他吧，這大熱天，用不著蓋。」

小文笑呵呵地道謝，一幅稚嫩的學生像，怎麼看怎麼不像罪犯。

下午飯前，先送的小炒菜，十塊錢一份兒。今天是獅子頭——十公分大小的一個大丸子，十塊錢。這號兒真富裕，提前訂了八份兒。

開飯了，老大把我讓到了前板兒，我們剛嚐了口美味就咧了嘴——極鹹！

他們用勺把丸子切成小塊兒，用熱水拔鹽，泡了倒，倒了泡，反覆四遍才能吃。兄弟們是邊泡邊罵七處黑，只有一點大方——菜裡放鹽。

飯後，假金庸的笑容讓我發怵。假金庸記性真好，第三局棋竟能從頭記到尾，我想賴也賴不掉了。這傢伙拿老大誘我上圈套，這局輸了，我要替他值十五天班！加上我自己的班兒，還睡

---

[2] 鼠眉：囚徒在看守所裡混得不好、沒地位、窮，眉，讀輕聲。

什麼覺？跟預審鬥什麼智？等死吧！

　　我一直對著棋盤發呆，就是不認輸，可是也看不出活路。

　　假金庸很是得意，「沒救了吧？」

　　我嘟囔著：「你們四個下我一個……」

　　「你也找幫手啊！」

　　牆倒眾人推，都這敗勢了，誰還幫我呀？無奈，再撐撐。我手伸向了中卒，在上邊盤旋了兩圈兒，這要挺卒棄炮擋戰車，子力就更懸殊了，恐怕就是對方失誤了，我也無力回天。我手降到了中卒上，突然，胳膊被拽住了。

　　是新來的小文，他讓我等等，說可能有好棋。我一陣欣喜。

　　「假金庸」說：「我們賭棋呢啊！這可是決勝局。輸了值班兒。」

　　「怎麼值？」

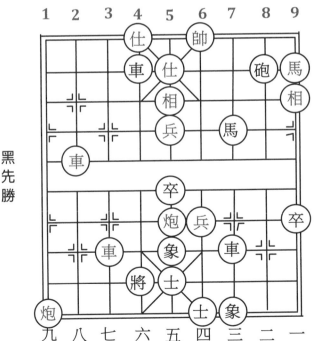

黑
先
勝

「輸了替我值半個月班，你們倆可以共用！」

小文問我：「你贏了呢？」

我得引誘他盡全力解圍，「你要能下贏他，你說了算！」

小文笑著把「黑砲」往前推了一步，嚇大家一跳，這要唱空城計啊？！

有人問：「你會下嗎？這雙車錯死了！」

「不是，想跟你拚車，還不想丟子，沒戲！」靳哥諷刺道。

「沒事兒，輸了大不了都我值班兒！」小文胸有成竹。

假金庸雙眉緊縮，想了有三分鐘，還是把紅車平到了二路，成了圖中的陣勢。

我們都以爲小文馬上要走「車六平八」拚車的蠢招兒，沒料到小文大膽棄車——馬踏中宮——單車沉底——回馬三槍，一氣呵成，絕殺！

我們一個個都傻了眼，歎爲觀止！

假金庸道：「哎呀，難中逢貴人啊老美！命眞大呀你！」

我樂壞了！原來算命的就說我「難中有貴人相助」，要能應到官司上就好了。

靳哥自言自語，「要是變招兒平帥？……馬後炮！好棋！」

小文又給大家拆解一遍，旁觀者個個心悅誠服。[3]

假金庸悻悻地說：「我替誰值班兒？說好了。」

我拍拍小文的肩膀，小文一笑：「我可沒說我贏了讓你值班兒？我的賭注可不是這個。」

## 黑心黨，黑心棉

小文回馬三槍救了我那要命的棋局，他卻說自己的賭注不是值班兒！

新來就叫板？要不是他這幅清純的面孔，要不是他剛才精彩

的八步絕殺，十有八九得走他一板。

假金庸說：「不值班更好，我就怕值班！你說吧，別過分就行。」

小文說：「剛才我進來自報家門，好像兩位大哥對法輪功有成見啊？」

我剛才沖澡，還不知道這事兒，原來小文是法輪功！這法輪兒已經成了當今大陸監牢裡的「風景線」了，關得到處都是。

假金庸說：「我們對你們是有看法，你不能賭這個『看法』吧？」

「不是，」小文說，「共產黨造謠太厲害，矇騙全世界。你們別輕信我，也別輕信共產黨，別抱成見，我給你們把共產黨的底兒翻出來，把我們的真實情況也講出來，我的條件就是你們好好聽，聽完了再判斷，這行吧？你們要明白了，我替你們值班兒都行！」

這個因為信仰坐牢的義士，心裡第一位的，還是維護信仰，不能不令人敬佩。

老大說：「好哇，外籍號這兒還沒來過法輪兒呢，你來了，正好給我們講講。」

---

[3] 黑棋取勝的招法：（象棋術語很簡單，進退數格子，平拉數路數，但是，各方以自己的顏色的路數為準）

1.回馬三槍取勝：**車六進一，仕5退4；馬三進五，仕4進5；車三進七，帥6進1；馬五退三，帥6進1；車三退二，帥6退1；車三進一，帥6進1；車三平四，黑勝。**加上前圖走出的一個回合，共八步棋。

2.勒馬車取勝：**車六進一，仕5退4；馬三進五，帥6進1；車三進六，帥6進1；車三退一，帥6退1；馬五進三，帥6進1；車三平四，黑勝。**

3. 後炮取勝：**車六進一，仕5退4；馬三進五，帥6平5；車三進七，帥5進1；馬五進三，黑勝。**

§

這兒放茅比較自由，也給手紙。狹小的廁所裡，外牆的觀察孔透過一條亮光，房頂上亮著一盞小燈，我蹲了一會兒，才看見腳邊兒那個破塑膠碗，裡面泡著的兩個刷便池的牙刷——老大就賜給小文這個？！

小文進來瞎麽麽地摸摸了半天，才看到了牙刷。他皺著眉頭挑了一個，打開水龍頭，刷上硫黃皂猛沖。

我還富餘一個牙刷，臨出海澱韓哥給我塞的。給他之前我想逗逗他，我過去洗手，見他還在洗，就問：「這牙刷你真用啊？」

小文一笑，「那咋辦？總不能不刷牙吧？我知道這是幹啥的，洗乾淨就行了。其實，世上的一切，都能用水洗乾淨，可有一樣東西洗不了。」

「什麼？」

「人心。」

「哦……」

「東西髒了用水洗，人心髒了呢？只能用佛法來洗，你聽過這典故嗎？」

我點點頭，這個儒生這麼能吃苦忍辱，真佩服！我不再逗他了，「扔那兒吧，一會兒我給你個新的。」

離看電視坐板兒還有段兒時間，我倆到風圈門口兒聊上了。我問他：「聽說你是中科院的？」

「我原來是，去年博士畢業了。」

「在哪兒工作？」

「待業。」

「啊？」

「像我們練法輪功的，原來在單位都是有口皆碑，都願意要；現在一鎮壓，沒地方敢要我們。」

「搞的這麼凶？」

「共產黨對我們現在是四光政策：『書給抄光，錢上扣光，腦子洗光，不服抓光』。不低頭，單位連助學金、生活補貼都扣了，我宿舍都給抄了好幾回，我們凡是敢為法輪功說話的，都抓。我爸找關係把我弄回老家教書，學校竟然不敢讓我上講台！剛報到，就停薪留職，要抓我去『洗腦班』，我就流浪到北京來了。」

我長歎一聲，「清華的龍志平，你認識嗎？」

「啊？！他也在這兒？」

我說：「他海澱呢，從海澱『郵』這兒來，又『郵』回去的，我也剛從海澱『打包郵上來』。」

「他怎麼樣？」

我雙手一伸，說：「十年！」

「啊？嘿！」小文一搧大腿。

「你怎麼樣？」

他搖頭歎息道：「快半年了，還沒到檢察院呢。」

「給你打的啥？」

「煽動顛覆國家政權。」

「啊？！怎麼上綱上線到這份兒上了！啥事啊？」

「你在外邊兒看過《大紀元》嗎？」

「很不錯的網站，挺敢說真話的，淨給共產黨揭短了。」

「那是我們幫忙辦的。」

「你也跟小龍一樣？」

「美國同學回來找我幫忙，我還上學哪，我就給他們牽了個頭兒，請他們吃了頓飯，就這個。」

我點點頭：「你要真沒做別的，這倒不算什麼事兒啊？」

他搖搖頭說：「安全局的懷疑我呀，猛往大裡猜！弄大了好立功，前三個月，提了我一百來回，最後才知道我沒事兒。」

「家不在這兒吧？」

「我湖南的。」

「我說你無產階級呢！等我來錢了給你置點兒家產。」

「謝了，不用，我有錢，也有東西，都給三區那幫窮弟兒了，這兒，有床被子就能過了。」

「小龍可是『混』得很柳兒啊！我看你怎麼從頭兒混。」

§

七處號兒裡晚上只讓看新聞，隊長按時在外邊兒插拔電源。看完繼續坐板兒，這時候比較寬鬆，到九點睡覺前，可以聊天、洗漱。

我找機會跟靳哥搭訕，「大哥，我見大使的時候，大使把預審磕得夠嗆，預審最後威脅著要給我辦成鐵案。您說會嗎？」

大家都很驚訝，看來老內是沒人敢惹預審的。靳哥問：「怎麼茬兒？死磕預審？」

我就把見領事的經過詳細說了一遍，當然隱去了我哭訴的情節，得保證咱光輝形象。

假金庸感慨道：「你看人家美國，真是把人當人啊！」

我不由得苦笑，像中共這樣不把人當人的政府，太少了！大陸這些土生土長的「土著」都習慣成自然了。

有人感歎道：「你看人家大使說的：美利堅與你同在！」

假金庸來了段順口溜：

「美國間諜不敢動，判了刑還送出境。

贈張機票陪一程，你說老江多有病！」

靳哥一笑：「你是間諜嗎？」

「大哥你別嚇我！」

「這號兒可剛放了個美國間諜啊！」

「我真不是，要是間諜我能走私嗎？我要是間諜，天打五雷

轟！」我也不知爲什麼囫圇之間，把這話都噴出來了。

「那美國能保你？」

「美國……肯定要保護自己的公民。」

「這倒是。不過，我可知道有美國人在北京服刑的，眞犯罪了美國也不往外要你。」

「靳哥，您看，我這能把我的預審磕下去嗎？」

「百分百！」靳哥說。

我跟靳哥深聊了我的案子，沒想到，靳哥這個老牌預審也沒什麼新招：就是讓我趕緊買通新預審，加上美國使館施壓能快點兒——看來大陸現在的公檢法，都「向錢看」了。

§

「又是黑心棉！」鋪板兒睡覺的時候，睡小文旁邊兒的俄羅斯人指著我抱過來的被子說。

我不知道什麼意思，小文接過被子，撥開被子稀鬆的化纖外皮兒，稀疏的化纖很容易就開了條大口子，露出黑色的棉花套。小文說：「這是垃圾堆裡的東西做的棉花。恐怕你那個褥子也是吧？這是分局（看守所）的『土特產』。」

噁心死了！甭看我的褥子了，一路貨色。在這地獄裡，鋪蓋竟然都是垃圾，我們都成老鼠和蛆了！

「謝了方哥，總比趴地下強。」小文還眞想得開。

已經躺在地鋪的「鴇母」說：「共產黨的天下，黑心黨，黑心棉！」

# 第七章

# 青蔥爛酒論英雄

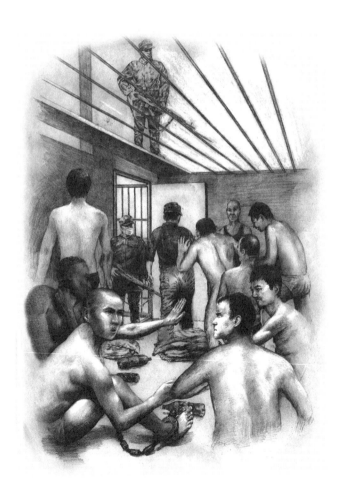

七處都是大案要案，號兒裡各路「英雄」水深莫測。一件件大案、奇案，一串串隱祕的真相，讓我大開眼界。

# 第一美女

下午飯的小炒是蝦皮冬瓜，清澈見底的鮮湯——幾個游泳的冬瓜片兒、幾個淹死的蝦米皮。一小碗兒十塊錢！黑！這蝦皮冬瓜極淡，好像昨天狂用把鹽倒光了，今兒就沒的擱了！

這號兒的煙茅也是小炮兒，大家輪流在盲區裡，對著風圈兒噴煙。柳兒爺開扯，扯到了古代的四大美女。「西施、昭君、貂蟬、玉環，對應著『沉魚』、『落雁』、『閉月』、『羞花』四個典故。」老大說的還挺在行。

大家都認為第一美女當屬西施，小文卻搖頭，「假金庸」問他：「小文，怎麼？你要講講？」

小文一笑，「中國古代第一美女，不在這四大美人裡邊。那不只是中國古代第一美女，那是世界第一美女。隋朝的蕭妃……」

「得！」靳哥打斷了他，「我當誰呢，《隋唐演義》我聽過，蕭妃，楊廣的嫂子。楊廣鴆兄弒父，蕭妃一個媚眼就把楊廣鉤來了，成了皇后；宇文化及掐死楊廣，她馬上跟了宇文化及……然後就是程咬金『玉璽換蕭妃』，她又跟了李密，最後被王勇砍了頭，是吧？一蕩婦要成了第一美女，不笑話了？」

大家恭維老大，小文不動聲色，「大哥，我說真人真事，不是小說胡編。蕭妃可是歷史上唯一的『七代皇妃』，還是最小的王妃，九歲許配楊廣，跟楊廣他哥沒關係。」

這下勾起了大家的興趣。

假金庸問：「這是歷史？」

「我看過史書。」

「你不是工科博士嗎？」老大問。

「那是我的職業，歷史可是我的事業，我後來就專門鑽歷史了。」

在老大的催促下，小文跟說書的似的講開了：「《隋唐演義》就是本虛構小說，裡邊一條好漢李元霸，二條好漢宇文成都，七條好漢羅成，都是虛構的，歷史上沒有他們任何事蹟。」

「蘇定方，《隋唐演義》裡的說他殺死羅成，後來被羅家後人殺了；實際上蘇定方是大唐的長勝將軍，智勇雙全，他滅了西突厥，幾乎把大唐的領土推到了鹹海。他六十九歲又率軍滅了百濟，就是現在朝鮮的西部，授封『邢國公』……」

小文一連說了幾個被小說「歪曲」的好漢，才書歸正傳：「歷史上的蕭妃可不淫蕩。《隋唐演義》爲了罵楊廣，才貶的蕭妃。蕭妃是南朝梁明帝的女兒，周易大師袁天罡曾給她算過命，說她——『母儀天下，命帶桃花』。」

「楊廣跟蕭美娘定親的時候，楊廣二十一歲，他剛帶兵滅了南陳。其實楊廣可不是《隋唐演義》裡說的花花公子，楊廣他哥才是呢！楊廣文武雙全，是非常有作爲的帝王。論文采他可比曹操，論軍事，他親統大軍五十一萬，橫渡長江，滅了南陳，一年就統一了中國。大隋的天下，可以說後來是楊廣打下來的。楊廣登基第一年，派兵大破契丹，楊廣登基第四年，派兵滅了吐谷渾，青海和新疆從此納入中國版圖。當時威脅中原的突厥，不但被楊廣打敗，還被他顛覆、分裂了，爲後來李世民滅東、西突厥鋪了路。楊廣南征連戰連勝，連印度的一部分和整個越南，當時都是大隋的疆土！[1]」

---

[1] 突厥分成東西兩國，基本是以新疆和蒙古交界的阿爾泰山為界。西突厥的領土穿過了哈薩克斯坦直達鹹海；東突厥的領土，包括內蒙古和整個外蒙古，以及大興安嶺以西的東北，直到俄羅斯的貝加爾湖以南。東西突厥都被唐朝所滅，歸入大唐版圖。

「論文治，他開創了科舉，興教育、建典籍、修法律，這在歷史上意義可大！隋朝搜集的民間典籍，入庫三十七萬卷，是歷史之最。」

「論外交，楊廣親自打通了『絲綢之路』。他西巡張掖：經甘肅到青海，橫躍祁連山，到了河西走廊。在張掖，楊廣接受西域二十七國臣服朝拜。他辦了第一個『世博會』，張掖成了國際化大都市。」

「論建設，楊廣即位頭一年就大興水利：開鑿大運河，動用民工一百多萬。這京杭大運河是中國歷史上第二大奇蹟。大運河溝通了五大水系，真是『功在當代，利在千秋』，在清朝開海運之前，一直是中國的經濟大動脈。唐朝的鼎盛，實際上是楊廣墊的底子。」

我不禁問：「隋煬帝這麼大功績，歷史上為什麼把他說成暴君呢？」

小文說：「隋朝歷史唐朝寫，當然要貶他了。再說楊廣窮兵黷武，大搞建設，民怨太大。他的奢侈，可能僅次於共產黨和秦始皇！他下江南，龍舟是四層的，六十多米長，十六米寬，十五米高，隨行的船隻幾千艘，連江二百里！靠兩岸人拉纖行船，外邊還有騎兵護送，世界第一壯觀的遊行！但是這麼奢侈，國庫也沒有空。」

三板兒接荏道說：「比共產黨強！前年五十年大慶花了一千億，當時國庫都空了。」

小文說：「後世把楊廣貶的夠嗆，還說他荒淫無度，那是後來小說編的，唐朝修的《隋史》，也沒說他的荒淫。」

「楊廣二十一歲統一中國，父母給他選妃，徵集天下少女的生辰八字，只有一個人相配，就是九歲的蕭氏。皇后親自把兒媳婦培養到十三歲，才給他們完婚。這小倆口，在父母面前演了七

年的苦情戲，使楊廣當上太子，蕭美娘從此成了太子妃。這算她第一代王妃——楊廣的原配夫人。」

「楊廣篡位登基，蕭妃母儀天下。蕭妃受皇家教育，很清高，不爭寵，楊廣一直很敬重她，到哪兒玩都帶著皇后。她生了兩個皇子，這是她第一代皇后的身世。」

「後來楊廣鑿開了京杭大運河，帶皇后三下揚州，徵集的美女好幾千。結果宇文家族政變了，暗殺了楊廣，那好幾千美女都逃散到揚州了，打那以後，淮揚就盛產美女。宇文化及挾持了蕭妃和玉璽，她被迫做了宇文化及的淑妃，這是第二代王妃。」

靳哥插話道：「當時隋朝有兩件國寶：第一寶玉璽，第二寶蕭妃。」

小文點點頭，「宇文化及得了蕭妃樂壞了，把打仗都忘了。沒用一年，就被竇建德滅了。竇建德馬上納蕭妃為妾。她第三代王妃生活就此開始。」

「竇建德也沒出息，也是得了蕭妃，不思進取。沒多久，楊廣的妹妹、蕭皇后的小姑子當時是東突厥的王后，她派人去接嫂子，竇建德不敢惹突厥，只好把蕭妃送走。突厥可汗一見三十六歲的蕭妃，立刻納為王妃。這是她第四代王妃生涯。」

「老可汗第二年就死了，新王繼位，蕭妃和她小姑子，一塊成了新王妃。她比她小姑大，但是她貌美，所以最受寵。這是她第五代王妃生涯，為期十年。」

「李世民登基四年，大將李靖——就是後來傳說中的托塔天王——滅了東突厥，當年的國寶——蕭皇后終於得以回國了。那時候歷盡滄桑的蕭妃已經四十八歲了。她上朝覲見，滿朝皆驚——根本不顯老！雖然上了年紀，那容貌、那氣質還是極其出眾！李世民三十三歲，封蕭妃為昭容——在皇妃中名列第五！」

號兒裡是一片嘖嘖的讚歎聲。

　　小文接著說：「隋朝末年是飽經戰亂，在蒙古大漠十幾年，日曬風吹的，到四十八歲，還能容貌非凡，在李世民一百二十一位夫人——古代帝王標準的夫人配制是一百二十一個——蕭妃能名列第五。你說這位年輕的時候，還不是第一美女？

　　「一代皇后，五代王妃，一代皇妃，從初為太子妃，到封為大唐皇妃，跨度三十五年，古今中外，誰能相比？」

　　靳哥說：「服了，小文，上板兒[2]吧！以後多講講歷史，我就愛聽真格的！」

　　小文笑笑接著說：「《隋唐演義》為了闡釋蕭妃的美貌，編了個『玉璽換蕭妃』：說瓦崗山的李密，指使程咬金用玉璽去跟李世民換蕭妃，瓦崗山就此散夥。還編排魏徵題了反詩：

　　心中惱恨西魏王，

　　玉璽換來蕭美娘，

　　瓦崗山上散眾將，

　　一統江山歸大唐。」

　　「對對對！你記性真好。」老大都拍手了。

　　小文說：「其實李世民做了皇上都沒得著傳國玉璽！玉璽一直藏在蕭妃手裡，楊廣一死，蕭妃祕藏玉璽十三年，別看這十三年她做了四個王妃，在她眼裡他們都不是真命天子。她顛沛流離，背井離鄉落番邦，始終藏著這個華夏至寶，直到見了李世民，看出這是能托江山的明君，才獻上了玉璽。」

　　大家又是一陣讚美。

　　小文接著說：「你們看看，蕭美娘的真實歷史，是不是比小說還美？歷史上的蕭妃深明大義，隋煬帝荒淫無道的時候，蕭皇

---

[2] 上板兒：到前板兒吃飯，成為號兒裡的貴族。

后作了一篇《述志賦》，規勸楊廣。楊廣被宇文化及殺死，蕭皇后極其憤怒，要宇文化及按天子之禮厚葬；蕭妃比較清高，蕭妃的幾次嫁人都是被迫的，最後成了李世民的皇妃，也一直勸諫太宗要節儉治國。」

「李世民迎接蕭美娘第一天進宮，破格辦了一個大party。華燈重彩，用了最好的廚師班，擺了最大的歌舞團，他問身旁的蕭氏這場面比當年隋宮如何。其實，這點排場比楊廣差遠啦！楊廣的皇宮夜宴的時候，不點燈，門廊懸掛一百二十顆拳頭大的夜明珠，殿前點幾十座火焰山，燒檀香木，宮殿裡照得跟大白天似的，香滿全城。每夜燒檀香木兩百多車！」

「蕭妃回答李世民：『陛下是開國的明主，為什麼要跟亡國之君相比呢？』那意思：你這麼比下去，也亡國了。一句話，叫唐太宗佩服得不得了。」

「你們看，人們知道的『歷史』，和真正的歷史，有時候可是天壤之別。我看過這段歷史，也為蕭妃提過了一首詩正名——《七代皇妃蕭美娘》：

　　風華絕代蕭美娘，

　　桃花仙子傲群芳。

　　歷盡七代皇妃事，

　　紅顏明鑒醒君王。」

「好！」老大第一個叫好。

「太好了！」

「好……」

「喊什麼喊？！」門外隊長一聲斷喝，「幹什麼哪你！丫給我過來！」

## 生日宴，臥虎藏龍案驚天（上）

牢門外的吼叫嚇了大家一跳，一個警察一副笑臉看著小文，原來他鬧著玩呢！大家長出一口氣。

「徐隊！」老大笑著站了起來。

那「徐隊」笑著說：「我都聽見了，講得好！前邊兒沒聽著，小胖子，我這就下班兒了，等我夜班了，你可得給我從頭講，聽見沒？」說完哼著小調走了。

靳哥感慨地說：「這兒也就徐隊把咱當人啊。」

假金庸提議：以後每天晚上，請小文講歷史，搞個「坐板兒論壇」，靳哥欣然允諾。

§

次日是靳哥的生日。特意要了窩頭，搓成麵加糖、奶粉、花生——壓成了生日蛋糕，上面還用花生擺成了字：「祝靳哥生日快樂！」

靳哥拿出十七袋兒方便麵——長壽麵，分給大家，還用塑膠碎片兒磨的刀，把蛋糕也切成十七份兒。看守所裡認爲七最吉利，諧音是「起」，大家盼著起飛；而八——東窗事「發」，九——判得「久」，反而不吉。所以都分成十七份兒。十八個人，除了一個提審，人人有份。窮人能吃上方便麵——這在七處極其難得，這對別的號兒都是海市蜃樓了。大家紛紛向靳哥道賀。

我正品著美味的窩頭蛋糕，老大說：「老美，知道嗎？七處窩頭的玉米麵，都是人家提取營養剩的渣子，地道的雞飼料。」

「啊？……」

靳哥說：「別區的犯人只吃一頓飼料，該知足了。像『炮兒局』[1]，頓頓窩頭。」

午休的時候，管教把老大和我提到了管教室，他關好門說：

「方明，你二姐給你拿了二千塊錢，送我那兒去了，我給你買了不少東西。」說著打開了櫃門，露出了半櫃子塑膠包裝的食品！我連連道謝，這管教可真知道這號兒裡缺什麼。

「你看你是把剩下的錢換成鬼子票啊？還是放我這兒啊？」

「當然放您那兒了。」

這管教也真露骨。我在海澱看守所可知道：獄警搜刮了鬼子票，找賣貨的換錢，還得叫賣貨的「雁過拔毛」。胡管兒能給我買多少東西，我不在乎，關鍵是能幫我傳消息。

晚宴可能是七處有史以來最豐盛的了：管教帶來的熟食開了一半兒，加上小炒和大鍋菜，榨菜、老闆菜、醬豆腐、鹹辣椒，共十道大菜！酒是自己釀的。七處每個號兒都造酒，冬天買了蘋果，挑好的，燙了皮兒，切碎後塞進可樂瓶裡，加上糖和從大夫那兒矇來的酵母片兒，涼開水加滿，暖氣上發酵一冬天，就能喝了。

酒保給大家把「盞」，沒人敢乾「碗」，怕監控瞧見。我呷了一口，又辣又甜還又酸，就是沒酒味！這酒的化學成分：糖氧化成醇→醛→酸，醛對肝最不好！權當練練肝吧。

這爛果酒很上頭，一時間，除了黑人和不喝酒的小文，個個都面若桃花——在看守所裡很難見陽光，大家捂得很白，臉一紅就成了粉色了。

靳哥說：「反正我也快走了，也給你們撂撂底。我來這號兒一年多了，弟兄們也沒怎麼深聊過，都知道那後邊兒是監聽。」他一指木板框兒的監規，「號兒裡還有管教的耳目，你看誰經常被管教提出去，誰就是耳目。咱號兒除了我，平時沒常提過誰，我就是耳目。可我最煩『扎針兒』[2]，不報還不行，我給你們報

---

[1] 炮兒局：北京公交分局看守所。
[2] 扎針：告密。

管教的，都是你們起訴裡公開的，你們的牢騷和『私窯兒』，我可從來沒摺過。」

大家一片讚美，老大更來勁兒了，「我馬上走了，沒啥圖的了。你們放心，那個監聽器，早該修了。沒判的沒幾個：鄒處要開庭，板上釘釘；李局在檢察院，正關鍵；小文、老美，你倆還沒送檢，一點兒也不能走眼！」

假金庸用塑膠叉子挑了根蔥段兒，「《三國》裡『青梅煮酒論英雄』，咱這是青蔥爛酒論英雄！按過去的說法，咱都是英雄好漢！」

「我不怕，怎麼著我都無期（徒刑）！」說話的被稱作「鄒處」，他在外邊應該是處級幹部。

「內定了？」問話的叫「李局」，局級人物。

「基本內定了！起訴上打我們兩項罪：受賄六十萬，最多無期；挪用二億四千萬，最高刑也無期，換成詐騙（罪）也無所謂，還是無期，別看我二億四千萬，無期＋無期＝無期！」

「挪用的都還了嗎？」

鄒處一笑，「都還了，我還能活嗎？那我還拿什麼『打關係』？我對『檢爺』、『法爺』，都沒用了，他們還不下死手？都還了，我拿啥保外[3]？」

茅塞頓開！在中共體制下，「打關係」核心是──執法者的個人利益。

李局又問：「還了多少？」

「差不多一半兒。」

我大吃一驚，損失一個多億呀！

---

[3] 保外：保外就醫，囚犯以身體不好為由，提前出獄。

靳哥解案道：「貪汙、挪用，『一筆之隔』！起訴寫成了貪汙，你必死無疑！現在打成挪用，跳過死緩，直接無期了。本事！」

李局後悔得直拍大腿，「靳哥，我他媽要早調到你們號兒可好了！你早給我指點，我也他媽變通個『挪用』多好啊！他一億多沒還賺了個無期；我總共才他媽貪了一千一百多萬，還了一大半兒，打個貪汙，這他媽要命啊！」

靳哥搖搖頭，「法律上區分貪汙和挪用的依據是『想不想還』，想還就是挪用，不想還就是貪汙，這就是空子！你貪汙的再多，只要你說你想還，就算你買了房子，你說你想用它增值了再賣，賺差價，當時又做好了『扣兒』（偽證），將來就能『買』成挪用！貪汙十萬以上就可以槍斃，挪用多少錢，哪怕幾十億，都無期！」

見大家洗耳恭聽，這老預審繼續說：「鄒處早就問過我，他拿單位的錢去炒期貨了，那也是挪用，但是那錢怎麼轉來轉去，洗進自己腰包裡去了，這就看他的本事了，真正高手洗錢，你根本查不出來。但是整體上，他都是挪用。服不服？」

「當年我哥們喝酒，一杯一千萬！」

鄒處的這句感慨，我驚訝得叫出聲來。他一解釋我才明白：九七年他跟幾個哥們兒喝酒，看到鋁錠的期貨行情特別好，朋友說要坐莊操縱期貨市場，沒個七、八億不成。哥兒幾個猜拳：說喝一杯酒籌款一千萬。那幾個隨口一說，他當真了，回去一共籌了二億四。

李局問：「哪兒他媽的找那麼多錢？」

「假合同騙信用證唄，單位幾個人合伙。其實我就是個副處（級），不買通領導，錢根本套不過來，現在就治了處長、副處長、業務經理仨人兒的罪，正好『三個代表』了！領導都沒責

任！」

李局聽著不住長吁短歎，他也新調到這號兒不久。他說：「現在落實我貪汙一千一百四十五萬，本來我沒事兒了，我都跑澳大利亞去了，結果自投羅網！」

在靳哥的「審問」下，李局說：「九九年底紀委雙規[4]我，他們以爲我他媽就小學文化，好對付。我在那兒裝孫子。十二月三十一號年夜飯，他們還他媽想灌醉了我，好套我的口供，我他媽裝醉，把他們都喝趴下了，零點一過，開溜！我一算：最多五個小時，他們酒一醒，就他媽得抓我，明兒機場、海關、路卡就得拉網。元旦單位沒人，誰也想不到我敢回單位。我就冒險闖進去，拿了我澳大利亞的房產證，拿了要銷毀的證據，取出了藏好的金卡，馬不停蹄，打車北上天津；在天津換了身份證、單程證[5]、護照，立刻飛深圳；下了飛機，扔了身份證，直奔碼頭去香港；下了船，在香港機場扔了單程證；拿護照買了機票，直到登上去新西蘭（紐西蘭）的航班，我他媽心才放下。」

我對這虎口脫險有疑問：「那時候，你敢拿身份證和護照上飛機？」

李局得意地一笑，「像我們這個，誰他媽沒幾個身份？那些可他媽是從公安那兒買出來的，那是化了名的眞證件，有抵擋[6]的！狡兔三窟，證件可不能放一處！」

別看這個大貪官就小學文化，滿嘴髒話素質差，別看他剛四十出頭，非常油兒！可惜把聰明都用這兒了。

「逃到新西蘭，再潛回澳大利亞，那就自由了。在澳大利亞歸隱了半年多，大意了，跟小老婆在那兒過日子多好！可是有一筆大買賣，眞他媽的誘人，要在香港驗貨，我思前想後，喬裝改扮潛入香港，一下飛機，檢察院接的我[7]，原來跟我談的生意完全是他媽的安全局的套！！

「我他媽這案子在檢察院查了快一年了，已經打不成『挪用』了，我老婆也弄進來了，就在五區。」李局一指對面兒。

靳哥問：「貪汙這麼大，活不了了吧？」

李局信心十足，「我死不了。要弄死我，我上司咋辦？都叫我喂過了！誰不怕老子咬他們，狗急了還跳牆呢！檢爺、法爺吃了老子那麼多，能他媽白吃？」[8]

「喝酒呢吧？！」牢門外一聲大吼，大家聞聲變色。

## 生日宴，臥虎藏龍案驚天（下）

牢門外的斷喝嚇著了大伙，原來又是徐隊。

靳哥笑著上前：「徐隊，您也嚐兩口？！」

「給我下套啊你？這弄個大紅臉還得了？小心監控啊。」徐隊是來提小文去講歷史的，小文一走，大家繼續把酒論「英雄」。

---

[4] 雙規：讓中共官員在規定的時間、規定的地點交待問題。

[5] 單程證：內地居民赴香港定居的證件。貪官、特務多以這種方式潛入香港。貪官在公安內部買到該證的價格在150～200萬元。

[6] 抵擋：按假身份證、護照上的地址查到所在地，當地公安會為該人做祖護性證明。

[7] 目前中方對李局的報導，和他說的不符。官方未報紀委醉酒失職的真相。報導抓捕他的兩個版本也不是實情。

[8] 李局是如何活命的——在網上還能查到。在判決書上昭然若揭：「貪汙1145萬元、受賄68萬元、挪用公款50萬元……市第一中級人民法院開庭宣判：『……**鑒於大部分款項被追回，可不認定其所犯貪汙罪情節特別嚴重**——決定執行無期徒刑。』」
**「大部分款項被追回」**，這是檢察院的功勞，怎能削減貪官的罪行？他不但不主動退錢，他小妾在悉尼法庭上還在與中共檢察院爭奪貪汙款！貪汙10萬元以上，就可以判死刑，貪汙1145萬，加上偷渡、潛逃、法庭爭錢還不情節特別嚴重？
其實，我不是說該不該死刑，而是說：中共權錢為本、玩弄法律，已經肆無忌憚到了不要臉的地步了。

　　寡言少語的二板兒，喝得話也多了。他姓高，今年才三十，在牢裡愁得兩鬢斑白，都叫他「老高」。他還算堅強，坐牢期間，把厚厚的「英漢大詞典」倒背如流。

　　老高長歎一聲，「我們『新國大』[1]眞冤！李曉勇搶了錢，讓我們頂罪！硬說公司詐騙，還說老闆沒罪！？判顧問死刑！還沒結案，先把顧問槍斃了，殺人滅口，死無對證！報紙眞能編！說我們純騙！我們不正規做，能吸引那麼多客戶？顧問老麥克現場講期貨的時候，親自買幾單，等晚上收盤前一賣，有時候當天就賺，這麼吸引人。判決上說：我們執照是假的，那是正經從工商局辦下來的，正規的年審，所有手續都全！硬說『新國大』是假國企……」

　　我問李曉勇是誰，大家直笑。老高說：「那是李鵬的二公子，『新國大』從頭到尾，都是他一手策劃的。」

　　李局進來時間不長，說了一些他知道的關於「新國大」的報導。老高聽完哼了一聲，「國內報導的就別信了，國外報的還沾邊兒。老麥克本想利用李曉勇掙錢，他哪兒玩得過人家呀？後來李曉勇夜裡派武警洗劫了『新國大』，把我們逼跑的。他這招兒眞高，他也知道我們跑不了，跑了再被抓回來，罪名就都是我們的了。」

　　我問：「幾億的錢沒了，怎麼會查不出來？」

　　「我律師跟我說了：李曉勇眞叫高——他提的現金！他晚上去銀行把新國大帳戶上的幾億現金提空了！不走匯兌，你上哪兒查去？」

　　「提幾億現金？！」

　　「那叫李二公子，還有他辦不到的事兒？五千八百四十戶投資人，大多數小戶都是三家到十幾家合一戶，估計得有幾萬家，血本無歸！」

李局問：「那⋯⋯拿你們頂罪也是李曉勇策劃的？」

老高搖搖頭：「賈慶林一手操辦的！我律師說了。別看老賈是老江的鐵杆，剛來北京也沒站穩，就拿「新國大」樹政績。這是一箭雙雕！第一巴結李鵬，讓他兒子白得好幾億；第二讓國家不用賠，投資的老百姓活該倒楣。

『新國大』是國企，老百姓投資錢丟了，國家得賠！可那五個億哪！唯一讓國家不賠錢的辦法，就是說『新國大』非法——不是國企，不受法律保護，國家沒責任！損失最大的是大股東『燕興北京』，他不幹啊——不幹不行！把『新國大』老闆郭連章抓起來，他是『燕興北京』的人，服不服？不服就肯定判死，逼得郭老闆按專案組意見做偽證，給他另案處理——擇（音：宅）出去了！說『新國大』詐騙五個億，判決裡邊沒判老闆！」

靳哥畫龍點睛：「公司非法＝客戶投資非法＝國家不賠償＝沒處要賬＝別來上訪！」

老高說：「對！老百姓自己『賭錢』賭輸了，自認倒楣！」

假金庸說：「誰讓你生在紅旗下，長在新中國呢？」

老高歎道：「『新國大』判了三個，都是沒背景的：老麥克是台灣人，帽兒了；財務總監死緩；我，當擺設的總經理，無期！北京那些頭頭，從公司拿紅包，一人一小皮箱，都是李曉勇安排的，都沒事兒。」

我問：「翻不了案了？」

靳哥說：「翻什麼翻？翻了案，整個專案組，整個辦案的檢察院、法院的人，都有罪，他們製造冤案了！老賈拿這麼多人做『擋箭牌』？中央誰還敢說翻案？」

我問：「那中央願意背這個黑鍋？」

鄒處說：「背什麼黑鍋？封鎖消息，老百姓都不知道，哪兒有黑鍋可背啊？老江最願意這樣了，他把李鵬的把柄抓住了，敢

不聽話，敢不支持我？」

「那你們怎麼就沒跑了？」李局對這感興趣。

老高答道：「我們要眞是集資詐騙，還不⋯⋯跟你似的，早辦上幾本眞護照了！老麥克其實自己能走，他有『伯利茲』護照。他不想扔下我們，跟我們一塊兒偷渡，在石林被抓了。」

我問：「要是顧問跑了，誰充大頭啊？」

靳哥說：「老高唄！財務總監充案頭老百姓不信，帽兒他這個總經理多『合理』呀。」

我問：「那沒收的你們手裡的錢，也沒賠那些老百姓？」

老高說：「我們哪有什麼錢哪？就隨身帶了偷渡的錢！我在這裡邊看報紙上說我們『把九千多萬現金祕密轉到境外』，這不明擺著騙人嗎？我們要能祕密往境外轉這麼多現金，得有多鐵的偷渡管通道？那我們早跑了，還至於現做假護照？報導說『兩億多揮霍了』，那麼多錢怎麼揮霍得了啊？那麼多錢我們哪能提出現金來？」

靳哥說：「『揮霍』的意思，就是你別找了，這錢沒了！」

老高的憤憤告一段落，我把話題引向了靳哥。「靳哥，多教兄弟們點兒招兒，我們都指望你好打官司哪。」

「指望我？我還他媽十八年哪！」

原來靳哥放了個越獄犯。那犯人在新疆勞改，搞到了獄警的老婆，幫他越了獄。倆人跑了四年多，在北京因販毒被抓進崇文區看守所，靳哥在那兒當預審。犯人的姐姐花了十萬，靳哥讓新疆的朋友用假證件，到崇文看守所提人，放了。犯人後來又犯事，把靳哥供出來了。

靳哥一肚子不服氣，「原來市局一個處長，放過殺人犯！那殺人犯又犯事，把那處長供出來了。結果怎麼樣？連個處分都沒有！換了個分局，照樣當處長。要不後來怎麼放犯人的多了？眞出

事兒了就是花點兒錢。還不是因為我上邊沒人兒，才拿我開刀！」

更倒楣的是：人大抽查案子，李鵬把我的案子給抽上來了，這一下，怎麼打托都沒用了。踩了地雷還上了報紙！要不然，最多判我五年！」

李局悲歎道：「共產黨就這樣，不打老虎打老鼠。」

靳哥說：「你也該知足了，一千一百萬，看樣子能死緩，別看我十八年，我得比你晚出去十來年！鄒處二億四，出去得更快！」

聽他們又一講我才明白，監獄服刑是可以往外買的。判了死緩就是活命，過兩年改無期，無期改有期，接著就「特批保外」——不用等刑期過半就保外就醫了。一般的貪官的錢都存海外，出獄就出國享受自己創下的「基業」了。

今天真是大開眼界，原來大陸公檢法有這麼多「道道」哪！真得好好求求這位「預審」大哥，幫我早日躲過一劫。

---

[1] 「新國大」期貨詐騙案簡介
　　法定代表人：郭連章　　　總經理：高振宇
　　財務總監：龔聰穎（女）　顧問：曹予飛（麥克，倪文亮）

| 時間 | 「新國大」相關事件 | 客戶聯名請願書的闡述 |
|---|---|---|
| 95~97年 | 新國大期貨公司瀕臨倒閉，該公司由「北京康達洲際發展公司」和「海南泛亞投資公司」開辦。 | 上述三公司都由武警部隊的李曉勇控制。 |
| 98-2-16 | 新國大被收購重組，「燕興北京」占股95％，另5％的股份由李曉勇控制。工商局頒發執照，是合法的國企。 | 前後均為李曉勇一手策劃 |
| 98-7-22 ~7-28 | 中央頒發了禁止公檢法、軍警經商的檔案。李曉勇要求撤資，並提前抽取億元紅利（挪用客戶保證金），與大股東談崩。 | 曹予飛在公司告訴同事：「我命難保。」 |
| 98-7-31~8-3 | 官方媒體：曹、高、龔席捲客戶保證金、及全部資產出逃。 | 常人無法提出巨額現金。李曉勇搶公司，從銀行提空了現金。 |

| 98-8-4 | 國務院門前，「中國燕興」負責人，證監會、國務院信訪辦、市公安局等部門領導對千餘名上訪客戶公開表示：「新國大是國有企業，是合法公司、客戶的投資是合法的，一定要依法保護客戶的合法投資。」 | |
|---|---|---|
| 98-9-3 | 曹、高、龔三人在石林被抓。 | 賈慶林領導專案組造冤案。 |
| 00-4-21 | 賈慶林定案：北京二中法一審判曹予飛死刑，龔聰穎死緩，高振宇無期徒刑。公司非法，不是國企。 | 受害者疾呼：留下活口，取證查案；公司非法＝客戶投資非法＝國家不賠償 |
| 00-6 | 數千封上訪信不見回音，受害人集體請願，請願書上網，遭到媒體封殺。 | 400餘訪民被警察威脅，120餘人次被搜查、審查，27人次被拘留，5人氣死。 |
| 00-7-31 | 部分客戶遊行，穿越北京鬧市。 | |
| 01-5-29 | 曹予飛被押赴刑場執行槍決。 | 殺人滅口，5840戶客戶的賠償難找對證了 |
| 01-12-14 | 北京市高法駁回上訴，維持原判。追繳贓款贓物共計價值3059萬餘元，已由「清查清理工作小組」按比例清退。 | 2005年絕大多客戶仍然不見一分賠償，仍在上訪。 |
| 01-12-11 唯一的平民獲罪 | 丁占林，北京中慧宏築裝飾集團法定代表人，以介紹賄賂罪（送2萬元）、偽證罪被檢察院起訴，被法院改判：介紹賄賂罪（1年）、詐騙罪（12年），合併執行12年並罰金、退款共100萬元。 | 丁為雙重替罪羊；掩蓋走上層路線的李曉勇；掩蓋接收「新國大」賬款的的公司。 |
| 相關監管官員獲罪 | 張連成，工商局企業登記處處長，以受賄罪（2萬元）被判2年。 | 判張連成，影射新國大非法，故工商局需有人頂罪；2萬元，掩蓋了層層官員從新國大拿走的巨額好處費。宋遠，證監會裡的小官，判他以掩蓋所有高官。郭敬民，銀行職員被判，掩蓋銀行犯罪。 |
| | 宋遠，證監會北京證管辦的期貨處處長，以玩忽職守罪被判5年——為判他專門拋出了司法解釋。 | |
| | 郭敬民，銀行職員，以玩忽職守罪、受賄罪（手機＋5000元顧問費）被判3年。 | |

# 古今英雄誰敵手（上）

　　周五了，下午開了風圈搞衛生。七處的風圈一般一周開一次，而且是隔號兒開，怕鄰號兒傳東西串案子，隊長在風圈兒頂上的馬道上巡視。我們刷地擦板兒，兩個犯人到風圈兒去「抖床單」——

只有老大有一條床單，洗完了就得兩個人忽悠乾，不然沒的換。

幹完活兒，大家到風圈兒曬太陽──長年坐牢，陽光顯得特別珍貴。

無聊地窮聊，這是坐牢的主要內容──可是現在有點兒變了。靳哥又讓小文講歷史，他前天講的「第一美女」太精彩了！

小文今天講抗日──這場中國歷史上最艱難的戰爭。

「大陸版的抗日歷史，比《隋唐演義》還能編！電影《血戰台兒莊》為什麼和歷史課本不一樣？北京出的《蔣介石傳》和《國民黨一九三七》，你看了就知道共產黨的抗日有多假。你們要有機會看看史學家辛灝年九九年在海外出的《誰是新中國》，就全明白了。」

「共產黨的抗日基本是編故事，簡稱十大騙。非常好記啊：長征抗日西安變，八年宣戰黃河泛；持久內訌，侵略爭功。」

大家聽得是一頭霧水，我聽出來這是小文自編的順口溜，用這個順口溜能把這些記一輩子[1]。

「第一騙：長征，實際是『假抗日、真逃跑』，到後方準備逃到蘇聯去。最經典的『飛奪瀘定橋』也是編的，當時鐵索橋上鋪著木板，也沒敵人，大部隊都『忽悠』過去了，然後就『忽悠』成：前有機槍，後有追兵，橋板燒光，鐵索衝鋒！」

「第二騙：抗日，『共產黨領導抗日，蔣介石不抗日』，這個騙局，一會兒你們自己就知道了。」

---

[1] 歸納成順口溜，是最好的學習記憶方法。它能把繁雜的知識點，記憶得有條不紊，持久不忘。雖然歸納總費時間，但是很有效，所以，一般都是密不外傳的，一傳出來在學生中就非常搶手。有的老師把知識點全部編成順口溜，學生記憶的效果就非常好。小文和我都是博士出身，都會這種方法。貨賣識家，閒暇無聊間，他的口訣也就都傳給我了。

「第三騙：西安變，就是西安事變。共產黨美化張學良，說他如何逼蔣抗日，後來張學良都澄清了，他說：『蔣委員長從來沒叫我不抵抗……接連三次電報叫我堅決抵抗。』

聽者都皺起了眉頭，靳哥問：「國民黨逼他說的吧？」

我插話道：「張學良在美國也這麼說。他後來信基督教了，應該不會說謊[2]。」

小文繼續講：「三一年『九一八』，張學良逃跑，日本就進來。西安事變實際是共產黨策劃的，要利用張、楊殺蔣。沒想到斯大林（史達林）立刻來電制止：如果殺了蔣介石，中國群龍無首，很快就亡了。日本、德國兩面夾攻蘇聯，他就完了。所以周恩來立刻去裝好人，去放蔣介石，把張楊兩位給涮了。」

「第四騙：八年，就是『八年抗戰』，他是從國民黨正式對日宣戰算起的。國民黨是十四年抗日，從三一年到四五年；共產黨只號稱八年。」

靳哥問：「那為什麼國民黨拖了六年，才敢對日本宣戰？」

小文一笑：「這就是第五騙：宣戰。共產黨抓住這個『戰略拖延』，給蔣介石栽贓，太能矇人了。」

「其實，『戰而不宣，裝熊拖延』，正是老蔣高明的地方。當時中國太弱，日本太強。三〇年代的日本，陸軍可以出征的兵力差不多比中國總兵力多一倍。日本海軍實力幾乎是我們的三十倍[3]。日本造出了世界第一艘航空母艦。日美太平洋開戰的時候，日本航母十艘，美國能實戰的航母就四艘。所以日本敢叫囂三個月亡

---

[2]　張學良在蔣經國死後完全自由了，1991年定居美國。2001年10月15日，病逝於檀香山，享年101歲。
[3]　當時日本可出征兵力448萬，中國軍隊加起來只有230萬；日本海軍噸位跟美、英相同，是中國的19至30倍。

華。」

我補充說：「日本當時實力是非常強，二戰開始，海上戰場，就把美國打出了太平洋，把英法打出了印度洋。」

小文繼續說：「提前宣戰最大的惡果，是中國會被世界利用來消耗日本，中國必亡。不宣戰，國際上還壓制日本，日本不敢妄爲。如果宣戰，日本一下就殺進來了，英美希望日本跟中國火拼，日本滅了中國，必然和德國滅蘇聯。然後他們再打日本就好辦了。所以蔣介石一定要藉著美國打日本。四一年日本滅了珍珠港的美軍，國民黨就跟著美國對日宣戰了。」

「老百姓不懂這個，共產黨拚命煽風點火。一邊罵蔣介石，一邊兒標榜自己抗日，收買人心。而蔣介石就是裝孫子，他必須麻痺日本，讓日本輕視自己，幻想自己會投降。他一邊跟日本開戰，一邊加緊準備，就是不宣戰。」

「他備什麼戰啦？不是一路潰逃嗎？」靳哥又說。

小文一笑，說：「當時中國『四面楚歌』。國力凋零，軍閥剛平定，各地面和心不和；共產黨造反，五省叛亂，建立反動政權，大搞兩個中國；國內文人罵政府，地下黨鼓動學潮、罷工、遊行；在外面，還有蘇聯斯大林要顛覆中國。」

「蔣介石使出了『三板斧』。第一斧：買軍火、整財政；第二斧：防禦密練兵，修築防禦工事上萬個，他計畫訓練裝備八十個師，到日軍全面侵華時只完成了一半兒；第三斧：新生活運動，他要讓中華民族從心理強大起來、團結起來，外禦其侮！」

「蔣介石單騎走西南，修好雲貴川。他說：『即使中國打得只剩雲南、貴州、四川了，我們也一定能從這裡打回去，收復全部國土』！國軍對日軍每城必守，張學良放棄東北是抗令不尊，其他國軍將士，是節節抵抗，南方是加緊把戰略物資、工廠，儘量搬到大西南。」

「三二年一二八淞滬抗戰，激戰三十八天，全世界只知道十九路軍在抵抗，實際上蔣介石派的嫡系王牌軍才是那兒的主力。三七年七七事變後，當年八一三淞滬會戰，蔣介石調兵七十萬，逼得日本打亂了部署，調兵三十萬，海陸空全來。激戰了三個月，日本『三月亡華』成了做夢，這叫不抵抗？」

靳哥問：「國民黨七十萬，打不了小日本三十萬？」

小文說：「武器太差！士兵用的是『漢陽造』，有的還幾個人合用一支。三七年南京大屠殺，日本逼迫國民黨投降。蔣介石一邊裝熊，一邊兒來了個台兒莊大捷。然後徐州誘兵，再堅守武漢——那是中原大本營，必須守。要消掉日本機械化部隊的優勢，沒別的招兒了，只有——」

「炸黃河！」靳哥說。

小文點點頭，「中國水戰自古就有，《三國演義》裡關雲長水淹七軍[4]，人們都認為關羽了不起。可見人們認可水戰。南宋的杜充，也曾經決黃河擋金兵。」

「炸開黃河花園口，日軍計畫破產了。日第二軍主力被截在開封，耽誤了他們三個月。有兩部日本兵斷了歸路被殲滅。武漢鏖戰五個多月，日軍傷亡二十萬。國民黨海軍的艦艇全部打光，艦船將士全部犧牲！蔣介石和宋美齡是最後飛離武漢的，那飛機被高射機槍掃視，他們命大，沒被掃下來。」

「第六騙：黃河泛，就是共產黨罵老蔣炸花園口，禍國殃民。你們說，如果是共產黨，他炸不炸黃河？」

「十條黃河他都得炸！」

「共產黨啥時候管過老百姓死活？」

---

[4] 關羽水淹七軍並不是史實，實際情況就是當時發水了，於禁不習水戰，被關羽抓了。

小文又講：「第七騙：毛澤東提出『持久戰』。毛澤東三八年寫《論持久戰》的時候，日本已經不想速戰了。三七年民國作戰方針就是持久戰：『以退爲進，以持久對速勝』，這是蔣介石欽定的。」

「第八騙：內訌，就是皖南事變，共產黨說『國民黨打共產黨』。其實，當年新四軍不但不抗日，反而趁機擴軍，陳毅打下了江蘇北部，剿滅三萬國軍。當時國民黨全力抗日，就怕打內戰，跟共產黨交涉，讓新四軍撤防北上，離開江蘇。老毛都同意了，新四軍遲遲不動，等後來撤防交接的時候，還突襲國軍，抗日的軍長、師長、團長死在中共槍下，逼得國軍圍殲了新四軍總部和皖南部隊。你要是國民黨，你對叛軍管不管？」

大家紛紛點頭。

小文說：「第九騙：侵略，就是黨吹噓的：共產黨大反攻，和蘇聯共同戰敗了日本。實際蘇軍是侵入東北，中國沒請他來。四五年日本在太平洋、在中國大陸全線潰敗，日本本土被盟軍炸的千瘡百孔，八月六號原子彈炸了廣島，日本已經完了。日本關東軍主力，一部分調到太平洋戰場，被美軍全殲了，剩下的撤回日本，準備『本土決戰』。後來駐守東北的關東軍是新糾集的二十五萬東北日僑，有一部分用竹竿子當槍。所以八月八號蘇聯趕緊入侵東北，關東軍一天就崩潰了，然後紅軍大規模強姦東北婦女！」

「毛澤東的《對日寇最後一戰》也是跟風。八月八號老毛才寫出文章，號召打垮日本，可是他又不下令，誰敢動？十日，日本電告瑞典、瑞士，把投降的意思轉達給美、英、蘇、中四國，已經決定投降了。毛澤東一天七道令，調出來一百二十萬共軍去受降，搶武器、占地盤兒。」

「第十大騙，爭功，就是老毛說共產黨打敗了日本，蔣介石

從四川出來摘桃子。」

靳哥問：「日本應該是美國原子彈打敗的吧？」

小文說：「世界戰場上，日本是美國打敗的。原子彈之前，美軍打死了一百二十多萬日軍精銳，炸爛了幾乎日本所有的軍工城市。」

我插話道：「當時日本報復美國。它海路被美軍空中佈雷封鎖了。就派了艘潛艇從太平洋潛過去，在美國俄勒岡州海岸冒出來，連發十七炮，馬上逃跑——十六枚是啞彈，美國在那兒立了個碑，紀念那顆唯一的好彈。」

大家笑罷，假金庸問：「好像國民黨也沒打多少仗啊？

小文說：「國民黨抗日十四年，大型會戰——投入兵力十萬以上大戰，二十多次；像台兒莊這樣的大型戰役一千一百多次，攻堅戰的第一個勝利是攻克昆侖關[5]；小型戰鬥近三萬次！國軍陣亡三百多萬，將軍二百多位，一九三七年就戰死了一萬多青年軍官！」

「中國抗日十四年，美國只打了後五年。中國抗日是世界反法西斯戰爭的起點和終點。國民黨把一百五十萬日軍抱在了中國，打死了五十來萬[6]。最終反敗為勝，以弱勝強。共產黨呢？假抗日、真造反、種鴉片……」

我聽著一抬頭，忽然見風圈兒對面的馬道上升起一股煙兒！我趕緊碰碰小文和靳哥，往上一指，大家馬上緊張起來，風圈兒頓時鴉雀無聲。

---

[5] 繼《血戰台兒莊》之後，中國大陸1996年完成了《鐵血昆侖關》的拍攝，展現國民黨將士的英勇抗日，該片拍完即被中共封殺，直到2006年，才獲准上映。
[6] 綜合各種資料，日軍有455,700至595,815人，死在14年抗戰的中國。

# 古今英雄誰敵手（下）

徐隊從馬道上站了起來，夾著煙說：「還有嗎？咋不講了？」

大家都出了長氣，小文笑著說：「徐隊，還多著哪！」

徐隊笑著說：「得，收風圈兒。明兒咱哥倆再嘮。」

大家像聽話的牲畜一樣被趕回了狹小的監牢，風圈兒門咣噹一聲關死了。

§

晚上電視一斷，小文開始了「坐板兒論壇」。上午風圈兒裡小文講的「抗日十大騙」，大家聽得又新鮮又震撼，大多內容我也是第一回聽說。

「中國在聯合國的常任理事國席位，那是國民黨十四年抗日打出來的。中國從一個弱國成了反法西斯四大領袖國，雪洗了百年國恥，清朝以來所有不平等條約從此廢黜——國民黨收回了東北、台灣和澎湖列島，特別是蔣介石逼迫蘇聯承認民國對外蒙古、海參崴、六十四屯的主權，這些功績掩蓋不了。」

我插話說：「史學家曾說過：如果不是國民黨內戰敗了，中國的抗日，會被全世界『勢利』的歷史學家們，歌頌成『最壯麗的史詩』。」

靳哥滿臉疑惑，「共產黨真沒抗日？」

小文說：「共產黨表面喊抗日，暗中當漢奸。歷史課本裡說：『共產黨消滅日軍五十二萬』，戰役在哪兒？現在為了籠絡台灣，共產黨追認一百多位國民黨將軍為抗日英烈，共產黨抗日陣亡的將軍名單在哪兒？想歌頌自己的抗日題材都沒有，《小兵張嘎》、《地道戰》，這能消滅五十二萬日軍？」

「說『平型關戰役』是林彪打的，其實是國民黨消滅的日

軍，林彪只是伏擊了日軍補給小隊。彭德懷的『百團大戰』實際是『百排小戰』、麻雀戰。林彪和彭德懷都因爲打日本被批了，因爲毛澤東在此前連發五封電報制止共軍抗日。新四軍不但沒抗日，還私通日本，在皖南偷襲、圍殲了國軍的抗日部隊，全國譁然。」

「國民黨抗日的時候，共產黨對外做了三件大事：全民欺騙、大種鴉片、投靠蘇聯。」

「第一，全民欺騙，他叫『做群眾工作』：打著抗日旗號大肆徵收『救國公糧』，騙農民參軍。當時八路軍爲搶日僞的物資，也騷擾日軍打僞軍。這樣爭取民心，後來壯大成了一百二十萬正規軍，二百萬民兵。電影《平原遊擊隊》裡的台詞：『鬼子進村了，八路進山了』，就是歷史的佐證。」

「第二，大種鴉片，他叫『大生產運動』，種了六年鴉片。賣鴉片到國統區、淪陷區。《南泥灣》裡的『花籃裡花兒香，請親人嚐一嚐』，那是種罌粟的見證。前蘇聯估計中共那三萬英畝『革命的鴉片』，第一年賣了四十多噸成品，掙了二十多億法幣，相當於今天六億四千萬美元。當年中共就富得流油了。人們回憶說：『毛主席胖了』。」

「第三，投靠蘇聯，同時還勾結日本。日本侵華最怕的就是蔣介石的『新生活運動』。蔣介石要使中國人從心裡強大起來，團結起來，明令禁鴉片。日本侵華，用鴉片腐蝕中國人，中國全民『抵制日貨』的時候，共產黨用鴉片跟日本做貿易，合伙向中國人推廣鴉片。後來毛澤東、周恩來都跟日本人說過：沒有日本，他們得不了天下。」

靳哥說：「我明白了，爲什麼日本一敗，共產黨就急著內戰，他是不能等國民黨緩過來。」

小文講：「四六年共軍突襲攻下遼寧四平，但是共產黨不說

這是他挑起內戰，他說這是打擊反動派，硬說是後來國民黨發動內戰。」

靳哥問：「那國民黨怎麼叫『小米加步槍』給打敗了？」

小文說：「蘇軍繳械了關東軍的軍火，都給了中共了。中共跟蘇聯簽訂出賣國土的《哈爾濱協定》，這樣換了五十萬人的裝備，後來蘇聯又把二戰中美國無償援助它的武器的三分之一，折合三十多億美元的裝備賣給了中共，他哪是『小米加步槍』，電影演的能信？」

靳哥慘笑了，「敢情共產黨都是編故事。原來誰要跟我貶『毛主席』，我得叫號兒裡揍他！我們這代，真把毛主席當神啊！你說蔣介石是抗日英雄我信了，怎麼……毛主席好像成了賣國賊了？」

小文講道：「歷史上最殘暴、最荒淫、最賣國的皇帝有幾個，誰也比不上老毛。老毛為了蘇聯支持他打內戰，曾經同意將來把當時的遼寧、安東等省的一些地區劃給朝鮮。毛澤東割出去的蒙古[1]，面積相當於四十三個台灣。」

台商好不容易說話了：「現在我們台灣的中國地圖上，還包括蒙古的啦！中共大肆活動，買通盟友們支持蒙古獨立，支持蒙古進聯合國，比蘇聯跳得還歡，恬不知恥呀！」

小文說：「還有一個小故事，大家看看到底誰賣國？國民黨要蘇軍撤出東北，蘇聯簽了撤軍協議還賴著不走。蔣介石就利用美國向蘇聯施壓，同時製造假情報，佯言中美聯軍要攻打東北！故意在內部散布，有意讓共產黨特務竊取了，毛澤東如獲至寶，密報給斯大林。蘇軍立刻撤兵，把重工設備和一些鐵軌都拆走了！斯大林一面命令毛澤東叛亂，佔領東北鬧獨立；一面命令蒙古人民黨（共產黨）鬧獨立，讓國民黨兩面受敵。」

李局問：「聽說共產共妻是老毛的發明？」

　　小文搖頭，「我不清楚，但是老毛確實說過。抗日的時候，老毛在延安殘酷整人，號稱整風，背地裡玩他那十幾個女人。」

　　假金庸說：「後來中央，是想用女色和名望把毛澤東的權力架空，所以老毛玩女人成百上千[2]，中央都提供方便，還四處為老毛建行宮，物色女服務員，結果老毛看沒權了，發動文革，不但把權力收回來了，還把老部下都整了。」

　　靳哥問：「不過共產黨打仗還是有一套吧？」

　　小文說：「這一套就是拿人命墊！共產黨先搞土改，給農民實惠，騙農民去打國民黨。毛澤東戰術的『集中優勢兵力、各個殲滅敵人』，其實就是『人肉戰術』。著名的解放三大戰役，就是用農民的命墊出來的。淮海戰役是共軍死五人，國軍死一個這麼壘出來的。可農民後來落個啥下場？」

　　假金庸哼了一聲，「五九年到六一年，大饑荒餓死那四千萬[3]，農民又是主力軍！我在中央辦公廳幹過，我可知道點兒內情，那三年根本沒有大災，純粹是政治災害！那時候全民煉鋼，超英趕美，莊稼爛在地裡沒人敢收！大『放衛星』，『畝產十三萬斤』。按虛報產量徵，把農民的種子糧、飼料都收光了。村村死絕的不在少數，還有人吃人的，這才是『萬惡的舊社會』！」

　　小文又說：「共產黨奪了天下，第一件事，就是清洗當年抗日的國民黨官兵。美其名曰『鎮壓反革命』，殺了國民黨有關份子五百多萬，而且他們的子孫都『永世不得翻身』！」

　　不怕不識貨，就怕貨比貨。在真實的歷史面前，謊言站不住腳。號兒裡懂漢語的是都被小文講的真相震撼了。

　　晚上我值頭班兒，在門口數趟，還在跟靳哥議論抗日和二戰。

　　隔壁開始求醫，求了半天，隊長和大夫才過來。又問了半天病情，才給開門兒。

　　突然「啊」地一聲，隔壁門口亂了，緊接著門口躥過去一個

犯人，大叫著：「有人越獄！」

---

[1] 毛澤東賣國的背景、經過、延伸：

1.45年8月14日，國民黨和蘇聯的《中蘇友好同盟條約》規定：蘇軍撤出東北，歸還旅順大連，歸還中東鐵路。外蒙的獨立由外蒙古全民投票決定，蘇聯不能協助中共、蒙古、新疆鬧獨立。但雙方未確定公民投票的時間和方法。這是國民黨要求蘇聯撤軍的緩兵之計，美國也無條件承認蒙古是中國的一部分。

2.蘇聯撤兵東北，卻依然佔據蒙古，強制外蒙全民投票，一些地區蘇軍武力逼迫人們投獨立票，蘇軍也參加投票，才使多數票同意獨立。國民黨、美國的聯合國代表拒絕承認該結果。

3.49年10月1日，中共的版圖上就去掉了外蒙古，隨後多次發行郵票慶賀蒙古獨立。

4.49年10月16日，毛澤東緊跟蘇聯，和蒙古建交。

5.50年10月，周恩來去蒙古主持主權移交儀式。

6.62年，由於美國棄權，蒙古進入聯合國，這是毛澤東極力聯合亞非拉小國投票的成果。

7.毛澤東還出賣了六十四屯和海參崴。清政府賣國條約也規定六十四屯和海參崴是中國領土，國民黨也多次談判要求收回。

8.1999年，江澤民與葉利欽（又譯葉爾欽）簽署的「中俄邊境協定」，徹底地把唐努地區、六十四屯和海參崴及江澤民的其他贈地，共100萬平方公里無償劃歸俄羅斯，因為江澤民的把柄在俄羅斯手裡：他年輕時做過日本特工，而後在蘇聯與色情間諜鬼混後，又做了克格勃（KGB）的中國特務。

[2] 毛澤東的腐朽淫亂生活，在中央早就是公開的祕密，早在80年代，在系統揭露毛暴政（建國後發動各種運動，致使8,000萬中國人死亡）之前，就有人披露他的淫亂生活，以李志綏的《毛澤東私人醫生回憶錄》流傳最廣。2006年又出了張戎夫婦的《毛澤東：鮮為人知的故事》。由於中共對網路、媒體的全力封鎖，現在不少青年人對這些並不知情，仍然盲目敬仰。

李志綏之死：1994年，李志綏的《毛澤東私人醫生回憶錄》出版；1995年2月，李在國外的新聞發布會宣布將撰寫第二部中共內幕的回憶錄，不到一周，他就猝死家中。2003年，大陸一位參與謀殺的特工透露，是江澤民下的「暗殺令」，採用「藥攻法」暗殺李志綏：即指甲中放入一點特殊的藥物，倒水時彈入杯內，人喝了三天後將死於心臟病。

[3] 1994年紅旗出版社出的《中華人民共和國歷史紀實》，承認1959年至1961年，大陸非正常死亡和減少出生人口數4,000萬。

# 越獄

「有人越獄！」

這簡直是一聲炸雷！隔壁求醫時，隊長和大夫剛開牢門，一個犯人一下竄了出來，在通道裡邊跑邊喊「有人越獄」！賊喊捉賊？！

隔壁門口響起了打鬥聲，但瞬息即停。筒道口雜亂一片，有人衝了進來。

「站住！誰動我就砸死他！」隔壁門口一聲大喝，筒道瞬間聲息皆無。

門口挪過來一個人，坐在地下倒著往後蹭，是隊長，鼻青臉腫！他驚恐地挪退到了我們門口，迅速轉身向筒道逃去。

難道大夫被挾持了？我在門口嚇得不會動了，只有兩腿在抖。

聽聲音，筒道口聚的人越來越多，筒道外邊的小院裡也來了武警，荷槍實彈，刺刀亮閃閃。斜對面的窗外，一桿槍瞄向了隔壁。突然有人一按我肩頭——靳哥湊了過來，斜身向外看。弟兄們都驚了，躺在那兒，三十多道好奇又驚恐的目光都射了過來。

「放下兇器！號兒裡的都給我趴下！」隔壁的大喇叭發出了命令，馬上傳來一片臥倒聲。

「退下，閃開！」隔壁門口一個聲音吼道。

「放下兇器！你跑不了了！」筒道口一個聲音喝道。

「你再動一動，我穿了他腦袋！退下！」

「別動，他是散打冠軍！」筒道口一個聲音顫抖著叫道，好像是逃出去的那個犯人在彙報。

「嘩啦——咣噹——」腳鐐聲，難道兇犯還戴著腳鐐？

「退後！！！把槍放下！！！」

我們牢門口出現了一隻緊握的拳頭，然後是一把牙刷把磨的匕首，尖端直指被劫持的大夫的眼睛，大夫被兇犯勒著脖子，兇犯那只手還抓著「流星錘」——打開的長腳鐐。而對面窗戶外邊，又一桿槍悄悄抬起，直指我們的牢門！

「哇！」我和靳哥迅速側撲，瞬間離開了牢門對面的槍口，接著後面也哎呀一聲，值班的「鴇母」也重複了我們的動作，連人帶鐐子砸著了床板上的人。地下睡覺的弟兄，也都抱起了腦袋。太可怕了。

牢房另一側外面的馬道上，兩個武警迅速跟到了前面的牢房，保持著對越獄犯的夾攻之勢。還有一個武警留在了我們的窗外，端槍威懾著我們，真像當年進了村的日本鬼子。他那長槍的槍口對著我們掃描，真怕他一激動走了火。

「哎呀，你看看，何必呢！你最多判死緩，加三年還是死緩。能活你何必……」

「少廢話！退後！！！」

聽聲音，人質已經挾持過了我們門口，兩個犯人抱著頭，乍著膽子往外看。看來對面窗外的槍口已經轉過去了。

「電影看多了吧？你還真玩越獄啊？！」筒道裡又一個勸解的聲音。

「退後！！！」

「再走，開槍我可不管了。主動投降，我保你不加刑！給你三分鐘考慮，三分鐘！」

緊張的對峙，無聲的恐怖……

「想好了嗎？算了吧。」

「別開槍！一下穿倆！」聽語調兒是大夫在大聲央求。看來兇犯是孤注一擲了。

「別開——」

「噹——」一聲巨響在監區通道迴盪起來。

我差點兒嚇昏過去。聽聲音就是對面小院開的槍。雜亂的腳步聲撲了過去。

「怎麼樣？怎麼樣……沒事就好……趕緊給他拖下去……」看來是一槍命中，人質平安。

我們驚魂未定，靳哥趕緊恢復了號兒裡的秩序。筒道裡亂了老半天，才消停下來。

我還沒從驚恐中舒緩過來，幾個隊長就到隔壁提人。犯人剛出來就被踹趴下，讓他往外爬。一會兒，又來提一個，又被踹倒。這樣踹爬了一個又一個，直到把隔壁提空。看來是要個個刑訊啊。

§

次日一上班，筒道裡開進來五、六個武警，到隔壁的越獄號兒去清查——這裡的名詞叫清監。清查完畢，犯人們才一個個地被押回去，都戴了腳鐐。原來把他們從昨晚一直折騰到現在。

「越獄號兒」被拆散了，一個犯人塞到我們號兒——靳哥當即給他起了外號兒，叫「越獄」。

「越獄」說擊斃的那個越獄犯只有個代號叫二〇八〇，案子是保密的。他們就知道二〇八〇是散打冠軍，有警方背景，開著警車搶劫，其他一概不知。他們也不知二〇八〇怎麼弄開的鐐子。那天晚上他裝病求醫，隊長和大夫剛開門兒，背二〇八〇的犯人自己衝出去跑了，不知他是越獄的同謀臨時變卦，還是看出了越獄的企圖。如果他不這麼跑，可能在號兒裡就被二〇八〇弄死了。

正說著，查鏈來了，這回查得可細，所有上鎖的活腳鐐都換成了鐵銷子砸的死鐐，而且砸得特別死，前後腳環沒有一點兒活動餘地。

靳哥問我：「從電影上瞧，好像在西方劫持人質挺容易？」

我一笑：「這就看出來——大陸和西方的理念差多少了！在西方，所有警察都得保障人質的安全，劫匪如果威逼人質的性命或者可能重傷，哪怕只有一個劫匪，他讓警察放下搶，所有警察都得把槍放下。如果誰不放下武器，傷了人質，他又沒有特殊的理由，那個警察得判刑！人質的平安是第一位的——這樣納稅人才願意花錢養你警察，養警察幹什麼呀？花我錢不給我服務？」

靳哥說：「這才叫爲人民服務呢。」

我又說：「你們看過《第一滴血》嗎？史泰龍演的？匪徒拿槍頂著人質的腦袋，史泰龍一槍就把劫匪打死了，那人質馬上大罵史泰龍。大陸人肯定不懂了，這神槍手！救了他怎麼能這樣？西方不這麼看，你再神槍手，我沒給你暗示配合你開槍，你萬一失誤一點兒，我就沒命啦！」

靳哥道：「中國特色！這要走火沒打著，那一發狠，『牙刷匕首』捅了眼睛進腦子！」

假金庸道：「靳哥，記得上禮拜那電視嗎？不有一個這鏡頭？匪徒用槍頂著一孕婦的後腦勺，那個刑警舉著槍步步緊逼，那劫匪抓著人質退到門口，那刑警瞄準了，一槍——就打那孕婦腦門兒上了，那匪徒反而沒開槍，跑了。然後那警察趕緊把孕婦送醫院，孕婦死了，把孩子剖出來活了，結果還歌頌那警察……」

「所以中國人質死亡率高啊！」靳哥說：「人質死了白死，警察照樣立功，我當預審的可知道這個。」

雜亂的腳步聲進了筒道，一隊武警開了進來，虎視眈眈地來到了各號兒門口。不好！清監來了！

怎麼這麼快？管教也沒通知，都以爲得明天周一才清呢，全無準備！

# 清監

突然襲擊，清監！

大家亂做一團，靳哥趕緊躥進了廁所。我沒見過這陣勢，也嚇得跟了進去。靳哥迅速掏出了兩個塑膠袋——塑膠袋可是這裡的寶貝——包住煙，從牆上揪下一根短繩一綁，迅速扔到了茅坑。忽然，他又瞪圓了眼睛——從屁兜裡掏出了打火機——忘了藏了！

來不及了，已經來開門了。

「大靳！」是管教在叫。

「到！」靳哥一把就把廁所門口的「鴇母」抓了進來，把打火機往他手裡一塞，就出去幫著開門。

鴇母毫不含糊，迅速將打火機塞給我，「塞嘴裡！」說完就跑了出去。

啊？這寶貝塞嘴裡？！

稀里嘩啦在開牢門！我無暇思索，把這一次性打火機橫著塞入口中，兩腮頓時被撐了起來。我又迅速把它在嘴裡豎過來，嘴唇還得突出點兒，像猩猩一樣才能含住，後面正頂著嗓子眼兒，直犯噁心。

「都坐好，臉衝牆！」一個武警大喝。

我趕緊出了廁所。

「站住！幹什麼呢？」

我一下不知如何是好，無話可說，連支吾都不行！

如此窘境，有「詩」為證：

> 瞧著武警和管教，
> 沒法哼哼沒法笑，
> 含著火機哈哈腰，
> 忍著噁心坐牆角。

假金庸後來編的這順口溜，太形象了！

幸虧管教上來解圍，「方明，上板兒！」

面朝著牆，我吐出了小半截子打火機，叼著，緩解一下嗓子眼兒的壓力，活像條銜著骨頭的狗。

「監視器！」旁邊兒的鴇母小聲提醒。

倒楣透頂！我馬上雙手抱頭，裝作害怕的樣子，用胳膊擋著嘴。我怎麼混到這份兒上了？口水流了出來，髒稀稀的也不敢咽，真個垂涎三尺，真是「人不如狗」！狗叼骨頭流口水，那畢竟是美味，我又不抽煙，何苦如此下賤？

鴇母小聲說：「石景山（看守所）都這麼幹，沒事兒。」

以往清監，管教是要提前暗中通知的。號兒裡把違禁品──煙、打火機、筆，交給管教收藏，長繩要塞進被子的棉花裡，而磨的小刀則要塞到前牆的電視和鐵架之間，或者牆縫、板兒縫裡，自製的電視天線──用鐵紗窗的鐵絲搓成的盤在電視上邊的鐵絲圈，週末看電視不看政府台，偷著調台用的──只好塞到了垃圾袋裡，用垃圾蓋上。

武警先去翻風圈兒，聽動靜是把風圈兒翻了一個遍，然後把犯人一個個叫下板兒搜身，搜完的犯人往風圈兒裡趕。最後叫我和鴇母時，我一口包住了打火機。

號兒裡一共有四個武警，都戴著口罩，兩個持槍，刺刀明晃晃，在兩邊兒擺著架勢；另兩個還戴著手套，其中一個手裡拿著──金屬探測器？

我的娘！要是那玩意兒，我嘴裡這打火機非漏餡不可。

沒退路了，鴇母趄著鏈兒稀里嘩啦地上前，我也趕緊跟上，希望他的腳鐐子能分散武警的注意，我和「鴇母」把兜翻了出來，然後迅速脫光。那傢伙果然是金屬探測器！武警拿著它對著衣服掃描，現在我已經滿嘴口水了，打火機頂著咽喉，不停地令

我作嘔，簡直忍到極限了。

「走！」那武警手一揮，那一刹那——「嘀嘀嘀——」探測器在他手裡報警了！

我簡直想哭了！這個委屈受的！我剛要張嘴——

「我這兒有個金牙！」這「鴇母」反應真快！他用手一指自己的金牙，吸引了武警的注意，我趁機忍氣吞聲地咽了一大口「苦水」。

武警的金屬探測器對準了鴇母的金牙，果然「嘀嘀」聲大作，還多虧了他。

我倆抱了衣服，赤條條地跑進風圈兒。我顧不上別的，一吐為快！沾滿涎汁的打火機剛吐到手裡，還沒等向大家表功呢，頭頂上一聲大喝：

「別動！交出來！」

一個持槍的武警站在風圈兒頂上的馬道上，眼睛和刺刀都在閃閃發亮。

前功盡廢！功虧一簣！真他媽點兒背！

一個戴口罩兒的武警衝到了風圈兒門口。馬上說：「就他一個，我一直盯著呢。」

那戴著手套的手一把抓過打火機，也不讓我穿衣服、穿鞋，揪著我耳朵就往裡拖。我一個趔趄差點兒跌倒，耳朵劇痛——撕裂了！

我右手一抓他的小臂，一記左沖拳把他打出兩米，緊跟著一個飛腳把他踹進號兒裡，接著一個二踢腳把他蹬上被垛，然後坦然面對刺刀——盡顯英雄本色！

我咬牙忍疼，壓著撕裂的耳根，赤條條地蹲在筒道裡做著「阿Q夢」。就算是我有那「夢中」的身手，在這兒也不敢施展啊。

奇恥大辱！我簡直要氣炸了！

又一個清監的「戰果」從後邊號兒裡押了出來，那犯人在筒

道穿衣服，我也趕緊起來單手穿了衣服——左手還得止血呢。

今兒可領教了什麼叫專政工具，什麼叫打手了！怪不得獄友們那麼恨武警呢，出手太狠太黑！這些武警，跟海澱的獄友「小武子」真是一個模子刻出來的，過於單純，黨怎麼灌輸怎麼是，對我們這些「階級敵人」充滿鄙夷，隨意欺凌，像「秋風掃落葉一樣無情」！可我們還不是罪犯呢，這號裡一大半還沒被判刑呢，只是「犯罪嫌疑人」，可是一旦被黨、被「黨的工具」懷疑，就成了武警的「階級敵人」。

號兒裡翻了個底兒掉，被褥全部抖開，枕窯全部抖空，方便麵箱子都用刺刀挑了，滿屋子毛塵，都瀰漫到筒道裡來了。

清監是先清單號監室，後清雙，因為雙號監室都有了準備，所以在雙號什麼也沒搜出來。我們單號兒的可太倒楣了，家家都有「慘蛋」！在筒道裡排了一溜。

「起來！走！」武警吆喝著，押著我們這些「窩藏犯」向外走去。

我心撲撲亂跳：拿我們單練[1]？太恐怖了！拿我的美國身份抗議？……還是請管教解圍吧，管教肯定能幫我。可是管教剛才開雙號門時，都沒瞅我們。

## 抗美援朝，八敗結交

萬幸！武警把我們幾個窩禍的押到了管教辦公室，我們這些失落的替罪羊，可找到了「主人」，倍感溫暖。大家都不敢抬頭，我分明地感受到了他們——心理都像盼大救星一樣，盼著管教開

---

[1] 單練：警察單獨打犯人，就像練沙袋一樣。

恩。坐牢這麼幾天，眞是心有靈犀一點通啊！

我們在辦公室蹲成一溜，一個武警在管教面前記錄他們的「戰績」，管教對我們橫眉立目，氣哼哼地給武警簽了字。

武警帶著「戰利品」一走，管教馬上和顏悅色，「你們受委屈了，這不怪你們，這幫武警……民工都不如！不給我們找點兒麻煩他媽的不甘心！」

「胡管兒，昨兒越獄打死那個……」一個犯人問。

「甭管！裡邊的，不是我的號兒。活他媽該！你們回去告訴老大。」胡管兒點著我們，「可得注意那些個要判死的，那些個想不開的，那些趟鏈兒的！」

胡管兒掏出自己的打火機給了我，說：「注意點兒，最近風兒緊。」看來是給我額外的優待啊。

回到牢裡，受到了弟兄們的隆重歡迎。大家盛讚我的仗義，把我誇得飄飄然。老大說：有一年多清監沒用探測器了，大家都忘了。我聳聳肩，自認「點兒背」。

因爲越獄，周末的電視也取消了，照樣坐板。靳哥點名要小文講抗美援朝[1]，小文推薦小金，要和他一塊兒講，我們挺意外。

小金四十一歲，在朝鮮當過中文講師，然後在朝鮮駐京大使館做文員。幹了二年，私下得知夫人病逝了。朝鮮沒有制約他的「人質」了——夫人死了，他也沒孩子，怕他叛逃，就換他回國。他就叛逃了，在南方打了幾年黑工，最後到北京一家南韓公司又幹了五年。半個月前被抓。

小金說：「朝鮮戰爭的歷史，被朝鮮篡改了；可是你們的抗美援朝，也篡改了歷史。我在北京的韓國公司打工的時候，那家外企的網線是直接的海外線，共產黨封不了，我看到了眞實的韓戰。

「五〇年朝鮮發動閃電戰，三天就拿下漢城，把南韓匪幫壓

到了釜山，就剩海邊一平方公里的陣地。誰先挑起的戰爭，很明顯。」

靳哥恍然大悟，「現在我兒子的小學課本，還說韓國發動侵略呢，這他媽教育！」

小金又說：「四八年韓、朝建國，三八線為界，聯合國承認的。當年美軍一撤軍，金日成就求斯大林，要解放全朝鮮，但他裝備很差，就三個師。」

「斯大林既想擴大共產陣營，又想壓著毛澤東，還想消耗美國，但又怕美國打他。他就借刀殺人——讓金日成去求毛澤東，把毛澤東捧上天；同時斯大林對老毛是又騙又威脅。蘇聯後來公開說不出兵，他暗中賣軍火，偷著出動十二個師的空軍輪戰朝鮮。美國遭遇蘇聯空軍也祕而不宣，他也怕國內輿論起來擴大戰爭。沒有蘇聯空軍，中國軍隊撐不住。可是中共趁機造謠說：蘇聯沒參戰，『功勞』都是中國的。」

靳哥說：「那不是老毛雄才大略，保家衛國嗎？」

小金搖搖頭，「四九年你們剛建國，國力那麼弱，當時軍隊

---

[1] 抗美援朝簡綱：
1910年，朝鮮被日本吞併。
1945年9月2日，二戰日本戰敗，按照盟國協議，以北緯38度線為界，在朝鮮的南、北方日軍分別向美、蘇投降。
1948年，韓國、朝鮮建國。
1950年6月25日，朝鮮大規模侵略南韓，韓軍猝不及防，退守至釜山島。
1950年7月5日，聯合國決議出兵，美軍開戰。
1950年10月19日晚，中共軍隊拆抹掉全部番號，祕密跨過鴨綠江。
1950年10月25日，中共突然圍殲小股美軍先頭部隊，不宣而戰，打響了「抗美援朝」戰爭。
1953年3月5日，斯大林逝世，蘇共敦促朝鮮停戰。
1953年7月27日，板門店停戰簽字，中國提議都被否決，基本全部接受美方的條件，朝鮮地盤已經縮小，把新國界還叫三八線。
1982年，中共中央開始為志願軍被俘人員平反，有的戰俘以為又要挨整了，自殺了結。

集結台海，準備打台灣。但是老毛禁不住誘惑，暗中把四野的三個精銳師化妝調入朝鮮，改編成朝鮮人民軍。毛還答應：萬一打敗了，敵軍只要越過三八線，中國保證出兵！」

我插道：「其實，中共高層都不同意出兵，林彪都託病不受命。毛澤東出兵沒藉口，就造謠說美國要以朝鮮為跳板，扼殺新中國，其實美國根本不想打中國。」

小金說：「美國提出停戰和談時，毛澤東完全不顧，一定要把反動派打下海。這麼大的野心，還要唱：『打敗美國野心狼』。」

我們樂罷，小金問大家：「『抗美援朝』，你們中國贏了嗎？」

「這常識，還用問？」靳哥笑著說。

我看大家都這副表情，唯獨小文搖頭。

小金說：「說中國和美國打了平手，都是自我安慰了！中國在軍事上、戰略上、戰術上、談判上、政治上都慘敗。」

大家瞪圓了雙眼。

小金說：「我們朝鮮是慘敗！但是朝鮮沒有家底兒，輸的並不大。中國呢？」

「志願軍在朝鮮打了五次戰役，中共現在承認：勝了前兩仗，第三仗平手，第四、五仗沒有輸——後來敗得那麼慘，還說沒輸！中共開始打勝是突襲美軍先頭部隊得手的！美國連敗兩戰，才確認中國出兵了。美軍主動撤回三八線。後來毛澤東下令強行越過三八線總攻，被美國打得節節敗退。

中國網站上，還在吹噓那兩場勝利——日本偷襲珍珠港，中國說日本不宣而戰，卑鄙——可這兩場小勝仗不也是不宣而戰嗎？」

「戰略上徹底失敗。毛、金解放韓國的夢想徹底破滅。老毛

還要反撲，彭德懷親自回國說服的老毛，才開始持久戰。可是持久戰中國根本打不了，國力都快打空了。」

假金庸插話說：「抗美援朝，中國死人太多了，我看過內部轉述的資料，中國是死了七十到一百萬人，慘不忍『讀』。志願軍死亡人數是嚴禁報導、嚴禁外國記者採訪。」

小金繼續說：「中國軍隊火力比美軍差二十倍，大玩兒人海戰術！一次，四個軍六萬多人擠在狹地基本全被炸死，這可是絕密！」

小金繼續，「二百萬中國民工運輸隊不算，中國五百萬解放軍輪戰朝鮮，還不夠用了，就鼓動大量小孩謊報年齡上前線。換下來的傷患充斥中國大、中城市的醫院……中共只公布死了十五萬多，丹東『抗美援朝紀念館』統計的志願軍死亡人數是十八萬。」

李局接荏道：「那二百萬民工炸死的不算，黨啥時候把民工當人啊？我們搞工程的，最他媽知道民工的身價！」

鄒處說：「不算民工，那也對不上數。」

假金庸插話說：「美國是死的人一多，老百姓就不幹，總體就得下台。中國是死的人越多，老毛越英明偉大！人命就是老毛打仗的資本，所以他不讓搞計劃生育。」

「別扯遠了，聽小金說。」靳哥不耐煩了。

小金說：「中共的談判也是大敗。五三年斯大林一死，蘇聯就不支持了；金日成也強烈要求中共停戰，因為朝鮮男人快打光了。老毛看實在打不起了，只好簽字停火。中共提出的談判條件都被美國否決了，美國提出的條件，中國不得不接受，美國只做了計畫中的微小讓步，給中國一點小面子。你們的歷史上竟然寫：把美國逼到了談判桌前！」

鄒處說：「朝鮮更不要臉！說金日成讓美國乖乖簽降書！」

　　小金點點頭，說：「你們知道嗎：朝鮮地盤比原來小了！現在的三八線不是原來的三八線，是聯軍的實際佔領線，但是朝共、中共還叫它三八線！美國不願意表現他多佔了領土，共產黨不願意表現他們打輸了，大家都心照不宣。」

　　靳哥反駁：「那畢竟是『立國之戰』，中國打出了國威，讓世界刮目相看！」

　　小金反問：「用『命海戰術』換國威啊？」

　　小文接過來說，「世界對抗美援朝的反映，和靳哥你說的正好相反：中國形象掃地。朝鮮戰爭，聯合國通過決議譴責中國；戰後，四十五個國家對中國經濟封鎖。周邊國家都開始欺負中國，排華事件此起彼伏。中共四外討好，竟然遠國給錢，近鄰割地：五六年，周恩來主動提出把坎巨提地區割給巴基斯坦，巴基斯坦大喜過望！接著中共又割讓領土給緬甸！再對尼泊爾、阿富汗、朝鮮、外蒙古、蘇聯，連續割地，以此挽回一個和平形象，慷慨地換取他國支持中共、承認中共。最不可思議的是六二年中印邊界之戰，中國大勝，卻白送九萬平方公里西藏最好的土地給印度，全世界想不通！」

　　靳哥詫異地點點頭，問道：「那美國怎麼認輸了？」

　　我接話說：「這是翻譯上偷換概念。美國一直說朝鮮戰爭他們勝了，只是勝得不大。因為勝得不大，所以有人說比較失敗，這可不是戰敗。美國五星上將布萊德說：『假如因為朝鮮戰爭，我們就打入中國的話，那麼，我們將是在一個錯誤的時間，在一個錯誤的地點，與錯誤的敵人，進行一場錯誤的戰爭。』中共把這段話的前提部分偷換了，說美國承認：『朝鮮戰爭是在一個錯誤的時間，在一個錯誤的地點，與錯誤的敵人打了一場錯誤戰爭』。」

　　靳哥無奈地氣樂了。

小文繼續說：「從內部看，中國更是失敗。中共三年作戰花了幾十億美元[2]，超過了國家總支出的三分之一，永遠失掉了『解放』台灣的機會。朝鮮所有工業被炸光，這還不徹底失敗？」

大家又是一片嘖嘖。

假金庸接著說：「老毛也私下承認失敗啊。他多次埋怨說：斯大林對朝鮮戰爭的決定『是百分之百的錯了』！」

小文開始掰手指頭，靳哥問他幹嘛，咋不講了。他說：「我正算呢。第一敗：總戰役，五局三敗；第二敗：戰略，設想落空；第三敗：傷亡慘重；第四敗：談判；第五敗：丟了國土，吃了啞巴虧；第六敗：國際形象掃地；第七敗：經濟損失慘重……」

假金庸接著說：「還有第八敗，老毛私下承認失敗。你們看：八大失敗，正好『八敗（拜）結交』，交了個金家王朝！」

話音剛落，號兒裡的長明燈滅了。看得出，開始對抗美援朝倍感光榮的同胞，現在的心情跟著監室一樣黑暗裡下來。

假金庸打破了沉寂：「災星滅了，有人要跑！猜猜，這是誰的信號燈？」

## 抗共援韓，百萬鮮血寫自由

七處有一個徵兆：號兒裡燈滅預示走人——吹燈拔蠟，災星滅了。

---

[2] 中國抗美援朝直接軍費25億美元，還不算戰爭中欠蘇聯的34.85億盧布（當時折合13.76億美元）。

這次，靳哥判斷他和老高要下圈兒服刑去也。

飯後輪流放煙茅，靳哥說：「小金，你這抗美援朝八敗結交講得真好！看來實際是『抗共援韓』啊。」

小金點點頭，「聯合國十八國伐三國，死了五百萬[1]。中共把『朝鮮侵略韓國』，叫成了『朝鮮內戰』，是為了襯托聯合國軍侵略朝鮮。他又不敢得罪聯合國，只好說美國。」

靳哥問：「你們朝鮮人怎麼看抗美援朝？」

小金哼了一聲，「朝鮮人基本不知道中國志願軍，特別是年輕人、學生，永遠銘記偉大領袖金日成一個人打敗美帝的神話！『逼迫戰敗的美國』在板門店簽字的是朝鮮大將，哪有你們志願軍？！但是朝鮮人知道——中美曾經在朝鮮對抗，傷害了朝鮮！」

假金庸說：「朝鮮也沒冰箱，鮮血凝成的友誼——早臭了。」

小金說：「朝鮮戰爭後，編進朝鮮人民軍的中國將領，被金日成殺光，你們『解放軍軍歌』的作者鄭律成，回到朝鮮後向周恩來求救，周親自出面才把他要出來。」

李局罵上了，「現在朝鮮的旅遊指南上還他媽說：『我們的確從中國得到了一點點幫助』！」

鄒處說：「我們去朝鮮，必看志願軍紀念碑，那個地方嚴密監管，不讓朝鮮人進。那些都是重建的，原來的已經被金日成

---

[1] 朝鮮戰爭參戰國：
共產黨3國：朝鮮、中國、前蘇聯（空軍）。
自由世界18國：除美國、韓國外，根據聯合國的決議，英國、加拿大、澳大利亞、新西蘭、荷蘭、法國、土耳其、泰國、菲律賓、希臘、比利時、哥倫比亞、埃塞俄比亞（又譯衣索比亞）、南非、盧森堡15個國家派兵參戰，日本也派了小隊人員。

搗毀了，毛岸英的墓都毀了！後來爲了找中國要援助，又修了假的。」

「從毛岸英這兒看，毛澤東還是挺無私的，起碼比金日成強，父爵子繼家天下。」靳哥還是想辯解點什麼。

假金庸輕蔑地說：「未必，老毛派兒子去朝鮮，目的很難說。彭德懷把毛岸英放在最安全的地方，還是被炸死了。文革的時候，毛澤東罵彭德懷：『你叫我絕後了！』他要無私能這樣？毛澤東爲什麼先立林彪、再廢林彪，然後傳位給他華國鋒？你們知道嗎？」

李局說：「華國鋒是老毛的長子，第一私生子！」

假金庸說：「立林彪是利用林彪的兵權，廢林彪是早晚的事。毛澤東臨終前傳出話來，把華國鋒的身世告訴政治局。華國鋒下台後，三番五次要恢復身世，改姓毛，政治局不讓。毛澤東臨死前，當著華國鋒一班人，定的政治局七大常委：『頭板兒』是老毛的侄子毛遠新，『二板兒』是大私生子華國鋒。」

大家都被這監牢的妙語逗樂了。

「『三板兒』是他老婆江青，『七板兒』是他小妾張玉鳳……老毛欽定這樣的領導班子，眞是無私領袖！」

沉默片刻，靳哥問：「小金，你們朝鮮人，知道點兒眞相的，不感謝我們的志願軍？」

小金說：「感謝？我們恨透『抗美援朝』了！只有逃出朝鮮的人，才知道點兒眞相。如果沒有中共，朝鮮早就和韓國一樣了。朝鮮已經餓死二百五十多萬了，超過十分之一了！這還不算幼兒。朝鮮人一年只能吃兩天飽飯，一天是金日成的生日──太陽節，一天是金正日的生日。」

鄒處說：「朝鮮有一個世界之最──胖子最少，只有兩個！原來是金日成、金正日，現在是金正日和他兒子──第三代領

袖。」

李局說：「朝鮮人窮的簡直是！我給賓館服務員幾雙絲襪，她們樂得他媽的把我當皇上……朝鮮人窮的整年挨餓，真是逼良從娼，再便宜老百姓也消費不起，呵呵，都是給當官的服務的。」

假金庸說：「共產黨的官，從來都是主子。金正日的嬪妃就半個連，比金日成一個排的『老婆隊』大多了！金正日光喝洋酒一年五十萬美元！」

鄒處說：「朝鮮標榜自己是唯一的社會主義！手機、BB機、望遠鏡不許入境，那是特工用品；互聯網不通國外，自己叫『光明網』；人人別著領袖像章；到處是全國人民效忠那倆胖子的巨幅彩照！平壤只有一個電視台，頌歌唱個沒完，電視片還是幾十年前的老片子。」

假金庸說：「我六四前去朝鮮的時候，把萬寶路都得搓成煙絲才能入境，任何印著美國商標的東西，都是敵情，不許入境！我去電影院看了看，給他們出個主意，說：『你們把椅子拆了吧』——就那麼幾部金日成的電影，金日成一亮相，觀眾都必須起立，可是金日成老亮相，要椅子有什麼用？還不如省點錢……」

大家都笑了。

小文說：「抗美援朝，都成了中國的一種文化了——黨的文化了！歌曲唱的都是共產黨保衛和平，電影、歷史課……連學生語文課文都是！你看《黃繼光》[2]、《邱少雲》[3]、《誰是最可愛的人》……全民造假！」

「共產黨把志願軍說成『最可愛的人』，其實他們是最可憐的人！裡邊還有最可恨的人！不過也有最聰明的人。」

「他們真的可憐到中共說什麼，他們就信什麼，真相信美帝

國主義反動派是『紙老虎』，用血肉之軀、用寒冷用饑餓跟『鐵老虎』玩命，所以才能有那麼大傷亡！這些將士『特別能戰鬥、特別能吃苦、特別能犧牲』，特別能爲毛澤東和金日成玩命，所以在兩國共產黨眼裡才最可愛！」

靳哥問：「那誰最可恨？」

「志願軍在戰場第一線被俘的將士！他們是『最可恨的人』。二萬多中國戰俘，只回來六千人，回來後個個被審查，開除黨籍、軍籍，成了歷史反革命，沒完沒了的挨整、下獄。誰讓他們不『與陣地共存亡』？不跟美國人換命啊？！毛澤東後來的同意持久戰的方案，就是要跟美國人換命——用人命把美國拖垮——換命是六比一還是十比一他不管，這才是毛澤東思想！」

靳哥問我，「老美，美國人當了俘虜，你們咋看？」

我說：「美國認爲保住自己生命是第一位的，戰俘和那些打了勝仗的戰士一樣，都是美國人心中的英雄，回來要歡迎的。」

靳哥一笑，「現在新《刑法》還有投降罪呢，戰俘就犯了投降罪，都判刑，最高可以無期、死刑。」

---

[2] 請參照《成人不宜的「黃繼光堵槍眼」》，該文對中共權威媒體報導的「黃繼光事蹟」進行了嚴格考證和專業的計算，抽絲剝繭地揭開了這個欺騙了全世界五十多年的大騙局，很值得賞析。該文通過突破網路封鎖的軟體，可在海外媒體上查到。

這篇文章在網路上引起了軒然大波，中共馬上根據該文，在新的小學課本裡，改編了《黃繼光》的諸多錯誤細節。

[3] 在中國婦孺皆知的另一個抗美援朝英雄：「邱少雲的事蹟」，近來被揭穿也是造假，在網路上廣為流傳。在小學課本中説邱少雲在在潛伏部隊的前沿，在距離敵人六十米都能聽見敵人説話的地方埋伏時被燃燒彈擊中，為了不暴露目標，被活活被燒死而一動不動。如果真是這樣，他身上的彈藥為什麼沒有爆炸？著火後敵人沒有再打炮，人著火半小時，大大超過草木過火的時間，敵人為什麼沒發覺？

編造這些英雄，不過是黨鼓勵同胞為他玩命的愚民教育。

鄒處問：「那最聰明的人哪？」

小文苦笑著說：「最聰明的——是那一萬五不願回國的志願軍戰俘！在那個年代，被中共煽惑得狂熱的時候，他們竟然能知道自己回中國得面臨什麼。美國尊重人權，把他們安置到了台灣。他們可美了，大陸改革開放後他們回來探親，國內看他們都是大款啊，比他們當年的戰友可幸福多了！」

小金說：「那一萬五戰俘拒不回國，在國際上給中國巨大的難堪啊，這是你們打出了國威嗎？打出了國恥！」

靳哥歎道：「我本來還想講『抗美援朝』給老毛提點氣呢！沒想到……黨真他媽能玩人啊！把慘敗說大勝，把國恥當國威……」

小文問：「老美，朝鮮戰爭，你們美國咋看啊？」

我說道：「美國叫韓戰，韓戰紀念園在越戰紀念碑旁邊，園裡沒有血戰硫磺島的雕像那種悲壯，裡邊是不銹鋼雕塑的十九個美國兵，緊張疲憊，散成散兵線搜索前進。對面是一個紀念牆，黑花崗岩的，上面是根據新聞照片蝕刻的面孔。你在園裡走，看著紀念牆照出來的那十九個『美國兵』也在『行進』。這種真實，非常感人。」

靳哥說：「中國的勝利紀念，都是大無畏的豪邁，英雄氣概，從裡到外那麼假！」

我接著說：「美國的民族心理，是為自由而戰。韓戰紀念園區的碑文非常少，我看到過兩個，一個刻著：『我們的國家以她的兒女為榮，他們回應召喚，去保衛一個從未見過的國家，去保衛素不相識的人民』。」

小文歎道：「我看過大陸紀念抗美援朝的紀錄片：中、美兩軍前線的士兵，昨天還對壘著玩命，一聽到停戰了，擁抱、狂歡在一起，那場面！你們看：志願軍士兵可沒把美國當敵人，是共

產黨把美國人刻畫成敵人。共產黨要強權、要革命，人民可不需要。」

我繼續講完：「韓戰紀念園另一個碑文，是在一個圓形水池裡，周圍石塊上刻著韓戰傷亡人數，中間紀念碑上銘刻著——『自由不是無代價的』。」[4]

大家聽完都沒話了，就像看了一部優秀的電影，放映完了，觀眾還在回味。

---

[4] 華盛頓韓戰紀念園的碑刻中，刻有美軍陣亡54,246人，失蹤8,177人，受傷103,284人；聯合國軍陣亡470,267人，失蹤1,064,453人（韓軍傷亡最多）。中方軍事專家也認可美方的數字，民主國家，漏掉一位烈士，家屬都不會答應。

# 第八章

# 閒閒扯奇案 悠悠斬預審

# 救命「錦囊」

「抗共援韓」講得很過癮。晚上睡覺前，李局挑起了「忌諱」，「小金，中國從來不他媽承認朝鮮難民！你們原來讓朝鮮押回去可都槍斃。」

小金歎了口氣，「現在是抓到集中營，女的被隨便強姦、擺肚子墮胎，上刑、殺嬰兒，鐵絲穿鼻子……還有拿活人試驗生化武器的。現在中方遣返朝鮮人，在邊境交接的時候，朝鮮那邊兒窮得也沒手銬，用八號兒鐵絲把肩膀一穿，串一溜押走。」

我問小金：「朝鮮難民有多少你估計？」

「流落東北的就三十萬，女的做娼妓，男的做苦力，這總比餓死強吧？叛逃的最大的官兒是朝共中央書記黃長燁，九七年訪華跑的。」

小文說：「我聽說朝鮮難民被中共抓了，有絕食的？不知能不能撞出去……」

李局一臉不屑，「有個屁用！中國敢惹翻了金正日？！老毛都不敢惹金日成！到黨的手裡沒個跑！等死吧！」

我看著靳哥有點兒不以為然，就問：「靳哥，看樣子你有招兒？」

這個私放犯人的「預審」悠然一笑，「謀事在人，成事在天。看他造化了。」

大家極想知道靳哥是否有招兒，能讓小金逃跑。可是靳哥嘎然而止，把大家的胃口吊在半空，不管了。

§

倒休一天不值班兒，睡得早醒得更早，天還沒亮。想起來解手，忽然瞧見值班兒的小金在撥弄靳哥的腳。靳哥打了個哈欠，起來上廁所。小金隨後跟了進去。

有戲！昨天靳哥悄悄給小金換到了二班，莫非他要密授天機？太好奇了！咋辦？憑我和靳哥的關係，混進去應該沒問題。於是我裝作不知，起來就往廁所撞。

狹小的廁所，小金靠在水池的牆上——那是廁所監視器的盲區，靳哥蹲在監控「關照」下的茅台兒，倆人離著一米多，我故作詫異，單刀直入：「靳哥，錦囊妙計呀？」

靳哥見是我，知道我不會告密，小聲說：「你聽沒事兒，可不許亂說去！」

「放心吧靳哥！我給你們放哨。」我摘了小金的值班帽扣在頭上，轉身堵到廁所的門洞裡，面向外，小金就在我身後，他倆說的話我聽得一清二楚。

靳哥說：「我再問你：你北京有『鐵哥們兒』嗎？」

「有。」

「你有十萬以上的家底兒嗎？」

「有。」

「你要想活命，唯一的辦法就是逃跑！一定要趕在把你移交朝鮮之前。」

「那咋跑啊？」

「買通預審，他就能有辦法！得花個十來萬。」

「啊？您不是這麼給判的嗎？」

「我是用假證兒放人出的事，我現在教你的是最保險的招兒——預審可以一點兒責任也沒有。就丟仨月獎金，你多給錢就行！」

「是嗎？」

「你假裝舉報別人，領著預審去抓人，你出去當『誘餌』！到一家有前後門的店鋪或者飯館兒，預審他們穿便衣在前門堵你，你直接從後門兒逃跑！立刻從北京消失！懂嗎？」

金蟬脫殼，好個錦囊妙計！

靳哥又說：「這事兒必須要買通預審，才能一次成功！關鍵是你哥們兒真得為你辦！」

「我有這樣的朋友，我救過他兒子的命！」

「你記住程序：第一，寫明信片先找到你哥們兒，就是要錢，他為你出錢就行；第二，找我那個哥們兒律師，寫明信片找他，但是你不能寫別的，只能寫請他做律師。記住：中間那兩個郵遞區號，用筆描三遍！這是暗號，有這個暗號，他就知道是我的人了，見信不用給錢，他就能來見你，他懂這招！他再打通關節見你；第三，律師見你的時候，你再告訴他要辦啥。只要你哥們肯給你花十來萬，就沒問題了。剩下的我哥們兒自然能給你辦好。」

沒等小金說話，我轉身急著跟靳哥說：「靳哥，現在見律師的時候，預審要在場的。」

靳哥一擺手，「你那律師不行，我那哥們兒律師肯定能搞定，他外號『路路通』，路不鋪好了，他不動。」

「能行嗎？」小金問。

「只要有錢，沒有辦不成的事兒！」

「那……有人接應我嗎？」

「得在別處接應你──就是偶然碰上你，給你點兒路費！注意，你只能舉報一個人，因為一個犯人配一輛小車，一車至少仨便衣。但是，只有你的主審暗中配合你。律師會給你選一個看不出有後門的地方，主審也會把別的警力都安排到前門兒，司機就在車裡監控著……」

「大哥！您救我一命啊！」

我聽後邊兒「咕咚」一聲，回頭一看，小金跪下要給靳哥磕頭。

「監控！快起來！」

小金馬上又貼到了盲區。

「看你小子有良心。要不是你今天也學小文給我上了一課，要不是看你可惜，我才不給你說這個呢！你從現在開始鍛鍊身體，不然你沒勁兒跑。」

「大哥，您想的太周到了。您……要上回要使這招兒就進不來了吧？」

「這是我們預審的『貞操』！一輩子就能用一回，無價！懂嗎？我早先用過這招，放了個通緝的『六四』骨幹，結果寫了半年檢查，半年沒獎金。我那回可是白放的，都是我教的他，那個窮學生，我服他！」

聽著靳哥的話，我不由得肅然起敬。

「我要知道判我這麼多年，我他媽也這麼跑了！晚了……」

靳哥正牢騷著，忽然一個隊長像賊一樣悄然出現在牢門口！我心咚一下差點跳出來！趕忙跨到了門前，「嘿嘿，隊長，幾點啦？」

隊長沒理我，像狗一樣用力聞了兩下兒。小金也蘸濕了手出來，隊長當即叫住他：「幹什麼呢？過來！」

「沒幹什麼呀？」

隊長無聲地深吸了一口氣，肚子都吸鼓了，也沒聞到煙味兒，只好瞪了我一眼，邁著貓步悄然向前——他穿的布鞋！專門抓煙茅來了。

§

早上起床後，剛洗漱完，隊長就來讓靳哥、二板兒老高收拾東西——昨兒的預兆眞準啊！

靳哥邊收拾東西，邊給小文、小金分了些日用品，看來他『私房』還眞不少。他囑咐小文：「你拿筆當槍誰也替不了你！

共產黨最怕的，就是你那些學問，打的是它『七寸』！抓不住要害，沒多大用。」

小文笑笑點點頭。

因為轉運站只讓用一套被褥，多續一層棉花都得給撕了，所以靳哥把他的「儀仗」——一大摞被褥傳給我，還有「鎮號兒之寶」——半盒香煙和打火機，老大傳位了！

靳哥又囑咐我：「我跟你說了幾次，我確實沒啥好辦法，你是法人，逃不脫。不過你可記住了：第一，把預審磕飛了，下一個預審沒準兒給你換個『笑面虎』，你和律師可不能再得罪預審了，買通了最好；第二，一定要翻供，拿給你開證明的單位墊背，別擔心他們出事會連上你，你那倆紅包咬定了是顧問費就行了；第三，他跟我低語道：「管兒可以給你家捎信兒，你要跟他混好了，還能在他那兒打他手機呢！」

太好了！最後這招兒讓我心裡一下亮堂了！我連連道謝。

筒道裡稀里呼嚕地走了不少人，我趴著牢門看著，體味著當老大的感覺。

「大哥，剛才靳哥給了我好幾個明信片兒，我想寫了發了，您看？……」小金過來小聲跟我請示。

我拍了拍小金的肩膀，「趕緊寫，我儘快給你發！」

「謝大哥！」這麼耳熟的聲音，如今回敬到我身上了。

§

我也學著靳哥的樣子，在牢門兒和風圈兒鐵門兒之間遛開了牢頭步，像動物園鐵籠裡的一隻老虎。這麼溜達著鍛鍊鍛鍊身體還是不錯。清點手下的弟兄：還有八個老內，六個老外，一個台胞，這種感覺，儼然一個山大王盤點兵將。

以前管教可給我明碼標過老大的價碼，我錢也到位了，管教也許諾過了。現在我這老大當之無愧。不過，可不能像他們那麼

黑，得讓兄弟們感受一下美國的民主……但是，怎麼給管教摳別人的鬼子票？咋通過管教往號兒裡弄煙……

外籍犯的早點換成了牛奶和漢堡包。我給每個外籍犯都分了一點兒，剩下的才是前板兒柳兒爺的，並取消了老大放碗必須停止吃飯的規矩，那些原來被剝奪了早點的外籍犯，都報以感激的笑臉。

筒道裡腳步嘈雜，我也學著靳哥，耳朵伸出牢門——探聽，來新人了。

管教押來了兩個犯人，我趕忙滿臉堆笑地托鎖[1]。

胡管兒邊開門兒邊說：「方明，你當老大了啊！這孟老闆，給你當二板兒。」他指著前邊進來的中年人說。

這個「孟老闆」四十多歲，拉著一個大被皮兒，裡邊是一大堆東西，笑著向我打招呼。後面是個年輕人，戴著腳鐐，向我誠惶誠恐地用天津味兒叫著大哥。

我回身吩咐道：「管兒說了，這位『二板兒』，這位待定。搜！」

鄒處強笑著讓出了二板兒的座位。假金庸依然是文書，到後邊兒給新來的登記。

來七處這幾天我也摸清了門道兒：外籍號兒可是全看守所最享福的地方，名義是老內在號兒裡照顧老外，其實這兒最舒服，這裡是唯一給早點的地方，外籍飯、菜都比別號兒的『雞飼料』強，關係硬的犯人都往這兒擠。

「大哥！」

---

[1] 托鎖：警察開牢門，牢頭從鐵柵欄伸出手去把鐵鎖托起來，把鎖眼朝向警察，稱為托鎖。

　　我溜達到後門的時候，新來的年輕人叫住了我。

　　「大哥，我比竇娥還冤啊！我沒罪剛判了死刑，一直不讓我請律師，開庭剛給我指定了個律師當擺設，你老給我出出主意呀？」

　　我一聽就矇了，這種不讓請律師的案子必有隱情，「你得罪誰了？」

　　「我……」他看了看左右，急得嘩啦嘩啦地趕到我跟前，湊到我臉前說：「我老闆的事兒，栽我身上了，我老闆的老闆是李嵐清。」

　　我聽的眼差點兒直了，裝作鎮定：「別急，保密的案子不許公開講，等我給你找高人啊！」

　　他連連道謝地坐板兒去了。

　　中飯的時候，新來的二位也被我封爲「柳兒爺」，加上鄒處、李局、假金庸、小文、老林、台商、小金，十位圍一圈兒，我坐上首，成了標準的山大王。

　　飯後，我拿出兩根煙，假金庸給大家捲小炮兒，孟老闆抽自己的「石林」。

　　「孟老闆，啥事啊？」我開始跟新二板兒盤道了。

　　「我眞是比岳飛還冤：法院用我無罪的證據，判我無期！」

## 初當老大斷奇冤

　　新來的孟老闆講了他的案子，眞是冤得出奇，公檢法都不用編證據，拿他無罪的證據，直接判他無期。

　　孟老闆是一個沒有任何紅色背景的企業家，是一個擁有二十多個公司的億萬富翁。××[1]利用標書敲詐他六百萬，孟老闆沒給，××就動用公檢法辦了他。刑拘的罪名是「偷稅罪」——因

為所有的公司都怕查帳，多少都有貓膩，××以為用這個罪名辦他勝券在握，以至於預審都給孟老闆遞話：偷稅罪最高七年刑，如果服軟私了，給××簽了標書，取保候審；如果不服——七年滿貫！結果孟老闆不但不服，還大罵××。

隨之發生了三方萬萬沒想到的兩件事。公安一方萬萬沒想到：查了半年，孟老闆的公司竟然沒有一點兒稅務漏洞！這也是孟老闆硬氣的原因。令孟老闆萬萬沒想到的是：公安給他胡亂套上了更重的罪名——詐騙罪和集資詐騙罪，情節嚴重！交到了市檢察院！公安最後跟他說的話是：「但願檢察院能查無實據，給你取保。上支下派，不要見怪！」還有一方萬萬沒想到的竟然是分局看守所，當然也包括孟老闆：××竟然祕密指示親信在看守所製造「畏罪自殺」！孟老闆被叫到一個沒有監視器的小牢房，就他一個「犯人」。××的人向他最後通牒，無效，就請他抽了根煙，孟老闆抽了兩口就昏了過去。等他醒來已經在醫務室了，太萬幸了——他在風圈兒裡「上吊」後，被偶然巡視的管教科長發現，被搶救過來了。還沒等他緩過勁兒來，他的「托兒」——所長就趕來了，告訴他上邊已經發話了，不許立案不許查，讓他不要追究不要聲張，答應從此以後保證他的安全。

到了市檢察院階段，老孟也被「郵」到了七處，只剩下兩方萬萬沒想到了：檢察院沒想到沒有背景的孟老闆，敢和××死磕到底；孟老闆沒想到罪名不成立，還能起訴他，檢察院竟然事先告訴他：刑期已經內定了——十五年！

案子到了法院，就只剩下孟老闆自己萬萬想不到了。開庭前，律師來告訴他：法院傳下話來，認罪十五年，不認罪就更

---

[1] 為了孟老闆的安全隱去了相關資訊，請讀者見諒。

重。孟老闆以爲法院嚇唬他，律師拿了大量證據打官司。一審開庭，律師的所有辯護法院都不予採信，判他無期！並處罰款三百多萬，更不可思議的是——判決書上，用他無罪的證據硬性認定爲有罪！

孟老闆憤憤地取出他的判決書，大家仔細研究了半天，面面相覷了。

假金庸嘆道：「換罪名常見，我倒是見過一個換了五個罪名才判了的。你這判的也太邪門啦！無罪當有罪！」

我好奇地問：「還有換五個罪名的？」

假金庸說：「原來我那個號兒的汪局，現在下圈兒了。刑拘、逮捕、起訴、一審、二審，罪名都不一樣，連換五個罪名，扣上哪個是哪個！六封匿名信舉報，就把他辦了！查了個底兒掉，也沒查出罪來，最後用『玩忽職守』扣的他，把單位一次工作失誤扣他頭上。」

鄒處說：「玩忽職守是個筐，什麼罪都往裡裝！」

假金庸繼續，「也跟孟老闆似的，開庭前律師來傳話：問他服不服，認罪了判緩刑——釋放，啥也不丟；不服，判實刑！啥都丟！汪局一想：『玩忽職守最多判三年，我都坐了快兩年牢了，還在乎那點兒？法庭上律師雄辯，他也據理力爭，結果判了五年！」

「破款兒了？」

假金庸憤憤然，「按新《刑法》，玩忽職守最多判三年，按已經廢止的老《刑法》，最高可以判五年。因爲汪局單位被騙的時候，新《刑法》沒頒佈呢，所以按老《刑法》判。」

孟老闆說：「老《刑法》三年前就廢止了，法律不溯既往啊！？」

「法律是人家的，想怎麼解釋，就怎麼解釋！」

孟老闆說，「那麼解釋違法呀！上訴二審，托人接著打呀！」

假金庸道：「二審——真改了！刑期不改！只改罪名，這樣更『合理』了！可能『高法』看『中法』亂解釋法律，影響黨的形象，二審就把罪名改成了「國家機關工作人員簽訂合同失職被騙罪」，情節由不嚴重，改成了特別嚴重！非常合理地維持了『五年』原判，既不得罪中法，又給黨掙了臉面，還顯示了高法的手段，高不高？」

「情節輕重，那可有線啊！」李局最注意的還是量刑的線。

「線？他們一句話的事兒！高法都沒給汪局開庭，直接念判決！」

孟老闆歎道：「官官相護，決不含糊。」

假金庸說：「你們絕對想不到：騙汪局單位錢的那小子，竟然書面作證，指證汪局『犯罪』經過！注意——抓被騙的判刑，不抓詐騙的！詐騙的把國家錢揮霍了無罪！還讓詐騙的做證人，指證被騙的！」

「犧牲品吧！政治鬥爭？還是權利鬥爭？」一向深沉的老林開口了。

「就是要汪局的局長位子！」

李局說：「早認罪多好！最後下了圈兒不還得認罪嗎？」

「都判那樣了，下圈兒還認什麼罪？」我問。

假金庸說：「不認罪，不給減刑！你認不認罪？！不認罪，監獄嚴管你！你想玩玩酷刑？！」

老林對孟老闆說：「你這判決是法院的給自己留後路呢，將來如果翻案，他們就拿出這前後矛盾的判決說：是按上邊兒的精神這麼判的，別找我。」

孟老闆轉而胸有成竹地說：「現在總算熬出頭來了，整我的

××，涉嫌受賄進來了！就上個月，我律師告訴我了，報紙你們看看！」說著孟老闆取出了珍藏著的報紙，上面赫然印著：××涉嫌受賄被有關部門審查。

我問孟老闆：「要是他早一個月被抓，你就沒事兒了吧？」

孟老闆說：「那可不！都是他操縱的！」

「你使錢打托兒了嗎？」

「托了！『托兒』告訴我，高法閱卷的人不敢收錢了，說：『現在正在風頭上，一定會秉公辦』。看來逮捕了××，對他們震動挺大。這回兒二審，看高法怎麼給中法難堪吧！」

老林搖搖頭，「不樂觀！××是涉嫌受賄被逮捕的，像坐他那個位子的，貪贓枉法一大堆，為啥只追究他受賄呀？肯定別的都包住了！」

孟老闆說：「別的事兒還沒查出來唄。」

「經濟上的事兒，牽連商人的事兒、個把小官兒是可以挖，可是牽連公檢法這一條鏈兒的，可是從來沒人敢碰啊！要給你翻案了，這一系列人都處分開除？黨的臉往哪兒擱！」

老林說完要去廁所，孟老闆追問：「那高法還能給××背黑鍋？」

老林回身說：「不是給誰背黑鍋，是高法要袒護整個公檢法，寧願錯下去，也不能給黨丟臉，大局為重，對吧？」

孟老闆說：「這麼造冤案不給黨摸黑嗎？」

「什麼？」老林極其詫異，「無論中國有多少冤案，黨永遠『偉光正』！××是幹啥的？別看他這個位子不扎眼，老百姓不知底，那叫督察大員！這小子原來多狂？他指導公檢法辦的冤案還少嗎？能把這些事都抖出來？黨還砸自己的牌坊？」

孟老闆激動了：「冤案平反，黨是立大牌坊啊！」

老林冷冷地說：「文革平反那是迫不得已，再不平反就亡黨

了！你這案子壓下去誰知道？能爲一個你，一串兒公檢法跟著脫制服？」

我問老林：「你剛才說中法的判決在給自己留後路，這二審不是還有戲嗎？」

老林說：「如果他這個案子，被中央的七大常委的實權派知道了，那發話查下來，才有機會翻北京市的冤案。否則別想！中法留後路，算的是這個可能性，法院那幫是幹啥的？人精！整人的妖精！」

孟老闆問：「高法也能給我這麼一直黑下去？」

「一條道，走道黑，見了棺材不落淚！冤案越重、越黑、黑手越多，越不能翻案！六四咱不說了，他們法輪功怎麼樣？」老林指著小文，「共產黨唯一不丟臉的辦法就是黑到底，冤到底！直到公檢法人人都對法輪功血債累累，誰還能給翻案？」

孟老闆反駁：「你剛說的法輪功那是政治犯，我這可是普通冤案，這咋比啊？！」

老林這回激動了：「你不是政治犯，可你『犯政治』！你要翻案你就『犯政治』！老百姓上訪爲啥被抓、被打、被拘留、判刑，還有被整死的？除了法輪功，每年上訪到中央兩辦的人、上訪信，加起來一千多萬人次！爲啥都白搭呀？老百姓覺得自己沒搞政治，可是他不知道自己在『犯政治』！」

孟老闆不認輸地問：「你那麼確信我二審沒戲？」

老林說：「最理想的結果是打回去重審，他不可能馬上釋放你的。你黑白道不走，靠山也沒有，早晚得進來！你幹的這麼火，還了得了？再過十年還不成中國首富了？凡是資產上一千萬的，安全局都要監視。黨是靠沒收資本家發起來的，就是黨不辦你，哪位太子爺也得沒收了你，這例子還少啊？」

孟老闆一沒詞兒，老林趕緊跑廁去了——跟孟老闆鬥嘴，憋

了半天了。

這老林好深的城府呀！一直憋到今兒才露點兒鋒芒來。有機會得跟他盤盤道，看能不能幫上我。

李局又問孟老闆：「你二十多個公司，咋可能帳目那麼乾淨？！」

孟老闆說：「我沒有背景，我要做大一定不能留任何把柄，我一分錢稅都沒少過。我會計這一攤兒包給會計事務所，一本帳。」

我嘖嘖稱奇，「中國稅這麼重，你不漏稅你咋盈利啊？你走私啊？」

孟老闆說：「我產品絕大部分都出口，高科技，那不是一般的高利潤，不然十年我咋從零翻成一個多億的資產？我去年的銷售額就二億多！銀行貸款我都還了。我們董事會決定內部集資，把高額利息給集資的員工不給銀行，將來都轉成股票。我們公司的員工，上趕著給公司集資。判我『集資詐騙』，他們連一份出資人指控我的證據都沒有！相反，員工聯名寫信，給我申冤！」

鄒處和李局還是不信，好像黨的這兩個大貪官根本就不懂經營，好像就懂得如何把國家鉅款虧損淨了放進自己人的腰包。孟老闆說：「我是中國大陸最早實踐MBA的，那是實踐，不是教學，不是空談。我是OEM的運作方式，訂單、合同式管理，憑著我們的尖端產品，把世界變成自己的工廠⋯⋯」

我們聽得呆了，原來中國還有這樣的奇才企業家！還能有這麼高超的管理，簡直是MBA經典案例！要是在自由世界，他一定能成就大事業，可惜生在了中國。

孟老闆對二審還是抱很大希望的，這是基於他對黨抱的希望。就像他在法庭上質問法官那樣：「你們這麼炮製冤案，還是共產黨員嗎？」這種對黨的希望，不少人都有。但是，就我在看

守所見過的那些寄希望於黨的，結果都很慘，但願孟老闆例外。

我正踱步向著，忽聽牢門外大叫：「方明！出來！」

# 「集裝箱」傳奇

管教召集外籍號兒的老大，到管教室裡開一週一次的例會。

我們九個牢頭靠牆蹲了一溜，我初次參加還挺不習慣。胡管兒挨個給大家發煙，真像給狗餵食一樣；大家道謝的樣子，真像……我不抽煙，也要了一根塞兜兒裡。胡管兒又遞過電動剃鬚刀和指甲刀，這可太好了。我不敢拔鬍子，又懶得撕磨指甲，早該修飾一下了。

胡管兒問各號兒的情況，大家的回答真可笑——形勢一片大好！胡管兒再次強調杜絕隱患，特別是越獄，而且說了七處對越獄號兒老大的處理意見——加刑二年。

大家一時大眼瞪小眼，我問管教：「那老大串通越獄？」

「不是，他也不知道。」

「那為什麼加他的刑？」

「誰讓他不知道呢！」

「什麼罪名啊？」

「你看你，知識份子摳死理兒！反正是要加刑，什麼罪名不行啊？」

別看管教的回答蠻不講理——完全是中共法院的邏輯！多少法官都是這麼玩冤案的？我陡然感到了當牢頭的壓力。

回號兒我就看到了隱患——新來自稱比竇娥還冤的「鏈兒」。他那雙望眼欲穿的求助的目光，充滿求生的渴望——雖然「鴇母」也跟他一樣一審死刑，等著二審活命，可「鴇母」胸有成竹，滿不在乎。不能再耽誤了，於是問他：「你叫什麼來著？」

　　「叫我『集裝箱』吧，這名兒好記！在三區兒他們都這麼叫我。」

　　原來他是被大陸的海外特務用『集裝箱』抓回來的。他在義大利一家中國小公司任職，做女老闆的祕書。別看公司小，他老闆有大後台。今年年初接了一單大買賣，老闆跟他到埃及驗貨。一到酒店，他老闆就被叫走了。第二天老闆來電話，說生意不做了，讓他趕緊撤了，他出門就被「熱情的服務生」請上了計程車，開了沒一會兒，又上來兩個人，和司機一起把他綁架了！他被堵嘴矇頭地押到了一個車庫，三個中國特工輪番審訊，讓他釣他老闆。

　　他給老闆去電話，按特工編的話，沒想到那老闆說：「早有人給我送信了！你告訴他們，只要江澤民在，咱們『老闆』就在！叫他們別玩火！」結果那些特工只得作罷。

　　一天他被晃晃蕩蕩地晃醒了，發現自己雙手被銬著，被塞在一個黑咕隆咚的紙箱裡，脖子上掛著個東西，一摸是個手電筒。打亮一看，周圍有食品和水，紙箱子留著大洞，旁邊有張紙寫著：「你要敢鬧就做了你！」

　　頂開箱子，發現自己竟在一個集裝箱裡，忽忽悠悠地已經出海了。他敲來了人，是一個特工，鐵鏈拴著箱門開了道縫，算是換氣。就這樣，在集裝箱裡吃喝拉撒睡，便溺用瓶子和垃圾袋。熬了一個月才泊到廣州，然後直飛北京進七處。

　　審訊讓他摸不著頭腦，刑拘的罪名是「合同詐騙罪」，逮捕的時候變成了「介紹賄賂罪」，起訴、審判階段又變了，把他老闆的罪都壓他身上了——「貪汙罪」、「受賄罪」判他死刑！

　　我對這個是一點兒不懂，大家見我沒發表高見，就議論開了。

　　李局看著集裝箱的判決書說：「貪汙一百萬，索賄二百萬，

這麼點兒錢就『帽兒』？開他媽玩笑呢吧？」李局肯定擔心，他貪汙受賄近一千二百萬，還沒判決呢，真這麼嚴，他也活不成。

鄒處說：「褚時健貪汙二千八百七十萬，還有四百五十多萬的『巨額財產來源不明罪』，才判了個無期[1]，你他媽才三百萬就『帽兒』？！你老闆得罪誰了？」

老林問：「反腐敗敲山震虎？你老闆上邊是誰？」

孟老闆急了：「再不立功就活不了了！你知道的大事兒，儘管揭發，先拖下去，活命再說吧！」

「我已經開始寫揭發材料了，原來那號兒有一審判死的就這麼活了！他們也讓我寫。」

「停！別說了，再說該出事兒了！賣主求命，必領極刑！」老林一下鎮住了大家，「下午開風圈兒再說。」

§

下午開了風圈兒。我把集裝箱叫了進去，「我們的陣容你也看見了，你覺得誰能幫你？我把他叫出來，裝著洗衣裳，叫多了可不行。」

集裝箱想了想，點了老林和孟老闆。

孟老闆進來就說：「我可沒啥經驗。不過你這案子可夠蹊蹺的，前後仨罪名，都不沾邊兒！」

我一狠心，給他們一人發了一支煙。「集裝箱」說：「刑拘打的『合同詐騙罪』，說我老闆和我詐騙九百七十萬英鎊，這是『無期』的罪；沒一個月，逮捕階段詐騙罪不提了，變成了「介

---

[1] 褚時健，紅塔煙草集團董事長，1999年1月9日，雲南省高級人民法院以貪汙罪（折合2,870萬元）、巨額財產來源不明罪（403萬元、港幣62萬元）判處無期徒刑，沒收財產20萬元了事。但2002年褚時健就保外就醫了，判貴族的無期徒刑，不過掩人耳目。

紹賄賂罪」，最高刑才三年，我樂壞了；可是起訴、審判階段，罪名又變了，讓我扛老闆的貪汙受賄，那麼點兒錢就『帽兒』我？！」

孟老闆說：「無期——三年——死刑，抽瘋哪？」

老林問：「你老闆叫什麼？」

「徐萍。」

老林道：「果然是她！你們老闆的『老大』誰呀？」

「我哪知道？」

「你不說實話我不管啊！你要寫揭發材料立功保命，你肯定死！」

集裝箱馬上誠惶誠恐地討好。

老林輕蔑地問：「徐大管家……可有來頭兒……她傍著誰？」

集裝箱憋了一會兒，憋出了李嵐清。

孟老闆都吃了一驚！老林卻毫不意外，「你整個口供，摺了你老闆的爛事兒沒有？」

「沒有，我摺了就把我套進去了，那我老闆也得弄死我。」

老林再問：「那你現在準備點她了？」

「不檢舉她，我咋活命啊？！」

老林說：「開始打你們『合同詐騙』九百七十萬英鎊，那是徐大管家給李嵐清在海外收的錢，對吧？」

集裝箱點點頭。

老林說：「朱鎔基反腐敗，要碰李嵐清了，所以才動你們！徐大管家跑了，應該是李嵐清派人送的信兒。抓你回來，李嵐清那邊趕緊保你，所以逮捕才給你換成了一個可以緩刑的輕罪……」

「嗯。」

「可是朱鎔基那邊兒不幹了，他們插手了，用貪汙、受賄的重罪起訴你。誰要整死你？」

「朱鎔基唄，打不著老虎拿貓撒氣唄！」

老林搖頭，「老朱沒傻到那步，他要打老虎，把貓滅口？」

「啊？哪……」

老林說：「應該是你老闆開始使勁兒想放你，但後來朱鎔基不答應放你，你老闆又怕你扛不住刑咬她，李嵐清也怕最終揪出他來……」

集裝箱冷汗下來了，「我沒出賣她啊？她怎麼……」

老林道：「李嵐清先插手，朱鎔基再插手，李朱交手，李強朱弱，一審才要滅口的！」

我不解地問：「李嵐清怎麼壓過朱鎔基了？」

老林說：「靠鎮壓法輪功啊！李嵐清老滑頭。原來他支持法輪功，你們知道嗎？鎮壓法輪功前，他視察內蒙，大加讚揚法輪功，都錄了像了。老江要鎮壓法輪功，六大常委開始都反對，李嵐清是第一個被江澤民拉過去的，他把柄在老江手裡，他兒子案值十個億呢[2]！」

「江澤民赦免了李公子，李嵐清就成了江澤民的鐵桿兒，鎮壓法輪功的六一○辦公室──中國的蓋世太保，李嵐清是總頭。這一下李嵐清就硬起來了！朱鎔基同情法輪功，慘了！」

孟老闆反駁了，「老朱在電視上不還是挺牛的嗎？」

「那是表面！你看他到公安部視察、到信訪辦視察，都是給法輪功說話去了，那幫警察就應付他，拿總理當猴兒耍！」

---

[2] 濟南中國重型汽車集團，95年與瑞典合資，投資41億人民幣，有40億洗來洗去蒸發了，其中的10億元跟李嵐清的獨生子有關。

我說：「鬧半天，貪官靠整法輪功還硬起來了？」

「硬起來的何止李嵐清一個？你看羅幹視察天安門什麼派頭？新聞聯播上怎麼給他播？多少人想靠著運動往上爬！江澤民這一鎮壓法輪功，公檢法、軍武特不夠，還新成立國保局、六一○，原來的閒人可找找事兒了，要整人了，有經費了，有獎金了，玩兒吧！開足馬力對付法輪功，什麼反腐、什麼治安，都放下了，多少貪官高舉大旗整法輪功去了？那是向江澤民效忠啊！」

集裝箱拉回了話題，向老林求教活命之道。

老林說：「你想想：你要再寫材料揭發你老闆，想用出賣李嵐清的人立功，這能活命嗎？」

「林哥，我明白了，我馬上撕了。」

孟老闆問：「那要按他揭發材料，引渡他老闆還費事啊？」

老林笑了：「引渡？啟動國際刑警組織，平均費用五十萬美元！中國哪花得起呀？為啥用集裝箱抓他出埃及啊？中國外逃的貪官多少！引渡回來的屈指可數！」

孟老闆問，「捲錢太多了引渡也上算啊！」

「你真他媽嫩！貴是理由，也是藉口。引渡回來，牽扯中央，中央誰願意啊？都給自己留後路。」

孟老闆又問：「這藉口也說不出口啊？」

「更好的藉口是──怕造成國際影響，有損黨的形象！」

我恍然大悟之後，看著老林百思不解。他什麼來頭啊？這麼多「真知灼見」，還知道那麼多內幕啊！？

「那……我咋活啊？」

老林長歎一聲，「我咋跟你說了這麼多呀？」

集裝箱抓著老林的胳膊，「林哥，你不能見死不救啊。」說著就跪了下去，老林趕緊把他扶了起來。

老林歎道：「別看我這麼說，我要有轍也到不了今天。你就記住『賣主必死』就行了。你都一審了，不會再攔著你請律師了。你現在寫明信片兒請律師、找哥們兒打關係，展現你對老闆的忠誠不二。方哥，管教哪兒發沒問題吧？」

我說：「沒問題，我那找律師的明信片，胡管剛都給發了。」

老林轉身對我使了眼色，手貼在胸前指了一下他後方的孟老闆──他是提防孟老闆。

打開水了，我讓孟老闆、老林都回去。然後向集裝箱轉達了老林的「啞語」。集裝箱眼睛一亮，看到了生的希望。

# 義俠「假金庸」

白天盼提審，晚上盼天亮。這牢坐的只要想到親人和事業，就陷入了痛苦的泥沼，肯定拔不出來！唯一的辦法就是忘掉現實、自我麻醉、沒樂找樂。

我當了兩天老大，弟兄們可是感受到了美國式的民主了，大家都能暢所欲言。每天晚上「坐板兒論壇」都設一個主題，今天我讓假金庸講講自己的案子。

這下假金庸可來了精神兒，盡顯「英雄」本色──口若懸河，唾沫星子都噴到我腳上了。他比小文還健談，但是廢話有點兒多，似乎是他在中央工作，寫頌稿的「職業病」。不過，他的案子可是極其生動。

假金庸原來是中共中央辦公廳的一個文書，八九年積極參加學潮，是一個痛恨腐敗、嚮往民主的熱血青年。他未婚妻是北大的研究生，六四之夜失蹤了，死不見屍，他是在長安街揀了條命回來！黨員大清查的時候，他好不容易才過關，馬上又趕上國家

教委[1]的一個研討會。

　　那個研討會始於趙紫陽當政末期，當時兩個知名教育家的倡議：用影視的形式，把中華民族的歷史大事的梗概演下來，上歷史課放映給學生看，生動形象地展現歷史真實面貌，改變現在歷史枯燥乏味的教學。這個提議極具創意，東南亞的一個華僑要拿出三億元來，提供經費，買斷版權。假金庸參加例會已經是九○年了，拍攝的投資協定已然簽好，腳本都寫了一大半兒了。沒想到，被人告密給了江澤民。老江新任中共總書記，親自批示嚴辦。

　　為什麼這麼好的教育方案，落得如此下場？因為這為中共所不容！展現中華歷史盛世的風貌、民風，和當今社會一比，黨就現原形了。那些歷史的盛世，真是路不拾遺，夜不閉戶。衙門清閒得很，一年審不了幾個案子。以史為鑒，可知興亡，現在社會方方面面，都是歷朝末期衰亡的氣象——學生要看明白這個，還了得！

　　拍攝腳本被查沒，人人做檢查反省，籌備組的頭差點治罪。連假金庸這個書記員，都深入檢討了三回。上邊兒翻出他六四的「劣跡」，把他調離北京，發配到甘肅天水去了！

　　假金庸氣得辭職下海了，靠「攢書」掙了不少錢。那年頭還沒有互聯網，經典小說已經沒人看了，武俠、傳奇、故事會，這類下里巴人的雜誌賣得火。出版社也多，買幾個刊號就能出書。「攢書」就是把街上的雜誌買來，掃一遍，然後剪剪貼貼，改改名字，交給出版社的哥兒們就能出版。攢一回書，能掙個萬八千的。

　　他號稱中央辦公廳的「筆桿子」，連寫帶攢，開始生意很好，後來競爭太激烈，就沒什麼生意了。那年頭武俠小說很掙

---

[1] 國家教委：98年改稱教育部。

錢，出版社的朋友向他約稿寫武俠。他心血來潮，把「六四」寫成了武俠小說！完全是「六四」始末，變成了古代武俠的情節。連小說人物名字，都露骨地影射「六四」，比如鄧小平，在他的武俠小說裡叫「鄧小禿」。寫完了，他按出版社的意思，署名「金庸」，好掙錢。所以現在號兒裡叫他「金庸」[2]。

九二年完稿，到出版社都沒人審，書號買的現成的，印上就賣。假金庸拿了稿費，給出版設哥們分了點兒，人就蒸發了。書賣出去了，印刷廠廠長才發現，嚇壞了，捲了錢也跑了。沒兩個月，中央派了專案組下來，對出版社、印刷廠的挨個清查。首批判了五個，連排版校稿的都判了！出版社社長判十年，出版社的都還不知道咋回事呢。廠長逃了三年，抓著後判了八年刑。假金庸逃了八年，現在判了五年。現在他哥兒們還在韓國漂著呢！

假金庸說：「我跑了八年，以為消停了呢。我媽過世，我從澳大利亞繞道泰國，用假身份回的北京。到家見的就是骨灰了。第二天我給我媽選墓地去，我怕別人認出我來，就凌晨出去。剛出樓門，一下就被按倒了，三把槍頂著我腦袋，嘴一堵，臉一矇，往後背箱一扔！我還以為綁票呢！」

我問：「別人判那麼重，你是作者，怎麼判這麼輕啊？」

「獨家祕訣——『狐假虎威』！」他得意地說，「進七處誰都知道得十五年起步，我還是在逃的案頭。我進來就打定了主意——狂發明信片兒，三十張出手，減刑到了五年！」

我聽得還是一頭霧水。

他解釋道：「我給原來中辦的同事、其他部門的哥們兒寫明信片兒要錢，實際上是通知他們，我折七處了，看誰能幫我。

---

[2]「假金庸」：號兒裡叫他「金庸」，本書為了避免和金庸老前輩誤會，才加了「假」字。

這樣的明信片兒，不用通過預審，管教就直接給發了。可是十年了，變化多大，人走茶涼，能找到誰？誰爲我說話？不過我還得跟共產黨搏一搏！我知道人一旦吃上政治飯，就很難跳槽了——因爲沒有眞本事，跳槽沒人要嘛！換辦公室也換不遠，說不定還能找到幾個朋友。關鍵是中央內部同情『六四』的也多，我就是『六四』給冤下去的，再說我在『中辦』口碑也好，重義氣，說不定哥們兒能給我使勁兒。果不其然，有人給我寄錢了，有人替我說話了。那些敢替我說話的別看才是科處級，那是在中央工作，在預審眼裡都是老虎，我就一狐狸，『狐假虎威』！鎮住了辦案的，才給我判了最輕的底限——五年！」

滿堂喝彩——簡直是弱勢群體跟共產黨打官司的經典案例！

假金庸得意道：「我可能是這裡唯一不上訴，不走二審的！早點兒下圈、早點兒往外買！」

沒想到，明信片眞有這麼大用啊！怨不得靳哥祕招兒指點小金逃生，用明信片投石問路；老林指點「集裝箱」活命，也是用明信片找哥們要錢、找他老闆的關係要錢——暗示忠誠、感化主子……也難怪，中共法律制度下，我們這些「未決犯」太無助，見律師太受限制，甚至不可能，只好通過寫明信片——用向朋友要錢的方式，示意親友幫忙找律師去打關係……

這假金庸，在大陸嚴酷的環境裡，能把「六四屠殺」寫成「武俠史」，流傳那段譜寫自由和民主的悲歌，何等可貴！這勇義之舉，也是中國民主進程中的豐碑啊。

他三十六歲了還沒結婚，還深念著「六四」死去的未婚妻，重情重義，眞有「義俠」之風。

§

第二天一早，門外叫小文收拾東西——小文被踢到海澱看守

所了！大家都以爲小文在這兒的日子長著呢[3]，還想聽他講歷史呢！

這幾天，小文講的太精彩了，「第一美女」、「抗日祕史」、「抗共援韓」震撼了所有懂漢語的人，後來他再講中共造謠誣陷法輪功，大家差不多還都接受了，都成了他的支持者，包括老外──他用英語跟他們聊的很開心。

我更是捨不得。給了小文一套好被褥，一些洗滌用品，勸他：「別跟龍志平那麼不開竅！他是『武將』，你是『文人』，你們不能都一個模子。他學岳飛，你也學？岳飛一死，南宋就完了！學學司馬懿不好嗎？」

孟老闆勸道：「你現在起的可是啓蒙的作用，勝似萬馬千軍，早點兒出去『替天行道』吧，在牢裡耗著有啥用？」

大家圍著勸說之際，鄒處忽然說，「小文！別急，走還得會兒呢。別看我老跟你抬槓，我也佩服你！我現在考考你，你要能答上來，我也支持你們！」鄒處現在是三板兒，也牛起來了。

「考啥？」小文無奈地笑了。

鄒處從坐墊裡抽出了那本《風流才子紀曉嵐》，問：「文兒，看過這個嗎？」

「沒有。」

「好辦了！」他翻到了折頁，「考對聯，聽好了！上聯是──

乾八卦，坤八卦，八八六十四卦，卦卦乾坤已定。」

---

[3] 小文是這號兒來的第一個法輪功。大家還按以前的經驗，以為到了七處沒兩年出不來，不知道抓的幾乎所有的法輪功人員都要到七處去審查幾個月，然後大部分打到勞教所或各區法院判刑，所以當時對小文的「去也匆匆」很意外。

這書前幾天我也看了一半兒，紀曉嵐可是中國歷史上對聯的泰斗。這是紀曉嵐向才女馬月芳求親，馬小姐出的第一道難題。

「紀曉嵐的下聯沒氣勢，你得對得比他好，我才服呢！」鄒處很得意。

這純粹難為人。小文坐在門口，守著行李，緊鎖雙眉。李局起鬨：「文兒，你要能對的比紀曉嵐還好，我他媽也服你！」

小文笑了，「光服不行，得支持我們、支持正義！」

「只要你對得好！就支持你們！」

小文說著向我伸手要筆——筆是監牢的違禁品，都由老大收藏著。

我把筆用那書夾著遞給他，他背對監視器面朝牢門兒，直接在書上寫，寫完了說：「要是給你們講講《推背圖》大預言就好，這下聯，你們要是不明白，說我沒對好咋辦？」

「再寫一個！」鄒處又為難上了。

小文思索片刻，又寫了一個，寫完剛好隊長來提人。

「輪兒，千萬別說再見！」

「出門別回頭！」

這是號兒裡獨特的臨別祝福。

# 還我血債

聽著小文的腳步聲遠去，悵然若失 ——這位博古通今的大學士一走，哎……失落失落！

我搖搖頭，翻開了小文做的對聯：

馬月芳的上聯：乾八卦，坤八卦，八八六十四卦，卦卦乾坤已定。

紀曉嵐的下聯：鸞九聲，鳳九聲，九九八十一聲，聲聲鸞鳳

和鳴。

小文的下聯一：古九劫，今九劫，九九八十一劫，劫劫古今安排。

小文的下聯二：天九重，地九重，九九八十一重，重重天地輝洪。

果然佳對兒！我不住地讚歎。第一聯寫時間，第二聯寫空間，對仗工整，用字不俗，而且氣勢更宏大，意境還和上聯珠聯璧合！

大家也是讚不絕口。連鄒處都說：當年「比文招親」，要是小文在場，小紀就歇了。

老林說：「當年曹植七步成詩，方哥，你溜達了十步，小文就下筆了，差三步，夠不錯的。」

假金庸說：「林哥，古代是左、右腿各邁一下，才算一步；象棋也是，雙方各走一手，才算一步，所以小文是五步雙對兒！」

§

管教室裡，胡管兒和氣地對我說：「有點兒事兒，你可得幫忙。」

「看您說的，只管吩咐。」

「你是學醫的博士後，別的號兒沒懂醫的，有個『愛滋病』，擱哪都不合適……」

啊？！這美差給我！想到得跟管教近乎，為借打管教手機鋪路，就笑著說：「沒問題！交我了！」

管教很高興，說：「這傢伙可戴鏈兒、戴揣，他是絕對的重點，他不用值班兒，還得安排兩個『看護』，給我盯死了。」

§

回到號兒裡我立刻「傳旨」：「管教有令，要來個『愛滋

病』。」

一下號兒裡就炸了鍋了，有幾個聲稱要調走。

我壓下了噪音，講了一下愛滋病的傳染，並宣布：「不許惹『愛滋病』，更不能欺負他，不讓他值班兒。」

孟老闆問：「他刷牙帶血，咋辦？」坐牢的個個營養不良，人人都牙齦出血。

「單獨牙具、牙膏。」我承諾道。

老林問：「讓他咬一口，就該見馬克思去了吧？」

「所以不能惹他，不能打架！」

假金庸問：「飯碗咋辦？真不傳染？」

我說：「保險起見，分餐！」

集裝箱問：「他睡哪兒？」

「他戴揣戴鏈兒，只能睡你們旁邊兒。」

「啊？！」睡地鋪的「地瓜」們個個了咧嘴。

「開玩笑！」我擺擺手，因為戴鏈兒的只能睡地下，我安排道：「地鋪靠我這邊兒這槽子，你們三條鏈兒睡；那槽子，只睡他一個，其他睡地鋪的，都上板兒！」

§

管教開了牢門，「愛滋病」用銬著的雙手摟著被子進來，後邊還跟了個學生模樣的小伙兒，是管教調來的『愛滋病』的看護人。「越獄」被調走了。

那小夥兒姓劉，又是「法輪功」！這幫人簡直在看守所裡氾濫了，溢得到處都是！他是清華的碩士生，比小龍低一年級。他到起訴階段了，沒能像小文、小龍那樣打回海澱區，而是在市中法起訴了。他們的事兒比起《大紀元》的案子來，很普通，但是他們「同案犯」太特殊了——全是清華大學的老師和研究生！所以沒踹回海澱區法院審理，怕輿論影響太大。看來中共對法輪功

的審判還眞不能見得人。

「愛滋病」是河北人，「二進宮」了，在河北七年大刑出來還沒一年，就殺了人。

這個愛滋病，讓我噁心得想吐。沒辦法，還得跟他聊聊，緩解一下大家的對立情緒。

我把愛滋病叫到了盲區，他坐地下靠著風圈兒門兒。眞沒想到：這個殺人犯的故事，竟然催人淚下。

原來他第一次判刑是因爲告狀——民告官。河北農村強行徵地搞開發，鄉政府大肆克扣給農民的補償款，他帶頭去縣裡告狀，縣裡推三推四不給解決，鄉政府更加肆無忌憚，雇傭黑社會的地痞無賴，挨家去逼著拆遷，打人，開著推土機去推牆砸房。村民忍無可忍，他領著各家代表又到了縣政府評理，縣裡當天就解決了——出動警察抓了四、五個領頭上訪的，剩下的打散了事。他仗義地包攬了「責任」，解脫了大家。他進了看守所還不服，差點被打死，直到他認罪服法才免於嚴管，沒想到被判了七年。

更悲慘的是，他在監獄裡被扎成了愛滋病！他在河北二獄服刑，勞改隊幹的活兒，竟是分揀醫療垃圾中的一次性輸液器、注射器——把金屬針杆和塑膠管分開，分別存放。據他說：因爲帶金屬的塑膠焚燒會損壞鍋爐，所以，只能用這種原始的方式分揀，然後分別賣廢品，給監獄創收。

廢輸液器極其髒，上面都有血污。輸液器盤根錯節的塑膠管和針頭糾纏在一起，非常難分揀，沒有不扎破手的，再小心也避免不了。何況任務非常繁重，幹慢了還不行，大家更顧不得扎手了。勞改隊雖然配給手套，但是沒人戴，因爲戴手套照樣扎破手，手套更髒——手套沒功夫洗，手破了更不願意洗。犯人手一般都是腫的，感染化膿、發燒是常事兒，給點兒退燒藥完了，完不成任務不讓睡覺。

　　監獄是拿「減刑」來管犯人，實際上——幹活的不減刑，減刑的不幹活——都是花錢買減刑。他苦幹到後來，也沒減得了刑，後來身體也完了，懷疑自己得血液病了。出獄後，到醫院一查——愛滋病！

　　告狀無門——小農能去告一個監獄嗎？

　　他老婆已經改嫁外地了。他去探望女兒，前妻講了離婚改嫁的真實原因：幾年前，整他們的那個村長到家裡收攤派費，家裡實在給不起，村長就把他十五歲的女兒抓走扣到村委會，等他前妻借了五百塊錢去贖人，女兒已經被村長強暴了。他前妻告到了鎮派出所，派出所長威脅說：再誣告，就把她女兒當「雞」抓起來，嚇得她再沒敢去。後來村長一再騷擾，她只好離婚另找了人家。

　　愛滋病後來截殺了村長，馬上跑到北京，到中央的信訪辦，自首兼告狀，既告村長，也告了河北二獄摧殘犯人。信訪辦對他的回覆是最快的，一個電話就把他抓七處來了，訴狀也跟他一塊兒進來了。

　　鴇母側身一挑大指：「敢殺村長！一條好漢！」

　　孟老闆歎道：「好樣的！當代武松！」

　　我詫異道：「殺人就武松？」

　　「該出手時就出手啊，風風火火闖九州啊⋯⋯」

　　假金庸這一唱，真把我唱明白了。我在美國這麼久，也被西方文化洗禮了，第一看重的總是人的生命，對殺人都反感，把中國傳統的水滸文化給忘了，敢殺狗官，當然是替天行道、行俠仗義了。我當即給「愛滋病」賜名「武松」，並且特赦他不用坐板，平時可以坐監控盲區裡靠後門，開了風圈就出去曬太陽。

　　「血債要用血來還，『武松』，你這輩子，值！」

　　「殺了個『三個代表』的精英！」

我眉頭一皺：「『金庸』，你三句話不離本行！啥都給黨扣？」

「方哥，那村長一定是黨員！我敢跟你打賭！」

又跟我賭？我剛來他就拿老大下套，差點把我套牢。我搖搖頭，「你這回八成勝算！」

「哪是八成？百分百！那村長一定是黨員！因為凡是帶『長』字的官兒，都必須是黨員！要不共產黨咋那麼多人呢，不入黨，永遠是下等公民，是被統治階級！」

武松說：「我們那村長，兼黨委書記。」

假金庸又說：「現在政府機構，從中央到村委，都是書記一把手，你看《市委書記》那電視劇，市長都是圍著書記轉，書記一句話，說判三緩三[1]，管司法的副市長顛顛地去辦。」

孟老闆說：「現在就國企改了，廠長一把手，撇開黨委鬧革命，但是，廠長也得是黨員！處長以上都得是黨員！這是國家內部的規矩。」

敢情還是處處都是被黨騎在頭上！

假金庸又來了個順口溜：

　　「共產黨，像災星，

　　　照到哪裡哪裡窮！」

我舉手道：「反對！客觀地說，黨對改革開放還是有功績。」

假金庸當即反駁：「改革開放，那是共產黨不嚴管了，中國才富的！原來黨死管農民，農民餓死四千多萬！包產到戶，給農

---

[1] 判三緩三：判處3年徒刑，緩期3年執行。3年緩期內不再犯事，就不再執行徒刑。

民一點兒自由，農民才活起來的。黨死管企業，企業奄奄一息，革掉騎在企業頭上的黨委，才有企業能活過來。黨死管市場，統配統銷，市場一片蕭條！黨放手了，市場才緩上來的！現在黨暗中操縱股市，按這個規律，股市早晚也得完蛋！」

這番解釋很新穎，我點頭稱善。

號兒裡有個「二進宮」的不易，大家讓「武松」說說獄中的生活，因為大家都要去監獄塑造「新生」。

武松說看守所白使犯人，監獄只給犯人每月五元的工資，買洗衣粉、肥皂都不夠。監獄的創收專案讓我大開眼界：

包筷子：把一次性木筷子頭包上一層紙，主要出口，或者灑向廣大的小餐館。看守所、監獄骯髒、黴爛的環境裡，衛生筷灑一地，高強度的勞動沒功夫洗手，一天幹十二到十六小時。

嗑瓜子：各種瓜子仁暢銷國內，出口創匯——瓜子不但嗑掉了犯人的上門牙，還剝掉了大家的主要指甲，還得幹！他們的口號兒是：

「吃著香，別怕髒，

口水油泥爛紙箱；

眼不見，心不嫌，

養下病根解了饞。」

糊糕點盒：滿監區彌漫著致癌的膠味兒，個個眼睛發乾，放屁都是膠氣！

磨鋼勺：滿車間粉塵，戴口罩，口罩一層鐵粉黑，老犯基本都是結核肺、塵肺……

§

這個老實農民，按他的話說：「我真是相信黨、相信政府，才去申冤的。」結果——妻離女摧殘，家破人玩完。他的另一句話堪稱經典：「我欠的血債，我來還。我的血債，誰來還？」

黨的溫暖完全包圍了自己的人民，外界聽不到他們的一絲呻吟。

## 紅產階級

又白盼了一天提審，只盼到了鄒處見律師回來。

鄒處高興地說：「方哥，我內定了，無期！法院夠面兒！」

大家一片稱讚，李局簡直妒嫉死了。

無期徒刑，對鄒處是一場大勝仗！下獄買刑期，多則五年，少則三載，就出來了。

鄒處剛進七處是在七區，上來就買通了隊長給他們幾個同案串口供，給家裡捎信兒，上下打點，案子都審不下去了。後來中央批示嚴查，才杜絕了看守內鬼，把他調到六區來了。雖然從他一案一人，擴到五案九人，金額擴到二億四千萬，但判決結果還是被他搞定了。

晚上坐板論壇，大家讓鄒處講講自己的腐敗故事。鄒處憤憤不平：「我挪用也沒往自己腰包挪呀？我一個副處長，能有多大權挪錢？現在上邊都沒事兒，判我無期我還冤呢！」

老林玩笑道：「跟兄弟們還說這話，不夠意思啦！你上邊肯定沒少打點，你挪給哥兒們二億四千萬，佣金多少？1％打得住嗎？」

鄒處被噎住了，看來他落的回扣夠花幾輩子的。片刻之後，他不服氣道：「共產黨的錢，不掙白不掙！我這點兒算啥？我是國際商務師，我知道。這七年公款被侵吞十一萬億！去年外逃資金四百八十億美元[1]——十四艘航空母艦的造價！每年公款吃喝的錢——五十隻航母編隊的年費！」

李局忍不住歎道：「我這個，別看一千一百萬，都小兒科。

大貪官都進不來，高級的貪官也不貪汙，都收賄、拿佣金、存海外，你怎麼查？」

老林說：「我進來前，去年抓了一串十幾個案子，是安全局特工從一個華人的電腦裡發現了一個佣金表，國家各大項目招標搞貓膩，他是行賄的仲介，行賄的佣金好幾千萬，國家損失上百億！貪官抓出來的，只是極少數！二千年安全局暗查省部級以上高幹，三千位貴族，總資產二萬億！」

「紅產階級！」小劉說。

「什麼？」

小劉解釋：「高幹子弟自稱『紅色貴族』，我管他們叫『紅產階級』——真正的統治階級。」

「這個叫法，一針見血！」孟老闆先點頭了。

小劉說：「有紅產階級，就沒公有制。公有制那是騙人的幌子——公有，等於誰都沒有！誰能支配才是誰有！誰能用來給自己生錢，才是誰有！你看，這一公有制，國家財產，都成了紅產階級的私產了！」

「『全民』的牌子更唬人！老百姓還得給他們當看守，這是公家財產——全民的——咱大家的，咱得看好了！實質上哪是你老百姓的？正因為老百姓知道自己創造的國家財產，不屬於人民，所以錢被貪汙了老百姓也不心疼！這回老百姓說了：反正錢也不是我的！」

大家被這生動透徹的描述逗笑了。

老林插話道：「玩命幹，捨命保，一年血汗都白泡[2]！」

孟老闆說：「老百姓真是無奈呀！把自己創造出來的公有財富，叫成『共產黨的錢』，把納稅的錢，也叫成『共產黨的錢』！紅產階級樂死了，從概念上，就把公有財產剝奪了！」

鄒處說：「老百姓頂大事了！四大國家銀行壞帳率25％，

實際是65％，五萬多億洗錢洗沒了。壞帳舊的剝離了，新的又來了，靠人民儲蓄往上頂！朱鎔基說過，老百姓只要集中取款10％，銀行就崩潰！」

老林說：「不會讓銀行崩的，寧願經濟崩潰了銀行也不能倒，那是黨的命脈！這些年，銀行多穩定？經濟案件那麼多，哪筆貸款不給回扣能貸得出來呀？銀行犯案被抓的那麼少！銀行賊著呢！稍大一點兒的貸款，都開會集體決定，違規貸款集體決議，你抓誰？這個集體的哪位大爺，你都得私下餵飽嘍！黨有政策，暗中保銀行的官員！」

假金庸說：「銀行不穩定，咋套老百姓的錢？現在是──

儲蓄所比廁所多，

利息低得沒法說。

人民血汗往裡擱，

壞帳洗錢搞建設。」

孟老闆說：「現在人民儲蓄貸出去的都差不多了，變成壞帳又沒了。開始變著法地摳錢，二千年的利息稅就二百億！就靠──發行國債，花將來的錢了。」

---

[1] 中共外逃資金，出境後成為高官家屬私有財產，僅據官方統計：
1997年364.74億美元
1998年386.37億美元
1999年238.31億美元
2000年480億美元，當年海外對華總投資407美元
2001年540億美元
2002年700億美元（前7個月，外逃高官9740人，超過去年1倍多）
2003年薩斯肆虐期間，3至4月初的20天，外逃200億美元。
[2] 1999年5月的中央治安綜合治理委員會會議上，尉建行宣布：1998年中國國民生產總值87,598億元，10％被黨政幹部貪走！中國企業年淨利潤絕達不到10％，全國辛苦一年，不夠黨官一貪。

鄒處說：「股市才狠呢！我挪的錢，就沒敢往股市砸！二千年股民炒股的印花稅就四百億！這還不算開戶費、交割手續費。電視上老講股民暴富，那邊兒讓銀行降息，誘惑全民炒股！前十年，圈了股民七千億，國企的股價升了三倍──虛的！因為這裡有共產黨發明的『國有股』！股民用平均九塊的高價，買一股股票，比國際慣例高四倍。」

「二千家國企上股市，圈的錢，有多少用在企業上了？有多少流進紅產階級的腰包了？大部分國企不照樣完蛋嗎？！企業都看到了上市圈錢的暴利，寧願花費幾千萬的上市費，也要爭搶上市，反正上市成本國家出──不，是全國人民出，領導趁機撈回扣，上市圈了錢，我是領導我大筆原始股！」

孟老闆說：「國企改股份制，工資發不出來，強迫工人、下崗的買股份，九七年逼得下崗工人自殺人數──二十二萬！」

我插話道：「大陸股票的年發行量世界第一！在美國，上市公司掛牌十八年後才能再融資，而且要求公司對股東十八年的回報，要大於股民投入，才能再融資。」

鄒處說：「黨玩股票花樣太多了，什麼A股、B股、G股、H股，什麼配股、增發、抵債、減持，還學什麼創業板，好像做做假帳，就能上市圈錢！」

「更黑的招兒是『國有股』。別看你股民高價買了產權，國有股占一大半──老百姓出錢，國有股產權是國家的，是紅產階級的！然後玩一個『國有股減持』，股市慘跌──共產黨這一大發明，用『國有股』一個概念，公開剝奪，有法可依！」

孟老闆說：「房子也是這樣！中國的房價趕超歐美！要拿走人們一輩子的積蓄，基層是一輩子都買不了起。你買了房產──土地是國家的！法律規定房子是土地的一部分──又一個國有股！土地只給你五十到七十年的使用權，磚混結構房子壽命七十

年，鋼結構樓房壽命一百年，房子爛了，你還得再買，因為土地都是紅產階級的！」

我都被孟老闆的「發現」驚呆了。在盛世歡歌的遮羞布下，紅產階級舞動刀叉，一步步地割取吸吮著人民的血肉，連將來的都算計好了！

老林說：「蘇聯解體前，好多高官把盧布都換成黃金了。我也告訴我親戚朋友，別貪銀行那點兒可憐的利息，能換外幣的換外幣，沒門道的想法換黃金。紅產階級都把國家掏得差不多了，經濟崩盤早晚的事，那時候，人民幣也得跟盧布似的。現在的人民幣，從含金量上，只有三十年前的十分之一了！」

孟老闆問：「你們在中央部門的，知道經濟增長咋來的吧？」

假金庸說：「朱鎔基當部長的時候，罵李鵬編數字，他當總理照樣編！」

孟老闆說：「說增長7～8%，就業率增長1%，看看下崗的多少？消費指數也上不去——中央那幫編數的也不懂經濟，謊都編不圓。現在就櫥窗經濟，靠外資、靠國債、靠集資、靠賣土地、靠教育收費刮老百姓……」

鄒處憤憤道：「期貨市場叫黨領導的也完了，要不然我還進不來呢！玩期貨就李曉勇掙錢了，搶來的！老百姓哭爹喊娘，遊行加上訪——整個公檢法都給這『紅產階級領袖世家』擦屁股！」[3]

老林說：「李曉勇比起鄧家子弟差遠了！原來鄧小平當紅產階級領袖，他兒子鄧質方是第一貪，鄧小平一死，中央要查鄧質

---

[3] 見第七章第三節。

方，鄧小平的老婆用自殺威脅江澤民，老江下旨赦免鄧家子女。現在老江是紅產領袖，江綿恒成第一貪了，老江境外四十億美元，是亞軍……」

小劉說：「法律都是紅產階級的！你看『巨額財產來源不明罪』，封頂才五年；『隱瞞境外存款罪』，滿貫才兩年，還以行政處分為主。《刑法》給洗錢罪的定義：『毒品、黑社會、恐怖、走私弄來的錢，去洗才算洗錢罪』，定義裡連個『等』字都沒有，侵吞的公款去洗，不算洗錢！這後門兒留得多精啊！」

孟老闆說：「其實，紅產階級建國就有了——高幹就是。困難時期，老百姓餓死幾千萬，高幹能有酒有肉。所謂『毛主席都吃不上肉』，那是胡騙！六五年定了三十級幹部工資，最高的是最低的二十八倍！蘇聯都沒這麼多等級！高幹除了拿工資，衣食住行、汽車、司機、隨從、傭人、醫生、差旅，全公費。」

假金庸說：「老百姓有什麼？沒有選舉權，什麼權利也沒有！那順口溜——

　　　　小老百姓別囉嗦，

　　　　黨的選舉名堂多。

　　　　選來選去都是我，

　　　　大選之前出結果！」

「三個代表嘛——紅產階級強行代表你！」小劉說，「選舉權、發言權、監督權、知情權、經濟收益權、結社權……一切人權，最後連生命權、信仰權，都強行『代表走』了！」

假金庸學著老江的腔調：「你們看這個同志，學習三個代表蠻深入的嘛！」

一下把大家逗笑了。

「嘿！幹什麼哪！」警察在牢門兒外吼上了。

糟糕！這隊長我不認識！我硬著頭皮走過去，「嘿嘿，我們

正討論『三個代表』哪！」

「放屁！替老江放屁你們也配？！剛才誰說呢，過來！」

# 投我一票不白投

警察的斷喝凝滯了號兒裡的空氣。小劉過來毫不含糊地說：「隊長，我們真討論『三個代表』呢！黨官階層──紅產階級──強行代表人民，把老百姓一切權利和利益都『代表走』了！你說是不是？」

隊長打量了一下小劉，竟然一挑大指，「有種！小點兒聲！」說完走了。

我跟鬆了弦一樣，回身宣布：「論壇結束，洗漱！」

§

晚上值班兒，小劉在門口數趟。我躺著無聊，孟老闆心事重重，鄒處為自己內定的判決興奮不已，前三板兒睡不著，聊吧。

孟老闆對黨既抱幻想，又罵不絕口，「現在黨是拚命外援，西部、老區、老工業區窮成啥樣了……」

鄒處說：「中國外援佔財政支出的比例世界第一！建國之初就到了7%，六二年前外援的三分之一要用在國內，三年大饑荒，救活那四千萬人沒問題！」

孟老闆說：「接受中國援助的，都跟咱翻臉，黨淨交狐朋狗友！」

鄒處說：「最失敗的援助就是援助阿爾巴尼亞[1]。六二年，

---

[1] 援助阿爾巴尼亞： 當年耿飈部長透露，1964年至70年代末，曾援助阿國90億元人民幣，根據當時人民幣含金量、購買力，相當於現在的1,000億元。

大饑荒延續還在餓死人的時候，阿爾巴尼亞——這盞『社會主義的明燈』向中共要糧食，中共剛從加拿大進口了大批小麥。黨一道命令，幾船小麥半路就調頭奔阿爾巴尼亞了。後來阿爾巴尼亞拿這些糧食餵雞！中共當時幫老阿建的大企業，基本都停產了，中國用奇缺的外匯買的設備在阿國成了廢鐵。」

我也抬上一槓，「我看最失敗外援，應該是援助束埔寨共產黨——紅色高棉，簡直是包養了束共，從經濟到武器，還指導他鬧革命。七五年束共打下政權的當天，就開始殺老百姓。它要跑步進入共產主義，把中共二十多年的政治運動合成一場運動，打下首都的第三天，就開始徹底消滅城鄉差別，屠殺知識份子，消滅家庭，輪姦婦女——共產共妻。」

鄒處道：「我去過束埔寨，展覽館裡放著束共用骷髏拼的地圖！鑽活人的腦子進補，拍下照片嚇唬老百姓。」

我說：「中國不敢提，就知道盛讚束共革命！可是束共政權只活了四十四個月。國際上要以群體滅絕罪審判紅色高棉，中共一直阻攔[2]，怕把自己咬出來。束共領袖波爾波特，自稱是毛澤東學生，他殺了束埔寨四分之一的人，裡邊有二十萬華人。」

孟老闆說：「黨從來不給華人撐腰，七〇年代末越共排華，九八年印尼殘殺華人[3]，中共在國內都拚命封鎖消息，國際上根本不表態，怕得罪那些小國。」

小劉插話道：「海外華人算什麼？中國人的血汗算什麼？紅產階級第一位的是媚得外國政府的好感，這是黨的立足之本——不管你怎麼滅絕華人，只要你支持我，我就給你外援。海外華人，都得為中共在聯合國的選票獻身！」

假金庸躺在那兒插話了，「最失敗的援助我看還是五〇年代開始的援越南，二百億美元、無償勞務、犧牲二千人。援助完了，就跟中國翻臉。」

　　我說：「其實中越開戰，實質原因，不是越南排華，而是越南滅了柬共！越南排華從七五年越南統一就開始了，沒收一百五十萬華人的財產、三十多億美元，把他們趕出越南。五十萬華人被逼得乘著破船從海路外逃，葬身大海的不計其數。陸路逃往中國一百萬，中國又把五十萬轉到世界各地，只收留了五十萬，發配到老少邊窮去開荒務農。中共怕得罪越共，讓華僑以大局為重！」

　　「可是七八年耶誕節越軍攻入柬埔寨，中共急了，中共一定要保住柬共，那是中共扶植的樣板兒。鄧小平在美國揚言：『小朋友（越南）不聽話，該打屁股了。』中國調兵還沒全部到位，柬共就完蛋了，又進山打遊擊去了。」

　　「七九年中國攻入越南，想『圍魏救趙』，逼越南撤軍，好讓柬共復辟。國家打出『自衛反擊戰』的旗號，我當時插隊回來待業，差點被忽悠著參軍上前線呢！沒打幾天，中國遭到國際上的強烈譴責，撤兵！咱的傷亡幾乎是越軍的兩倍，越南九八年才最後從柬埔寨撤完軍隊。」

　　鄒處問：「那越南攻佔柬埔寨就不是侵略？」

　　我說：「柬埔寨人民熱烈歡迎越軍，一起反抗柬共，越軍

---

[2]　國際上一直呼籲審判紅色高棉的滅絕屠殺，中共一直在阻撓。2002年中共免去了柬埔寨欠中國的全部2.2億美元債務；2005年中共又給柬埔寨2.4億美元和6艘海軍巡邏艇，2006年又向柬援助6億美元，以修建豪華的辦公大廈。

[3]　1998年5月，東南亞金融風暴席捲印尼後，印尼爆發舉世震驚的排華暴亂。華人的公司、超市、工廠被砸毀、洗劫，近1,000多華人婦女被輪姦、被姦死、燒死，男人、兒童被砍頭，共1,200多華人喪生。暴徒事先被培訓過，幕後的政府組織者甚至許諾：『每強姦一名華人婦女，就可得2萬盾（約2.5新元）獎賞。』中共對此完全封鎖消息，也不表態。2004年12月26日，印尼大海嘯，29日李肇星宣布4日內對印尼援助超過12億人民幣。隨後中共政府又再次宣布向災區追加5億元人民幣和2,000萬美元的緊急援助，中共號召中國民間向印尼捐款，國際上一片嘲笑之聲。

滅掉束共這個殺人機器，是代表正義。你再看看中國侵入越南，引起的是越南人的血海深仇。後來共軍不得不見人就殺，連搶帶炸，這何止是侵略，都是滅絕了。打完了又建交，靠割讓領土拉攏越南[4]。」

台商在床那頭發出了聲音：「紅產階級的外援，就是為了買國際的支持啦！中國的常任理事國席位，是國民黨打敗日本打出來的啦。直到民國六十年（一九七一年），台灣還是聯合國常任理事國的啦，後來共產黨在聯合國頂替了民國，是這麼用外援、用割地換選票買來的啦！」

小金起來放茅，在廁所門口說：「我看中共最失敗的外援，還是援助朝鮮。你們『抗美援朝』，自己花了二十五億美元，還借蘇聯十四億美元的戰款，還有少說七十萬條人命、無數的人力、世界四十五個國家對你們的經濟封鎖、周邊國家都欺負你們這個戰敗國！結果共產黨才不得不四下割地、外援，挽回形象買選票！」

這回沒人抬槓了，孟老闆也點頭贊同了。

小金又說：「中國現在還秘密援助朝鮮呢，每年五十萬噸糧食、一百萬噸石油、二百五十萬噸煤炭……中共援助了個什麼東西呀？金家政權！朝鮮餓死二百五十萬人他不管，紅產階級，一丘之貉。」

小劉說：「共產黨的生存，需要一個國際環境。它不瘋狂外援，就沒有國際上的支持，外援一停，那幫小窮國就得跟中共翻臉——實際上是中共花錢求他們！這幫小窮國也都是專制，中共拉著他們組成紅色陣營，跟自由世界對抗。」

我說：「中國現在是非洲國家的頭兒了，中國援助亞非拉，有求必應，主動減免他們的債務。靠這個在聯合國拉選票。中國已經把聯合國裡的小窮國收買的差不多了，中國的國際地位，就

是這麼換來的。」

假金庸說：「『六四屠殺』，美國在聯合國人權會上譴責中國的提案，都沒通過，中國剝奪生存權，大談發展權，那些窮國照樣支持！」

小劉說：「二○○○年聯合國人權會不也一樣？美國那是第九次譴責中國了，當時共產黨殘害法輪功已經震驚世界了，中共用美女說客，遊說諂媚所有代表，結果中共以四票優勢免予制裁。可是，黨不敢報導哪些國家投票支持了它[5]！丟死人！西方國家就俄羅斯一個支持中國。後來我才知道，那還是江澤民兩個月前，用大片國土換來的[6]！」

孟老闆說：「中國是世界最大的外援輸出國──按GDP比例算，還是世界銀行最大的借貸國。一邊償還貸款，一邊免除小國欠中國的債務幾百億美金，也就是紅產階級能幹的出來。」

---

[4] 1999年簽訂的《中越陸地邊界條約》，中共將我軍用巨大犧牲奪回的法卡山（至少是南坡）劃歸越南，外交部發言人對記者的質問避而不答。

[5] 2000年4月18日，聯合國第56屆人權會議，美國以迫害法輪功等問題提交譴責中國人權的提案，投票結果如下：
支持中國：中國、不丹、尼泊爾、剛果（布）、蘇丹、尼日爾、孟加拉、博茨瓦納、布隆迪、古巴、印度、印尼、馬達加斯加、摩洛哥、尼日利亞、巴基斯坦、秘魯、卡塔爾、俄羅斯、斯里蘭卡、委內瑞拉、尚比亞。
譴責中國：美國、英國、加拿大、德國、法國、瑞士、義大利、葡萄牙、西班牙、盧森堡、挪威、捷克、波蘭、拉脫維亞、日本、哥倫比亞、薩爾瓦多、瓜地馬拉。
棄權：巴西、智利、阿根廷、厄瓜多爾、利比理亞、毛里求斯、墨西哥、菲律賓、韓國、盧旺達、塞內加爾、突尼斯，羅馬尼亞代表決時缺席。

[6] 1999年12月9～10日，江澤民與俄羅斯總統葉利欽在北京簽定了《中俄國界線東西兩段的敘述議定書》，將符拉迪沃斯托克、尼布楚、外興安嶺、庫頁島、江東六十四屯……這些按照國際法屬於中國的領土，永久劃歸俄國。上述100萬平方公里都是沃土，面積等於7個台灣島。
根據1969年聯合國《維也納條約法公約》，唯一討還上述領土的辦法，只有公審江澤民，廢除江政府簽定的不平等條約。

今天聊得很「昇華」，也很沉重。憤懣、惆悵之際，睜眼又看到牆上那首打油詩，那個加拿大華人根據《詩經》的名詩改編的：

硯鼠硯鼠，無食我黍。

三歲慣汝，莫我肯顧。

誓將去汝，適彼樂土。

一回故土，拘留逮捕。

前面四句罵貪婪的統治者，最後兩句好不吉利喲！可別一語成讖！

## 磕掉預審，搞定管教

終於盼到了提審。原來的預審真被美國使館磕飛了！兩個海關的新預審在監區外對我笑臉相迎，中年的姓王，年輕的姓孫。

他們領我上預審樓，審訊椅也不上鎖，格外和氣。想起靳哥臨走的囑咐：新預審可能是「笑面虎」，更不好對付，我驟然警覺了起來。

老王先罵了一通姓劉的預審，說他是個退伍大兵，就知道蠻幹，已經被調走了。

提審了多少次，圈套鑽了多少回，我也學會了不理會，看他怎麼噴，反正不當真。

老王笑著說：「方明，現在我們接手工作了，以前他們給你做的筆錄，只是個參考，咱們重新來，你看行嗎？」

「好好好！」我嘴上應酬著，心裡想：你們還拿以前的口供參考啊？！這不還是想照著原來的方向來嗎？我這回可是要全面翻供的！可是咋翻啊？靳哥說了，我是法人，逃不脫！

小孫開始禮貌地問我簡歷，還是老一套的筆錄格式。我如實講出了前預審對我的刑訊逼供，小孫乾聽著，一個字也沒記。

見他們很和氣，我也硬氣起來，問他們爲什麼這些不記，老王爲難地說：「這也得讓我倆說得過去，你這等於揭我們這行兒的短了，領導那兒也不好交差。」

小孫幫腔道：「與人方便，自己方便嘛。」

「他哪讓我方便啊？！」

老王馬上笑著說：「誤會，誤會！聽說……你那天吃海鮮，鬧了肚子，加上大劉著急問案子，造成了一定的誤會。」

一定的誤會？是「一定的汙穢」！我可生氣了，原來的預審那麼整我，這二位竟然避實就虛，想輕描淡寫跳過去，太過分了。這分明是不想得罪同事，顯然，姓劉的還在，他們不想得罪同事。

老王馬上又來打哈哈。

我氣哼哼地說：「那你們看怎麼記吧。」

小孫提筆就寫，看來他們早就商量好了。

我問：「我什麼時候再見美國大使？」

「不是一個月嗎？」小孫隨口就答。

「啊？」一個月還不放我呀！

小孫莫名其妙，老王馬上說：「要是你取保出去了，就不用見了。」

好能編啊！我現在鑽圈套都鑽出經驗來了。我表面不動聲色，心裡是十二分的警覺。

他們又問了兩個問題，我發現真是按著原來預審的套路，我再回答可怎麼翻供啊？現在不能回答他們任何實質性的問題！得先買通他們，再翻供——甚至讓他們幫我翻供才行。我得儘快回去，趕緊找管教打電話。於是我問：「我什麼時候能見律師？」

「啊？你……你寫個申請吧，我們報上去。」老王說。

「我見個律師還得層層批示？」我也不知他們是否故意推

脫。因為中共這套沒有人性的司法體制確實是這樣——請律師重重受限，找藉口冠冕堂皇。

「我們會盡力爭取，這你放心，會格外照顧你的。」老王說得很漂亮。

我開始爭取主動，「如果你們還是找有利於劉預審的東西記，那跟他對我誘供有啥區別啊？那樣，我不能給你們簽字。」

他倆意外了。

我滔滔不絕地講他們如何對我誘供，我越說越來氣——他們還是一個字也沒記！最後二人嘀咕了一會兒，小孫飛筆寫了起來。老王跟我說了一些安慰的話，小孫就把筆錄拿來了，說：「你看這行嗎？」

他倒真客氣。我仔細審查了一下，發現沒有實質內容，就是輕描淡寫地記了一下我和原預審的衝突，作為「迴避」原預審的原因，由他們接手。我馬上簽了字——不涉及案子最好，我得趕緊回去「公關」。

§

回號兒就求教鄒處如何求見管教，這個曾買通看守的老手告訴我：去上煙錢是最好的辦法。

官司的緊要關頭，顧不得臉面了，跟柳兒爺們商量了煙茅的份子錢，大家都很爽快，隨便兒就繳了一千五百。

我跟管教先吹了一通如何跟「愛滋病」聊天，基本做通了他的思想工作，越說越覺得自己好像回到了插隊的歲月——胡編思想彙報。然後說號兒裡弟兄沒「精神」了，交上了一千元的鬼子票——在這一瞬間，我覺得自己已經「成熟」了，是個真正的牢頭了。

管教笑納了，扔給我一盒市價三元的「都寶」牌香煙。

我開門見山：換了預審，想跟家裡通通氣，趕緊打關係，一晚什麼都晚了……

胡管嘖嘖地遲疑了半天，「我回去給你說一聲。」

「萬一來不及……您在這兒說不一樣嗎？要不這幾天我睡不著覺了……您看……」

他為難了。裝蒜吧？他偷著借給犯人手機用也不是頭一回。

胡管兒問：「那以啥理由找你家屬啊？」

我一下明白了，馬上說：「再要兩千生活費啊！」

胡管兒眼睛瞬間一亮，隨即收斂了眼裡的光芒，拿出了手機，「我說，你聽著。」

我讓他撥通了萍萍的電話，搞公關還得是萍萍。胡管兒手機聲音大，我站在桌邊靜聽著萍萍嬌美的聲音，很是高興。胡管兒要萍萍把生活費送到他手上，然後捂住話筒，問我新預審的名字，我只知道姓。胡管兒熟練地傳達了我的意圖，看來他對此輕車熟路。

我是十二分地想和萍萍說上兩句，我徵詢地看著胡管兒，他看出了我的意思，示意我去門口。

他不鎖門，關門堵著門口。我接過手機，邊說邊往屋中間走，儘量離胡管兒遠一點兒。電話裡萍萍很是激動，我趕緊囑咐她，趕緊去幫我打關係買通預審，爭取三十八天內取保候審，逮捕了就不好辦了；趕緊叫律師來見我，萍萍一一答應。

我轉回身，還想跟萍萍再聊幾句，猛然發現胡管兒拚命咧著嘴向我打手勢，我這才發現離他已經三、四米遠了，我正要過去，「砰」一聲，門開了一尺，正碰著他堵門的腳跟！

胡管兒一招手，我立刻把手機飛了過去，迅速蹲下，胡管接在手中，迅速撤退開門兒。

「喲，王所兒。」

「幹嘛呢這兒？！」王所責備地質問。

「姐夫、姐夫！」手機裡傳出萍萍的聲音，真真切切。

# 第九章

# 信馬由韁，走向深淵

# 狹路相逢黑者勝

胡管兒真不含糊，拿起來手機就說：「我這兒正忙著呢，你跟你姐約吧，晚上全家燒烤，Bye-bye！」

真是久經考驗的好黨員！臉不變色心不跳，他從容對王所堆笑，「不好意思。」

我蹲著，離管教四米來遠，王所兒看不出把柄，還是有點兒懷疑。

胡管兒繼續解圍，「我把『愛滋病』放他們號兒去了，他是美國博士，學醫學的，看愛滋病沒問題。」

王所兒也沒理會我的身份，犯人還有什麼身份？他問我：「『愛滋病』還鬧嗎？」

「早不鬧了，我們輪番跟他聊天，現在很穩定，不過最好還是去醫院。」

王所兒嘴一撇：「這兒不是美國，沒錢。」

給我解圍的，最終還是筒道裡的廝打聲，管教馬上押我去看。

前邊的外籍號兒打架，已經被先到一步的隊長喝止了。管教把打架的提了出來，由隊長押去戴背銬。

「學習號兒呢？」王所兒過問上了。

牢頭馬上湊到了門口。

「收拾東西！」管教在王所兒面前，只好「六親不認」，撤了牢頭。

胡管兒押我回去，把孟老闆調到那號兒當老大，然後把那撤下的牢頭調過來當二板兒。

來人姓陸，北京×××刑警隊長，涉嫌「組織、領導黑社會性質組織罪、故意傷害罪、組織賣淫罪、強姦罪、非法經營

罪……一審有期徒刑二十年」。原來是黑社會老大，噁心死我了！[1]

鴇母過來跟我說他得走了——他和這新來的認識，不能關一塊兒。但是「黑老大」看了半天也沒認出他。

鴇母說：「陸哥，我是××的發小[2]，咱還一塊兒……」

「呀喝！磁器！這麼老了？」

「陸哥你眞有尿，判二十年，我一審『帽兒』啦！」

「我總刑四十一年，（徒刑）二十年封頂，一下打五折。」

「我一沒殺人，二沒涉黑，就因爲牽連公檢法，就『帽兒』我！」

「磁器，你點[3]我沒？！」

「哪能呢？點了你，你還能……」

「仗義！二審你丫能活嗎？」

「差不多，該餵的都餵了。陸哥，你要不出事兒，我肯定先得信兒，折也折不到這兒；你前腳進，我後腳跟。」

這倆黑社會的上下級還熱乎起來了，我十分不悅。鴇母見狀說：「方哥，我倆關一塊兒管教要犯錯誤，陸哥是來當二板兒的，跟管兒說調我吧？」

鴇母眞滑頭！犯人都不願意調號兒，一到新號兒，就得重新混，常常是從最低地位混起，七處的審判流程長，更沒人願意調號兒了。這鴇母分明是不願意照顧愛滋病！

---

[1] 大陸官方網站2006年報導了《北京首個黑社會性質組織覆滅 保護傘是城管隊長》，給人的感覺是：北京2005前沒有什麼黑社會組織，而且黑社會與警察無關。
我01年在海澱看守所和七處遇到的黑社會老大，一個是警察鐵哥們，一個本身就是刑警隊長。我相信他們也不是首個黑社會團伙。
[2] 發小：自幼的好友。
[3] 點：舉報。

黑老大果然上當，高興地分給了鴇母一套被褥。

管教半天沒過來，我跟黑老大開聊，以爲這個前刑警隊長能幫我出點兒主意，哪成想他不但出口成髒，法律也不通。既然他幫不上我的案子，留他何用？可他又是管教的人……有了！我問鄒處：「『鴇母』走了，誰看『愛滋病』啊？」

黑老大嚇了一跳，我再一介紹，看他那相我就知道，妥了！

胡管兒一來，黑老大馬上申請調走，胡管兒當然有求必應。黑老大捲了行李就跑，管教說：「就一愛滋病，看把你嚇的！你那洗浴中心裡那還少……」

「咱有安全措施啊……」噁心的聲音終於消失了。

狹路相逢黑者勝！鴇母沒走成，氣得大罵黑老大。

他說那陸隊原來抓過他，他老婆託他「發小」把他贖出來的，那以後姓陸的就成了他的保護傘了，沒少吃他的錢，只要有風聲，就給他送信兒。後來姓陸的折了，他沒及時換靠山，就被新刑警隊長「樹了政績」，把他開的酒家——妓院給端了。

鴇母這次犯案，是他花七百元從徐州收容所買了八個女孩，強迫到他的酒家賣淫。審他的時候，他揭發了幾個警察，公檢法不但不理他，一審還給他破格提拔成死刑，判他老婆十五年。他上訴加大了揭發力度，撂了兩個這類從警察手裡買女子販賣、賣淫的窩案。不幸的是，這兩個案子他都參與了，他就是陪他哥們兒去廣州收容所、戒毒所買過兩批女孩才諳熟此道的。

我問他：「廣州有那麼亂嗎？」

「更亂的你都不知道呢！廣州火車站那兒的賊、搶匪，都跟警察是『一家子』，按月上供，警察放養他們，他們在市面兒上收保護費，那叫維持治安。警察他娘的管啥？就知道往收容所抓農民，硬說你三證不全，按抓的人頭兒管政府要補貼，家裡來贖人又他娘掙一筆。收容所的醫院更黑，從那兒贖出來還得交治療

費。去年報紙登的那個在收容所醫院被輪（姦）了的女的[4]，你以爲就一個呀？海了去了！就是沒報案，報了也白報，人家叫你拿出證據來！誰敢爲你作證？你敢去哪兒取證？不上報紙，誰他娘管？！」

鴇母繼續罵：「你看電視往刑警隊臉上貼金！他們就知道抓人、打人，抓人時候『劃拉』得越多，手越狠，越掙錢。抓錯了你，你家裡求他們放人，得上供！」

「街上的小偷都結幫，幫主都是警察的磁器！眞要必須抓賊了，警察都先給磁器們打招呼，抓的就是沒『戶口』的野賊。那些收保護費的，收完了，第一個給派出所上供；我們開酒家的，不買黑、白道，甭想混！黑道的混混兒，都是警察的線人，警察就放著他們，哪要破案了，先把線人叫上來，讓他們報線索！」

我問：「那實在沒線索呢？」

「沒有就懷疑唄，懷疑就抓來唄，然後逼供唄！管你冤不冤？破了案再說！那是任務。」

---

[4] 後來我查到：2000年7月26日《中國青年報》報導了這個案子，題目是〈誰製造了慘絕人寰的輪姦案〉：農家少婦蘇萍在廣州火車站，光天化日之下被搶劫，呼救後警察卻當眾把她齊全的證件扔掉，強行收容，還當做精神病關進指定的康寧醫院。隨後蘇萍遭到「牢頭」等十幾人、幾十人次的輪姦。後來她丈夫從外地趕來，塞給醫院主任紅包、護理費，才將蘇萍贖出。報案後，警方立刻和醫院放走十來個強姦犯，只留了李某一人頂罪。
蘇萍夫婦狀告公安局、康寧醫院都被法院駁回，法院只以強姦罪判了李某4年。民事賠償被駁回，連康寧醫院收取蘇萍的500元護理費都不予退還。他們的抗訴、上訴均被駁回，進入了遙遙無期的申訴程序。
廣州收容所一系列虐待、輪姦、虐殺收容人員的事件相繼被曝光後，2002年3月，《羊城晚報》又曝光了廣州戒毒所販賣戒毒女子為娼的黑幕。公安系統立刻銷毀了該戒毒所的有關歷史檔案，懲辦替罪羊。
2003年無辜的大學生孫志剛被抓進廣州收容所後被打死，在全國憤怒的聲討中，中共吃人的收容所才壽終正寢。
歷經上述事件的廣州市公安局長朱某，不但獲得連任，還蟬聯人大代表。

集裝箱問鴇母：「二審你能活嗎？」

鴇母嘴一撇，「上上下下都餵了！咱還檢舉大案了呢！」

要是剛來，我會天眞地以爲他能立功免死，可這半個多月學的眞知灼見，反而讓我覺得他得被滅口了。

## 棉被神拳無影掌

去高法二審的犯人回了筒道，唯獨不見鴇母。隊長在門口叫我給鴇母收拾東西——鴇母果然回不來了！

在七處，如果有命案在身，進來就戴腳鐐；沒有命案的，一審判死刑才戴腳鐐；只要二審維持死刑，就砸上死揣[1]進四區，等待最高法院「死刑複合」下來就處死。所以鴇母——二審維持死刑了！

「鴇母這就是賣主求命的下場！集裝箱，明白了吧？」老林得意地說著。

集裝箱諾諾連連，又是對老林一頓感謝。

隊長讓我把鴇母的行李送到四區。死區禁地的風采——這可不是誰都有機會目睹的。我和另兩個抱被子的犯人被押下了樓，一到四區筒道口，陰森的死氣撲面而來。這兒大白天竟不見陽光，窗戶都用板條釘死了！幽暗的燈光猶如地獄的陰火，一股黴爛的氣味刺眼刺鼻。這就是關押活死人的地方，不折不扣的第十八層地獄。

我們把被褥堆到了筒道前邊兒，又有六、七個送行李的過來，看來今天四區「收穫」不小。

一個犯人戴著「狗鏈兒」[2]，像病狗一樣晃著挪進了四區，他抬眼看了看我們，那發黑的印堂和呆滯的表情讓我打了個寒顫。

我還以為能見鴇母一眼，可是，這兒的規矩是二審維死後，誰也不能再見，家屬只能見到骨灰了。

§

下午，號兒裡塞進條「鏈兒」來。這是個十六歲的「小崽兒」，剛從西城看守所來的。一個月前他們號兒關進去一個電視台的，四天就被打死了，家裡把這事兒給捅到媒體上去了，公安臉上無光，八個沾包的犯人都「郵」七處來了。

假金庸邊登記邊說：「平常這事兒就捂住了！要不捅報紙上，誰管呢！？」

我問他：「電視台的你也敢揍？」

「我沒揍，就給抱了條棉被過去！」

「啊？」

「他在別的號兒就給打炸了[3]了，調我們號兒來的！管教讓我們接茬『修理』他，老大叫我『棉被伺候』，他們把那傢伙腦袋矇上暴打。我們那兒有規矩：

練完腦袋再捶背，

矇上被褥劈軟肋，

擰著胳膊踢大腿，

看丫下跪不下跪！」

我問他：「管教抓了嗎？」

「抓人家幹嘛？」

---

[1] 死揣：鐵銷子鉚砸死的手銬；揣：看守所的手銬，左右手環中間沒有鏈兒，鉚在一起，叫「揣」。

[2] 狗鏈兒：「揣」穿過腳鐐銬住犯人的方式，走路時極度彎腰，晃著行進。

[3] 打炸了：監號兒裡把犯人打得高聲呼叫。

　　「你不說管教讓打的嗎？」

　　「管教就使了個眼神兒！」說著他來了個飛眼，「那就是修理的暗號兒，上哪兒找證據去？」

　　假金庸指著一個犯人對「棉被」笑著說：「那是你『哥』！江湖一號『無影掌』，揮手掌風搧死一個！你以後就叫『棉被』了。」隨手又拍了拍那個無影掌，「來一段兒吧，你『弟』都來了。」

　　無影掌說起了他的案子。他是個十八歲的高三學生，在門頭溝看守所小拘留十五天。第十三天，號兒裡打死個人——因為那位偷吃了老大吃剩的酥雞骨頭，老大號令群毆。他不敢打，更不敢不打，上去搧忽了一巴掌，也沒打著。最後那人死了，家屬鬧大了，不知道怎麼著，叫李鵬知道了。老李批示嚴辦——號裡二十口，全「郵」七處。老大、老二、打手判了死刑，其他從死緩開始下降，這無影掌是案屁，判的最輕，十年！二審剛完。家裡托人也沒用，李鵬有令，「法不徇情」。結果只能是把無影掌托到六區外籍號兒享享福而已。

　　我不由得一聲歎息：「這就是人權，蹲看守所裡，都得冒著死亡的危險！冒著被死亡牽連的危險！連生存權都成問題，還說什麼人權首先是發展權！」

　　小劉說：「黨的人權就不包括生存權！你都宣誓把一切獻給黨了，你還要生存權？黨都給你『代表走』了！黨的人權，就是發展權，弱勢群體多死點兒，剩下的人好發展！」

　　假金庸說：「我原來那號兒還有個冤的呢，外號叫『神拳』。是個司機，比吸毒的還瘦，不到七十斤，一個又高又胖的傢伙欺負他，把他拎得雙腳離地，頂到卡車前頭。他一拳掃到了大漢的眼角，那大漢往後一退，絆倒了，後腦勺正好砸石頭上，到醫院人已經死了。一拳打出十五年。紅產階級的法律，根本

沒處講理。老百姓還想要人權，要發展權？法律本身就是整你的。」

牢頭？牢頭？我忽然覺得自己應該做一個「弱勢群體」的頭兒！這幫弟兄，有的實在是太冤、太可憐了，我又能幫他們點兒什麼呢？

我直接能幫上的就是小金。雖然他出逃希望渺茫，但是尚有一搏，螻蟻尚且珍愛生命，我得全力支持他——協助他恢復體力。

下午洗澡的時候，我在廁所練彎腰。小金藉給我搓澡為名，跑進來練起蹲。剛練一會兒，號兒裡大喇叭就響了：「廁所那兩個，站門口去！」

§

我們被押到隊長室，蹲著等候發落。

咣噹一下門開了，一個領班的隊長進來就吼上了：「你們想越獄啊？！」

我和小金面面相覷，小金有點兒害怕了，我都氣樂了。砰一下，我屁股挨了一腳。

我趕緊解釋：「我是美國人，我有鍛鍊的習慣，美國監牢裡都有健身房，鼓勵犯人鍛鍊身體，怎麼你們這兒……」

這大招牌一立，我立刻覺得自己不是弱勢群體了。領班的也很詫異，他一個眼色，踢我的那個隊長就溜了——看來他們清楚：美國人踢不得。

領班的說：「中國國情不一樣，看守所不准鍛鍊身體，這是規矩，怕犯人砸監反獄。這，你也體諒體諒。」他一指小金，「你哪兒人呢？」

小金怯生生地說：「朝鮮人。」

領班的皺起了眉頭，盯了半天才問：「朝鮮人，你鍛鍊幹什麼呀？」

一聽這個，我頭「嗡」地一下，要完！

## 輕鬆過堂，曙光在望

「我回去不得幹苦役嗎？身體不行，就得吐血了，所以就鍛鍊鍛鍊。」小金可憐兮兮地說。

這藉口找的，太棒了！隊長也慢慢點頭。我趁機站了起來，「隊長，這蹲著太難受了，咱聊聊啊！」我不得不做出「老油條」的架勢，不然這麼蹲下去，我這關節炎可受不了，同時也是給小金解圍。

小金蹲著沒敢動。我這一痞，領班的隊長沒轍了，只好叫人把我倆送回去，並囑咐：不准再鍛鍊！

到號兒裡我就抱怨：「共產黨是希望咱身體越差越好！身體越糟糕他們越安全？！這點兒人權都沒有！」

小劉說：「方哥，您別提人權了。中國人叫黨灌輸的，你一提『人權』，他就想到反華，你以後乾脆就說『做人的權利』，這樣中國人聽著才能不反感呢。」

正牢騷著，隊長來讓小金收拾東西，要調他！

小金眼淚都急出來了，邊收拾邊哀求我：「方哥，你可得把我要回來啊！」

我知道他的意思，只有我知道他出逃的「密法」，要到了別的號兒，稍一限制他，他可能就是死路一條了。

§

終於盼來了提審。老王、小孫兩位預審的態度更加親切，難道是萍萍給了他們紅包？

這是換預審後第一次給我做正式口供，我極其重視。按著靳哥的意思，把北京移植學會抬出來了，整個把自己洗脫了個乾淨。

最初提審，我對移植學會隻字未提，原因有三。一是我只是借用移植學會「科研實驗品」的名義而已，實際帶的產品我直接賣給客戶了，怕查出來我冒用，反而壞事。二是我怕跟開證明的人攪合到一起，我擔心他們出事了，再把我給他們的五萬元的紅包攪和出來，就更糟。以前我拿著他們的證明，過海關暢通無阻。這回我闖關被盯，隨後被抓，我判斷是「證明」廢了——給我開證明的人出事了。三是最初沒想到有多重，以為罰罰款，就完了。哪成想那個姓劉的預審把案子搞得這麼大！

但後來靳哥跟我說：紅包數額不大，算成顧問費就完了，現在都這麼處理。我的貨就算跟移植學會沒關係，他們蓋了章就要負責，我就能洗脫。所以，我一翻供，就走了靳哥設計的路子。

老王很驚訝：「移植學會讓你帶的科研品？怎麼你沒跟劉預審提過？」

我急中生智，反問道：「難道劉預審沒跟你們說過？」

老王道：「沒有啊！」

小孫說：「你口供上可沒說過呀。」

我說：「你們也知道我那口供都是怎麼被逼出來的，怎麼按著他們的意思編的！我帶貨過關的時候，」我有意回避了「闖關」的字眼，「劉預審化裝成安檢，驗貨的時候，我給他看過移植學會的證明，那證明應該在他手裡。你們看，我做科學實驗帶的樣品，不用上稅，哪裡是走私呢？」

老王點點頭，笑道：「要真是這樣，就好辦了，不過……」

「不過什麼？」

「我們得核實。」

小孫問：「為什麼楊義的口供上也沒提那個證明？」

「他不知道，下屬沒必要知道這個。」

他們相視一笑，笑得我直起雞皮疙瘩！這倆真讓我拿不準，

我鑽圈套都鑽怕了。

他們詳細地問了我那份證明的來龍去脈，來龍我說的清，去脈可不知道了，因為過關的時候，被姓劉的收走了。可是姓劉的為什麼要隱匿那份合法證明呢？是丟了？還是為了把我打成非法，進而定罪呢？這我可想不出來了，也沒有想的必要了。

「要是這屬實，我看就沒什麼事兒了吧？」老王一問，小孫點點頭。

我就此判斷：萍萍已經分別把紅包給他們遞到了。看來，我曙光在望了！

## 神祕的「八一三」

門口出現了一個抱被子的犯人，我條件反射式地過去托鎖。

隊長囑咐道：「他叫八一三，保密的！誰也不許答理他！明白嗎？」

我連連答應。什麼大案這麼保密啊？一下引起了我的好奇。

來人中等身材，垂頭喪氣，一臉睏相。他放下新被褥，一身正裝髒兮兮，還是名牌兒，光著腳。

「您好！」八一三向我道著人間的問候語，還不知道到了地獄要叫大哥呢。

我裝作威嚴地點點頭。

「我三天沒睡了，能睡會兒嗎？」

「這麼沒規矩？！」鄒處罵了起來。

「誰來不他媽三、四天不睡！」李局也憤憤起來。

假金庸問：「是不是雙規的？」

八一三點點頭。

我問道：「雙規不都在賓館嗎？」

「他不夠級！」李局說，「我們才到賓館呢。」

看著他那可憐相，我讓他鑽後邊被垛裡，矇上我的被單睡會兒──他現在睡覺是第一位的，五天不睡覺人就得死了。

傍晚提審他的時候，鄒處把他從被垛裡揪起來，「可別說在號兒裡睡覺了，明白嗎？別給大哥找麻煩！」

他諾諾連聲，揉揉眼睛出了牢。

§

一天下午開了風圈兒，弟兄們輪流出來放煙茅，我最後叫出來八一三。他這兩天精神有所恢復。號兒裡對他實行「隔離政策」，現在風圈兒就我倆，聊聊也無所謂。

他建議我在處女島──英屬維京群島（British Virgin Island）開個離岸公司。那兒是最著名的「離岸金融中心」。這樣的離岸中心，全球有四十多個，離岸中心政策特別寬鬆，五百美元就註冊一個公司，股東可以單人，一切保密，完全免稅，只收年費。人都不用去那兒，藉這樣的公司，可以到世界各地做業務，世界各大銀行都予以承認。如果把利潤都做給自己的離岸公司，能省很多稅錢，大陸的稅是太高了。

我饒有興趣地諮詢了運作方式，然後問他：「那兒是不是洗錢的地方？」

「嗯。」

「大陸公司那兒多嗎？」

「處女島上中資公司占四分之一，中資公司每年交的年費，占這個島國財政收入的一半！」

「這麼狂？」

「不都是洗錢的，也有合理避稅的。」

「你教我偷稅呀？」

「你給共產黨上稅養貪官？給貪官樹政績？你真想做好事

兒，掙了錢直接給國內建幾個學校不好啊？」

我點點頭，「聽說捐一個希望小學才四萬塊錢。」

「我勸你算了，希望工程款已經開始挪用經營去了，一運作就貪汙，早晚的事[1]。」

「不會吧？」

「迄今為止，中央哪個項目運作掙錢了？真掙了錢，也進小金庫。運作，就是受賄、洗錢加貪汙。」

我不太信，「現在國家不是大力發展教育嗎？」

八一三冷冷一笑，「中國的教育開支，在世界一百五十一個國家地區裡，列第一百四十九位！連窮國烏甘達都比不上！去年公款吃喝六千億，國庫給教育撥的款才二千億，可是去年老百姓為孩子上學花了四千六百億！孩子上學越來越供不起，失學、輟學兒童人數世界第一，有這樣的『義務』教育？大學學費是農民家庭四十一年的收入，有這樣的大力發展教育？」

---

[1] 真讓813猜著了，希望工程真腐敗了，但2002年才曝光，摘錄如下：
　1.希望工程款被違規挪用超過1.1億元，大部分投資失敗「損失」了。
　2.《南方周末》準備在2002年3月21日發行的報紙，用四版篇幅刊登《違規投資玷污希望工程‧青基會負責人難辭其咎》，3月20日晚，這些印好的價值30萬元的報紙被緊急銷毀。
　3.審計署的「2002年希望工程審計報告」拒絕公布，拒絕評論。
　4.掌管希望工程款的中國青基會秘書長徐永光，貪汙、挪用、受賄、玩小姐、養情婦，動用黑社會威脅所有舉報人，誣告舉報者易曉（基金會工作人員），栽贓他貪汙200萬元。徐永光勾結公檢法，歷時5年半，秘密判處易曉死刑。易曉多方打點後，改為死緩。證據顯示那200萬元撥款是徐永光簽署，並未被貪汙，其他給易曉做偽證的人，都已翻供，但至今未給易曉平反。徐永光「根子」極深，2002年揭出黑幕，也奈何他不得，他只是改任中華慈善總會副會長，現在還是人大代表。

我看著他，不知道他是否在標榜自己。

他以爲我不信，指著風圈兒外邊一個二十來層高的大樓，「方哥，你看二環邊兒上這個大樓，造價得兩個多億！常規的回扣8%，你說得造就幾個千萬富翁？北京多少塔樓？哪個造價不一兩個億？」

我點點頭，「要不把中國搞成大工地呢，處處搞基建。」

八一三輕蔑地說：「三峽爲什麼能通過呀？肯定通過！項目越大，官兒們掙的越多！」

我半開玩笑地問：「你也經濟案？」

「嗯。」

我盯著他問：「貪汙？受賄？挪用？侵佔？」

「都不是，現在不好說，涉及上邊。」

「這兒倆大經濟犯呢！」

他一笑：「都小兒科。」

「爲什麼？」

「眞正高手洗錢，查不出來。」

「不會吧？」

「在賭場洗錢，你怎麼查？上億美元匯給賭場，拿零頭賭賭，其餘換成現金，往國外戶頭一存，你哪兒查去？賭場給保密，贓款一下就漂白了。」

「那也能查出誰匯的錢啊。」

「從離岸公司匯到美國賭場的，你查誰？哪個查出來了？」

我知道碰上了洗錢的行家了，又問他：「在國內玩錢有查不出來的嗎？」

「受賄有一大半都查不出來，不犯事咋查？帳面上沒有。哪個項目評標不收賄？賣經濟情報最常見，你哪兒查去？去年曝光的鞠建太，出賣談判底價，一句話換了四十萬美元，叫舞伴兒把

他告了！誰讓他嘴不嚴？大多數都嘴嚴，你哪兒查去？」

「行啊你，你這都是『權錢祕笈』呀！你這麼懂，他們怎麼查你呀？」

他笑笑說：「我本來就沒事兒。」

「那……離岸公司這麼洗錢，咱黨就沒什麼措施管？」

「能沒措施嗎？可是，能用措施嗎？中央不讓查！要查，那些島國是能配合的。可是，查誰不查誰？高官的錢都在裡邊兒，一鍋端？高官們能斷了自己的財路？」

看著我疑惑的眼神，他說：「方哥你對我不錯，我才跟你念叨的，都是瞎說，可別當真！」

「放心吧，我又不是『針兒爺』[2]。」我幾次想告訴他一些對抗審訊的真經，可是話到嘴邊兒又咽下去了。萬一他也是貪官呢？我不就助紂為虐了嗎？

這八一三水真深！他能是自詡的無辜人士嗎？八成是個洗錢高手！但是貪官，也沒他那麼大學問啊？真猜不透。

## 紅色蛇頭

自從上回提審，我就開始倒數計時了，一天天地盼日子，終於盼到了刑拘的第三十天。

三十天，是拘留外國人的最後期限，要麼逮捕，要麼放人。上回審訊，可說過沒什麼理由再拘押我了。

我早已收拾妥當，穿得乾淨俐落，踏上寶鞋開始溜達了。這雙寶鞋，鞋底裡縫著十多封家書！七處這兒能買到結實的棉線，

---

[2] 針兒爺：習慣告密的囚犯。

求針也方便，假金庸拿出了他的鎮號兒之寶——一雙布底鞋——現在賣的布鞋都是塑膠底了。大家把家書密密麻麻寫在小紙上，假金庸用雙線紉針再搓成單股，密密縫合的。

「方明！」

「到！」我樂顛顛地躥到了牢門口，原來是周一的牢頭例會！失落！

當著眾牢頭，我不好跟管教說什麼，就跟孟老闆蹲在一起，偷著說了兩句，孟老闆很為我高興。問問他的案子，他還是對二審翻案充滿信心。

我盼過了中午，又盼過了下午。晚上隊長在外邊給插電視的時候，我的希望徹底破滅了，甭提多喪氣了。

假金庸提醒我：「方哥，應該從你改刑拘票那天算吧？」

一句話複燃了我那成灰的希望。如果以誘騙我到七處新辦的刑拘證算，又得熬七天！

正合計著，門外一聲：「章明，收拾東西！」

太棒了，我一躍而起！頭也不回地躥過去托鎖，拉開門就要出去。

「丫要越獄呀？！叫章明呢！」

是新加坡人章明乾起了！我臉騰一下就燒了起來，嘿嘿兩聲，閃在了一旁。

「兄弟們，我先走一步。大哥，後會有期！」章明笑著出了牢，在筒道裡跟那隊長稱兄道弟。

「這傢伙，淨說『吉利』話！」弟兄們一片嘲笑，笑章明不懂出牢的規矩。

我對大家聳聳肩，長歎一聲。

老林說：「這傢伙准是個大蛇頭！」

「你咋知道？」我無聊地問。

鄒處接道：「他要不是大蛇頭，能這麼放嘍？咱黨就知道整小蝦米，放大魚。」

「越大蛇頭越不露相，他就咬定自己是乘客，可是呢？對偷渡門兒清！」老林這句話，很像在說他自己——他是這號兒最神祕的人，中央內幕、公檢法的貓膩他好像無所不知，分析案子獨具慧眼，就是不提自己的案子。

「他問我過，偷渡的事，問著很懂行。他看不起用集裝箱的我們小蛇頭。」說話的「老俄」是個俄羅斯白人，也是個蛇頭，勉強能說點漢語的病句，聽力還湊合。

假金庸說：「方哥，那蛇頭來這兒比你早幾天。剛進來就寫明信片通知外邊兒，馬上來錢、來『生活托兒』，沒背景的能有這『實力』？七處有幾個能三十天放的？」

我還抬上槓了：「如果他真是被冤進來的乘客，就是有錢有實力呢？」

鄒處道：「那『托兒』就在牢門口教他怎麼說口供，他要真清白，能這樣？這麼快打通關節，大有來頭。」

老林說：「他賊著哪，方哥你在的時候，他不說，怕你給他扎針。他看不起走船的，他都有『殺頭照』[1]的路子，不是等閒之輩。」

「老俄」說：「方哥，走私人口掙錢多，咱合伙出去吧。」

「哦，我邀請幾個出去，他們黑在美國，一查是我幹的，我是可以推脫，可我信譽沒了！西方是誠信社會，沒有信譽我怎麼『混』？」我在這兒混久了，也習慣「混」了。

「不可能！」老林說：「偷渡成功的，沒有一個抱怨蛇頭的！人蛇[2]到了美國加拿大，都把證件銷毀，然後自稱難民，我坐船過來的，你查誰？都給親戚偷渡留後路呢，沒有出賣蛇頭的！」

我反問：「要你說，蛇頭還是他們恩人了！？」

老林道：「確實有的蛇頭非常壞，畢竟少，出事兒的、抓住的也是少，要不怎麼大陸偷渡大軍浩浩蕩蕩，每年有上萬偷渡到西方呢？」

假金庸說：「黨淨拿歪理邪說騙老百姓，說黨嚴查偷渡，說老百姓太傻，禁不住蛇頭誘惑，我剛來的時候碰見個判七年的『野蛇頭』，他說所有大蛇頭，都和當地政府勾著！沒有政府支持，沒有軍隊掩護，沿海那兒能整船上百人偷渡？抓住的都是他們這樣單幹的、沒給政府上供的『野蛇頭』。『紅色蛇頭』跟政府『五五分成』，雙方零風險，共同發展！中國農民那麼吃苦耐勞，在國內窮苦一輩子，在國外當苦力，一個月掙國內一年的錢，吃苦十來年回來就是大款！福建那兒的偷渡基地，像長樂，幾乎家家有人在美國加拿大，當地的經濟都是偷渡的衣錦還鄉投資起來的，政府都捧著你！誰不眼紅？那是搶著往蛇頭家裡擠，借高利貸也要偷渡，有的政府的官兒，都把兒子、親戚交給蛇頭偷渡去。偷渡客都是有點兒錢、有頭腦的，誰不知道偷渡的風險？為什麼寧願冒那麼大風險、豁出性命也要離開大陸？中國的留學生有幾個願意回國？方哥你不也入美籍了嗎？那沒學問的，不偷渡，在國內窩囊一輩子？」

「方哥，你是沒見過中國現在的基層，『武松』，那是本分農民的代表，你看他們有活路嗎？服刑都要被紅產階級喝血！你看看『無影掌』、看看我，還有『輪兒』，還有咱聊的那些案子，基層的百姓還咋活？中國大陸人的平均工資，是世界平均水

---

[1] 殺頭照：也叫『剃頭護照』，從公安內部辦出來的真護照，用偷渡者照片配上別人身份。
[2] 人蛇：偷渡客。

準的三分之一，基層的工資就更低——那麼累、那麼苦，創造的財富——三分之二以上都被無形地剝削走了！這是隱形剝削，還不包括明著的稅！」

八一三說：「世界最適合居住的國家，加拿大第一，中國第九十九。」

我點點頭，「加拿大的孩子，十八歲前費用國家全包，在加拿大你要有倆孩子，不用是加籍，光孩子補貼就夠全家四口活了。美國的福利也是相當好的。有的墨西哥人在美國生倆孩子，就不用工作了，整天踢球，不少墨西哥女的懷著大肚子準備偷越邊境。當然，你要想活得體面就得奮鬥，只要你奮鬥，有的是機會。」

假金庸說：「說咱這兒是地獄，中國老百姓的社會，比比西方自由社會，也是地獄。方哥，你看那兒那首詩。」他一指風圈兒門框，「那就是以前那『野蛇頭』的大作，他給我指的出路，就是偷渡！」

風圈兒門框的牆上有一首改編的打油詩，簡直是我枕頭那兒打油詩的姊妹篇：

> 碩鼠碩鼠，無食我黍。
> 三歲慣汝，莫我肯顧。
> 誓將去汝，紛紛偷渡。
> 軍警開路，暢通無阻！

弟兄們的牢騷，還真打動了我。晚上，我悄悄給假金庸、小劉留了Email位址和電話，讓他們熟記在心。告訴他們將來有機會了，可以找我，我也當一把「蛇頭」——義務的，幫著他們脫離紅產階級的魔掌。

# 喜出望外迎批捕

還有六天，就盼到改辦刑拘手續的第三十天了。那是拘留外國人的最後期限，這幾天隨時可能放我。

東西已經收拾停當，我溜達著牢頭步，憧憬著自由世界：誰來接我？萍萍？最好她別來，我這慘相夠刺激的。這回我可給她帶回去一份大禮——監牢裡獨一無二的見聞，這是她夢寐以求的素材猛料啊！大姐、二姐會來，老媽不能來。律師也該來吧？這麼長時間也沒個信兒，真不知道她遭姓劉的暗算沒有。

老婆孩子怎麼樣了？這麼多天，芳芳得擔心成什麼樣……

坐牢整一個月，見識了紅產階級的黑暗，還學到了識別圈套、反刑偵的手段，當然，也自然而然地學會了白日做夢，在幻想中陶醉、消磨光陰，學到了像困獸一樣遛來遛去，快樂地憧憬著大自然的自由——真變態！

筒道裡鑰匙響了幾次，我激動地準備托鎖，可惜是別的號兒提人。但我毫不氣餒，每次鑰匙響起來，我都不厭其煩地準備——終於看到了微笑的徐隊。

「喲，方明，都準備好了？」

我熟練地托起了大鎖，伴著心跳問：「徐隊，這……？」

「提審！」

我一愣，想起來號兒裡說的，得做一套取保候審的手續，才放人呢。轉而高高興興地，頭也不敢回地出了牢門——也不敢和管教打招呼——萬不能跟管教說「再見」，那是出牢最大的忌諱。

§

監區外接我的小孫，笑得很不自然。審訊室裡的老王，也沒有了往日的笑臉。小孫遞過來一張——逮捕證！

　　我腿一軟差點兒坐地上，看著逮捕證，眼睛眨個沒完，好像能把它眨成釋放證似的。

　　老孫說：「我們也沒有辦法，檢察院批捕的，我們已經盡了最大努力了。現在我們又爭取到了幾個月的補充偵查期，咱可以好好聊聊了。」

　　放屁！少矇我！我憤憤地坐了下來，眉頭緊縮，一言不發。悲憤了半天，終於憤出了一句：「我要見律師！」

　　「寫個申請吧，應該沒問題。」

　　「我什麼時候見大使？」

　　「這得他們大使通知我們，他定哪天就哪天。」

　　他們看我的樣子，也很知趣，沒給我做筆錄，就押我到了預審樓前。照相，滾大板[1]。

　　我垂頭喪氣地到了牢門，鄒處急忙湊過來托鎖，「起飛啦？」

　　我兩隻沾滿黑油墨的手一張，「哇——」號裡一片歎息，鄒處惋惜地直跺腳。那一瞬間，我看到了弟兄們是如此的心齊，都有點同仇敵愾了！也深刻體味到：為什麼看守所裡會流行那句話：「咱是跟共產黨打官司。」

## 生死成兄弟，烈火噬戀人

　　以前再怎麼樣，心底裡還是以為自己沒事兒，總覺得坐牢是來體驗體驗的，逮捕之後，我開始絕望了。

　　愁苦難耐——壓抑煩躁——思念親人——愁苦難耐，這樣惡

---

[1] 滾大板：在看守所留指紋、掌紋稱為滾大板，因為要把雙手沾滿黑油墨，手指分別在表格裡滾動，留下完整的指紋、掌紋。

性循環了幾天，我發現不能這樣被絕望煎熬下去了，這樣下去，就是不崩潰，出去了也得去看心理醫生。我必須振作起來，哪怕是自娛自樂。

號兒裡再沒什麼新故事了，這十來天，號兒裡唯一的新聞就是「棉被」每天提審回來的講他怎麼挨打挨電，直到昨天他和預審「保持一致」才甘休。

下午開了風圈兒，小金、小劉以給大家洗衣服為名去了風圈兒。小劉來練功；小金鍛鍊，準備出逃，他是我以看護「愛滋病」為名，請管教背著隊長給調回來的。

他們練完了，開始洗衣服，我也溜達進去曬太陽，跟他們聊了起來。

小金的夫人早逝，讓我想起了逝去的洪雲，就跟他們講起了我那不堪回首的初戀。

「七四年高中畢業，下鄉去東北。別看小青年寫血書要下鄉，偷戶口本報名，火車上送別的時候，車廂裡哭聲震天——人性就是這樣，再革命也掩蓋不了。

「我和楊義就是在下鄉認識的。那兒環境還行，就是多天沒菜吃，整天煮豆腐，後來見豆腐就噁心。最頭疼的是跳蚤，席子底下能趴一層！撒一層『六六六』[1]，才殺淨。」

「本來我和楊義出身不錯，因為一個哈欠，把我倆打成了階級敵人！楊義每天管播音，有一回大喇叭打了個哈欠，說：『真他媽累』！當時同志們就不幹了：『動搖革命意志！』『煽動反革命情緒！』『這是一小撮反動派準備反撲的信號』……那時候我跟楊義不熟，我看不過去，就替他辯解。結果深挖『那一小撮

---

[1] 六六六：農藥六氯化苯的商品名，分子式 $C_6H_6C_{16}$，過去用於防治蝗蟲、稻螟和蚊蠅臭蟲等，對人有毒性，二十世紀六〇年代末停止生產或禁用。

敵對分子』，把我也挖出來了，批鬥！」

他倆聽得直樂。

「你們以為批鬥是鬧著玩？要命啊！我倆這以前還批鬥別人呢，這回，幹最苦的苦力，白天幹完活，晚上挨批鬥！直到我們救了人，才有轉機。那是第二年了，一天早上，農場邊上來了一隻狗熊，女的當時就炸鍋了。『初生牛犢不怕熊』，有倆小子拿著槍，開著『拖拉機頭』就追出去了，一直追進林子，中午了還沒回來。我們有點兒毛了，四、五個人一組，每組一桿槍，到林子裡去找人。」

「我、楊義和倆女的在一組。找了老半天，聽見『救命啊——』趕緊跑過去，看見倆女的一個男的陷沼澤裡，已經過胸口了。旁邊兒有一個哥們兒不敢動。我當機立斷，讓楊義和那倆女的，『趕緊脫衣服！』」

「我們把褲子、褂子拴在一起，繫成一長繩。四個人的衣服褲子，七、八米長呢。四個人一塊兒拉著，我走最前邊兒，因為沼澤地邊緣很不明顯，很難看出來。走兩步地就有點軟了，我們就躺地上滾蛋，看距離差不多了，後邊兒把『繩子』甩過來，我再甩給陷得最深的那個女的，她抓住『繩子』的時候，已經沒到脖子了！」

「我躺著，右手拽『繩子』，左手抓楊義的右手，這樣手牽手，四個人一較勁兒，拔蘿蔔似的，就把她拔出來。把她拉到能趴住的地方，她還不鬆手，都嚇傻了。我氣得直嚷：『快撒手，那倆沉下去了！』」

「我趕緊把繩頭甩給那個女的——那女的拚命昂頭，已經沒到下巴頦了。我們四個一較勁兒，也把她拽出來了。接著就『咕嘟』一下，那個男的頭陷下去了！」

「我大喊：『憋住氣！馬上拉你。』剛拉上來的那個女的，

趴著，把『繩子』扔到那男的手邊，那男的劃拉著『繩子』的時候，都陷到手腕了。『一、二，嘿——』拽出來一個『泥塑』！剛把他拔出一半來，砰一聲，『繩子』斷了！」

「他把『繩子』扔過來，那女的『啊』一聲，那男的抓住了趴著的那個女的，那女的一掙扎，兩人呼呼往下陷。

「我讓他們別動，繫好『繩子』，一個一個又拽出來。就這麼拽、爬著到了比較硬的地方，叫上那個在一邊兒傻著的，一塊兒滾出去的。」

「終於脫險了，我們八個人起來抱成一團兒，熱淚奪眶，那場面……」

小金、小劉聽的也長出一口氣。小劉問：「你們成英雄了吧？」

「樹死人不樹活人，死了才算英雄。我和楊義『立功贖罪』，開始『重新做人』了。」

小金問：「追狗熊的呢？」

「那倆追狗熊的，開著『拖拉機頭』，都陷沼澤裡去了。那沼澤上就有一頂帽子。那帽子成誘餌了！那組找人的看見帽子，跑過去就陷裡了。」

「那狗熊也陷裡了？」

「老鄉說狗熊沒事兒，它知道繞開，把人往『陷阱』裡帶！但是……最後得救的那個男的，還是死了。」

「啊？！」

我慘然一笑：「病死了。他陷進去，耳朵進東西了，然後中耳炎化膿，繼發腦膿腫死的——醫療條件就那麼差！沒什麼藥。」

「我們救的那倆女的是姐兒倆，姐姐叫洪雲，妹妹叫洪霞，他倆是右派子女。她倆跟我倆談上了，洪霞後來成了楊義的老

婆，洪雲燒死了。」

　　提起洪雲，心裡就發堵。長歎一聲接著講：「七六年入冬，沒下雪的時候，部隊派人慰問我們。慰問團的那個連長滿嘴『革命形勢』，大家都積極要求進步，猛向他靠近，都想混黨票兒。我和楊義贖的罪有限，好事還是靠邊兒站。我倆申請第二天伐木去；洪雲那天也怪，就愛聽那個連長噴，死活不跟我們去。第二天楊義、洪霞和我帶著乾糧進林子了。草場失火的時候，我們還在林子裡磨洋工呢，下午收工了才看見草場那邊起火了。風是往那邊刮，我們林子這邊兒沒事兒。我們趕緊往回跑。農場人沒了，掃帚也沒了，拾著鐵鍬就跑，草場挺遠呢！到那兒滅火趕上了個尾聲，那還幫著滅到晚上呢。」

　　「我們後來估計：是連長『忽悠』起來的。那連長約了一個要入黨的小姑娘出去談話，開車去草場兜風，一個來鐘頭，這倆回來了，說『草場發現火情！』那連長抽煙特別厲害，一天兩盒不夠！後來我們知道那連長就是個流氓，再跟那小姑娘在草叢裡一『忽悠』，著了唄！」

　　「那連長手一揮：『同志們，哪裡危險哪裡上！黨考驗你們的時候到了！』『我倡議為救火英雄火線入黨！』那年頭入了黨那都是『柳兒爺』！再說那個『七二年救火的英雄事蹟』，早就把知青們『忽悠』得找不著北了！拿著掃把、鐵鍬，開著車就往上衝。」

　　「那連長不懂裝懂，喊著『毛主席語錄』就讓大家衝！開始風不大，大夥迎著火頭上，後來風向老變，隊伍就亂了。男的抽煙，自備火柴，被火燒急了，想出『先燒草滅火』的辦法來，燒出一塊空地，人就安全了；女的沒有火柴，後來起風了，她們順著風跑，被火追著燒。衣服都著了，男的都光屁股，就沒燒傷那麼厲害，洪雲自己不肯脫內衣，燒傷面積過大，沒搶救過來。」

說到此時，心像被攥住一樣疼。

小金問：「跟那連長『談心』去那女的⋯⋯」

「燒死了！聽說那連長故意讓那女的衝在前邊兒，說表現好第一個介紹她入黨，結果把那女的忽悠死了——我們後來猜那連長可能殺人滅口。那連長後來真升官了。」

小劉問：「草原草場常會有火情的，你們沒學過滅火？」

我說：「淨學『語錄』了！七○年雞西荒原那場火就燒死二十四個救火知青，最小的才十四歲。七二年內蒙草場又燒死六十九個救火的知青！七四年我們下鄉剛到了那兒，最先學的，就是內蒙草原救火的英雄事蹟。哪學滅火經驗啊？我們撲火的口號兒都是毛主席語錄：『不怕犧牲，排除萬難，爭取勝利』！這一不怕犧牲，又燒死五個，有的燒傷的雙手都截肢了。這都是毛澤東思想的偉大勝利！越犧牲，越是勝利。」

「後來當地人說往常著火，很少死人。共產黨沒經驗瞎指揮！內蒙燒死了六十九個知青那次，兵團戰士一個沒死。連隊領導號召保衛草原——草可是國家寶貴財產！拿人命撈政治資本！結果都升官了！英雄事蹟傳遍全國！」

小金問：「為什麼要叫你們下鄉？」

我說：「搞運動搞得經濟萎縮，城鎮沒工作；紅衛兵已經被毛主席利用完了，待在城市裡很危險，結果一個下鄉光榮，就扔農村去了。結果怎麼樣啊？我偷著編了首詩：

　　　　　　知識青年農村去

　　　　　　國家化了一百億。

　　　　　　上上下下不滿意，

　　　　　　真他媽愧對毛主席！」

小劉問：「那還不判你個反革命？」

「當時知青怨氣大了，再不解決就快造反了。鬧的最凶的是

雲南。七二年雲南保山一場『小火』，燒死十個女知青。這十個
女知青睡一屋，晚上用八號鐵絲把門纏得死死的，怕兵團的軍官
來強姦她們，結果半夜失火，把她們全燒死了。保山知青上書新
華社，新華社轉給中央，中央才下令查的。後來，全國各地軍隊
斃了幾百個軍官，都是批量姦淫女知青的慣犯。」

「那年頭姦淫女知青成風[2]，就軍隊象徵性地整了一批，縣
裡、公社那些誰管啊？返城招工、推薦上大學的女的，基本都是
用貞操換的。一千六百萬知青，大約八百萬是女的，遭到各級黨
政幹部強姦的，最少最少也得有十分之一，那就是八十萬！想想
吧，南京大屠殺，日本強姦了二萬多南京婦女。比起共產黨，小
巫見大巫！」

我講罷，小金講了講現在的朝鮮，聽著就像又回到了大陸的
文革時代⋯⋯

---

[2] 據國務院知青辦不完全統計：上山下鄉初期（69年前），24個省共發
生2.3萬多起迫害知青案件，70％以上是姦汙女知青。
73年6月22日～8月7日，國務院全國知青工作會議期間，新華社遞交了一
份《情況反映》，披露了大量兵團姦汙女知青的事例：
⋯⋯雲南生產建設兵團一營長賈小山，強姦女知青20餘人。
黑龍江兵團一團長黃硯田、參謀長李耀東強姦女知青50多人。
內蒙兵團被姦汙的女知青達299人，罪犯中有現役幹部209人⋯⋯

# 第十章

## 絕處逢生，背水一戰

# 一語點醒夢中人

恐怖、寂寞、壓抑、無助……我越來越體味到了坐牢的滋味兒，難道我真在等待宰割嗎？

難逃此劫了——老林的分析也是這結果，誰讓我是公司法人呢！最好的結果，看來只能是等待判刑，然後驅逐出境了，那樣最快也得半年——這待遇只有美國間諜才能享受啊，我一個學者，一個儒商，哪混那身份去呀？

原來以為牢裡只有兩大寄託：一是睡覺做夢享受自由，二是下棋擺脫煩惱，現在我發現了更大的寄託——白日做夢，沉浸在幻想中度過煎熬。

八月都快過去了，大家的故事幾乎都聊完了，就剩下無聊了。

這一天，他們問起了我的創業史。我隨便講了講，最後說：「學業到頭了，博士後都做完了，拿點兒積蓄回來報效祖國，就這下場！」

小劉問：「方哥，你是外商，不應該再是中國公司的法人了。」

「我剛入的美籍呀！他查我前邊兒的事兒，那時候我還是老內呢。早知道，不把法人變給我好了！對了，你們記住啊：預審給我出個主意：以後開公司，找個八十歲老頭當法人，公檢法就沒轍了。」

李局說：「未必。我原來那兒有個八十四（歲）的，他老婆是老中醫，中藥過敏治死個官兒太太，硬他媽說他們非法行醫。他老婆判十五年他十年。下圈也沒人敢要，保外吧，上邊也不批，還他媽關著呢。」

假金庸說：「別得罪紅產階級，方哥，你這招兒肯定好

使！」

「方哥，你說什麼？把法人變給你？」小劉問。

「開始做公司的時候，我托給楊義了，我國內外這麼跑，沒空管。我是大股東，他們倆口子是小股東。他要了個心眼，他當法人了。我大大咧咧，今年才發現法人是他。就讓他把法人給我變回來。」

老林說：「這等於他把你公司偷走了，他沒少摳你錢吧？」

「是，預審都說了：『你知道那小子摳你多少錢嗎？公司的車都在他的名下。』不過，美國人投資理念跟大陸不一樣，三、五年能賺上錢就行，所以，這兩年我能持平已經滿意了。」

老林說：「你入了美國籍，國內的公司你就沒資格當法人了。」

「這次回國就想把法人變給我老婆呢，哪成想進來了！」

老林問：「你有美國護照人家能把你當老內？」

「我沒帶，我一直拿著中國身份證兒，冒充老內呢——爲了少挨宰。要不他們怎麼把我當老內抓了呢！」

「方哥，你一直拿著你的身份證？」小劉問。

「啊，一直拿著。」

「一直沒給那個楊義？」小劉又問。

「我有倆身份證，一個我冒充老內，隨身帶；一個給楊義，他替我辦事方便。後來這小子把我身份證丟了，要我那個我沒給他，他說給我做個假證兒。」

「什麼時候丟的？」小劉再次追問。

「你還審我一堂啊？」我半開玩笑道。

「不是，方哥，我是說沒有身份證什麼也辦不了，練法輪功的身份證都叫派出所沒收，弄得我啥事兒也辦不成，你的身份證要丟的早，你就不是法人，你就沒罪了！」

「啊！」我身心一振，接著像醍醐灌頂一樣，傻傻地問道：「我不是法人？」

小劉繼續說：「他不拿你身份證兒，就沒法把法人變給你，如果他用假身份證把法人變給你，那無效！」

「太好了！」我差點跳起來，「楊義早把我身份證丟了！在我讓他把法人變給我前，就丟了！我不是法人！鬧了半天我不是法人！我沒罪呀！」

弟兄們都樂了！我簡直想把小劉抱起來！太高興了，絕望了這麼多天，一下發現自己沒罪了！

假金庸提醒我：「還是先找胡管兒核實一下好！」

「對對對！」我現在心裡像敞開兩扇門似的，豁然開朗。

八一三問道：「公司有你簽字的決議、票據、合同之類的東西吧？有了就麻煩！」

我努力地追憶了半天，確定地說：「還真沒有。」

鄒處說：「這叫什麼老闆啊！甩手掌櫃的！」

§

我完全沉浸在這天大的驚喜中。老媽曾經找人給我算過命，說我難中逢貴人，看來今天是應驗在小劉這兒了。真是一語值千金！我咋早沒跟他聊這個呢！

不過，楊義可慘了。弟兄們說這是他自作聰明，貪心太重的下場，偷了我的公司，也自然得承擔法人的責任。我倒不全這麼看，畢竟他是受我連累。不過，海澱看守所那「居士」和他姐的悲劇明白地告訴我：如果兩個人都承擔，任何一方也輕不了，如果先脫身一個，另一個也重不了。

後天就是見大使的最後期限了，如果預審明天不提我，就先跟領事控告他們，叫他們更難收場！

# 新任領事三把火

管教上午竟然沒來！急得我幾乎是蹀了一上午牢頭步。今兒得趕緊找管教暗中核實，看楊義是否把法人變給了我。沒變正好，如果變了，還得找律師證明法人變更無效。我只有摸清了底，才好一次性翻供啊！明天就是見大使的最後期限了，見領事就得用翻供的詞了，趕得太緊了！

下午管教終於來了——卻是帶我見大使！

路上我腦子飛轉，終於下決心走一招兒險棋。

律師樓，還是那間接待室，一位白人女士向我問好。我一眼就看出來了：新領事是位鐵娘子。

上來我就用英語快速地訴說冤情——按我不是法人說的。領事聽罷，驚訝地說：「太可怕了，中方公司走私，卻把美方的供應商也抓了，不可思議！這些，前任領事的交接檔上沒有記錄！」

「我現在告訴您，我要翻供，推翻以前被逼供、誘供下的證詞……」

「你等等，我現在記錄，以免遺漏。你的遭遇我都在備忘錄裡看到了，看來漏項了。」她說著開始飛筆記了起來。

一會兒，領事抬頭問我：「方博士，不知你的處境是否改變，前任領事已經給中方發過照會了。」

「沒有，我的處境並沒有多少改變，僅僅是換了預審而已，而且，我的冤情進一步加深，已經被檢察院批捕了，這意味著判刑……」

領事記錄後，說：「方博士，你放心，我可以幫你做三件事：第一，繼續向中方發照會，強烈抗議中方株連你搞冤案；第二，你有冤情請隨時通知我，我給你留下這些明信片。」說著她拿出了

四張明信片，已經填好了她的地址。她繼續說：「第三，如果有必要，我要上報，向中方施加更大的壓力。美利堅，決不能容忍任何國家給她的公民炮製冤獄。」

「謝謝！」

「方博士，我還要把你的遭遇告訴美國媒體，人民的義憤，將會大大推進營救你的進程！」

「不！」我脫口而出，那樣鬧僵了我就沒法在大陸做生意了。

「為什麼？」

我馬上託辭：「今年好幾個美國公民被他們強加罪行並驅逐出境，如果中共死要面子，一定也會那樣對我，那樣，我就永遠無法回到中國探望我的親人了。所以，我希望雙方能儘快斡旋解決，達成諒解，儘快釋放我。」

§

老王笑容可掬地去送領事。小孫直接把我帶去審訊——糟糕！我沒有時間私下核實了，兩套翻供方案，矇哪個呀？萬一矇錯了，就徹底玩完了！

## 搖身一變，預審傻眼

「預審先生，我今天正式翻供！」我說的是那麼自信，那麼坦然，那麼叫兩個預審找不著北——實際上，我在鋌而走險。我要從他們的表情上，判斷我到底用哪套翻供詞！

這倆笑面虎收起了笑容，老王問：「你不是已經翻了一次供了嗎？還翻哪？」

「那次我控訴姓劉的預審如何虐待我，你們一個字也沒記呀！你們審我，還是沿用姓劉的那一套，沒怎麼問就給我逮捕啦，對吧？你們現在補充偵查，該允許我翻供了吧？」

半晌，老王先恢復了笑臉，示意小孫開始筆錄。

老王問：「哪些口供不是事實？」

「首先，我不是法人！」我投石問路，努力盯著他們的眼睛，我要從他們的眼神裡看出答案！不然就沒法決定下一步的戰術。

老王一愣，隨即微微一笑；小孫也抬起了頭，笑得很自然──我一下明白了，法人果然還沒變給我！

因為如果楊義眞的用假身份證把法人變給我了，公司所有證件上寫著我的名字，他們一定會把我當法人，這種情況下我翻供，他們一定會很奇怪；可是剛才我否認自己是法人時，他們絲毫也沒意外，可見楊義還賴在法人的位置上。

牢友們說我太輕信人，我這「疑人不用、用人不疑」的戰略可是太失敗了，沒想到當年和我生死與共的哥們兒竟然能那樣算計我、矇騙我，竊走了我的法人身份不說，說給我變回來也遲遲拖延，出了事，還猛往我身上推！甭問，這兩年，楊義沒少偷我的錢──不對，他是法人，他劃拉的是「自己公司」的錢！

老王說：「我們知道你形式上不是法人，可是，你不是幕後老闆嗎？」

他這句話完全印證了「法人還沒變更給我」的判斷。我腦子高速旋轉著：早先的那倆預審開始也沒當我是法人，是我以為自己是法人，冒著傻氣大包大攬，替楊義兩肋插刀，正中了預審想多抓人辦大案的心理，把我定成幕後老闆了，想弄個國際走私大案。然後一直騙我自己上綱上線，律師見我沒說幾句就讓他們罵跑了──律師肯定知道我不是法人，也肯定以為我不會傻到連自己是不是法人都不知道。

深沉了半晌，我做出一副無辜而又義氣的神情說：「那是我想替楊義扛，畢竟我們兄弟一場。其實，我就是個供應商。」

「現在怎麼不扛了？」

「再扛我也十年了，法人楊義他肯定十年，我陪綁個啥呀？還是實話實說，相信你們會秉公辦理的。」

「那你往他身上推了？」

「我本來就是個供應商，走私也好，闖關也好，跟我無關，我只是按照中國客戶的要求，把東西帶來而已。姓劉的沒調查清楚，就抓了我，這是他的問題，現在我要求無罪釋放。」

老王一副為難的樣子：「如果檢察院沒批捕，我今天就能放了你！可是……檢察院批捕了，就不是我們一家說了算了，中國的事兒，你也知道，不好協調，哪個廟不拜也不行。」

「啊？這還要等什麼時候去？」

「進入逮捕程序，我們有半年的偵查期呢，所以沒急著審你。你現在身份又變了，從『法人』變成供應商了，我們查清楚了，交檢察院批，估計，怎麼也得……不好說。」

「如果快的話，不等我下次見大使就有結果了吧？」

「下次嘛，這個……誒？」他突然收斂了笑容，問：「剛才你見領事，說沒說今天翻供的話？」看來他們剛才在領事面前笑容可掬的，真是一句也沒聽懂。

「當然，我得向領事如實彙報啊。」

老王這回不笑了，知道大使會把事情鬧大。凝重了半天才說：「我也希望你早日獲得自由，不過中國的衙門，你也知道，是吧？節外生枝也是常有的事兒。」

這傢伙真滑呀，當盡了好人，給自己留足了餘地。不過，好在還有新任領事的那三把火，那要燒起來，真夠他們一嗆。

## 九・一一大庭辯

十二日晚，監號兒裡像往常一樣坐板兒看新聞，突然電視畫

面抓住了我的眼球：九月十一日美國遭到恐怖襲擊：四架飛機被劫，五角大樓被撞，世貿中心摩天大廈雙雙倒塌……

「咚咚嘩啦——」鐐子砸板兒的聲音把我從驚呆中驚醒了，有人高興得手舞足蹈！筒道裡也傳來叫好聲，身邊的李局、鄒處，竟然也面帶驚喜的笑容！

九一一讓我悲哀，弟兄們的反應更讓我悲哀！

冷靜下來，想想自己十年前也跟他們一樣，從小就敵視美帝國主義。黨這套洗腦宣傳太厲害了，不但塑造了人的是非標準，還左右了中國人的喜怒哀樂！

新聞結束，我已然合計好了戰策，溜達著牢頭步到了前邊。

「棉被」這個小混混，來這號兒最晚，剛才叫的最歡！我一問他，他不敢說了。旁邊兒的「無影掌」打小報告，「他說美國鬼子老干涉我們，這回遭報應了！」

我一笑，「在我這兒，誰都有說話的權利，說實話我才愛聽。」

小劉關切地問：「方哥，家裡有事兒嗎？」

「謝謝，我家在加州，遠著呢。」我轉向大家：「我很理解中國人對美國的仇恨，我也是這麼過來的。今兒的『坐板兒論壇』就侃侃這個話題。我先給你們講講：這一百多年來，美國怎麼『干涉』中國。」

「一八九八年，義和團打著『扶清滅洋』的口號，在河北一帶大量殺洋人。外國使館要求清政府保護。慈禧卻親自召見義和團領袖曹福田，把自稱刀槍不入的義和團稱為『義民』，讓他們滅洋人。於是乎，恐怖席捲華北，遍殺洋人，婦女兒童都不放過，見了信洋教、用洋物的中國人就殺，戴眼鏡兒就掉腦袋——因為那叫『洋眼鏡』，用火柴的全家被殺——因為那叫『洋火』！一切西洋用品、設施全部革命掉。」

「一九〇〇年，慈禧太后正式下詔，向當時世界上所有跟中國有外交關係的西方國家——十一國宣戰。電線桿拉倒，切斷電報，慈禧就下令清軍和義和團狂攻十一國領事館，向機槍衝鋒。凡是有異議的大臣，都被處死，隨意稱某人信洋教或傾向洋人就殺頭。殺了五千洋教士和五十萬帶洋味兒的中國人。這才引來了八國聯軍，燒殺淫掠。」

「當時七國要瓜分中國，再把分剩下的國土肢解成一系列小國。美國堅決反對，提出門戶開放、自由貿易，保持中國完整。那七國最後都聽了美國，中國才免去被肢解。」

「《辛丑合約》向列強賠款白銀本息近十億兩。後來在美國提議下，剩下的三億兩大家退還給中國。辛丑合約給美國的錢，美國都用在中國辦教育，後來美國又退還中國一千多萬美元，建了清華學堂——現在的清華大學、燕京大學、協和醫院、協和醫學院等也是美國人建的……因為美國把愚昧當作死敵，這是黨永遠要埋葬的祕密。」

「美國一帶頭，其他各國相繼退還了部分賠款，在中國搞建設。只是日本退還的賠款，後來給滿洲國做軍費了。」

「大陸搞運動，三年大饑荒國力最弱的時候，台灣多次提出『反攻大陸』，被美國制止。台灣要發展核武器也被美國遏制。中蘇翻臉要打大仗，是美國調停好的。美國沒有侵佔中國一寸土地。所以毛澤東晚年幡然悔悟，跟美國建交。」

棉被舉手，學著西方電影裡的樣子：「抗議！」

我向大家許諾：「誰要抗議，隨時舉手。」

棉被理直氣壯：「方哥，你說美國總幫著中國，那抗美援朝呢？」他真是黨培養出來的新一代，對黨的真實面目一概不知，還一副什麼都看得透的架勢，把愛黨當成愛國了。

我說：「抗美援朝的真實歷史，你肯定不知道。等有空給

你講講，看看毛澤東怎麼幫著金日成侵略南朝鮮，共產黨怎麼慘敗，怎麼在世界上招來四十多國的經濟封鎖，共產黨怎麼在割掉蒙古後，再割了幾十萬平方公里給鄰國，再大筆大筆的外援來在國際上買好兒！」

老林插話道：「九一年底蘇聯解體，美國就給貸款、給糧食，拆毀過期的核武器、購買核原料，給武器專家補貼，不給恐怖分子機會，這確實是維護和平。」

「美國維護世界和平？美國隨便就侵略周邊小國，把人家總統都抓去了！」小棉被還真知道一點兒，可惜都是被歪曲的。

我問他：「八九年美國抓了巴拿馬總統諾列加，你知道老諾都幹了啥？」

「老諾幹啥，用著你美國去抓？」小棉被完全是黨那套維護「主權」的邏輯。

我說：「老諾對外組織國際販毒，對內鐵腕鎮壓人民，不承認大選結果，把大選獲勝的反對黨的頭兒當街毆打，然後逮捕，最後分屍，還槍殺了美國軍官。美國出兵抓了諾列加，巴拿馬人民夾道歡迎。巴拿馬回到了人民手裡，民主啦！美國判了老諾四十年，巴拿馬判他六十年。這些你們不知道吧？」

「中共說米洛舍維奇是塞族人的英雄！老米搞種族清洗，殺了阿族一萬多人，一百多萬人逃亡。北約抓了老米，塞族的民意測驗——本民族70%的人反對老米。這就是中國刻劃的英雄！」

「薩達姆搞社會主義，把伊拉克從一個富得流油的國家，搞得窮困潦倒。一九九〇年侵佔科威特，九一年多國部隊解放科威特，那是聯合國授權的！中國暗中拆台，在國內播放伊拉克人怎麼痛苦，怎麼恨美國。當年我在美國讀博士，可看到了，科威特人手持美國國旗，擠在街道兩邊歡迎美軍。」

棉被舉手：「提問！那日本韓國人怎麼老抗議，讓美國撤軍？」

　　我笑了，「民主社會，得允許人說話。日本農民被美軍飛機吵得睡不好覺了，韓國母雞被吵得下不好蛋了，得允許人家去遊行！」

　　大家笑了。我繼續，「美國對外駐軍，是得到那些國家歡迎的！日本、韓國能發展起來，歐洲能復興，跟美國駐軍有直接關係。他們軍費就省了。韓國還和很多小國一樣，盼著能加入北約，受美國保護呢！海灣戰爭德、日為什麼給美國出錢？別以為美國離不開海灣的石油！那兒給美國的石油不到美國需求的五分之一，可是日本、歐洲離了那兒就慘澹了！可是這個捐錢，中國卻以此嘲笑美國，說美國打不起大仗了！」

　　棉被又舉手：「那美國炸我們使館！撞我們飛機，你咋說？」

　　炸大使館和撞機的內幕，我相信他們是看不到的，就說：「美國也有惡。南聯盟戰場上老米的導彈打下美軍一架一億多美元的隱形飛機──他們根本沒這技術。美國CIA──中情局報告：老米的導彈定位系統藏在最安全的地方──中國使館的地下室裡，隱形戰鬥機的關鍵殘骸都運那裡去了，殘骸的導航系統不斷往外發射定位信號。派空降兵進去，那是侵略中國領土，不行；要是炸了它，總統肯定不批。CIA就瞞天過海使了個損招，交了個錯標的地圖，告訴美軍這是倉庫，隱形飛機殘骸在地下室。美軍用了三枚穿地導彈，第二顆打開一個大洞直達地下室，第三顆順著大洞鑽下去了──臭彈！」

　　弟兄們開心地笑了。

　　我接著說：「如果是軍方故意炸，或者總統批示故意炸的，第三顆導彈是臭彈，馬上還得派飛機繼續去轟炸，把一顆先進的導彈扔給中國，等於把技術送過去了一樣！總統接到中國照會，馬上叫停，道歉，CIA偷雞不成蝕把米！」

老林說：「中國的隱型戰機技術一舉跨越了二十年！」

我問大家：「你們想過沒有？中國暗中實驗自己的反隱形設備，指引老米的導彈打下了美國隱形飛機，這是中國開戰在先。美國炸你，這是對等的。只是中國是暗的，美國是明的。當時中央和軍委的最高層都不敢露面，你在那兒搞貓膩你理虧呀。」

棉被又質問：「那撞機呢？」

我說：「撞機和炸大使館有直接關係。中國的定導系統打下了美國隱形飛機，美國才開始沿海偵查中國——那是在公海上，沒進中國領空，不犯法。可是中國飛機去撞美機……」

棉被雙手抗議：「是撞的我們，電視都演了！」

幾位同胞對我緊皺雙眉，如果我不是這兒的老大，看來他們得立刻走我一板！

我說：「今年四月一號撞機，我正在中國，我對美國很憤慨！可是到美國一看，不是這麼回事！中國展示美機撞中機，是編的三維動畫！美國播的是錄像：清楚地拍到了王海的飛機貼過來，在窗戶上展示他的Email地址！美國飛行員嚇得大叫：『Too close！』——太近了！那麼先進的偵查機，去撞咱一個小戰鬥機？傻了？」

「提問！既然美國有理，為什麼還向中國道歉了？」

棉被簡直成了黨的「發言人」了。我說：「黨的騙術實在高！布什（布希）對王海失蹤表示難過——翻譯在這兒要花活，故意把『難過』翻譯成『道歉』，好給中國掙點兒臉。美國可沒道歉：在公海上你撞我，扣我的人，飛行員跳傘了硬說沒找著，還給你道歉？墜海的飛機為什麼不賠你的呢？你不佔理，要真是美機撞的中機，中國能不鬧著賠飛機？」

假金庸說：「棉被，你上個月提審，挨揍、挨電棍是最狠的是吧？直到你按他們的意思『招供』才甘休是吧？你真是久經黨

考驗的戰士！一刻紅心向著黨……」

　　見大家喪氣了，我說：「別看我入美籍了，跟大多數華人一樣，在所有涉及中國的問題上，心裡都向著中國——可是，咱得講理！」

　　「抗日的時候，蘇聯和日本簽訂了互不侵犯條約，唯有美國在支持中國，無償援助中國五十億美元，其中七十多萬噸戰略物資運到印度，那要躲過德軍狼群潛艇的封鎖的！再從印度空運到昆明，再轉運到抗日戰場。那四十一個月，近五百架美國飛機、一千五百多美國飛行員在喜馬拉雅山的峽谷裡粉身碎骨。後來在重慶的空軍烈士陵園，僅有的二百四十多具美軍飛行員的遺體，後來被黨全部革命掉了！剩下二百四十個空穴。」

　　我溜達了一個來回，弟兄們無言以對。

　　「抗日勝利後，馬歇爾將軍在美國國會為中國爭到了一大筆重建資金，還制定了中國的民主方案。他費盡口舌勸國共兩黨搞民主，可是呢？國民黨居功自傲，共產黨八年不抗日瘋狂擴充，一切為了內戰。」

　　小劉插道：「歐洲是接受『馬歇爾計畫』復興的吧？」

　　我點點頭，「日本屠殺了幾千萬華人，霸佔過我們大片領土，現在還佔著釣魚島，黨要和日本『世世代代友好下去』，為什麼恩將仇報對美國？」

　　大家都默不作聲了。我溜達了兩圈兒，宣布：「庭辯結束，洗漱！」

---

現在大陸官方網站還推薦著許多文章：嘲笑九一一是美國遭報應，甚至把美國反恐說成是美國容不下伊斯蘭文明，挑起中國的伊斯蘭民族對美國的仇恨。

中共就這樣源源不斷地造就著敵視美國的一代代中國人。

# 國際刑警

今天三份開庭。吃完中飯，鄒處一審回來了，二億四千萬元的大案果然判了無期，他簡直心花怒放了。挪用、受賄雙判無期，合併為一個無期，一下減了個無期徒刑！

集裝箱和老林二審，直到午休時老林才回來，本來就瘦長的臉拉得跟驢似的，甫問——維了[1]！

老林苦笑一下：「『集裝箱』這回可美了。」

才想起來「集裝箱」還沒回來，必是取消了死刑，在外邊摘鐐子呢。我心血來潮，沒樂找樂，讓弟兄們競猜集裝箱的結果，獎品是兩包榨菜——很大方嘍。

集裝箱歡天喜地地顛了回來，我宣布競猜開始。

重賞之下有勇夫，踴躍報出的結果從無期到五年，什麼都有。答案卻大出我們意料——打到深圳重審——因為不屬於北京管轄範圍！？

百年不遇的結果——中央頂層內鬥的充分展現。大陸特工去埃及綁架李嵐清的大管家，結果李嵐清的消息先到一步，只好用集裝箱裝回了「大管家」的馬仔。刑拘、逮捕、起訴，罪名一再變換，刑期由重變輕，再由輕變重，一審竟然破天荒地成了死刑！在主子要拿他滅口的緊要關頭，老林犀利的分析救了他一命——讓他終止「賣主求活」的蠢招兒，鋌而走險，動用關係去「媚主求命」，將死保主子的戰略進行到底。如今大功告成！

打到深圳重審，說不定可以取保放了！高級法院這樣判既討好了李嵐清一派，還遵守朱鎔基一派要留活口的指示，又不影響

---

[1] 維了：二審維持一審原判。

中級法院的面子，實在是高妙！

朱鎔基、尉健行這場反腐游擊戰，又敗了。一審就夠丟臉的了，這二審的結果得把他們氣死！他們想留活口，可不想把活口放到鞭長莫及的深圳啊！等於放人了一樣。

翻手爲雲、覆手爲雨，李嵐清這個「漂亮」的結果，在告訴所有的下屬：忠於主子，錢途無量，出了事也能讓你起死回生！

§

下午開了風圈兒，我單獨把老林叫到風圈兒曬太陽，表面上是穩定他的情緒，用熱水泡泡茶，實際上是想泡泡他。他可太神祕了，分析案子獨具慧眼。我看了他的判決書，他身爲老闆，因爲詐騙罪、傷害罪、妨害公務罪判了無期，很奇怪。

涮涮牙缸品品茶，坐井觀天磨磨牙。茶葉是管教捎進來的，打了熱水泡在可樂瓶裡，在被垛裡悶到下午，就能享受這監牢的珍品了。

話是開心的鑰匙，一會兒就把老林泡開了。老林最早是安全局的海外「密幹」——專職特務，後來退了，做了國際刑警。國際刑警組織直屬聯合國，中國公安部和國際刑警中國局是協作的關係，公安部無權管轄他們，他在中國還有外交豁免權[2]。公安部爲了配合他們的工作，又給他做假身份，這他才姓的林。

因爲加入國際刑警組織的大陸人都是大陸推薦的，雖然是爲聯合國工作，實際上都在中國安全局掛職，祕密兼職中共特務。老林在中國局一直負責追查國際販毒，前幾年追查東南亞毒梟的

---

[2] 外交豁免權：根據國際法，一國派駐外國的外交代表（不論是常駐代表或臨時使節）在駐在國享有非管轄豁免權，包括：司法管轄豁免、訴訟豁免、執行豁免。但是外交代表以私人名義進行活動，引起訴訟時無法被豁免。

中國毒源。結果查到了中國軍方，毒品生產、運輸、外銷一條龍。每年僅向菲律賓市場投放的冰毒，就值十多億美元。朱鎔基對這個情報極為重視，禁止他向國際刑警組織彙報。朱鎔基在中央內部通報了這個結果，軍方就開始報復。

軍方的特務查到了老林，想幹掉他。雖然老林很懂特務暗殺那一套，但也幾次險象環生。朱鎔基為了保他，把他祕密調到了「三峽基建辦」下屬的一個公司，當了個掛名老闆。沒多久，稅務局來查賬，找碴敲詐，老林把來人打了出去。稅務局的拿出看家的本事——不報警，而是叫來刑警隊的兩個哥們兒出黑勤，到老林的公司打砸抓。火拼的結果可有意思，因為那幾個刑警隊的不是真功夫，被老林為首的打得落荒而逃。隨後老林就要求上司擺平刑警隊，這在平時就是小事一樁，上邊一口答應了。沒成想，刑警隊大隊人馬衝進來，把老林他們連門衛都綁架走了。到刑警隊就準備猛揍他，老林單獨亮出了國際刑警的身份，幾個電話一核實，刑警隊嚇壞了，送老林他們回去。半路上忽然又接到電話，轉而客客氣氣地把老林單獨請進了七處！

在七處，後來安全局來人告訴他：稅務局查賬是軍方特工攛掇的，軍隊的大爺想殺一儆百，給老江點顏色瞧瞧。老江是個軟蛋，只好順著軍方來。這樣，老林只好委屈委屈，沒想到委屈了個無期！

我不理解這事兒怎麼礙著老江了，他解釋道：老江搞的是黑幫政治，他握著大家腐敗的短處，好讓這幫貪官效忠他！老江的大管家曾慶紅下轄「麼辦」（麼：音妖）——一號辦公室，比明朝的東廠、西廠還厲害，「麼辦一出馬，總轄公檢法」！麼辦專門暗查紅產階級在海外的黑錢和產業。現在中央的大爺，誰資產不上億，誰就覺得丟臉。那些軍隊的大爺，海外存款平均五千萬美元！這些都在老江、老曾的掌握之中，舉刀懸而不落，這是老

江的治官之道。誰敢不聽話？弄得不少紅產階級貴族紛紛給江澤民寫效忠信！他們也知道老江不會輕易動手，因為老江和他兒子才是中國第一貪。

我又問：「就毒品那十來億美元，也養不了軍隊那些大爺呀？」

老林說：「還有別的呢！軍費一半以上給大官兒享用了。軍隊經商，80%被中層以上私分了。官方每年走私八千億，軍方佔五千億。前年統計軍隊捲款外逃大案二千多宗——逃的都是眼紅的小嘍囉兵，紅產階級哪用外逃？」

我又不明白了，「既然貪官效忠老江，怎麼還要整你給老江臉色看呢？」

「不是都效忠老江，軍隊那幾個大爺，老江都不敢惹。九八年北海艦隊走私，安全局密報了，公安部、海關十二艘緝私炮艇去攔截，當場被軍艦打了個稀巴爛，死傷九十來口，把鄧世昌的玄孫子都給打死了——正好在甲午海戰鄧世昌犧牲的海域，結果不了了之了。軍委副主席假冒總理簽字，冒領國庫二十億，朱鎔基抗議頂個屁！老江也怕軍隊經濟獨立了，曾慶紅給他出了高招，讓胡錦濤出面禁止軍隊經商——但是特務系統除外。你說軍隊斷了財路，得對江澤民多恨吧！走私毒品的黑幕又被我揭了，得多恨我？」

「這麼說，曾慶紅是你們頂級的上司了。」

老林點點頭：「這傢伙太陰了！查出軍隊走私，把情報捅給朱鎔基，讓老朱衝鋒去；看著苗頭不對，又諂媚軍方，拿我當替罪羊！」

「你不是有外交豁免權嗎？」

老林憤憤地說：「我不說豁免權還好，一說豁免權，預審嚇得把逮捕證都收回去了！可後來呢，先是硬不承認我的豁免權！

後來，硬把豁免權給我免了！輕傷害變成了重傷害，還加了一條詐騙罪，重新批捕我，說我刻假章詐騙銀行！我那是真章，硬說是假的！」

「爲什麼？」

「他不這樣整不了我，消不了我的豁免權。這麼整我消我們公司，最大的好處是曾慶紅的嫡系再建個公司，吃貸款去，那個章能政策性地貸來上億基建款呢！」

我安慰他道：「也許，判你無期是讓老軍頭們消消氣，擺擺樣子的吧？沒準兒一下圈兒你換個名兒就起飛了呢。」

老林說：「我這麼想了一年多了！後來我明白了：我不在安全局的編制裡。誰沾我——沾上軍方黑手咋辦呢？這一年，案子沒有任何加快的動作，監牢裡完全靠我自己混，安全局都沒再理我！哪有這麼擺樣子的？卸磨殺驢！」

「是不是你知道的黑幕太多了，上邊懼你？」

老林歎道：「我知道不算多，誰知道上邊認爲多不多呀？幸虧我脫了安全局編制！要還是安全局的人，他們認爲我知道的多了，就得讓我『病死』了！方哥，這些你可得給我保密呀。」

我點點頭。

老林又是一聲長歎：「不坐牢，看不到黨有多黑！再聽小文一講，真是！不然的話，我還『一條道走到黑，見了棺材不落淚』呢！」

我又好奇地問了問老林一些安全局的事兒，才知道大陸的特務體系是多麼縱深發達。不僅僅是大家知道的：特務比大款都大款，走私開妓院沒人管，而是滲透到人們生活的方方面面。總參十幾萬人晝夜監聽所有海外電話，截收所有海外傳真；安全局拆查所有的海外郵包，不開封審查所有海外信件；所有海外來人都被監視，對西方人是二十四小時監視、偵聽；香港是中共特務的

「天堂」，那兒專職、兼職的特務加上線人佔港人的十分之一！幾乎所有出過國搞外貿的都在安全局掛職，各種情報都能去換工資。老林進來的時候，大陸特務的大部分力量和精力轉向對付海內外的法輪功了。特務並不傻，他們只是利用中央的政治神經，藉著對法輪功的運動，從國庫掏出鉅資洗進自己的腰包而已。

當時只是好奇地閒聊，沒想到老林給我聊的一些監視、跟蹤、偵聽的方法，竟然讓我直接受益了——後來「潛逃」的時候才能識破這些手段，巧妙化解，得以金蟬脫殼。

## 檢察官的交易

監區外接我提審的，竟然是一位檢察官。看來是我漂亮的「翻供仗」，更是美國使館的壓力，才把六個月的補充偵查期，提速到了現在的三周！

我已經聽老林給講過了，案子到了檢察院，有四個出口：起訴、不起訴、退捕、取保候審。對我這冤案起訴到法院是不可能的了，美國也不會答應。「不起訴」，是認定我罪行輕微的一種處理，還是維持逮捕的結果，這和我那絕對無辜的案情不符。退捕是退回偵查機關重新偵查，海關是可以保釋我，但是，如果他們死要維護原來的決定還可以再次申請逮捕我——這是大陸最常見的處理方式——最後檢察院也不能駁這個面子，也就維護了冤案。取保候審是來的最快的，也是我應力爭的結果。

審訊室，中年的戚檢審問，年輕的嚴檢飛筆記錄。等我都陳述完，戚檢丟過來一句：「你這份口供確實是很無辜，翻供也是很合情合理，這樣說來，走私是和你無關，可是……如果認定你是真正的老闆呢？」

我打了個寒顫，旋即鎮定下來，「預審沒有證據，猜測能當

證據嗎？」

「法人不是你，只能證明你不是表面的老闆，你怎麼能證明你不是眞正的老闆？」

「他們可是把公司翻了個遍，沒有任何我簽字的協議、合同、報銷單據，怎麼還能說我是眞正的老闆呢？」

他點點頭，又問：「那你怎麼能證明你不是幕後老闆？」

「啊？」這不是胡攪蠻纏嗎？我反問：「預審有什麼證據，證明我是幕後老闆？」我有意把矛頭指向預審，以緩解我和檢察官的對立。

「要是在法庭上，你這麼反問，法官可是要讓你吃虧的哦。」戚檢這句大實話，鮮明地反映了大陸法制的特色——法官絲毫「冒犯」不得。

「我說我不是幕後老闆的證據，就是他們拿不出我是幕後老闆的證據來，所以我不是。」

二位笑了，戚檢道：「你以爲他們沒證據嗎？」

「是啊？有我和楊義私下的協議嗎？有我幕後控制這公司的協議嗎？有我……」

戚檢示意小嚴停止記錄，然後說：「他們可都說你是幕後老闆？」

「誰？」

「公司另兩個股東的口供，可都認定你是老闆。」

「啊？你們把洪霞也抓了？」

「沒有，倆口子，辦一個就夠了。」

「他們倆口子……早商量好了，當然口供一致了。」

「你這是猜測，中國現在法制化了，要看『法律認定』。」

「怎麼認定？」

「你要明白中國的法律——如果兩份口供同時指證一件事，

法律就會認定他們的口供是事實——這叫法律認定！」

　　隨心所欲的司法解釋，無往不勝的「法律認定」！這一陰一陽的兩根大棒，橫掃一切弱勢群體啊！想怎麼整你，隨便這麼「法律認定」一下，就是鐵證如山了，你的一切無辜的證據，都可以被「不予採信」了。不管你多麼遵紀守法，都可以整你、判你，你無罪也能認定你有罪，萬一認定不了你，還能新拋出司法解釋——把你的行為解釋成犯罪。即使你沒有行為，還能認定你的思想、你的信仰有罪呢！

　　難道他們真的要祭起這兩法寶，把我翻供的一切努力推翻嗎？

　　半晌，我故作鎮定地說：「就是認定了，又有什麼用？判幕後老闆不判法人，有先例嗎？」

　　戚檢一笑，問：「你聽說過『新國大期貨詐騙案嗎』？」

　　嗡！我頭大了三圈！新國大的總經理「老高」，那是我們原來的二板兒啊！新國大就是把一個台灣顧問判的死刑，說他是幕後老闆，法人卻脫身了，總經理「老高」才是第三被告。這就是先例？！

　　盯了我半晌，戚檢話題一轉：「該見大使了吧？」

　　「嗯。」

　　他開玩笑地說：「你這個案子，都快上升成政治問題啦。」

　　「怎麼會？」

　　「美國領事要是捅到媒體上去，還不是政治問題？要是那樣，你想想，共產黨能不給你來個法律認定嗎？它能不判你嗎？不判就打自己臉了！」

　　他們是在和我做交易——怨不得後來嚴檢停筆了呢！他們也怕我捅到媒體上去，讓黨公開丟臉。那樣他們一定要反咬一口的，這就是雙輸的結局了。於是我馬上向他們保證：只要他們秉

公執法，我絕對會請求領事保密，絕對不捅向媒體。

得到我這個口頭承諾，他們就滿意地結束了這次審問——他們就是來斡旋這個的呀！

這只是他們公對私的交易，私對私的交易呢？這次還要私下「意思意思」這二位嗎？以前給海關預審的「小意思」，都沒意思了，這回還意思，我家人恐怕都覺得沒意思了，疲了。可是不意思，人家憑什麼開恩呢？看來只好向老林問計了。

## 「祖國」施壓，布什電話

「方博士，收到了我的平安卡了嗎？」

領事親切地問候，讓我這個囚徒倍感溫暖。我連忙答道：「收到了，萬分感謝！」

上次見她，她留下了一些明信片，叫我有急事可以隨時和她聯繫。在九一一之後，我寫明信片給她，請她代查我家人的平安——醉翁之意不在酒，我是知道遠在洛杉磯的家人不可能罹難，我那麼做，只是提醒她——別忘了為我斡旋。她還真給我回了一張平安卡。

她這次給我帶來些英文報紙和英文《聖經》，我又是一番感謝。

「方博士，我剛剛得到一個好消息。」

我眼睛一下瞪圓了。

「昨天，美國公民吳健明獲得了自由。他是今年四月在廣州被捕的，他和美國公民李少民一樣，也被扣上台灣間諜的罪名，再被驅逐出境的。這是我們為你們強烈抗議下的結果。」

我還以為是我的好結果呢，我勉強笑笑：「吳是否有確鑿的證據被中共抓在手裡？而我是絕對無辜的呀？我可不想落個驅逐

出境的結果，中國畢竟是我的祖國。」

「方博士，布什總統親自過問你們的案子了。」

「什麼？」我簡直不敢相信自己的耳朵！

「是的，本周。布什總統親自給江主席打了電話，不然吳健明怎麼會這麼快就自由了呢？同時也對你表示了關注，相信你的冤案也快解決了。今年中共抓捕的美國公民太多了，總統不得不對此表示關注，在所有被抓的公民中，你是最無辜的一個！」

我激動得不知說什麼好。領事再抗議、再發照會，也只是打到中國外交部而已；這回布什電了老江，老江外軟內狠，往下施壓，什麼「托兒」能比得上這政治壓力啊？

「方博士，要不是九一一的國難，也許布什總統能早些過問你們的案子。今天他們通知我來，我還以為是來接你出獄的，中共這套官僚程序，效率太低下了。」

領事這就外行了。大陸的「法制幌子」是為紅產階級「人治」服務的，只要上邊一句話，要放我會出奇地快，根本不用走程序！今天都九月二十九日了，說不定我還能出去跟老媽過雙節去呢，要是這樣，對老媽是多大的安慰呀。

第二天，管教把我叫進了辦公室。看到他給我帶的一櫃子的食品，我心一下就涼下來了——看來我還得在牢裡過國慶和中秋的長假了。

「你真是名人啊！聽說布什都專門為你給老江打電話啦！」

還越傳越神了！我故意問：「你怎麼知道？」

「咱這外籍號兒要改善人權形象了，特別提出要照顧你！說老江接了布什的電話，親自囑咐的這事兒。你猜這兒要怎麼改善？」

「不知道。」

「給你們裝修廁所！」

「啊？」我氣得直樂，給外籍犯裝修廁所，展現人權成果！

我向管教借了手機，跟萍萍和大姐報了平安，告訴她們曙光在望，沒必要去意思檢察官了——這是老林的判斷，因為我這事兒已經政治化了。還囑咐別讓我太太捅到美國媒體上去，我已經和檢察院斡旋好了。

§

國慶的大肉改善，偶一解饞，肚子竟然不適應了。開始還不在意，還在享用管教帶買的肉食，結果慰勞了嘴，餵澇了肚子。沒想到坐牢沒多久，我就成了素腸子。連瀉了四天，成了急性腸炎。「武松」也不行了，連日的高燒和腹瀉，看來他的愛滋病到了晚期。

長假結束的第一天，我倆再次求醫。「武松」得到批准住院去了，我卻沒人理。

快到中午管教才露面。他聽了我的訴苦，馬上去彙報，立刻批准我住院。看來大夫是把我當成老內了，所以才恪守「不到要命不住院」的規矩。

# 第十一章

# 恐怖的監獄醫院

# 濱河醫院

沒想到，我竟然也嚐到了趟腳鐐的滋味兒——犯人去醫院看病，都要戴腳鐐。防範如此嚴密，怨不得靳哥教小金逃跑沒打這個主意呢。

一個隊長熟練地解開了腳鐐給我戴好，拿過鐵砧，插上銷子，噹噹地鉚了個結實。

這副鐵鐐子至少有四十斤，鏈子部分得有小拇指粗細。走起路來「嘩啦——嘩啦——」，步履維艱。

「拾著點兒鏈！」隊長喝道。

我彎腰提著鏈子，免得它在地上拖拉，像個駝背翁一樣往前挪，腳腕子磨得生疼。

七處的隔壁就是濱河醫院，這兒是我的客戶，我在這兒講過課，指導過大夫。這要見著熟人可咋辦？

十一點多，正人多的時候。人們像躲避瘟神一樣紛紛讓路。我不敢抬頭，卻能感到那一雙雙鄙夷的目光，照得我喘不過氣來。

「我沒罪！我是受冤枉的！你們別這麼看我！」——我真想這麼表白，可那哪行啊？在他們眼中，穿警服的永遠是正確的，戴腳鐐的永遠是罪犯。

迎面出現一面鐵柵欄牆，封死了樓道，後面有警察把守。旁邊一個小桌，我在凳子上坐了下來。

「起來！蹲那兒！」隊長喝道。

我咬咬牙，艱難地靠牆坐到了地上。這一放鬆下來，才感覺到兩個腳脖子肉皮生疼，都磨破了，腳後根筋、兩個腳踝都在滲血。

不好！我突然想到——這鐐子要是那個「愛滋病」用過的可咋辦？他趟鐐子腳也得磨這樣啊！四小時之內，這鐐子上的愛滋

病毒還能傳染呢！

冷汗滋出了一身。

冷靜，冷靜。關鍵是「愛滋病」是不是趙的這副鐐子——醫務室地上就有這一副！太可怕了！

要命的時候，管不了太多了。我取下桌上的酒精棉球瓶，抓起棉球就往腳腕傷口上擦，疼得我直咧嘴。

「砰——」皮鞋斜著蹬在了我的鎖骨上，一下把我頂在了牆上。

「反了你！」隊長罵道。

「有個『愛滋病』剛住的院，他用的這鐐子有愛滋病毒！」

「啊？！」隊長嚇得大叫一聲，敗出圈外。

「這酒精能殺愛滋病毒？」

他這一問，我心裡也打鼓了，真擔心酒精對愛滋病毒沒多大殺傷力。

「總比不擦強。」我乾脆把酒精棉球往外倒，濕乎乎地猛抹，疼得直咬牙。

隊長好像想起來什麼，問我：「你認得這個鐐子？這就是那『愛滋病』用的？」

「像！」

「那『愛滋病』又回你們號兒了？」

「住院了，是不是就在這兒？」

「真他媽蠢！住院鐐子不摘！」

「啊？」我一屁股坐在椅子上，像泄了氣的氣球一樣。這場大驚小怪！我勉強地聳聳肩，就彎腰捂肚子了。

一個男大夫來看了一下，就給我登記住院了。

進了一道鐵門兒，是一個橫向的走廊，對面的二道鐵門開了，一個小瘦子在裡邊兒接我。他穿著背心大褲衩，皮笑肉不

笑。我趕忙問候這位老大，他姓紀，是這兒唯一的勞動號兒。

我被關進了一個病房，屋裡四張床，三個病犯。一個黑人躺著輸液，一個病犯在看報紙，還有一個盤腿打坐——鳩形鵠面，眼窩深陷，奇瘦無比，就像非洲快要餓死的難民，身上幾乎沒肉了，鼻子裡插著一根橡膠管兒，管兒的一頭盤在耳朵上——我知道這是鼻飼管，從鼻子一直插到胃裡的——絕食？他睜開眼，對我當胸合十，那安然的眼神好像似曾相識——那一瞬間，我眼淚差點兒流下來。

紀哥提來一張小折疊床，支到了前面兩床之間。我鋪好床，換上病號服。他又拎來一副腳鐐，拴鎖在床尾，再和我的腳鏈鎖在一起，我就被鏈在床上了。他又拎來一個小白塑膠桶放在床尾，小便專用。

我強撐著跟周圍病犯打招呼。斜對面十一床的犯人姓闆，是四區的一個牢頭；左手九床的黑人叫Jim，蘇丹人，懂英語，幾乎不懂漢語；右手十床這位姓周，又是冤進來的法輪功，絕食絕水兩個多月了。他眼珠子都黃了，上下嘴唇都翻起了乾皮，就像乾裂翹起的泥片兒，腿只有我胳膊粗。

我太難受了，昨兒折騰了一晚上都沒怎麼睡，今天又折騰一上午。盼著大夫也不來，昏沉沉地睡了過去。

沉睡中，忽然有人揪我的胳膊，我一睜眼——「喀嚓」一聲，明晃晃的手銬銬住了我的左腕，嚇得我一激靈，「喀嚓」一下，另一個手環銬被銬在了床頭。

紀哥又去別的病床，挨個把病犯單手銬在床頭，那些手銬平時就在床頭鎖著。天很黑了，要睡覺了？難道睡覺都得銬著？

見他銬完人要走，我叫住他，「紀哥，我實在受不了了，幫忙叫一下大夫行嗎？」

「你剛來，藥、飯都是第二天才給。」紀哥說著又要走。

「我都快脫水了，紀哥……」

「誰不扛著啊？就你特殊？讓我挨罵去？」

「那你叫一下隊長吧，我是美國人，要這樣，我要向美國大使抗議了。」

我這殺手鐧還真靈，他悻悻地找大夫了。

一個值班的女大夫姍姍而來，「聽說你是美國人？」說著她禮貌地摘下了大口罩。

啊？！這不是我教過的那個美女大夫嗎？！我對她印象深不是因爲她長得漂亮，而是當年濱河醫院用我們的組織配型[1]試劑盒的時候，她老說不好使，我只好到這兒來手把手地培訓她——她連操作的基本常識都沒有，我從零開始教，費老了勁，才把她帶出來。

就怕在這兒遇見熟人！如果我案子沒把握，見了熟人還有希望給捎個信兒什麼的；可現在我這案子是肯定沒事兒了，這兒要見了熟人，只能使我丟了客戶——怎麼解釋也白搭，誰還會再信任我？好事不出門，壞事傳千里。這要傳揚出去，弄不好我整個北京的市場都受影響了。

我呆呆地盯著她，張嘴又不知說啥好，無限尷尬。

她臉紅了，又把口罩戴上，一語雙關地問道：「什麼毛病啊你？」

太好了！她沒認出我來！看來我這副尊容——蓬頭垢面，鬍子滿臉，成了上好的僞裝！我立刻說：「痢疾……頸椎增生……關節炎……全身乏力。」

---

[1] 組織配型：器官移植中，檢測器官提供者和器官接受者雙方白細胞抗原的匹配程度，匹配程度越高，移植後的免疫排斥越低。

大夫飄然而去，護士姍姍而來。輸上液，我又睡著了。

不知過了多久，紀哥撥拉我，「醒醒！都回血了！」

我睜眼一看，液已經完了，輸液管兒裡有一長段血。紀哥過來給我拔了針，沒按一秒鐘就放了手。血馬上從針眼兒流了出來，我趕緊把右手湊到床頭，用銬在那兒的左手按住針眼。

「紀哥，我要小茅。」

「小啊你！」紀哥一腳把塑膠桶從我床尾踢到了床頭，抄起輸液架就走。

「紀哥，我這銬著怎麼小茅啊？」我實在有點兒忍耐不住了。

「翻身得解放。」紀哥說完出了門。

我琢磨了半天，右手撈起尿桶，擰開蓋兒，左手把銬子滑到床頭中間，翻過身在床上艱難地方便——原來這就是共產黨拯救人民的「翻身得解放」。

## 金鑲玉璽

第二天一早，紀哥把我們解下來，兩人一組，趄著腳鐐去洗漱。小周給我找出件大背心，教我撕了做「鐐托兒」[1]，有了這個就不磨腳腕了。再用布帶子把鐐鏈繫在小腿根，挪起碎步來確也利索。

小周掃地，我擦桌子，小閻負責擦地和隔壁的衛生。紀哥這個勞動號兒成了大爺，該他照顧的病犯，反而成了他役使的奴隸——鮮明的中國特色。

小周抓緊幹完活，利用一點點自由，站著練功了。紀哥也不

---

[1] 鐐托兒：纏綁在鐐子的腳環上，防止磨腳的布托兒。

理他，忙活完了，最後才把他鎖到床上。

這兒的飯是「人間」的病號兒飯，可惜我還是不能吃，小周依然絕食，小閣和 Jim 各吃了兩份，大飽口福。

小閣跟我說：這兒是七處最舒服的地方，雖然得戴腳鐐，但是每天能吃上人飯，能見到陽光，能見到美眉，能睡上自己的床，他都「樂不思蜀」了。

紀哥白天的主要任務就是盯著大家輸液，叫護士換液。跟紀哥聊了一會兒，也就混熟了。他是北京所有平民犯人裡最柳兒的，十年的刑期，能留在七處服刑，還能混到這麼舒服的地方，可不是一般的門路。七處一般只收留總刑三年以下的犯人服刑，在這兒服刑，減刑幅度最大的，所以有門路的短刑犯人都往這兒擠。

§

小周擰了擰鐐環，雙腿盤了個「五心向天」，開始跟我聊天兒。插著胃管兒時間一長，看來他也適應了，就是聲音有點兒啞。

小周這是第二次來北京為法輪功上訪了。他上次來北京，回去被拘了一個月，他父親的退休金被扣了半年，連盯他的派出所警察也被「株連」，那警察說：千萬別去北京，實在要去，別報名兒，不然警察還得仨月沒獎金。這回他再來北京就不報名兒了。我們只知道他姓周，大學畢業工作幾年了。

我們勸他放棄這種無謂的抗爭，他看我們都唱反調兒，就講了個玉璽的故事：

東周春秋的時候，楚國有個人叫卞和，有一天他看見一隻傳說中的鳳凰落在了一塊大石頭上，叫了幾聲飛走了。古語說「鳳凰不落無寶之地」，他就背著那塊石頭獻給了楚厲王。

楚厲王以為卞和戲弄自己，就砍了他的左腳。後來楚武王篡位，卞和又拄著拐杖，背著那塊石頭獻寶。楚武王一怒之下，又砍了他的右腳。五十年後，楚文王即位，卞和已是耄耋之年

了，想再獻寶，可是沒了雙腳。他放聲大哭三天三夜，雙眼喋血。楚文王聽說以後，派人去問冤。卞和說他為沒人識寶而哭。楚文王命人剖開石頭，這才發現裡邊是一大塊美玉。後人為了紀念卞和，把這塊玉雕琢成形，取名『和氏璧』，成了楚國四百多年的國寶。後來和氏璧到了秦始皇手裡，又經雕琢，刻上八個篆字——「受命於天，既壽永昌」，用做玉璽[2]，成了中華的傳國之寶。

小閻說：「故事蠻好聽，這跟你們有什麼關係啊？」

小周說：「兩代楚王不認玉璞，現在政府不認法輪功，這麼鎮壓，打死好幾百[3]，坐牢幾十萬，跟當年對卞和多像啊？最後卞和不為自己難過，為世上沒人識寶哭訴，和我們現在不像嗎？我們被整成這樣，還這麼捨身為法輪功正名，跟當年卞和不惜性命獻寶不像嗎？」

大家似有所悟，紀哥問：「那你幹嘛這麼極端呢？」

小周不認為這是極端，「卞和要不是痛哭三天三夜，血淚滿身，周圍人能被震動嗎？國王能理他嗎？他再用平和的方式，已經不行了！我要不這樣，政府能理我嗎？能看我的上訪申訴？我以前不絕食，預審就直接處理了，我坐牢對政府就是一個數字。現在我們長期絕食的，怎麼處理我們得市局討論，我的申訴材料，預審把它跟報告一起層層遞上去，處理意見要政府上層批示的，這樣上級才能看到我為法輪功的申訴。」

小閻嘖嘖感歎道：「其實你們這個義氣勁兒，誰都佩服，現在找不著這樣的了。不過，法輪功就這麼教你們絕食……」

小周擺擺手，「可不是啊，法輪功可沒教這個，是我自己要這麼做。這個玉璽的故事，也是我從明慧網上看別人講的，法輪功可沒教。」

小閻跟我們說：「現在電視台連造謠也糊弄差事，水準也

低。他跟我說那個自焚，我一聽是破綻一大堆，可是，你能保證你們真正的法輪功，都好嗎？」

小周說：「個別不好的，也是他們偏離『真善忍』才沒做好的，瑕不掩瑜，修去不好，越做越好，這就是修啊。」

小閻又抬槓：「你前幾天說自焚是電視台造假的，我信了，可你這麼著還說不是自殺……」

紀哥裝著一本正經地說：「絕食是請願[4]，可不是自殺。你看我都快被他們說降了。」說著晃了出去。

我們都笑了。小周說：「這是最大限度地用命、耗著命向政府申訴。用別的方式，政府聽不到，所有上訪都無效；只有這樣，政府領導才能知道老百姓在哭訴什麼。」

這最後一句話，深深打動了我。但是我心裡清楚，他們過於善良了。雖然高官不知道百姓哭訴的具體內容，但是起碼都知道百姓在哭訴，但又知道全國的民怨形不成「合力」，所以要封閉住民怨，封閉住媒體，不到掩蓋不住的時候，他們一定要裝聾作啞！

---

[2] 和氏璧玉璽作為皇權的象徵，承傳了1150多年，至五代後唐滅亡時失傳，成為千古疑案。此後皇帝即自刻玉璽，後來和氏璧玉璽雖有幾次「出世」，都未確定為真品。

[3] 據海外網上資料，2001年我坐牢時，有據可查的被整死的法輪功有278人，截止於2007年3月8日，這個數字上升到3012人。

[4] 請願：法輪功被鎮壓初期，其練功者抱著對政府的信任，紛紛上當地政府部門、北京政府請願闡謠，用親身經歷證明法輪功是好的，請政府停止鎮壓。這樣的上訪請願約歷時兩年，前後達數百萬人次。中共信訪部門根本不受理，公安就在信訪局內外，直接抓捕請願者，拘留勞教判刑，酷刑摧殘甚至藥物迫害。當法輪功看到政府根本不值得信賴後，就不再請願上訪，採取了「講真相」的方式，揭露謊言、爭取人心來抵制迫害。
可是，後來很多不練功的老百姓，不吸取教訓，受了當地官員的欺壓，還像法輪功一樣上訪，到北京請願，被稱為「訪民」。中共政府就像對付法輪功一樣對付訪民。因為腐朽社會冤案太多，使得2008年以後，鎮壓訪民成了中共和諧社會的又一場看不見硝煙的戰爭。可惜目前，這些訪民還不覺悟，還在想法上訪。

一旦媒體曝光——激起的民怨就會聚成合力——這是紅產階級最怕的。他們就會拋出替罪羊緩解危機。所以，紅產階級一定要牢牢把握住媒體，這是民怨形成合力的催化劑。

難怪，那些冤案的部分解決，都是在冤情被媒體曝光之後，中央才下指示才解決的——隨後，中央馬上批評媒體、進一步封閉整頓媒體，禁止曝光真相，轉向對中央「明鏡高懸、為民做主」的宣揚。而為民申冤的媒體總編、社長卻要被撤職。

善良的小周，以為他用絕食——這種最震撼人的請願方式，能成為紅產階級權衡決策時，站在天秤正義的一端的一顆砝碼。太天真了。也許，他只能是撞擊一下人的良知而已。

紀哥進來打斷了我的思緒，他把我們的輸液速度關小，該午休了。

「像他們這個，成不了氣候。」紀哥說。

我隨口道：「成者王侯敗著寇，將來大陸真民主了，那他們也都是英雄，連那屋的『愛滋病』，都得被寫成『武松』！」

看著他們不知所云，我給他們講了一下「愛滋病」怎麼變成「武松」的。紀哥拍手稱快，小閻也起哄：「這樣的官兒，殺得太少了！」轉身又對小周說：「嘿！你丫要敢這麼殺了江澤民——」

「咣噹」一聲，隊長推門進來了，上來就問：「誰這麼猛啊？」

## 「閻王」

小閻嚇得一吐舌頭。

我們趕緊對隊長嘿嘿嘿嘿，隊長也沒再追問，把紀哥叫走了。看來是人人心裡有桿秤。

小閤又說：「小周，你丫要敢殺了老江——我敢說，全國人民都得給你上香！」

小周一笑，「不是跟你說了嘛，我們不搞暴力。」

§

下午醒來，小閤去透視。李護士特意來告訴我們：小閤被隔壁的結核傳染了，讓我們小心，還得對小閤保密。

我問：「紀哥，隔壁有肺結核？」

紀哥道：「還有肝炎呢！」

怨不得紀哥讓小閤上那屋搞衛生呢，敢情是他怕自己被傳染！我又問：「那『愛滋病』也在傳染區？」

「七處就四間病房，男隊長占一間，女犯女隊長占一間，傳染的可不都關一塊兒唄。」

「這不催命嗎？」

「早一天省一天，反正他也活不成，還給他花這冤枉錢？」

§

小閤透視回來了，啥也不知道，還挺高興。

現在我有點兒精神了，想從小閤這兒瞭解一下四區死刑犯的內幕。因為那兒是北京的腎源基地——中國的腎來自死刑犯，這是公開的祕密——我的組織配型試劑盒，就是給死刑犯和器官需求者做配型的。

他原來搶劫出租車[1]，把司機砍成了重傷。按故意傷害罪、搶劫罪刑拘，又趕上不久前有人連殺了兩個出租車司機，民怨正大的時候，按刑法最低判他十五年。可是他家有親戚是大官兒，給下邊兒遞了話，逮捕改成了「尋釁滋事罪」，然後又帶他到法

---

[1] 出租車：計程車。

醫鑒定中心做了個假鑒定——說他是神經病，才判三年。餘刑還剩二年，調到北京唯一能大限度減「小刑期」的地方——七處四區，看護死刑犯。他減刑最多——十個月，下個月該起飛了。

我稱讚他「點兒正」，他卻長歎道：「真後悔去那兒，膽小點兒得嚇瘋了，你可不知道怎麼熬過來的。號兒裡每天早上六點起床——比別的區早一小時，死刑犯快速洗漱，天天就等著『上路』。如果兩個鐘頭還沒被提走，就是又能活一天。那時候坐板兒，靜得跟死一樣！」

小閣又說：「整天面對十來個戴鏈兒戴揣的活死人，啥心情啊？最難受的時候，就是鬧死的那個，別看有的殺人不眨眼，到時候真有害怕的，有的都得號兒裡制服了他再扔出去！都得先打一針，不然不老實。」

「打什麼針啊？」小周問。

「鎮靜劑唄。」

我搖搖頭，「不是，是肝素，抗凝血的呢。」

「你咋知道？」紀哥問。

我說：「要腎啊！」

「怪不得走板兒不讓我們打腰呢！」小閣說。

紀哥說：「我聽說，是凡捐器官的都不一槍打死，活開膛！」

「啊？！」小閣驚呆了。

「看你嚇的，還在『死區』當牢頭呢！」紀哥輕蔑地說。

小閣大瞪著雙眼，搖著頭說：「在四區我號稱『閻王』，這一看，敢情我就是一個小鬼兒！」

紀哥問：「老美，你是不是探聽情報好……」

「紀哥你可別開玩笑，」我馬上截止了他，「我在外邊兒是賣器官移植試劑的，組織配型用。」

「這肯定賺錢啊！」紀哥說，「給咱好好講講，我原來也是大夫。」

「咱先聊這個，」我拉回了話題，「小閣，還不讓打哪兒？」

「你真老外！」小閣說，「心、肝也不讓打，真是活摘呀？」

我說：「外國的腎源是屍體腎，大陸的腎源是活體腎，所以都到大陸換腎。國際上移植一個屍體腎三至六萬美元，中國一個活體腎有的地方只要六萬人民幣。」

紀哥對小閣說：「回去別瞎說去啊！」

「我哪兒敢啊？他們要知道這個，還不都炸了？得給我加刑了！」

紀哥問：「你賣的試劑，腎移植必須用嗎？」

我委婉地說：「必須用。」

紀哥說：「我有個哥們兒原來專做腎移植，我沒聽說他用啊。」

我笑了，「大陸腎移植手術的成功率是世界最高的，因為中國的腎源是最好的，但是原來大陸移植的腎，一年以後就壞死，因為以前大陸只配紅細胞血型，不配『白細胞血型』──就是不做組織配型，所以移植的腎一年以後就壞死了。我這個試劑盒，就是配白細胞血型的。」

「紀哥，沒液了！紀哥──」樓道裡傳來了隔壁的叫聲。紀哥狠勁擂了兩下牆，隔壁立刻住了嘴。

紀哥問：「那真是必須得買呀！這可太掙錢了！現在多少公司做這個呀？」

「有兩三家，我們的市場最大。」

「哎呀呀，不得了啊，得特別好賣吧？」

我有些不耐煩了，「前期可不好賣，你得說服他們用這個，好多醫院不懂這個，特別是小醫院，對上血型就移植，一年以後

腎壞死，還賴病人沒保養好，你……」

　　我想示意他去叫護士，他卻饒有興致地說：「那你生意得多火呀！我都坐了快七年了，下月減刑一到我就出去了，出去了我也給你打工，賣這個去行嗎？」

　　「好啊！你……」我言不由衷地說。

　　紀哥又說：「我可跟他們不一樣，我是冤進來的……」

　　我實在忍不住了：「你先看看那輸液的吧，回來咱再聊。」

　　「嗨！就是叫護士人家也不一定馬上來啊。」紀哥出去叫了護士，馬上回來塞給我本、筆，讓我寫上電話。

　　虧你原來還是大夫呢！就你這麼沒同情心，那屋病人叫你找人換液你都不理，還想給我打工？這麼冷酷的勞改犯，我能要你？敗壞我名譽！我把楊義和他家的電話給他寫上，讓洪霞去回絕他。「我是美國供應商，我在中國沒公司，這是我朋友的電話，他公司就賣我的試劑。」

　　紀哥問：「快放你了嗎？」

　　「差不多了，扯皮扯到最後了。」

　　「砰——」門被踢開了，一個美眉護士拎著兩個輸液瓶姍姍而來。口罩掛在她一邊兒耳朵上，像是故意露出那嬌美面容。我正在賞心悅目，她突然發火了——

　　「誰叫你們調液體啦？！這得輸啥時候去？！」

　　這靚妹過來就把輸液開關開到最大——這心臟咋受得了？血管也得得靜脈炎啊！

## 烏紗關天人命賤

　　我輕聲說：「護士小姐，我心臟不好，輸液太快受不了。我在美國也學醫的，我就調慢了點兒，您看……」

聽我這麼委婉地勸慰，這靚妹嫣然一笑：「心臟不好啊，自己調吧。」說完飄然而去。

「行，老美，兩句半搞定，這要在外邊兒……」小閻邊說邊調小了開關。

晚上王所長查班，紀哥和隊長戴著一次性手套，挨個抖鐐子、查銷子——給他展示腳鐐的牢靠。這就是領導查班兒的主要任務。

王所兒主動對我「溫暖」了一番，臨走囑咐隊長：「別讓那老美住加床了啊，儘快換了！」

領導一走，隊長馬上安排換床。把我的加床搬到了隔壁傳染病房，小閻連鋪蓋一塊兒調了過去——小閻知道那屋的厲害也沒轍，但是還不知道自己因為負責那屋的衛生已經染上了結核。這快刑滿回家的人，臨出去還倒這一楣。

紀哥搬來紫外燈，打開殺菌，我們像屍體一樣全身蓋著被單，以防紫外線。這環境，真糟透了。

外邊亂哄哄了一陣，紀哥進來就埋怨：「弄不好今兒得發送一個！」

「啊？！那『愛滋病』不行了？」

「不是他，不過他也快了。剛來了個犯人，脾叫隊長踢破了，急診手術，找不著大夫。」

「脾破裂，大出血呀！不搶救人就完了。」

「大夫手機關機，」紀哥往床上一跳，床忽悠一下，「叫隊長踢破脾還頭回見，以前有倆破脾的：一個是號兒裡打架，一個是預審的飛腳。」

正說著，隊長推門進來了。

救人要緊，我無暇思索，向隊長請示：「我會做摘脾手術，救人要緊，讓我來吧，我是美國的醫學博士。」

隊長笑了笑，漫不經心地說：「你以為這演電影哪？誰敢讓你做呀？這市局不開個討論會，能讓你去？」

我忘了這是紅產階級政府了！

隊長轉問紀哥，「你聽說過╳大夫常上哪兒玩嗎？」

「那我哪知道啊。」

「他不是你磁器嗎？今兒他盯班兒，走不遠。」

「他……」紀哥想了想，「誰又請他洗桑拿去了吧？我瞎猜的啊。」

「近處的桑拿……」隊長一步三搖晃出了病房。

紀哥隨後給我上了一課：「你真是老外！以後快別管閒事兒了！中國人命不值錢，何況犯人！你也不想想：就算讓你做手術去了，手術成了也沒你的好，從隊長到處長也不落好！你要搞砸了，責任誰負？得被開除了！」

我真沒脾氣。共產黨是真有本事，中國傳統的人命關天的理念都革命沒了，成了──烏紗關天人命賤。

紀哥往床上一倒，二郎腿一翹，悠然念道：

　　　　「各家自掃門前雪，
　　　　　對門失火別管滅。」

這都什麼「經」啊？我長歎道：「怨不得冤案多呢！對門失火都不管，一會兒就燒著你，咋辦？」

紀哥抻了個懶腰，又來了一套：

　　　　「冤案自有倒楣人，
　　　　　管不了就別操心。」

我反問他：「要倒楣到你頭上呢？」

他打了個哈欠，

　　　　「倒楣到家認點兒背，
　　　　　點兒背不能怨社會！」

他翻了個身，「我先睡了，一會兒還得送葬呢。」

我真是無話可說，典型的黨『洗禮』出來的麻木人！

「點兒背不能怨社會」，這句時尚口頭禪，中共一定非常喜歡，不自覺地就給它洗刷罪名。海澱看守所的韓哥他們還算明白，糾正成了：

> 「點兒背點兒背，
> 都怨這個社會。」

迷迷糊糊中被吵醒，推進來一張活動床，大夫、護士、紀哥在忙活，隊長站在門口看著，看來是那個踢破脾臟的剛下手術台。大夫囑咐紀哥：「不能睡覺！有問題隨時報告！」

大夫撤了，紀哥打著哈欠來回溜達，「這小子命真大！」

「大夫趕回來啦？」我問。

「值著班兒，真洗桑拿去了！」

「這麼瀟灑？」

「潤著哪！都捧著。」

「這大夫都這麼牛？」

「你哪兒知道？這兒的大夫，誰敢不供奉著？保外就醫全靠他們呢！」

原來如此！犯人想提前保外就醫，最終得他們做假病歷啊。

§

次日上午，大夫終於查房來了。摘脾的犯人，已經脫離了危險期。

那位美眉護士推著小車來輸液，我心情為之一振，但馬上就被扎沒了。她真有耐心！扎起來不厭其煩，我們都成了她練針的靶子。我挨了四針，小周更慘，血管也萎縮，手背小臂試了個遍，最後扎腳靜脈才輸上。沒一會兒又滑針了，腳腫了起來。

摘脾的病犯姓馮，中午開始進流食了。他問我們：沒脾了人

會怎麼樣。紀哥張口就來：「挺好，往後就沒脾氣了。」

我告訴他：「沒脾了，人免疫力就低了，容易得病，特別是傳染病，謹防感冒。」

小馮是個大學生，一審剛判十五年。因為一個混混兒在公園當眾調戲他女朋友，被他打跑了之後，叫來一幫流氓群毆他一個，差點兒把他打死。亂拳亂腳之中，他抄起個磚頭，磚頭角正點那混混兒太陽穴上了，死了。他說要是使錢，能算他防衛過度，早沒事兒了，可是他家窮，沒錢上供，就判他誤殺，進七處就砸上了死鐐。

他一審開庭回來，判了十五年。他在隊長室摘了鐐子，一身輕。隊長開牢門的時候，他拍螞蚱——他並不抽煙，要是他不給號兒裡進獻煙屁，就得挨揍——被隊長回頭一腳踢這兒來了。

小馮又問紀哥：「您見識多，像我叫警察踢壞了，我跟他們商量商量，我要不告，能不能二審少判點兒？」

紀哥說：「那警察得說：『愛告就告，少來這套』！誰讓你揀煙屁？人家以為你要越獄！誰沒挨過踢？怎麼就你點兒背？比劉備還背（備）！」

小馮差點哭了。紀哥又說：「踢你跟你案子是兩回事兒，你沒錢，高法怎麼能替你說話？你要敢告，哼哼，有你的好果子吃……」

我歎道：「這將來下圈兒減刑也困難啊，身體不好，沒法正常勞動啊。」

紀哥嗤地一聲，「減刑是錢說了算，跟勞動沒關係。」

看來我還是不習慣大陸這種紅產階級灌輸出來的思維，所以我看問題常常是「短淺」，連勞改減刑的門道兒都考慮不周全。

紀哥往床上一倒，誦道：

「日落西山，

減刑一天。

不用求人，

不用花錢。」

小馮這個窮學生就這麼被斷送了——他沒罪呀！誰自衛不那麼辦啊？這弄得老百姓都不敢自衛了！白挨打？失手了被判十五年，公檢法又立功了——破了個大案！

走廊裡傳來隔壁的叫聲：「紀哥，『武松』又昏過去了！」

紀哥又擂了兩下牆，鎮住了隔壁。紀哥坐了起來，「老美，那『愛滋病』是不是不行了？又高燒又腹瀉，那『閻王』整天給他洗單子。」——這「閻王」到紀哥手下，成小鬼了！

我問：「用什麼藥呢？」

紀哥說：「每天就一瓶（生理）鹽水，這不糊弄嗎？」

我無奈地搖搖頭，告訴他在號兒裡就給「武松」停藥了。

紀哥出去轉了一圈兒，在樓道喊：「護士！五床液鼓了[1]！」

紀哥回來跟我扯起了他的故事，那意思讓我認可他這個員工。正聊著，美眉護士在外邊就嚷上了：「老紀，死了！」

# 「武松」不朽，黑人敗走

紀哥一躍而起，奪門而出，外邊亂了起來。不一會兒，隊長在樓道裡從容地安排後事。

那間病房的小閻和另一個犯人——「肝炎」分別叫到了這屋，隊長給他們做筆錄，以證據形式證明：曾經對死者進行了常

---

[1] 液鼓了：輸液針頭滑破靜脈，周圍組織腫了。

規的醫治和「搶救」，這倆都唯唯諾諾地按著隊長意思做偽證。七處趕過來的警察扛來一台攝像機，把證據做得無懈可擊。

完事兒後，紀哥端來一瓶來蘇水，開了小周的鎖，讓他把屋裡擦了個遍。我躺著輸液，看小周晃晃悠悠地擦得很仔細，他頭始終是僵直的——動頭要牽動胃管兒的。

紀哥拿飯來了，牢騷道：「真倒胃口！又送終一個，真他媽孫子幹的活！」

我問他：「交給家屬啊，還是直接火化？」

「原來是交家屬，外地家裡趕不過來的，就直接『冒煙』了。不過也有的……像今兒這個，哼哼……」

他話到舌根兒，弦外有音兒。我猜到了一個非常讓我難受的結果：那「愛滋病」是外地農民到北京「上訪和自首」來的，家裡不會來領，停屍房冷庫費用那麼高，肯定不會給他用——難道……我問：「紀哥，這……是做標本了嗎？」

紀哥一愣，驚訝地看著我，點點頭。

我問：「那家屬要骨灰呢？」

紀哥又哼了一聲，「那得交二千塊錢收屍費！」

「人家真交錢了，你給什麼呀？」

紀哥皺著眉頭，像看外星人一樣瞅著我：「你以前不也中國人嗎？在美國十年就呆傻了？這還用問！」

我真是不習慣大陸社會這種思維方式了。怨不得不給「愛滋病」用藥，拿活人做試驗呢。這還不算，人體標本本來就很貴，這種演示愛滋病人病變的標本，就更奇貨可居了。太精明了！早先槍斃人，要收家屬子彈費，現在隨便劃拉點兒骨灰，就能矇家屬二千元的收屍費！

「『愛滋病』，不值錢！」紀哥一聲長歎。

「那可是我們的『武松』啊！」

　　小馮迷惑地看著我，他剛來，也不知道那屋「武松」的典故。於是我老調重談，講了那個農民怎麼因為狀告村長被判刑，怎麼在監獄分揀醫療垃圾，被輸液針頭扎成了愛滋病，怎麼妻離子散，女兒也被村長強姦，刑滿了他怎麼劫殺了村長，跑到北京上訪和自首。

　　小馮問：「真了不起啊！紀哥，這樣的『武松』七處多嗎？」

　　「我七年頭回聽說！」

　　小馮歎道：「這樣的『武松』往後多出點兒多好？把那公檢法的狗官也殺他幾個！」

　　我說：「仁義禮智信，都讓共產黨給革命沒了，上哪兒找武松去？」

　　紀哥道：「一個『武松』倒下去，千百個『西門慶』站起來！」

　　我聳聳肩，苦笑著說：「紀哥，武松在你這兒，也算永垂『不朽』啦。」

　　「啊？⋯⋯哦！」紀哥慘然一笑。

　　小馮問：「方哥，死人標本貴嗎？」

　　我點點頭。

　　「黨啊，啥錢都能掙。」紀哥一聲長歎，躺倒在床。

§

　　晚上洗漱完畢，查班兒的來了，來人一看就是個小官兒爺，背著手站在門口盯著。紀哥過來撩被單兒，新來的年輕隊長戴著一次性手套抖我們的腳鐐。

　　這小官兒爺發話了：「這屋擠個什麼勁兒？那屋不空張床嗎？」

　　隊長一擺手，紀哥會意地出去拿來鑰匙，準備給剛摘了脾的

小馮開鎖。

我一看就急了：「隊長，他剛摘了脾沒免疫了，不能去傳染區啊？」

紀哥焦急地瞪了我一眼，隊長罵道：「你丫閉嘴！」

「怎麼回事兒？」那官兒爺問。

我這一挨罵，怒氣生起、正氣蒸騰，沒見過這樣的醫院！對犯人也不能這麼不人道啊？何況他還是冤進來的大學生呢！反正我也快走了，不怕了，我張口就說：「那個……」

「咋呼什麼呀你？！」隊長上來就打斷了我，對那官兒爺說：「他『炸貓』！」

官兒爺雙眼對我寒光勁射，冷冷道：「就把他調過去！」

紀哥嚇了一跳，扭頭看隊長，見隊長沒反映，就顫顫巍巍地對官兒爺說：「他……他是美國人。」

官兒爺的表情一下就不自然了，明顯下不來台了，馬上又不動聲色。隊長也知道厲害了，馬上來解圍，說：「這事兒馬上解決，咱先查那邊去吧。」

「就他媽你們美國人事兒多！」隊長回頭跟紀哥說，「你調那黑子！」說罷陪著領導出去了。

真是崇洋媚外，還欺軟怕硬，覺得黑人好欺負。

紀哥開了Jim的床鎖，黑人戴鐐下床，紀哥讓他抱著床單被褥，要調這個蘇丹人到傳染病房去——太過分了！難道這黑人不懂漢語，就矇他過去接受傳染期的肺結核的洗禮？就憑這小官兒爺的一句瞎指揮，為了病房表面的好看，下邊兒知情的就不顧良心了？

阻止不住了，我還是忍不住用英語提醒他注意傳染期的肺結核。

「What？！Wow！」Jim大鬧起來。

紀哥急得跟我直跺腳。

「咣噹——咣噹——」從隊長室到這屋，兩門齊開，隊長杵著警棍就衝了進來，那小官兒爺也跑到了門口觀陣，斜對門女號兒的隊長也來助威了，手裡拎著鋥亮的手銬。

那黑人大聲說了一通英語，他們卻不知所云。我翻譯給他們——就是抗議，爲什麼讓他去那個結核病房。

年輕的隊長拿警棍指著我：「都他媽是你攛掇的吧？你丫美國人眞有病！礙你丫屁事！」

那官兒爺瞪圓了金魚眼，怒道：「你煽惑鬧獄是不是？！」

事已至此，已經沒什麼好怕的了，我平平地說：「那屋的肺結核在傳染期，剛傳染了一個！又死了個『愛滋病』，這位剛摘了脾，去了就危險；這黑人不懂漢語，我就提醒他一下注意衛生，這有什麼不妥嗎？」

這位官兒爺沒詞兒了，臉色鐵青。

中年的隊長見風使舵，借機巴結領導，罵道：「就你丫美國人管得寬！這兒什麼地方？丫還想講人權哪？」

「這兒是專政機器！領導說話就是聖旨，懂嗎？」這女隊也不失時機地拍馬屁。

隊長威脅道：「看你丫就是欠收拾！」

我一言不發地看著圍過來的警察，反而不怕了。絕食的小周也坐起來，理直氣壯地向那官兒爺解釋原因，沒說兩句就讓隊長給罵住了。

Jim站起來抗議，隊長轉身拿警棍一揮，下令道：「帶走！」

紀哥想推Jim又不敢，他們都比Jim矮不少。隊長又下令，紀哥還是不敢造次——讓犯人衝鋒的傳統打法失靈了。

中年隊長拿警棍威脅Jim，「不走這就給你『上械具』了啊！」

我用英語向Jim做解釋，Jim說：「我就是不去！如果非要我去，我寧願出院！」

那官兒爺聽完我的翻譯，二話沒說，轉身走了。

隊長撤了警棍，讓紀哥把Jim鎖好，跟著領導出了門。

「方哥，你真是好樣的！」小周向我挑起他那竹節一樣枯瘦的大指。

小馮和Jim紛紛向我道謝，看來我對 「中國內政」的干涉真沒有白費。要不是我「多管閒事」，剛被警察踢破了脾的小馮就要去傳染病房沐浴「黨的春風」了；要不是我「多嘴多舌」，這位不懂漢語的蘇丹黑人就被矇著去為「中蘇友誼」獻身了。

我非常清楚：不是我們這個弱勢群體代表正義警察才讓步，不是警察那麼做虧心才屈服，而是因為我是美國人，有美國給我撐腰，有使館的照會……

我們正在慶幸勝利，紀哥回來了，悄悄對我說：「你們高興得太早了，剛才商量著要銬你哪！」

## 「六字真言」，無敵寶鑒

我不禁打了個寒顫。

「一會兒要把黑人Jim帶回七處，還要銬你！」紀哥瞅了瞅門兒，低聲說：「他們看你這麼橫，就問我你『托兒』是誰。我說是王所兒，這他才沒動你！」

「謝了紀哥。這黑人心肌炎還沒穩定，大夫沒讓他出院……」

「別說了！」紀哥氣壞了，「你真是個老美，老干涉共產黨幹啥？！礙你啥事了？你真是個香蕉！」

「香蕉？」

「皮兒是黃的，裡邊兒都白了！」

這個香蕉的比喻倒是挺形象，可是中華民族的傳統可不是膽小怕事，各家自掃門前雪。華夏的傳統是：路見不平，拔刀相助；捨生取義，替天行道……這些傳統理念，都被黨給篡改成多管閒事、干涉內政了。

外邊兒一聲鐵門響，紀哥神經質地跑了出去。

紀哥帶了兩個隊長進來，把Jim手銬腳鐐地帶回了七處。

§

紀哥把小馮銬到了九床，撤了加床，就到隊長那兒蹭著看電視去了。

大家正無聊，小周向我提了個非常抽象的問題：「方哥，判斷問題的時候，你們教過思路的順序沒有？就是看問題先看什麼，後看什麼，怎麼看？」

「全面看唄，能歷史地看最好。」我這不是廢話嘛，誰還不知道啊？」

小馮說：「看事實唄！」

小周一笑，說：「小馮，如果誰上來就讓你『看事實、看事實』，很可能他在騙你呢！你看了『事實』，被騙了還不知道呢！」

「不看事實看什麼？」小馮問。

「方哥，『公平——邏輯——證實』，有人說過這樣的順序嗎？」

我搖搖頭。

小周解釋道：因為大家看到的「事實」，一般都是被闡述出來的，很可能是被修飾過、偽裝過的，大家看這樣的「事實」一下就受騙了。所以他認為：判斷問題的思維模式應該是：**公平——邏輯——證實**。

如果講「事實」的前提不公平，它在掩蓋什麼？它不是摻假的嗎？所以看「事實」前，要先看公平。不公平地闡述「事實」，就是在騙人。這樣的「事實」越多，越騙人。

如果講「事實」但不講理、偷換標準——邏輯是錯的，那他的「事實」也在矇人。當然，沒有公平的「邏輯」，也是玩兒人的把戲，所以最先要看「公平」。

小周的闡述真令我驚訝，真沒想到坐牢還能聽到這麼簡妙精深的理論！有了這個思路，共產黨的一切宣傳，大家都明白是在騙人了。

其實，西方司法的「陪審團制度」就是這個原則。

西方陪審團制度前提就是公平——隨機抽選當地公民，再經過打官司的雙方認可組成陪審團，陪審團公平地聽取控辯雙方的證據，控辯雙方都有公平的機會。陪審團成員的判決過程就是邏輯——誰講的有道理聽誰的，這樣的公平之下才能看到事實，這樣的邏輯之下才能辨清事實。陪審團的判決就是證實——如果陪審團確定有罪，交給法院具體量刑；如果陪審團判定無罪，當場放人。

雖然這是公認的最民主、最合理的方式，但是沒有昇華成哲學（方法論），沒有提煉出「公平——邏輯——證實」，這樣的理念去洞徹世界。

我正琢磨著，小周說了：「沒有公平、邏輯，一切都是假的。所以共產黨是最怕了。控制新聞、查禁言論、一黨遮天……還有不公平的司法體制，全在這六個字下曝光了！從根上，就被否了！

「這六個字是公理。誰敢否定這六個字，等於說自己是假的了。這六個字，假的東西，既不敢承認它、又不敢否絕它、還不敢說自己怕它……」

「厲害！」我贊同道。這六個字，也從根上把專制理念給否了。

小周說：「小馮，用這六個字，我不用知道你的案子，就知道你是冤案！」

「你說說。」

小周說：「公檢法給你講公平了嗎？聽你講理了嗎？這個前提沒有，還不是冤案？我不用看你怎麼招架把人磕死了，我就知道你冤。如果再知道你的案子的過程，就更知道你冤——對你的審判，那是對全中國人的審判——因為是誰遇到那種情況，都得那麼反抗。」

小馮頻頻點頭。小周又說：「小馮，六四你知道嗎？」

「聽說過一點，共產黨說沒開槍殺人，傳言是坦克都上了……」

小周說：「你用這六個字衡量，不用知道六四具體的事，你就知道共產黨在扯謊——因為前提沒有公平，掩蓋了一切反對的聲音。要看到事實，就看他拚命掩蓋什麼，那就誰也矇不了你了！」

我笑了，因為我知道他下邊要說什麼了。

小馮不愧是大學生，腦筋轉得也不慢，他說：「小周，你是說整法輪功，那鋪天蓋地的宣傳——前提『不公平』，所以都是矇老百姓！對吧？」

「嗯，不但不公平，還沒邏輯——不講理呢！」

小馮也讚道：「真厲害！這六個字，把假的一下就打翻了。那以後，新聞聯播咱也別信了。」

小周說：「也別走極端。這『六個字』是教人明辨真偽的，不是叫人什麼也不信的。真真假假混在一塊兒最能騙人了，用這六個字，一下就辨別出來。」

「就是找公平、找邏輯——看他掩蓋的是什麼，看他狡辯在哪兒，哪兒就是眞相。」

小馮頻頻點頭。我一挑大指，問他：「好像你這『六個字』，什麼都能衡量衡量啊？」

「這是思維方法，就是用來衡量的。」

小馮問：「都能衡量？」

小周說：「就拿中國的教育來說，從幼兒園，到大學，到社會，完全講黨怎麼好，任何反黨的言論都要被鎮壓，沒有公平的前提，這套政治教育，根子上就是虛假的，騙人的。」

小馮說：「倒是也教過一分爲二。」

小周說：「對黨咋就不能一分爲二？它只讓對黨的錯誤要一分爲二！分、分、分下去，錯誤就變成失誤了，就沒錯了！對它要批鬥的咋不一分爲二？對六四咋不一分爲二？……」

我問小周：「那你說黨的腐敗就沒治了？根子上不公平啊？」

小周說：「對，根子上沒有公平，制度的基因都是邪的歪的，腐敗氾濫是必然的。」

我半開玩笑地問：「你說都能衡量，那股市你能衡量嗎？我二姐愛炒股，散戶。」

小周說：「我不懂股市，但也能從根子上判斷。炒股人的心理，總覺得能比別人聰明一點——這個前提就不公平了，這個邏輯也有問題；再加上中國股市，沒有公平的前提，黨一會兒一個政策，一個調控，暗箱操作、做假帳……中國股民早晚都得給黨獻血。」

我點點頭：「她現在還紅火著呢，看她將來吧。那你衡量衡量我的生意，行嗎？我出去以後，前景如何？」

小周笑了：「我又不是算命的。」

我也樂了：「隨便說說，我看能不能用你這六個字衡量生意。」

小周說：「方哥，我不瞭解你的案子，但是，我也知道你冤。法律沒有公平的前提嘛。你要回國投資？還是繼續貿易？」

我說：「回國投資。」

小周說：「中國這投資的環境，沒有公平的前提，官兒老爺都是吃企業，你擺平了黑白道，才能得到一個相對公平的發展環境，沒有這個公平前提，很難。我原來一個老闆是台灣人，他沒多少實力走白道，結果，錢都扣在大陸了，自己跑回去了。」

這麼不吉利！我聽著直皺眉。

小周說：「我只是從大面上衡量一下，未必符合你。方哥，其實你搞國際貿易比在大陸投資穩當，國際上有公平的環境。」

這句話說我心裡去了，我就想著等進口批下來，再註個公司，用預審的招兒，讓我老媽當法人，我還當供應商，這樣做「國際貿易」呢。我問他：「你這『六字真言』，英語教翻成什麼？」

小周說：「譯成Fairness-Logic-Proof，簡稱FLP。方哥你看行嗎？」

我說：「好！那就是公平的、邏輯的前提，再去證實，OK。」

§

「公平——邏輯——證實」，不用在細節上糾纏，在源頭上就給虛假的東西曝光了。這六個字還沒人敢否、沒人敢批，邪的假的還不敢對照，好像是照妖鏡——「無敵寶鑒」。

人們要是有了這樣理性的思維方法，真是不會再輕易被愚弄了。紅產階級的一言堂真沒市場了，不公平的「事實」再多，大家也不聽了——只要專看他掩蓋的東西，一下就看到真相了。學

生如果都明白這個，那共產黨就完了！那大陸不民主，也得民主了。

睡到半夜，「咣噹」一聲吵醒了我。一個兇神惡煞站在了門口！光著膀子，穿著大褲衩，我嚇得一抱頭，左手還在床頭銬著呢。

## 尼祿重生，千年見證

歷史在驚人的重複中警醒著後人。小周破譯了舊預言，留下了新預言，隨之就無可抗爭地墜入了歷史對他的預言……

§

「咚——」那兇徒狠勁砸了一下門，紀哥這才醒來，捂著胸口叫著：「喲，趙隊……怎麼啦？」

原來是新來的隊長，他一指我後邊兒，我回頭這才看見，小周側著腿、側著身子、單手銬在床上、單手練功呢！

紀哥趕忙上去把小周按到了床上。小周向趙隊申辯，趙隊斥道：「甭以為這兒沒監視器，我就是監視器！」

他讓紀哥從對門取了鑰匙，他親自動手，把小周雙手銬在床頭，腳鐐拉直鎖在床尾。小周四肢吊著，屁股尖著床，病床成了刑床。

趙隊下了口諭：「他丫要叫，堵上嘴！告饒了再找我。想絕食？兩天給丫治過來！」說完拿著鑰匙，氣哼哼地走了。

紀哥打了個哈欠：「告饒吧！就你這身子板兒，一會兒就散架了。」他說著往床上一躺，說：「趁我沒睡著，趕緊告饒……」沒一分鐘，他打上呼嚕了。

我和小馮勸小周，白勸。沒一會兒，他就開始全身抽搐，床都跟著顫抖。我叫醒了紀哥，請他把我和小馮的枕頭塞在了小周

的屁股下邊……

§

清早開了手銬，小周還在直挺挺地躺著，僵屍一樣，胳膊腫了兩圈，身軀更顯得乾瘦了。我藉著洗漱的工夫，抓緊回去給小周按揉雙肩，把胳膊歸位，他疼得直冒汗。

十來點鐘，胡管兒來了，把上回領事送給我的英文報紙和英文《聖經》帶來了。他悄悄告訴我：他安排好了，可以一直在這兒療養，臨出去再把我接走。

我聽著這個高興！這簡直是我坐牢最高興的時刻。

胡管兒還拿來了電動剃鬚刀。我拿起來剛要刮，又放下了。小聲說：「這兒有我一個熟人，刮了就認出我來了。」

胡管一走，小周躺著問我：「你看過《聖經》嗎？」

「看過中文的。」

「我原來是基督徒。」

怨不得他昨天受刑不屈服呢，原來他是受當年基督徒殉道史[1]的感染啊！

「方哥，《聖經》啓示錄你看過嗎？」

「以前看過。」

「你記得《啓示錄》中對『反基督』的預言嗎？預言有兩代『反基督』的君主，他是用獸來比喻的，一個代號是六六六……在《啓示錄》第十三章的末尾。」

---

[1] 西元64年，古羅馬皇帝尼祿（Nero）火燒羅馬大城，然後嫁禍基督徒，編造謠言，煽動民憤，不明真相的市民狂熱地參與對基督徒的殘害。基督徒被成批地趕進競技場，任憑猛獸撕裂吞咬，甚至把基督徒當作火炬燒掉。強盛的古羅馬由此走向衰亡，基督徒歷經300多年的磨難，終於和平地用堅忍戰勝了強權。
歷史是重複的，警醒似乎就在眼前，但總有人以為信仰能跪給強權。

　　我打開《聖經》翻到了那頁，翻譯給他們：「這裡需要人有智慧。聰明的人能算出（一隻）獸的數字，因爲這數字代表一個人，這數字是六六六。」

　　我問：「我聽說有人解釋這六六六是屠殺基督徒的Nero[2]。」

　　小周一笑：「《啓示錄》是預言，不是故事，所以，六六六不是尼祿。這六六六代表這個人的——姓氏、權杖和專門迫害信仰的機構，這麼解釋合理吧？」

　　「要能這麼破解出來，就最合理了。」

　　「反基督，也是預言文化中常用的一個比喻，比喻敵對基督一樣的善的信仰。現在黨的元首姓『江』——六劃；他的權杖——共產黨的『共』——六劃；專門迫害信仰的機構——六一〇公室，這就是六六六。」

　　心裡還在疑惑，還眞沒有比這解釋更貼切的了。我又問：「《啓示錄》還預言啥了？」

　　「預言太多了，你自己看最好了，只要破譯了六六六，別的就迎刃而解了。」

　　「對你們坐牢也有預言嗎？」我開玩笑地將了他一軍。

　　「有啊，第十三章：『該被囚禁的將被囚禁；那些該被刀殺的，一定要被刀殺。神的子民，一定要有耐心和信心』。」

　　我一驚，還有這麼不吉利的……我翻開《聖經》，眞翻到了這段話。

§

---

[2] Nero是古羅馬暴君尼祿的名字，也是當今著名的光碟燒（刻）錄軟體Nero Burning Rom（直譯為：尼祿火燒羅馬）名稱的由來，似是為紀念這段悲壯的歷史。Rom（光碟機）和Rome（羅馬）諧音。

我又將了他一軍：「你要能預言點什麼，眞實現了，我就信你！」

「對！那我們都信你！」小馮跟著起哄。

小周說：「其實，宗教留給後人的除了修行，還有預言。它告訴後人：如果預言實現了，就該信我。幾乎所有正教都留下了預言，特別是對今天的預言——警告將要發生的劫難，好讓人拯救自己。可現在人，很難醒。」

小馮說：「你們說九九年七月世界末日，不也破產了嗎？」

紀哥進來了，接話道：「人家說『世界末日是不存在的，共產黨把後邊掐了，造謠說我們蠱惑世界末日，預言的九九年七月的恐怖，是鎮壓法輪功』，這詞我太熟了。」

說的我們都笑了。

小周說：「方哥，你看看《啓示錄》第十三章開頭，講『反基督』的紅龍授權給一隻獸，然後應該是……第五、六段吧？」

我翻開《聖經》，找到後翻譯給他們：「那隻獸得到了一張誇大褻瀆的嘴，被授權可以肆意妄為四十二個月。那隻獸誹謗神和他的住處，以及天人，牠被授權把褻瀆覆蓋到世界每一個國家、每一種語言的民族。牠被授權去攻擊聖徒，戰勝他們……」

「行了，這『四十二個月』就是一個預言，這四十二個月的『肆意妄為』，就是鎮壓怎麼瘋狂都沒有天譴，可是這四十二個月一過，我猜就會有天譴。」

紀哥問：「什麼天譴？」

「瘟疫吧，鎮壓基督徒招的天譴就是大瘟疫[3]。」

---

[3] 古羅馬先後4次屠殺基督徒，招來了5次大瘟疫，西元250年鎮壓的當年就招來瘟疫，持續16年，首都的人死了一半，全國死了三分之一。

「大滅絕？」小馮又問。

「不是，預言的這次不是。最後一次瘟疫會很大，但是這次沒那麼大。」

「最後那次什麼時候？」小馮追問個沒完。

「不知道，我只知道這次。」

我問：「從什麼時候算起呢？」

「當然從九九年七・二〇算起了。」

「我就從今兒算起！」趙隊進來惡狠狠地說：「你丫吃不吃飯？」

「我這請願還沒結果呢。」小周說。

「你要什麼結果呀？」

「要一個公平的，允許我們說話的權利，就要這個，得允許我們闢謠啊。」

趙隊冷冷地，「到那天，哼哼，你早死了！」

李護士推車進來了，趙隊馬上變成了笑臉：「我來吧，李姐。」說著就拿過了營養液，笑容可掬地說：「我給他灌，下班吧您。」

「會嗎你？」

趙隊拍拍胸脯自挑大指：「這我太在行了！」

李護士一走，趙隊馬上變了臉，「我知道講理講不過你，你丫對抗政府，我可不怕給你收屍！那號兒絕食的已經下圈兒了，說，你啥時候吃飯？！」

李護士轉了回來，趙隊立刻笑臉相迎，熱情地準備鼻飼，李護士只好走了。

鐵門一響，李護士出了大閘。趙隊怒問：「再問你丫一遍，什麼時候吃？」

小周還是微微一笑。

沉寂片刻，趙隊終於怒不可遏，抓起輸液瓶扔向了牆角——「啪！」

「看丫能抗幾天！」趙隊摔門而去。紀哥趕緊收拾狼藉。

下午下班的時候，趙隊又截住了另一個護士送來的營養液。紀哥說護士要回收輸液瓶，再碎了沒法說了，趙隊一笑，把瓶中的奶倒進了臉盆。

小周斷了兩頓，可是有點兒受不了了，躺在床上腰都直不了了。

接下來像中了邪一樣。中午美眉護士來做鼻飼，熱奶在涼水盆裡炸底兒了；晚上她又急著下班，滾燙的奶沒涼就給小周灌了下去。小周雙手銬在床頭，燙的身子直扭。胃粘膜燙壞了，沒法鼻飼了。今兒拔了胃管兒，加了兩瓶輸液。

據紀哥說，去年法輪功絕食的特別多，今年不普遍。監號裏有絕食的，都在醫務室就地給灌，五個犯人把就地一按，一個犯人插管兒就灌！絕食時間太長的，看著實在不行的才送這兒輸液。等幾天緩過來了，趕緊送勞教所，要麼就踹分局判大刑去。有倆女法輪功，絕食在這輸了幾天液就扔勞教所了，到那兒沒灌一個月，又送這兒的勞教所病房輸液來了。勞教所灌食才野蠻呢，都有灌肺裏灌死的，死了也白死。

§

吃了晚飯，美眉護士穿著警服來收尾，這兒的大夫、護士都是警察編制，有警衛的。

「鈴——」這美女掏出手機，嗲聲嗲氣地聊個沒完，那撒嬌的樣子，連紀哥都不好意思地出去了。我只好強力看書，來個聽而不聞。

「護士，他液沒了。」小馮終於忍不住了。

瓶子液體已經光了，輸液管都回血了。小周依然昏睡，美女

依然「肉麻」著，好一會兒才扭搭到輸液架，用肩膀和脖子夾著手機，邊「肉麻」邊操作，隨後像小鳥一樣飛了出去。

忽然小周在床上掙扎開了。

「怎麼啦，小周？」我放下書問他。

他也不說話，雙手抓著胸口，嘴唇發紫——這是心臟出事了！

「紀哥！搶救！紀哥！」

# 預言成真

紀哥渾身濕漉漉地衝了進來，一看，立刻躥出去喊人。

我拚命抻過身去，鎖在床尾的腳鐐拽著我，雙手僅僅能搆著了小周的雙腳，對著他的腳心猛掐。邊掐邊說：「小周，頂住！」

小馮說：「剛才液體輸空半天了，那護士也沒排空氣直接就換液體了。」

啊？！這麼一長管空氣輸進去？！體質正常的人都夠嗆啊！這絕食三個多月的五十來斤的人，不完了嗎？！

紀哥衝了回來，我馬上說：「快把我解下來，我給他急救！」

「隊長不在，不敢胡來！」這時候他還講上原則了！

「你不是知道鑰匙在哪兒嗎？」

「不敢拿！趙隊的班兒！」紀哥說著開始給小周壓胸——我忘了他原來也是大夫了。他是洗著澡就衝過來了，背心都在往下流水，只穿了一隻拖鞋。

李護士來了，掏出手機就叫大夫，然後參加急救。

美女大夫也跑了進來，過來就翻小周的眼皮，打開手電筒照

了一下，「快熬到頭兒了，沒見挺這麼長的……」然後就撤到一邊打電話。

開始我沒介意，但是後來這大夫說的幾句嚇了我一跳：「好！叫那倆配型好的病人都去吧，咱同時開兩台……別透析了，來不及！……對，還要角膜呢，那讓×大夫也去吧，三〇一醫院。」

一死了就摘腎摘角膜！雖然這在大陸是家常便飯，可發生在我身邊，還是讓我毛骨悚然。

「開鎖，準備手術！李姐，心跳不能停！」她囑咐完就跑了出去。

紀哥得了令，迅速取來鑰匙給小周開了鎖。

「紀哥，你給我也開開吧，我試試！」

紀哥愣愣地看著我，沒反應。

我急了：「你開呀！你是大夫你不知道剛才她說的啥意思！？」

紀哥硬著頭皮給我開了鎖。

「我是大夫。」我跟李護士打了個招呼，因為我看他倆沒勁兒，他們輪換壓胸壓得很淺。可是我剛想動手就懸住了——太瘦了，全是「排骨」，稍一使勁兒還不得碎了？

我左手空拳對小周的心臟迅速一擊，開始試探著壓胸。

李護士摸著他頸動脈，沒說話。我又是一拳，再壓胸，床有節奏地忽悠著，紀哥做人工呼吸，他吹一口氣，我壓胸五次。

「有……有……」李護士說著，看來心跳偶爾才有。

「不能放棄，紀哥！」

我壓了一會兒，太累了，這坐牢坐的，體力太差了。我倆換了崗。

「好，好，好……李護士節奏越來越快地報告著，小周漸漸

有了呼吸，臉色開始恢復，紫紺在減退。

「好了！」李護士一聲喜訊，我們相視一笑，還沒等欣慰呢，就聽後邊——

「行了！給他倆鎖上！這回看你還絕食！」

是趙隊。這個傢伙，滿腦子整人，黨性十足！

紀哥剛把我鎖上，「哐噹——」外面鐵門一響，一輛擔架車衝了進來，美女大夫在前，一個男大夫和一個護士斷後，都戴著大口罩。

「活了？！」美女大夫滿是詫異和遺憾。

「活的更好！走！」男大夫大手一揮，過來就抱小周。李護士嚇得直退，那美女大夫也驚呆了。

男大夫向紀哥下令：「抬！抬呀！」

小周被悠上了擔架車。

「快點兒吧，三〇一那兒都等著呢！」男大夫說完就要推車。

「你們要幹什麼？！」我死死地盯著那個男大夫，目光照得他不由地一縮。但那雙大口罩上的狼眼馬上又瞪了回來。

「你誰呀你！」他推車就走。

「他已經活了！」我厲聲喝道。

「二期復甦，你懂個屁！」

「沒事兒了，不用……復甦了」小周說著要坐起來。

「別動！」那男大夫吼著，「快走哇你！」那美女大夫呆呆地點點頭，跟著男大夫倉惶逃走。

二期復甦？不對！我大嚷道：「你們騙人！」

「丫閉嘴！」趙隊在門口怒吼一聲。

我沒管那套，馬上對退縮到窗台的李護士說：「李護士，他們這是……」

李護士頭也沒抬，臉色慘白，落荒而逃。

「老紀，背銬！」趙隊惡狼一般。紀哥從失魂落魄中緩過神兒來，把趙隊勸了出去。

屋裡只剩下我和小馮，小馮問道：「方哥，怎麼回事兒啊？」

我一頭倒到了床上，腳鐐嘩啦一聲。

憤懣！無助！淒涼，心如刀絞。我真希望我的判斷是錯的，真希望是給小周「二期復甦」，可是，自欺欺人罷了。這哪是醫院啊？實驗廠、標本廠、屠宰廠！

紀哥進來了，跟我有氣無力地說：「沒事了，我用王所兒給你擋住了。」

我沒謝他，頭腦一片木然。

病房裡不知沉默了多久，紀哥起身問我：「你……那試劑盒，就是配型幹這個的？」

「啊。」

「先配型好了，到時候就移植？」

「嗯。」

「為了救人？……」

我知道他這話的意思，於是說：「那……不用的死刑犯的腎嗎？」

他驚訝地看著我，那一瞬間，我明白了什麼叫無地自容。

良久，他又問：「現在移植個腎能多活幾年？」

「做好了，有……一半能活過十年吧。」

「不移植呢？」

「要是透析的話，活過十年的……也差不多一半。」

「那何苦呢？」

「不用……不用老透析了。」

「移植更省錢？」

「不省錢，將來……可能會省錢。」

紀哥冷笑了：「你說的骨髓庫，是不是也用配型來建？」

「嗯。」

「要是一個老百姓的配型入了骨髓庫，要是哪天誰要換『零件兒』（器官）配上了他的配型，他『消失』了咋辦？」

「那怎麼會呢？資料都是保密的！」

紀哥又冷笑了，歎道：「在中國，保密只對老百姓。」

我腦袋「嗡」地一聲，虛脫一般靠在了牆上。我已經沒有了這種紅色高壓下，人本能的自我保護的思維方式了。太現實啦！要是紅產階級哪個大官要換器官，他能弄不到骨髓庫的數據嗎？在大陸消失個人，不小意思嗎？小周活著就給拉出去了，因爲要他零件的已經約好了，不好推脫。

我想起了報導過的兩個文革時的活體腎移植[1]：七〇年，無辜的十八歲女中學生黎蓮，被四個武警按住，沒用子彈、沒用麻藥，大夫上來就摘了兩個「腰子」，因爲南昌九二野戰醫院裡，一個革命幹部等著換腎，爲了多活幾天。黎蓮的屍體也不浪費，做標本了；七八年，一個軍官的兒子要腎，把無辜的「張志新式的反革命」鐘海源屠宰了，那時大陸的腎移植水準，病人能活三周……

小周這次，比文革的時候活摘鐘海源和黎蓮更勝一籌，連要角膜的都聯繫好了！

紀哥從本上撕下一頁紙，下來遞給我——那是幾天前他打算出去賣配型試劑，我哄他給他留的楊義家的電話。他苦笑著說：「這我幹不了，這錢……不敢掙。」

我接過來一咧嘴，一定比哭還難看。

我幾天前還罵紀哥沒同情心呢，還罵他沒有醫德呢，現在他

好像一面鏡子……

小馮打破了沉默，「方哥，小周說《啓示錄》上有句預言[2]，說『該被囚禁的要被囚禁；該被刀殺的，一定要被刀殺』？」

「對，第十三章，接下來一句是：『神的子民，一定要有耐心和信心』。」

「那……小周的命是不是就是這樣啊？」

我驚得一骨碌坐了起來，盯著小馮。

小周可以選擇別的抗爭方式，可以低低頭出去，去宣揚他的FLP「公平——邏輯——證實」的理念，可這個昔日的基督徒，把《啓示錄》銘刻在心，選擇了一條殉道的路——不，他抗爭了，曾經從死神的魔掌中甦醒過來了，是那個男大夫，硬把他推向了殉道的路——撒旦！不折不扣的撒旦！

哦，我好像明白《啓示錄》裡的撒旦為什麼是紅龍了，它隱喻的真是中共嗎？

小馮說了兩遍我才緩過神來：「方哥，我說的是小周說的《啓示錄》裡那個預言，鎮壓四十二個月一過，就要遭天譴，你算了嗎？」

---

[1] 見《中國女性悲歡錄》（內收胡平《中國的眸子》），筱敏、袁偉時編，花城出版社，1993年版；《歷史的代價——文革死亡檔案》，金石開編著，中國大地出版社，1993年版。

[2]《聖經》的「啓示錄」預言了天地間的正邪之戰：一方是羔羊（萬王之王）和他的聖徒，一方是握有強權的以紅龍和獸為首的撒旦。撒旦欺騙世人誹謗羔羊，鎮壓將招來數次天譴，最終羔羊勝利，新天新地到來。

小周認為這場較量已經展現到了人間，世人在幾次天譴（不同的瘟疫）中的命運，由自己對這正邪雙方的態度決定的。

《啓示錄》幾次重複了這句尖銳的警告，如13章9段：「只要人有一隻耳朵，就要讓他聽到。（ If anyone has an ear, let him hear. ）」

「我沒算。」因為我沒當真。

小馮說：「按小周的說法，天譴來臨的日子應該二〇〇三年元旦前後，會有大瘟疫。」

我苦笑了一下：「別嚇唬我了，可能嗎？」

「沒有更好，萬一……」

「萬一來了，你也逃不掉。」

小馮搖搖頭，「小周可告訴咱了，將來幾次天譴來了，咱都沒事兒。」

我疑惑地看著他。他是被小周折服了，不僅僅是小周的堅毅，更是他那深邃的理性。

「方哥，如果第一次天譴應驗了，他講的還不是福音嗎？聽了福音，還不能保佑咱嗎？」

---

註：
驚人的「巧合」？還是預言應驗？！
1.按小周的破譯：《啟示錄》預言的肆意妄為、不遭天譴的42個月剛過，天譴的瘟疫就展現在了世界的眼前——SARS！
2.《啟示錄》裡的42個月，幾處提到是1260天，從99年7月20日公然鎮壓真善忍的信仰者計，過1260天，剛剛過完42個月。
3.我注意到：如果天譴的大瘟疫向人展現的最初的時刻，是以大陸醫界一線的權威認識到它——非典是一種傳染性極強的新瘟疫那天算的話，應該是2003年元旦——正好是剛剛過完1260天的「安全期」！次日，權威專家即趕往廣東河源市調查會診，因為那裡發生了全國最初的醫務人員感染。

# 第十二章

# 昂貴的自由

# 廁所人權秀

病房門一開，小周進來了！

我簡直叫出了聲！「小周！我以爲你……」

我和小馮高興地下床熱情了半天，小周也沒說話，就是看著我們笑……

誒？小周胖了？穿著便服，沒戴腳鐐子？我們戴著腳鐐子，怎麼從病床上下來的？轉眼小周不見了，我急得直喊。

門開了，趙隊進來了，不容分說就把我拴回了床上，抓住我的腳鐐使勁一抖——終於把我抖醒了——南柯一夢！

「別喊了，」紀哥抓著我的鐐子說——他在幫著查班。

小周的床空空蕩蕩。

查晚班的王所兒轉身要走，我擦了把眼淚叫住他——我要出院。病也差不多好了，再待下去得壓抑死我。王所兒很「原則」，一定要明天親自問問大夫，不然對上級沒法交待。看來他們要向美國充分展現他們對人權的呵護了。

窗外風雨飄搖，我又開始流淚了。明知道小周回不來了，還不由自主地盼了一天，終於在夢裡把他盼來了。

突然一個厲閃，轟隆隆——喀嚓！一個霹靂就像打在了窗外，日光燈應聲而滅，小馮嚇得叫出聲來。

屋裡一片漆黑——要鬧鬼不成？雖然我不信這些，看看窗外，還是不禁毛骨悚然。想到剛才夢裡夢見的小周，更害怕了——特別是他竟然比以前胖了點兒，不是那瘦骨嶙峋的樣子，這……實在解釋不清楚，印象怎麼會在腦子裡「發胖」了呢？我又想起了七處廣傳的鬼故事「小紅孩」，越想越害怕。

紀哥和隊長進來換了燈，我只好把注意力都放在研究《啓示錄》上，努力掩蓋害怕的感覺。

§

次日一上班就來了兩個警察，到病房裡威懾了一圈兒，然後隊長叫紀哥拔了小馮的輸液，押了到隊長那屋去了。

有過上回「武松」後事的經歷，我知道他們在給小馮做筆錄，證明小周「得到了充分的治療搶救，不治而亡」——休想讓我替你們圓謊！

他們知道我這個「釘子戶」難碰，押小馮回來，沒理我就溜了，看來另一個證明人由紀哥當了。小馮趴到床上，默聲大哭，床也跟著抽搐。

不一會兒，胡管兒親自來接我出院。美女大夫一直沒露面，一定是不敢見我，但願她的這份良知不被鈔票和榮譽淹沒。

§

回到七處，砸開了四十斤的鐵鐐，我輕飄飄地飄回了監號。

「方哥，回來啦？」牢門裡托鎖的竟然是那個前刑警隊長，那個黑社會老大！沒想到我和「愛滋病」一走，他又殺了回來，還當老大了。

管教對著他說：「方明，你還是老大。」

「不用不用，胡管兒，還是他來吧，反正我也沒幾天了。」我這不是客氣，而是實在不想當牢頭的角色了——小周的慘死，讓我覺得當牢頭都在給紅產階級站崗！

黑老大的客套掩蓋不住內心的喜悅，原來的紅產階級嘛，爭權成癖，別看是牢頭這屁大的權柄。

管教改封我為二板兒。我朝黑壓壓的犯人笑了笑，人幾乎多了一倍，因為雙號兒的廁所還沒裝修完，人還集中在單號兒。

不到二平米（平方公尺）的廁所煥然一新——這就是布希總統給老江打電話，給我們爭來的「人權」！只是鋪鑲了磁磚，安了可以洗涼水澡的淋浴，換了個四十w的燈而已。沒幾個月，七

處就要搬到昌平了，臨走還費錢幹這個——「廁所人權秀」！這足以讓老江給布什回話時吹得天花亂墜了。

「這不安全！」我對陪我視察的黑老大說，這磁磚碎片兒吞進去咋辦？摳下來就是兇器！這要越獄……」

「行啊！老方！看守所這一套你門兒清啊！」這黑老大改口叫我「老方」了。

我開玩笑：「要是看守所能私營了，咱哥倆開個看守所，一年就千萬富翁！」

他笑道：「輪不到你！看守所賣貨的早承包了，那都是頭頭兒的親戚。」

出了廁所，看看各位部下，擠插插的將近有一半不認識。看來現在睡覺得立板兒了。

一眼看到了小金，他那精神的眼神告訴我——出逃有望了！真是功夫不負有心人。

不當老大了，不但鍛鍊的特權沒有了，還得乖乖地回去坐板兒。我告訴他們「武松」歸位了，熟人們一番惋惜。

住院離開這八天，號兒裡在「人事」上竟然沒什麼變化——沒人開庭。我可是歷盡滄桑啊，宛如隔世一般。這和監獄醫院簡直是兩個世界，那兒不到一周就幹掉兩個，這兒的程序這麼慢，磨蹭個沒完。

§

下午飯後自由活動，小金悄悄讓我給他留了Email位址和電話。他也不說別的，就告訴我明信片都用完了。上個月他真見了律師，外邊配合得當，現在看來，最後一步也很順利，這幾天要脫逃了。

# 完美脫逃

第二天一上班，隊長就來提小金。小金已經整裝待發，臨走用眼神向我道別。我微微一笑，算是祝他一路順風。

黑老大莫名其妙：「一個朝鮮難民，快遣返了提個什麼審呢？」

鄒哥說：「積極立功，想活命唄！」

「立功也白立！最多耽誤幾天！」

「就是，中國哪惹得起金正日啊！」

「立什麼功？給別的朝鮮難民告密？」

「小金沒那麼缺德。」

⋯⋯

他們哪知道這裡的奧妙啊。

§

「珍珍！」

「Daddy！」女兒揮揮手，告別了同學，向我跑來。

女兒一上車，我就問她：「今天都玩兒什麼了？」

「Baseball⋯⋯」

我當即打斷她：「用漢語！」女兒的漢語還是三腳貓，她四歲來美國的時候，不會英語，五年後我們回北京探親，珍珍的漢語忘得一乾二淨！連四聲都不會了，用洋味兒重新學。現在在美國都小學快畢業了，怎麼強化漢語，還是差。

珍珍生硬地回答：「壘球，乒乓球⋯⋯」

「鈴⋯⋯」手機響了。

「Hello!」

「Hello! Is that Dr. Fang?」

「Hi! Who's that ?」

「方哥，你好！我是小金！」

「小金？對不起，您能講全名嗎？」

「七處的小金，方哥！」

「哎呀！你好你好！真沒想到！你在哪兒？」

「機場，剛下飛機。」

「好，好，我這就去接你，一小時後我到機場。」

把珍珍一放回家，就飛車去了機場。在那兒我一眼就認出了他，兩位從地獄逃生的難友緊緊擁抱。

上了車我就問：「小金，快說說你當年怎麼走脫的！」

「都是靳哥的妙招，多虧方哥你仗義啊！」

「快說吧，我猜好幾年了！」

「九張明信片救我一命！五張找到我那個哥們兒，二張找到了靳哥給我說的那個律師，他真是靳哥的鐵哥們，『路路通』，他能見著我！找我哥們要了錢，就搞定了。」

「花了多少？」

「十萬搞定！後來都是預審教我的口供、教我的逃跑路線。他是讓我舉報一個『專門轉移朝鮮人出境的團夥』，其實就是一個韓國大飯館。預審給我換了身好衣服，明著安排我去求那兒的韓國老闆幫我偷渡，讓我給老闆打個欠條，然後他們好去抓那個老闆，逮個現行。他們四個人在大門外守著，兩個在裡邊吃飯，我裝著找老闆，從後邊兒的廁所窗戶跑了。」

「跟我猜的差不多，你看，小金，這咱可以寫小說了。」

「是啊！後來，我就流落到廣東打工去了。」

「再後來呢？」

「再後來，就來你這兒了嘛……」

小金怎麼能來這兒呢？這是美國，不好偷渡啊。還是他到韓國，然後從那兒給我打電話比較合理……

「方明！出來！」門口一聲吆喝，把我從白日夢中叫醒了，是黑老大在牢門外吆喝。他跟管教「貓膩」回來了。

我現在已經習慣了白日夢──這真是監牢最大的樂趣，我是如此投入，時間再長下去，都快成神經病了。

胡管兒請我對面落座，噴著尼古丁，單刀直入：「小金沒回來，是不是你教的？」

「啊？！」我心裡這個樂！小金走了一天多，管教才來追問，甭問，小金出逃成功，得了好處的預審在那兒裝模作樣地找教唆犯呢！我裝作詫異：「小金上哪兒了？」

「小金從預審、便衣眼皮底下溜了，你不知道？」

「這麼本事？！」我極力掩飾內心的喜悅。

「得了方明，你裝不像！眼睛都帶出來了，瞎話都不會說！」

我知道管教沒惡意，聳聳肩笑了。

胡管說：「剛才我盤問你們老大了。說，是不是大靳的主意？這個大靳！因為放犯人進來的，臨走還『放』了一個！」

我一笑而已。

「嗨！預審丟的人，關我屁事！就是七處下來話讓我查查，應付應付完事。這個大靳，有種！連我都不知道他還有這手！」

「胡管兒，我這什麼時候完事兒啊？」

「踏實待著吧，臨走才能告訴你哪！」


## 堂皇的訛詐

假金庸、老林都下圈兒了。我又盼了幾天，終於盼來了提審。檢察官小嚴和一個司法局的幹部接的我，那幹部很客氣。

會客室，不是審訊？是「幹部」和我聊聊。他對我同情了一

陣子，然後擺出了把我從案子裡洗脫出來的難度。

我說：「本來就是預審偵查錯誤、錯抓錯捕，外加逼供誘供，走私那是他們公司的事，是法人的事，跟我一個美國供應商有什麼關係呀，我充其量是個顧問嘛。」

他示意戚檢和嚴檢回避，房間只剩下我倆。他說：「方明，按規矩你要見我，要戴手銬的。不過嘛……」

「謝謝！」我真不知他的來頭。

「我知道你是無辜的，可是法律就是這樣，再不合理，咱也得依法辦事，所以，把你擇（音：宅）出去也得有個說法，你如果能配合我們，就好辦多了。」

「怎麼配合？」

「這個不難。我知道，你的產品，國內奇缺，又是救人活命的東西，但是現在沒有批准進口，怎麼往裡弄，都說不過去，法律就是這樣，再不合理，也是這樣啦。」

「那你們怎麼不把我那幾個競爭公司也抓起來？他們也賣呢？」

「中國嘛，就是這樣，民不舉，官不揪啦。」

「那就專揪我呀？」

「已經揪了，難道還把他們也抓了？總得給人家一口飯吃吧？」

「那就不給我飯吃了？」

「都給，共同富裕嘛……但是我們必須依法辦事，不管合不合理都得這樣。在獲准前，我們會禁止任何私人形式的進口，都收回來。我想這一點，美國也說不出來什麼吧？」

我點點頭，不知他葫蘆裡賣的什麼藥。

「但是呢，如果我們司法局協調來辦這件事情，就好辦了，我是說，我們來做這項業務……」

「你們有這個資質嗎？官商？」

「不是，我們可以成立公司嘛，現在搞得很活嘛！」

要奪我生意？！我拚殺了近三年才開拓出來的市場、培訓出來的客戶全叫你們給搶走？！眞不愧是紅產階級！

他看著我驚異的眼神，和藹地說：「放心，不會撇開你的，我不是說過嘛，都會有飯吃的。你們以個人的形式，作爲特聘顧問、專家指導嘛……」

啊？就施捨給我這麼一口飯？要搶走我的經銷權、搶走我的市場、搶走我的客戶、還讓我給你們做售後指導？想得太美了！

他繼續和藹：「你想想，這是不是兩全其美？」

「那……你們這麼做，不是執法犯法，自己走私嗎？」

「嗨！咱可以變通一下嘛，比如，我們和××機構合作，算作科學試驗材料……」

「我就是這麼做的！我合法呀！」

他眨眨三角眼，說：「這我們都掌握了，你的證明……」

「那是移植學會的正式證明啊！」

他嘿嘿一笑，「他們怎麼給你開的證明？我們公對公可以，你們公對私，誰給你開的？他們憑什麼給你開的？」

當頭一棒！不過，咱也久經風浪，要是以前，我非癱椅子上不可，可這次，我只是微微身子一震，迅速移開了對視的目光——因爲我知道，我的眼睛不會撒謊。

「想好了嗎？」他關切地問。

「移植學會那兩位，是我的顧問，我給他們付費諮詢。」

「人家可是痛哭流涕地都交待了，對不起黨，對不起國家，對不起人民，收受賄賂……」

這幫傢伙！怎麼會拿我來墊背？因爲我這點兒紅包「罪行」最輕？就往我身上推，說我行賄腐蝕他們，我被他們敲了一筆，

他們還讓我跟他們共患難！我申辯：「他們犯什麼事兒，跟我沒關係，現在醫療機構要回扣，太普遍了。」

「他倆可都咬你腐蝕他們啊，老弟……」

我辯解道：「那是他們要的顧問費，我又不是行賄。」真要是給我栽上行賄罪，美國也幫不上我，甚至不願意幫我了。我跳到黃河也洗不清啦！給個紅包這麼普遍的事兒，咋我就這麼倒楣啊？

「推測沒用，這可是『法律認定』。」

又是「法律認定」！這是拿自由和加罪來要脅我呀！

「方博士，想好了嗎？」

面對這個無所不能的公檢法，我還能做什麼？

「就算給國家做點貢獻吧？畢竟國家培養你那麼多年嘛。」

培養我這麼多年？不學無術的文革教育、上山下鄉讓農民教育，這就是國家對我的培養！後來我靠自學上的大學，上完博士出國留學，那是借錢交還了國家的培養費才走的！別看我入了美國籍，還是把中國當做祖國，我不欠這個蹂躪我祖國的紅產階級政權一分錢！

「方博士，你是組織配型領域的專家呀，祖國的器官移植事業，需要你的支持！」

以前這麼恭維我，我會很高興。這是我的理想，我的事業。我為完善器官移植的配型技術和籌建骨髓庫奔走華夏，可是自從住了一趟濱河醫院，見識了活摘器官已經氾濫到可以殺戮無辜的地步了，我動搖了。我只有不斷地說服自己——濫用的極少數，才能把我的事業繼續下去。

他見我還沒表態，又進一步說：「合作只是暫時的，等藥監局批准進口了，你還可以再獨立出去嘛，反正時間也不長了嘛。」

這下我心動了。我知道，藥監局審批的進度可快可慢，官

官相護，而官方能決定這個進度、甚至結果，以維持他的絕對壟斷。那樣我的客戶資料就都被他們劃拉走了，將來我只能在他們的剩飯裡搶上兩口，還得對主子千恩萬謝，因為他們一句話——我們抓過這小子——我的客戶就得死心塌地歸順他們。

他真是老手，從我的眼神裡看出我心動了，從公事包裡取出了幾份協議，遞給我。原來他把那兩個檢察官支出去了，就是為了要脅我做成這個交易。

我看著協議，像是在看一張「賣身契」！我苦笑著問：「那幾個公司還自己經營？」

「不行了，都收歸我們了。」

太絕了！掠奪了我公司的一切業務，讓我給他們去打工。這是剛剛開闢出來，即將盈利的大市場，一年上百萬美元的利潤，就這麼被一口吞掉了！可是，我又有什麼辦法？我如果不配合他們，他們是可以去找別的知名度低的顧問的，那我對他們就沒用了，他們還能放我？

「大河有水小河滿，大河沒水小河幹嘛。給你的待遇不會低的。」

這句「諺語」，當時真給了我一點臉面。算是為祖國做貢獻吧，儘管我心裡知道，這又將養肥幾隻碩鼠！但是，這是我自由的代價啊！

§

回去後，坐板閒聊，小劉竟然告訴我又受一騙！原來膾炙人口的「諺語」竟是半個世紀的騙局！

應該是「小河有水大河滿，小河沒水大河乾」——大河的水是小河流匯過去的！人民富足了，國家才富強，西方民主社會就是這樣；而中共顛倒是非的「諺語」竟能騙了幾代大陸人——一味壓榨搜刮人民，紅產階級打著國家的名義中飽私囊，給嗷嗷待

哺的人民剔出點牙縫裏的剩飯，這就是黨的溫暖。

真憤懑！找老大要了本雜誌坐板兒解悶，翻到一個朱元璋私訪的故事，裡邊有賣唱女唱的兩首元曲《正宮‧醉太平》，感慨萬千。

第一曲：「堂堂大元，奸佞專權。開河變鈔禍根源，惹紅巾萬千。官法濫，刑法重，黎民怨。人吃人，鈔買鈔，何曾見？賊做官，官做賊，混愚賢。哀哉可憐！」

第二曲：「奪泥燕口，削鐵針頭，刮金佛面細搜求，無中覓有。鵪鶉嗉裏尋豌豆，鷺鷥腿上劈精肉。蚊子腹內剜脂油，虧老先生下手！」

這個故事是借元朝末相：專制腐敗、官匪一家、殘酷壓榨來警醒明朝，可是現在，中國大陸呈現的，何止是元朝的末相？唐宋元明清，這號裡古代預言書《推背圖》裡講的歷朝歷代的末相，當今不是都展現出來了麼？而且是有過之而無不及。看著吧，這就是改朝換代的前兆。改朝換代，在大陸的今天，會普天同慶。

# 最後一課

我以為和司法局的幹部簽了「賣身契」之後，就該獲釋了，就這麼傻等苦盼，盼來的竟然是一周後的海關提審——案子被踢回來重審了。

海關那倆預審前後提了我三次，又重做了一遍口供。期間見了一次領事，領事非常氣憤，她以為上一輪外交斡旋很成功，布什總統的電話很見效，中方答應得好好的，沒想到程序這麼漫長。可是氣憤又有什麼用啊？共產黨就這樣明一套、暗一套，美國又奈它何？當我告訴他，這兒應總統的要求改善人權，只不過

是裝修了一下牢房二平米不到的廁所，領事簡直哭笑不得。

　　一晃又是半個月。牢裡再沒有一點兒新鮮事兒了，剩下的就是在思念親人中煎熬和無聊地找樂了，以至我下決心不再看日期了——那張用牙膏粘在牆上的自製月曆——晦氣！看著它，多少次的失望？有時候真有要急瘋了的感覺，想跳起來把它撕個粉碎，但是表面上還得泰然自若，這是怎樣的折磨！

　　這一天吃早飯，我忍不住又看了一眼月曆，猛然想起：明天是感恩節了。家裡又要買火雞了，女兒最愛吃了……

　　我跟他們聊起了感恩節，黑老大問：「老方，美國也有意思，當年屠殺印第安人，搶了印第安人的土地，還過感恩節，感謝印第安人的幫助！？」

　　黑老大一當牢頭，號兒裡也不民主了，他還是很給我面子的，畢竟是我禪讓給他的。

　　我說：「大陸的教科書，甚至大陸的典籍都在咒罵美國屠殺印第安人，說美國的『種族滅絕政策，來得更加兇殘』。可是你看看就這段話裡講的那些事的時間，比美國建國早了七十來年。在美國建國前，都是鬆散的歐洲殖民地，這期間歐洲殖民者和印第安人打了二百多年，都歸罪給美國？」

　　「是在反抗殖民的戰爭中，美國建立起來的，是在消滅了奴隸制以後，才強大起來的。共產黨這麼栽贓，手法比陷害法輪功還笨！」

　　黑老大來了興趣，看來都愛聽真東西。

　　我講道：「這段歷史，完全被黨歪曲了。清教徒去北美洲前，歐洲就向美洲移民了。美洲有三百多個印第安部落，最大的部落才一萬人。他們還在蒙昧階段，部落之間老打仗，戰勝的一方要把戰敗的部落全部殺光，誰割下敵人的頭蓋皮多，誰當酋長。歐洲早期的殖民者被印第安人殺得大敗，後來他們就用小禮

品收買印第安部落的頭兒。歐洲各國爲爭殖民地在美洲打仗的時候，都有印第安部落爲他們賣命。」

「美國獨立戰爭的時候，絕大多數印第安部落站在英國殖民者一邊，他們玩命鎮壓反殖民的軍隊，還用他們的傳統的方式先後屠殺了幾千平民。後來打贏了，美國獨立了十三個州，敵對的印第安部落被打跑了。法、西、英三國聯手反撲，絕大部分印第安部落被收買，去充當殖民者的炮灰，結果美國疆域越打越大——這打下的是殖民者地，不是印第安人的領土，因爲印第安部落是遷徙的，他們沒有領土概念。」

「美國南北戰爭的時候，絕大多數印第安部落又站到了南方奴隸制那邊，和北軍決一死戰，使北軍腹背受敵，最終又被打潰了。」

黑老大問：「這就是美國種族屠殺的理由？」

我笑了，「印第安人屠殺過美國平民，但是美國軍隊只是徹底剿滅那些叛亂部落的武裝，逼他們投降，然後把他們遷徙到『保留地』，這是屠殺嗎？甚至在剿滅他們武裝的時候，也儘量不殺人，而是採用了圍剿野牛，切斷他們食物來源的方式，逼他們投降。另外美軍也吸納了不少印第安人，所以根本不想滅絕這個種族。印第安人願意過土著生活，不願意接受現代文明，那就去『保留地』吧。」

小劉說了幾句耐人尋味的話：「現在中國大陸就是殖民地——西方馬列主義的殖民地，中國的傳統都被共產黨毀得差不多了。中國人自稱炎黃子孫，拜祖宗，死了叫『見列祖列宗去了』。現代大陸，掛黨魁的像，死了說見馬克思去了，完全宗教化了。這不是殖民是什麼？」

「印第安人受了歐洲殖民者的小禮品，就甘心爲他們賣命；中國大陸這兒，人們不也是爲了眼前的實惠，維護著紅產階級欺

壓百姓嗎？」

黑老大問：「老方，那感恩節到底怎麼回事兒呢？」

我說：「印第安部落裡也有友善的。三百多年前，清教徒爲了信仰自由到了美洲，得到了一個印第安部落的幫助，渡過了最苦難的時候，他們對這個部落感恩，這後來就發展成了感恩節。現在感恩節只有美國和加拿大才過，那天要吃火雞，吃火雞前，人人都要說一段話，感謝一年中幫助自己最大的人。一個知道感恩的民族，才可能強大。」

「什麼？解釋解釋。」

「一個人，不知道感恩，他恩將仇報，誰敢幫他呀？一個民族，一個國家不也是這樣嗎？所以感恩節，也是美國塑造民族素質的方式。」

「中國也有『感恩節』。」小劉淡淡地說。

「什麼？」

「七一[1]呀！」

黑老大一拍巴掌，「對了，把咱整成這樣，七一還給咱吃燉肉，咱得感恩啊！」

小劉說：「越是整你，你越得感恩！黨打仗靠農民人海戰術，一建國就把農民當奴隸，世世代代都拴在農村戶口上，大饑荒餓死的四千萬，農民『主力軍』！利用完工人，工人下崗；利用完紅衛兵奪了司令部，看他們有礙穩定，一個上山下鄉，就發配到窮鄉僻壤；利用完知識份子，就打成右派，右派在牛棚裡都得對黨感恩！平反了，感恩！『六四』屠殺學生，現在的學生課本，從裡到外都是對黨感恩……」

---

[1] 七一：中國共產黨的建黨紀念日是7月1日。

黑老大說：「老毛也眞絕，把老百姓整成這樣，老百姓還把他當神，特別是農民。」

小劉說：「貓吃辣子的典故，你們知道嗎？共產黨內戰勝利前夕，在西柏坡中共指揮部，毛澤東跟周劉朱任他們開玩笑，問他們怎麼讓貓吃辣子，大家都沒輒。老毛說他把辣子抹在貓的肛門上，刺激得它自己舔！歷次運動，都像這個似的，你得自己認罪，主動接受黨的改造……」

黑老大說：「『貓吃辣子』，這才是毛澤東思想！高！」

我說：「這就叫洗腦，英語叫brain wash，想把你洗成什麼樣，就能把你污染成什麼樣。這是最殘酷的整人，殺人不見血，徹底讓你變態，人根本抵抗不了。開始是強迫灌輸，甚至讓你知道他不對也得當成對，把沒有人性的東西當成革命，後來就不用灌輸了，因爲已經把你洗腦成了沒有主見的機器了，完全聽主人的，主人的一切你都會認爲是對的，都會去感恩——恐怖分子不就是這樣？文革的時候不就是這樣？毛澤東一句『文攻武衛』，全國武鬥——那就是黨搞恐怖主義，打死一百二十三萬。」

黑老大走累了，示意我到前邊去給大家講，他坐我那兒歇會兒——可能只有我這個二板兒，有這個待遇，能溜達一會兒牢頭步。

我溜達著說：「大陸從幼稚園就開始給你洗腦，唱什麼歌？歌頌老毛、歌頌黨，小學、中學、大學，影視、文學、文藝，特別是民歌和流行歌曲，洗腦無所不在，誰會去抵禦？這就是爲什麼很多中國人，都在潛在地維護共產黨，別看人們罵它，人們還是信他，要不爲什麼一說『人權』，好多人都以爲是反華呀？一批『法輪功』，多少老百姓跟著起鬨啊？在大是大非的問題上，黨騙了你無數次，關鍵時候，老百姓還是和黨保持一致——這就是洗腦！老百姓都被洗成這樣，公檢法、軍武特，被洗得更慘——

越洗越革命，越革命，越覺得自己最清醒——這就是洗腦。」

「現在有多少人潛意識裡還在對老毛感恩啊？那就是對黨感恩。老毛迫害過每一個中國家庭，每一個中國人！有的直接整死了，有的吃苦受罪多少年，有的因爲親人被連累，就是沒受這迫害的，你肯定是支持迫害別人去了——你的良知被迫害沒了，這更可怕！你受教育的權利、知道眞相的權利、講話的權利、個人發展的權利、信仰的權利等等人權，都被迫害掉了，都扭曲了！甚至你做人的權力都沒了！哪一個大陸家庭沒被黨這麼迫害過啊？迫害你，還得感恩！」

「文革的時候，被批鬥的右派向黨感恩，痛哭流涕，觀眾越看越覺得批判得對！你看現在電視，監獄裡被洗腦的法輪功，對黨痛哭流涕地感恩，越播，老百姓越覺得批的對——這就是洗腦，把人洗得完全顚倒了是非。」

「洗腦是反人性的東西，因爲人抵禦不了。這麼洗腦在西方民主社會是不允許的，也是沒有的。只有共產黨國家有、獨裁國家有、恐怖主義國家有——完全用謊言在騙人善良的本性。抗日、抗美援朝，黨這些所謂的『偉大業績』都是徹頭徹尾的謊言。歷次政治運動中，只要你跟黨保持一致，保證是跟謊言保持一致！老百姓，一次次地被當槍使，越洗腦他越感恩。」

我一口氣講了這麼多，總算出了一口悶氣！共產黨竟然要接管我的生意，這跟沒收我的資產有多大差別？簡直是黨逼民反！

黑老大玩笑道：「明天感恩節要是放了你，老方，你不感恩哪？」

「我只會向幫我的人感恩。」

忽然牢門口鈴鈴作響——徐隊拿著鑰匙當鈴鐺晃。

「又講課呢方明？」他說著開了鎖，裝模作樣地說：「放學了，你走吧。」這是著名小說《最後一課》裡的最後一句話，他

用的也是小說中那老師悲涼無奈的語氣。又開玩笑了。

我馬上改爲笑臉迎了過去，「徐隊，又提誰呀？」

## 取保候審

徐隊一愣：「說點兒『人話』你聽不懂啦？非得讓我說『黑話』是不是？方明，收拾東西！」

我終於聽到了這句久久企盼的「自由令」——坐牢四個月，我就聽不懂「人話」了？非得用「地獄的語言」翻譯一下！我已經成了標準化的大陸囚徒了！

這麼遲遲到來的喜訊，我沒什麼可慶幸的。我翻出枕窠兒，換上一身最體面的衣服，剩下的由大家分。

向弟兄們祝福之後，我穿上了那雙寶鞋——鞋底裡縫了十多封家書的布鞋，然後緊緊地握了握小劉的手，義無反顧地出了牢房。

「方哥！」

是前面號兒裡的孟老闆在叫我，嚇我一跳，一個多月不見，他竟然兩鬢斑白了，蒼老了十歲！他在這號兒當牢頭，我從醫院回來，因爲不當牢頭了，沒法參加每周的牢頭例會，就一直沒見他。我關切地問：「咋樣啊二審？」

「維了。」孟老闆一咧嘴。

我的心像被撑了一下，我走過去，緊緊和他握了握手——要不是徐隊押我，我可不敢這麼造次。比起這位無辜的、沒有背景、白手起家、被官僚敲詐者剝奪了精光、丟了上億資產、又被高法維持了無期徒刑的企業家，我眞是太幸運了——而這幸運只是因爲我剛好入了美國籍，美國政府不斷地「爲民請命」，才把我營救出來。如果我還是中國人，哼哼……紅產階級對自己的人民，是絕不輕饒的。

「起飛了？」孟老闆問。

「嗯。」

「好好幹！」他那苦澀的眼神，是一個中國人的無奈和悲哀。

徐隊把我帶進了隊長室搜身，我又一次脫光了衣服。徐隊解釋說：「上邊有話，必須仔仔細細地搜你，這傳出東西去，影響人權形象，了不得！」

真是可悲！這紅產階級，時刻想著的是他這張畫皮的臉！

出了監區樓，徐隊突然跟我說：「你這可是寶鞋啊！」

我驚得一哆嗦，這鞋的祕密他也知道？我回頭笑笑，突然想起來，讓徐隊在背人的地方給我留了個電話，寫在了我的手心裡，這個人可交，也許以後還有找他幫忙的時候。

§

還是審訊室。兩位笑面虎預審向我介紹了一位市局的幹警──華科長，由他負責執行我的取保候審。取保的條件是：一年之內，不得離開北京市縣，隨叫隨到；如果要離開，必須申請批准。

這就是獄友們說的取保候審，這就是中國特色的釋放方式──中國幾乎沒有「無罪釋放」的，那樣黨就辦了冤案了。

我被押出了預審樓，向七處大門走去，這是第一次在這地獄裡走得這麼坦坦蕩蕩！兩輛囚車開進了七處大門，滿載著中法宣判的犯人。明年，也許楊義就將這樣領刑而歸，然後，再像孟老闆那樣，惆悵地跟獄友說：「維了。」

我已經不是大老闆了，我已經不可能在明年稱為百萬富翁了，甚至該叫我一聲──「窮光蛋」了。地獄之外的人間，會是誰來接我呢？

我在門房取了羈押的東西，戴好眼鏡，繫上腰帶──這個時候，我才覺得自己不再像地獄裡的幽靈，像個人了。

在七處的大鐵門裡，就看見杜律師、大姐、二姐、萍萍都在

門外，親人們高興地向我招手。和門口的武警確認身份之後，我轉身謝過三位，執意請他們留步——實在不願意他們破壞我的形象，然後昂首闊步地跨出地獄，儼然一個踏平磨難的英雄。

是杜律師幫我辦的取保，大姐是保人。萍萍開車送我們回去，我剛要上車，忽聽後邊喊：「方明！」

「到！」我下意識地一聲大叫，做著機械的反應，身子轉過去一半兒才醒過來，臉刷地一下燒到了脖子根。

# 負債累累

真可惡！誰讓我當眾出醜？！

在接我出牢的女士們面前，我竟然像犯人被提審一樣，下意識地對後面的高聲答「到」！

我轉過去，讓發燒的臉面和脖子降溫。管教！我暗自咬牙，你什麼時候來不好，偏偏這個時候讓我出洋相！

「方明，我剛給你辦完事，沒想到你這麼快。」

「胡管兒，你這是……」我儘量拖延著，好讓臉涼下來。

「上股市去。」管教小聲說，「我剛把楊義調到六區，到孟老闆那號兒當二板兒去了，怎麼樣，夠哥們兒吧？」

這胡管兒變得夠快的，馬上就從主子變成哥們兒了。

「你們好！」胡管兒說，「你們別見怪，太正常了。不少人出來，見了警察就蹲下抱頭呢！這兒，犯人沒尊嚴，像方明這樣精神沒垮的，那就是好樣的！」管教這麼一解釋，我心裡還算舒服一點兒。真沒想到，中共的整人的機制這麼強大，四個月，就把我改造了。

胡管兒沒敢多扯，寒暄兩句，就依照「道兒上」的規矩，跟我互道珍重，不道別而別。

§

杜律師讓萍萍先把她送醫院，原來她上個月被律師所解聘了，她和她男朋友還遭劫了，她男朋友被蒙面人打成重傷，半個月了，還沒甦醒呢。兇手也不搶東西，上來就打。她說自從她因為我的案子和劉預審鬧翻後，姓劉的就威脅她的律師所，然後她就真把姓劉的給告了，隨後她就遭了毒手。現在雖然報案了，但是現場沒證據、沒線索，沒用。

怨不得我求見律師都見不成呢！我不解地問：「為什麼不抓姓劉的？不是懷疑就能拘留逮捕嗎？」

杜律師從副駕駛的位置上轉過頭來，慘然一笑：「法律那是對老百姓，對官就不那樣了，除非上邊要整他。」

我氣得直咬牙。

送杜紅下了車，萍萍遞過手機說：「趕緊給我大姐打個電話吧。」

美國加州現在是晚上九點多，我撥通了電話，夫人悲喜交加，女兒歡天喜地。

打完電話，我開開玩笑緩解氣氛：「萍萍，我坐牢這四個月，可一直在給你打工啊。」

「啊？」萍萍沒反應過來。

「我可是竭盡全力給你套『情報』啊，幾十套呢，都是你可能永遠也看不到的真東西。要是不坐牢，真不知道什麼叫中國的『地獄』。」

§

母親蒼老了許多，還大病一場，剛出院不久。現在還心律不齊血壓高。我安慰了母親半天，然後石破天驚地道出了一句：「媽，你這身體，練法輪功吧，保證你啥毛病都沒有！」看母親很詫異，我解釋了半天，最後還是小龍練功神奇康復的例子打動

了她。母親膽小怕事，不敢找鄰居——這樓裡就有人練，萍萍出主意找她二姐。

來電話了，我拿起聽筒，聽見「啪噠」一聲微響，然後才傳來妻子的聲音——電話被監聽了！這可是「國際刑警」老林教我的：所有的海外電話都被監聽錄音——那是總參二部的常規任務，那種監聽是基底層的，接電話時沒什麼反應；而現在的「啪噠」聲，表明除了常規的監聽，又有不同系統的特務插手監聽我了——取保候審，還要這樣嗎？對了，老林還說過，所有來中國的西方人，都有安全局二十四小時祕密監視著，監視的力度因人而異。

我謹慎地跟妻子聊了一會兒，那邊妻子對中共的怨氣、對楊義的怨氣沒怎麼發洩，就叫我打斷了，我生怕監聽聽去了對我不利。

電話之後，我背著大家拔了電話線——這是老林教的反監聽的最有效方式，現在的常規監聽技術已經達到了不用室內人拿起電話就監聽室內的水準了。直到送走她們，我才悄悄把電話復原。

§

次日是周末，我硬著頭皮，晚上去見我最不敢面對的人——楊義的妻子洪霞——我初戀女友的胞妹。

洪霞接我電話的時候很詫異，見了我就哭了。我很理解她的複雜心情，她看到我出來沒事兒了，知道罪名都叫楊義一個人扛了。我勸了半天，問她公司的事時，她才止住悲聲。

她很緊張地說不知道公司的運作，也不知道公司的法人還沒變給我，從眼神知道，她沒都說實話。當我告訴她我只是外方供應商，楊義是法人當然要承擔責任時，洪霞嘴張得大大的，半晌無言。老半天，她才默默地點點頭。她能默認就好。

洪霞說楊義拘留前，就用預審的電話要她給預審「表示表示」，並且不准她給我打電話。洪霞竟然就在海澱看守所外邊辦

公樓的審訊室裡，在小王被支出去後，塞給姓劉的一萬現金！預審找她問了份口供，就滯留了她，然後抓的我，審完我，就放了洪霞。

姓劉的收了洪霞一萬，所以要狠整我，讓我替楊義扛罪，我當時又自以為是法人，正好被姓劉的利用來辦大案，逼我供認不諱充當案頭。

我告訴她，我已經花錢把楊義調到外籍號兒當二板兒了，不久楊義就能當牢頭了。

§

在醫院見到了杜紅，也看到了她那位一直昏睡的將成為植物人的男朋友，我真是無話可說了。這個剛畢業的法律研究生，不諳世道，跟預審死磕，結果被一手遮天的小預審整得被律師所解聘，男朋友被打成重傷。雖然，這些都不是我的責任，可是畢竟因我而起啊。

我塞給她一萬元——杯水車薪，在這昂貴的醫院裡支撐不了幾天。這錢還是我向母親借的，我目前在國內的現金，為還人情債已經花的差不多了。

「到美國發展吧，憑你的才華，肯定大有作為，在中國，你奮鬥一生，能掙下個什麼？三分之二的血汗都被黨剝奪走了……」

杜紅笑笑，說：「律師這一行，在中國就是正義者的地獄。」

「那還不出去？」

「讓我偷渡嗎？我沒有門路。」

「我邀請你吧。」

她終於露出一分欣慰的表情，問我：「什麼名義？」

「朋友邀請吧，訪問我，交個朋友吧。」

杜紅向我伸出了纖柔的手，我禮貌地握了一下。

「你什麼時候回美國？」

「取保，一年內不讓我離開北京，我簽字按了手印的。」

「不用理他，真走了也不追究的，大陸的法律就是這樣，犯法了，也不一定追究。」

「不行，我家的電話都被監聽了。」

「啊？有問題！」

我一驚，瞪圓了眼睛。

「在大陸，取保候審基本上就是釋放，不再追究了，除非特殊的可能要收回去判刑的，才監控呢！」

「啊？」我嚇了一跳。

「最好你還是趕緊逃回美國，等案子結了，楊義有了結果再回來。這最保險。」

我將信將疑，真不知對這個涉世不深、不懂黑道的律師是該信，還是不該信。

「請相信我，這個，我有經驗。」

## 潛逃驚魂

一覺醒來，發現夢裡竟然把枕巾都哭濕了。夢見了一幫獄友：韓哥、靳哥、小龍、假金庸、孟老闆、小文、小劉……一椿椿冤案歷歷在目。不自覺地，就開始追憶夢境。夢中居士、武松、小周讓我心碎，無辜的居士被逼瘋了，抗暴義士武松，被做成標本了，小周被活摘雙腎……好在我已經逃離了地獄。

沒想到，出來一個多月了，還要承受夢境中牢獄生活和現實的巨大的落差！雖然落差的內容和坐牢時正好顛倒，心裡還是彆扭——揮之不去的夢魘！現實中的折磨之後，還要承受夢境中的

折磨——這心裡的創傷，不知道多久才能癒合。

受獄友的重托，把縫在我寶鞋底子裡的家書基本都郵寄了。我當初跟獄友們聲明過：如果寫的信有串供或者犯罪嫌疑，我不給寄。只有李局這個大貪汙犯寫給他情婦的信被我燒了——他案子還沒定型，老婆也進去了，他就寫信給他情婦串通案情。中共「整貪官不整情婦」的政策實在耐人尋味，這些情婦們揮霍的都是貪汙來的錢，卻能逍遙法外，隱匿的贓款也不予深究，一句揮霍了就萬事大吉了。這分明是紅產階級在做廣告——「來給我們當小蜜吧，國家政策保護你」！

給小劉家打電話的時候，真是像小劉預見的那樣，他農村的父母真不知道兒子的下落，以為他失蹤了！公檢法整他們真是見不得人，不通知家裡。孩子她二姨從海外網上搜小劉，看到他們剛剛一審。上面說清華大學的這組義士在法庭上慷慨陳詞，用中共的法律把檢爺、法爺駁得狼狽不堪，怨不得中共要臨時炮製司法解釋，靠「新精神」才能判他們，還不許律師辯護呢。小劉判了三年，他判得輕是因為他忙於學業沒參與撒傳單，非要判他是因為他拒不屈服。他夫人被判十二年！其他人被判十一年、十年、九年、五年。真是信仰的地獄。

睡不著了，才五點多，窗外黑黑的，朔風呼嘯。隆冬的黎明前，是最黑暗、最冷的時候，我裹緊了被子，等待著東方破曉。

§

今天我將「潛逃」——不，應該是暫時回美國避風的日子，等案子了結了，我還是要回來的。批文下來了，我還得東山再起呢。今兒這個日子是我選定的——十二月二十三日，這天回西方去過耶誕節的會很多，我正好趁亂混出去。

取保候審一個多月來，我成了那家有司法局背景的新公司的顧問——他們接手了我公司的主要業務，壟斷性地經營國內的組織

配型試劑，和海關聯手進口——在國家藥監局批文下來前，我們這麼進口就屬於非法走私，他們這麼做，就合理合法！他們是借用我的威望，把我的客戶徹底拉走，佔據我辛辛苦苦開拓出來的市場。我在幹什麼？把自己培訓出來的北京客戶拱手相送，最後給我五千元的顧問費，對這個取保的犯罪嫌疑人還一臉的看不起！他們是拿自由來要脅。

我利用他們要回了自己的護照和公司的車——這是我唯一在那個公司混下去的理由。外地的客戶，我是不想奉送了。都出賣了，等批文許可下來，我還賣什麼呀？我也夠對得起國家的了，就出賣給他們的客戶，在國內器官移植市場這麼火爆的局面下，單是配型試劑盒這一項，在北京市場已經能給他們帶來幾百萬的利潤了。

我沒有理由不逃了——可是我在被安全局嚴密監視著！萍萍幫我制定的具體潛逃方案，保密起見，只有我倆和大姐知道底細，連母親都得瞞著，特別得瞞著家裡的專職保姆——按照老林的說法，大陸外國人家裡的保姆基本都是安全局的「掛靠」，何況這個保姆還是我坐牢期間新換的。

八點，我給公司打電話告假，說要去醫院看腿。老闆對我這個顧問早已不尊重了，看來他們不費吹灰之力得了北京市場，認為我已經沒什麼大用了，說話態度都變了。

緊接著，就給大姐打電話，說我裝病請假，約好了中午和她去購物，準備過耶誕節。然後給萍萍去電話，約她晚上來玩兒，萍萍答應了——這些都是說給監聽電話的特務聽的。

十點，我給洛杉磯去了電話，告訴夫人和女兒我不能回去過聖誕了，夫人老大的怨氣，女兒老大的不高興——我的出逃計畫對她們是絲毫也沒有透露。

十點二十分，大姐在樓下喊我們了，我扶著母親下了樓。我

們又當著小販說了說今天的購物計畫，然後在我上車的一瞬間，餘光瞧見了那個小販的一絲冷笑。

那個報攤的小販，就在社區路邊我們樓道的對面兒，從我出來的第二天新擺上的報攤，按照獄友老林傳授的經驗，這位很可能是監視我的安全局的「掛靠」，後來萍萍幫我反偵查，發現我每次進出後，這位「小販」都看看時間，然後掏出一個小本兒記錄。

車開到了西單購物中心——這個具體的購物地點在監聽的電話裡並沒有透露，我把車停到了一個明顯的位置——因為安全局很可能會盯梢到這一步。我親手扶著母親進了購物中心，隨後把手機塞給大姐，裝作找廁所，迅速穿出後門，戴上帽子和墨鏡，打車直奔地鐵。在地鐵東直門站裡，和接應我的萍萍會合。萍萍換了裝束，樸素的衣著更顯得靚麗清純。我來不及細端詳，和萍萍打車直奔機場。

計程車上，我倆相視一笑。潛逃計畫才剛剛開始。我把車鑰匙交給她，她交給我公事包，我確認了一下裡邊兒的護照和機票。早跟大姐商量好了，她每過二十分鐘，按著我給她的單子，用我的手機給客戶發一個編好了的短信，來電話就不接，一律回短信——好讓監視我、甚至可能用手機定位我的特務認為我還在購物中心轉悠，反正中午大姐和母親在購物中心吃飯。

我倆裝作情侶進了候機大廳，我習慣性地眼珠亂轉找攝像頭——這是坐牢四個月養成的唯一的好習慣，選了個遠離監視器的地方，讓萍萍坐下等我，我去換登機牌，非常順利，潛逃已經基本成功了！

回來見萍萍換了地方，坐到了那排座位中間，幾乎正對著一個攝像頭。我硬著頭皮湊了過去，側身面向萍萍，說：「一切順利，多謝小姐仗義相救！」

　　萍萍笑著小聲說：「把墨鏡摘了吧，像個黑社會的。」

　　「正好做美女的保鏢，戴著墨鏡才酷！」

　　「保鏢哪有你這歲數的？瞧你這白頭髮，也不染染。」

　　百密一疏！忘了染染那些坐牢的白髮了，要是染了髮，戴上墨鏡能年輕個十歲呢。我這個年紀，大冬天的戴墨鏡眞是怪怪的。

　　我摘了墨鏡，提醒她前方有監視器。萍萍微微一驚，環顧左右，輕聲道：「看來只有廁所沒電子眼了。」

　　雖然側臉對著攝像頭，心裡還是不自在。我看著萍萍那洋娃娃一樣美麗的睫毛，長歎一聲：「多虧女俠全力營救，總算地獄逃生！」

　　「少貧嘴，我二姐說了，退黨才是地獄逃生呢。」萍萍還是眞信她二姐。

　　「好，那我退了。」我一笑，退身去了洗手間，在那是唯一有隱私的地方躲躲，聽到廣播再去登機。

　　洗手間裡，我在洗臉池前磨磨蹭蹭，忽然有人拍了一下我的肩膀——鏡子裡，一個戴黑墨鏡的在向我微笑！我的心一下提到了嗓子眼兒。

　　「方明，這兒沒監控。」

　　這熟悉的聲音讓我心驚肉跳！他摘下了墨鏡——My God！是他！

# 附錄

# 附錄

## 一、名詞注解索引（含習語、牢獄黑話）

### A

案屁：一個案件中罪行最輕、列為最後一名被告的人。

案頭：案子中的主犯、第一被告。

### B

班長：北京各區公安分局的看守所，值班的警察稱為班長。

班長飯：看守所、戒毒所給警察吃的飯。

板兒爺：看守所的犯人收到親友送來的錢，上交牢頭即可暫時上床板兒上吃飯，稱為板兒爺。

傍肩兒：情人。

背揣：雙手用「揣」銬在背後。

### C

踩地雷：趕上嚴打（某類犯罪）的風頭，被判重刑。

岔：說笑。

杵幾下：判幾年。

揣：看守所的手銬，左右手環間沒有鐵鏈，是鉚在一起的，叫「揣」。

揣上：用「揣」銬上。

磁器：交情深厚的朋友。

搓火：棉花灑上洗衣粉做的撚子，用鞋底在牆上搓著了火，點香煙。

### D

打炸了：監號兒裡把犯人打得高聲呼叫。

大票：刑事拘留證。

大刑：看守所習慣把有期徒刑，不管刑期長短，都叫大刑，以區別於勞教和拘役。

地瓜：睡在地上的犯人。

地保：擦地的犯人。

點：舉報。

點兒背：運氣不好，本意是賭博擲色子的時候，點兒不好。

點癮：犯煙癮。

隊長：監獄的警察稱爲隊長，七處——北京市看守所時監獄編制，那裡也把警察叫隊長。

## E

二板兒：監室裡的副牢頭，睡覺排在頭板兒牢頭的旁邊，故稱二板兒。

二告兒：第二被告。

## F

翻板兒：不服牢頭管。

方：凳子的方腿，戒毒所、勞教所、監獄打人的工具。

放茅：大陸的看守所稱解手爲放茅，小解爲小茅，大解爲大茅。

粉兒：海洛因。

風圈兒：音：勸兒，看守所監號兒的後院，供犯人定時放風的地方；風，放風；圈兒：牲口圍欄。

## G

乾起：拘留後獲釋，一般指刑事拘留後取保候審，乾：音甘。

公宣：公審大會宣判。

狗鏈兒：手「揣」套在腳鐐上的銬法，叫狗鏈兒。銬成狗鏈兒後行動極不方便。看守所手銬的左右手環中間沒有鏈兒，是鉚在一起的，叫「揣」。

管兒：管教。

鬼子票：看守所內部供犯人使用的錢票。因爲看守所如同地獄，犯人形同小鬼，故名。

貴：判刑重。

滾大板：在看守所留指紋、掌紋稱爲滾大板，因爲要把雙手沾滿黑油墨，手指分別在表格裡滾動，留下完整的指紋。

## J

雞：妓女。

監控：指監視系統的攝像頭、竊聽器。

接票：對於不能當庭判決的案子，法院經常私下判決了，由法官把判決書送到看守所，讓犯人領受簽字，稱為接票。在律師辯護駁倒檢察院的公訴時，法庭無法當眾宣判，經常採用這種不宣而判的形式，以維護檢察院的尊嚴。

## K

科兒[1]：科長。

科兒[2]：前科，以前的犯罪紀錄。

快生了：（坐牢）快十個月了，像十月懷胎一樣要有結果了。大陸公檢法的訴訟程序漫長，常規案件要坐牢九至十個月以上，刑拘、起訴、判決都要拖到適用於特大案件的最後期限，因為拖延的時間就是向「犯人」及其家屬展示權力、討價還價的砝碼。

## L

勞動號兒：在看守所服刑、勞動的已經判決的犯人，一般都是刑期短的。

老闆：研究生稱導師為老闆；有人也把自己的頂頭上司或後台稱為老闆。

雷子：警察。

立板兒：在床板上側身擠著睡。

鏈兒：腳鐐。

鐐托兒：纏綁在鐐子的腳環上，防止磨腳的布托兒。

柳兒爺：地位高的犯人。

## M

馬道：囚室每層有二層樓高，外邊的第二層平台或過道稱為馬道，在前後馬道上透過窗戶可以俯視監室。詳見附錄的監室結構圖。海澱的監室前方沒有馬道。

螞蚱：煙頭。

貓：撲克裡的王牌；大貓：監號兒裡的牢頭；小貓：二牢頭。

盲區：監視器下部不能被監控的電視看到的區域。

帽兒了：判死刑了，槍斃了。

## P

拍板兒：按監室門口的對講器的電鈕叫值班的警察。

拍螞蚱：揀煙頭。

票：多指判決書。

判緩兒：判緩刑。

鋪板兒：看守所裡犯人睡覺的時候，往通鋪的床板上鋪褥子鋪被。


## Q

七八九：北京少管所，因為它以前的通信地址是北京七八九信箱。

七處：北京市公安局第七處（預審處）看守所，即北京市第一看守所，原來在宣武區右安門半步橋四十四號，現已遷到昌平。判刑可能在十五年以上的犯人，要被押送七處，交給北京中級人民法院審理。

起飛：釋放。

切：看守所裡強佔他人的東西。

青皮：不懂規矩窮橫。

圈兒：音：勸兒，犯人最終的服刑地或勞役地，即收容所、少管所、戒毒所、勞教所、監獄等地。


## S

折：音舌，被抓進看守所。

生活托兒：犯人家屬托關係找的看守所警察，只管私下照顧該犯人的生活，主要工作是送煙。

鼠眉：囚徒在看守所裡混得不好、沒地位、窮，眉，讀輕聲。

數趟：筒道盡頭有一個燈，十五分鐘亮一次，值班警察每十五分鐘走過去把燈按滅了，叫走趟，犯人以走趟計數時間，叫數趟。

所兒：所長。


## T

天堂河：北京天堂河勞教所。

同案：同一個案子中當事人（被告）互相稱為同案。

托兒：被托的人，私下疏通案子，或者照顧生活。

托鎖：警察開牢門，牢頭從鐵柵欄伸出手去把鐵鎖托起來，把鎖眼朝向警察，稱為托鎖。

## W

維了：二審維持一審原判。

未決犯：犯罪嫌疑人，未被判決的人。

## X

下圈兒：去勞教所或監獄服刑。圈兒，音：勸兒，牲口圍欄。

小炮兒：用香煙和煙頭的煙絲捲的小煙捲，各號兒貧困程度不同，一支香煙一般能捲出八至二十支小炮兒。

小崽兒：未成年犯人。

學習號兒：字面意思是監號兒裡領著犯人學習改造的犯罪嫌疑人，實際就是牢頭獄霸。

## Y

丫：髒話「丫挺」的簡稱。犯人之間開玩笑也互相說「丫」，但不說「丫挺」。

丫挺：丫頭（傭人）生的私生子，挺：讀輕聲。

煙屁：煙頭。

已決犯：已被終審判決的犯人。

有尿：有種，有本事。

## Z

扎針兒：打小報告。

炸貓：監號兒裡把犯人打得高聲呼叫。貓：撲克裡的王牌，牢頭。

遮：遮跟頭，這裡指從犯人從看守所被押送到服刑或勞役地，即進入少管所、戒毒所、勞教所、監獄等地。

折：音舌，被抓進看守所。

直拉：整支煙。

撞出去：用自殘、裝瘋等的方式逃避牢獄監禁。

走板兒：痛打一頓。

走趟：看守所筒道盡頭有一個燈，十五分鐘亮一次，值班警察每十五分鐘走到那兒把燈按滅了，同時查看監號兒。

坐板兒：在押人員平時坐在床板上的統一姿勢，北京各看守所規定的各有不同。七處等看守所坐板是散腿盤坐；海澱坐板最艱難，小臂要交疊搭在膝蓋上，腰挺直，屁股尖正好硌床板。坐板實際是一種變相體罰。

## 二、 北京看守所普通監號結構示意圖

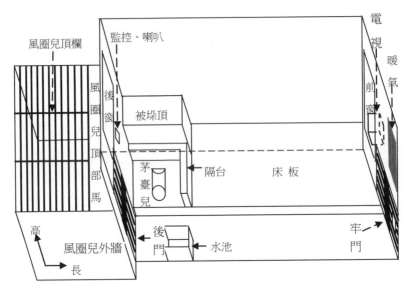

**海澱看守所普通監號剖面結構示意圖**

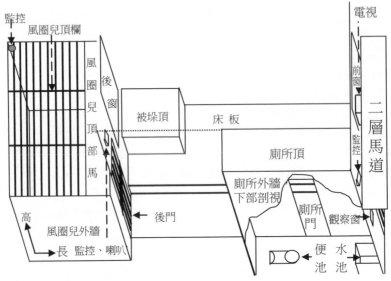

**七處看守所普通監號結構示意圖**

# 北京逃生記——美國博士做牢頭的故事

作者：葉光

插圖：李善

編輯：黃蘭亭

美術編輯：吳姿瑤

出版：博大國際文化有限公司

電話：886-2-2769-0599

網址：http://www.broadpressinc.com

台灣經銷商：采舍國際通路

地址：台北縣中和市中山路2段366巷10號3樓

Tel: 886-2-82458786

Fax: 886-2-82458718

華文網網路書店：http://www.book4u.com.tw

新絲路網路書店：http://www.silkbook.com

美國發行：博大書局(www.broadbook.com)

Address: 143-04 38th AVE. Flushing, NY 11354 USA

Telephone: 1-888-268-2698, 718-886-7080

Fax: 1-718-886-5979

Email: order@broadbook.com

規格：22.5cm × 15.3cm

國際書號：ISBN 978-986-85209-7-4 (平裝)

定價：新台幣 360 元

出版日期：2011 年 9 月

**國家圖書館出版品預行編目（CIP）資料**

北京逃生記：美國博士做牢頭的故事 /
文 / 葉光 -- 臺北市：博大國際文化, 2011.09
面；　公分
ISBN 978-986-85209-7-4 (平裝)

857.85　　　　　100018440